U0531171

MO BAO FEI BAO

墨宝非宝 著

至此终年
TOGETHER FOREVER

江苏凤凰文艺出版社

清晨的日光透过窗子照进来，笼住那浅淡的身影——

Together Forever

"童言。"
"老师，你是北方人吗？"
"是。"
果然是他。
其实他们只见过一次，却记住了彼此的名字。

目 录

楔子　　　　　　　　　　　　001

第一章　　本院美人煞　　　　005
第二章　　那些小故事　　　　020
第三章　　你是真的吗　　　　033
第四章　　那些小美好　　　　048
第五章　　真实的你我　　　　064
第六章　　悄然的进退　　　　081
第七章　　我喜欢的人　　　　097
第八章　　洗手做羹汤　　　　112
第九章　　我能听见你　　　　127
第十章　　只想在一起　　　　142

第十一章	再没有过去	156
第十二章	有一些想念	171
第十三章	等你的时间	185
第十四章	当时的爱情	199
第十五章	温暖的温度	213
第十六章	我的顾先生	226
第十七章	当你听我说	239
第十八章	生活的模样	252
第十九章	那段时光里	265
第二十章	简单的幸福	279
第二十一章	你的顾太太	294

| 尾声 | 平生一顾　至此终年 | 312 |

| 番外一 | 欠你的再见 | 319 |
| 番外二 | 还你的幸福 | 329 |

越是在漫长等待后到来的东西，越值得我们去珍惜。

THE LONGER YOU HAVE TO WAIT FOR SOMETHING, THE MORE YOU WILL APPRECIATE IT WHEN IT FINALLY ARRIVES.

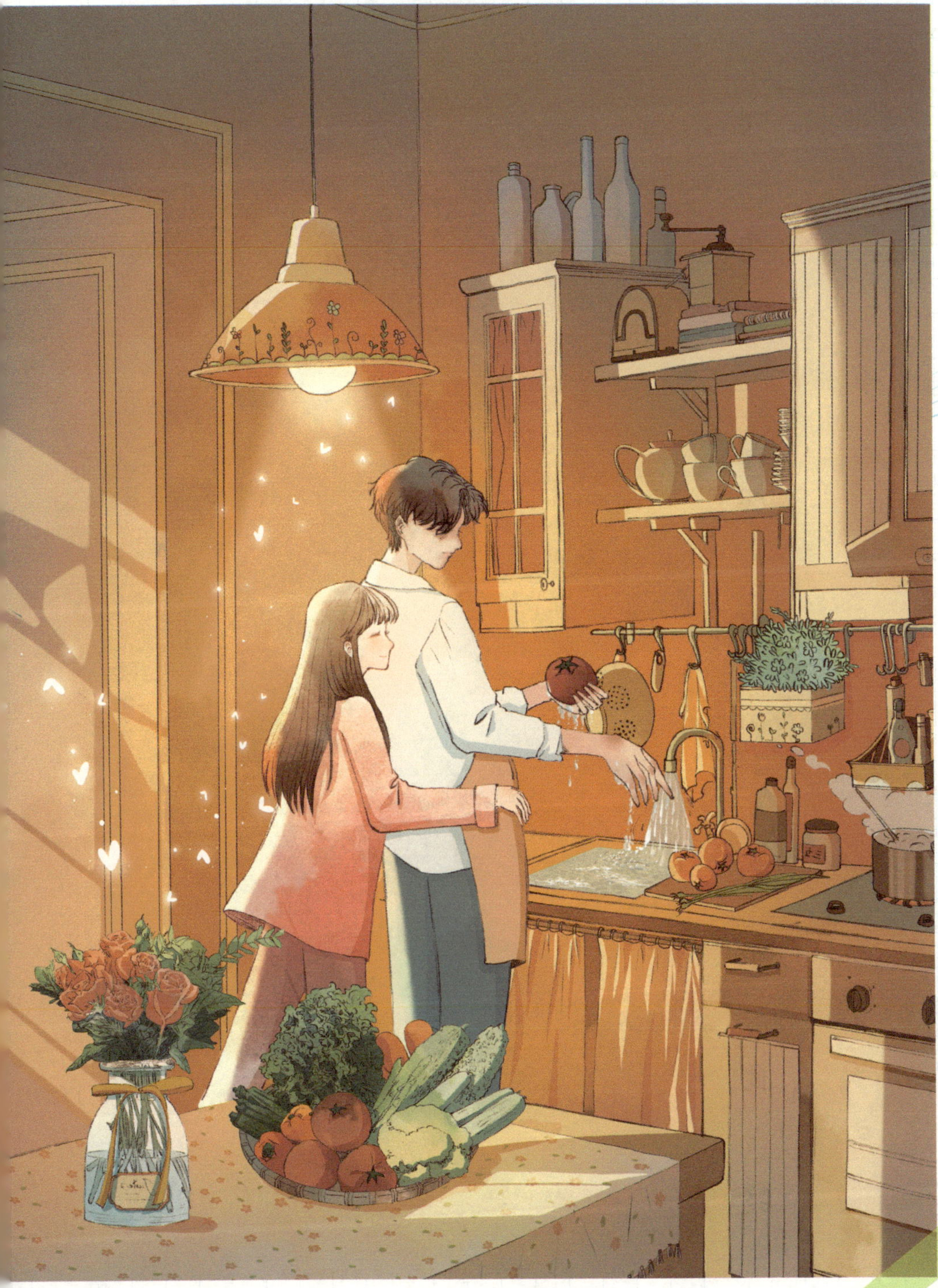

平生一顾 至此终年

楔子

"我毕业于伦敦大学国王学院，会和你们相处一整个学期，你们可以叫我老师，或是直接叫我顾平生，"他半握粉笔，在黑板上写下名字，清晨的日光透过窗子照进来，笼住那浅淡的身影，"我听不到声音，如果提问请面向我，我会看着你们的口型和眼睛，读懂你们的话。"

声音有些软，清朗而又温和。

众人遗憾地看着他，连呼吸都配合地轻下来。

伦敦大学国王学院，英国前三法学院。

在这个顾老师来之前，法学院里所有的老师，不是一丝不苟穿着整身西装的日本早稻田回来的学究，就是上身西装、下边乱七八糟牛仔裤运动鞋的美国耶鲁等归返的博士。

伦敦大学？这还是第一个。

法学院所有大三课程都转为英文教学的国际法，很多人都很期待这个唯一从伦敦回来的老师，风度翩翩，优雅谦和，或是斯文儒雅。没想到，他的样子有些让人意外。

他捏着粉笔的姿势很漂亮，倒像是拿着手术刀的医生，当然是那种电视剧里被美化的医生。很年轻，年轻得出乎意料。身上穿着质地柔软考究的白衬衫和休闲裤，衬衫袖口是挽起来的，隐隐还能看到刺青……

不知道的，还以为是建筑学院走错门的师兄。

他似乎察觉到了所有人的遗憾，只是随手松了松领带。

然后，低下头把领带摘下来，解开了衬衫领口的纽扣："这学期我负责你们的《国际商事仲裁法》，很简单的课程。英文教学，如果有听不懂的人可以随时举手打断我，"他脸上似是有笑，又似乎没有，辨不大分明，"记住，要举手，出声打断是没有作用的。"

有人低声说："我打赌，他只有二十几岁。"

声音不轻，所有人若有所思。

"在我的课上，你们可以窃窃私语，"他竟然看到了，"不过我应该都能看到。可以先点名册吗？"他笑了笑。

眼睛平静专注地看着所有的人，这样目光让一众女生想躲开。

可马上又想到他需要看到口型。几乎所有人都无一例外地、听话地看着讲台方向。

顾平生说完这些话，微低下头："我会点一次名，你们可以在被点到的时候，问我一个问题。"

"赵情。"

"老师，"前排站起来一个女生，"你的刺青是什么？"

他微微笑着说："一个女人的名字。"他不再看名册，继续点名，"李东阳。"

教室后排的男生笑嘻嘻起身："老师，是你第一个女人的名字吗？"

他低下头，看下个名字："不是，是我母亲的名字。"

四下一片安静，估计是问到了人家的忌讳。

他倒不以为意，继续道："王小如。"

"老师，我们学院老师都是博士，你也是吗？看你年纪很小啊。"

"是。"

"赵欣。"

"老师，你有女朋友吗？"

众人哗然，问话的是他们的班长，问题是，他是个男人。

班长清了清喉咙："老师，我是被逼的。"

他身后几个女生义愤填膺，集体埋头。

他笑了笑，把讲台上的名册拿起来，搭在手臂上："没有。"

大家轰然笑起来，嗡嗡地议论着。

结果因为班长的起头，所有人开始很有心机目地往个人方向引。试探他的个人游历、国王学院的见闻，他很配合地回答着每个问题，偶尔还会延展许多趣闻，让人听得很是享受。其实他并不知道这些看似平常的问题组合起来，就是面前这个说话温和的人有很好的家庭，简直完美。

听不到人说话？天大的优点。

这样他只要和你说话，都仿佛是深情专注，只看着你。

"天，我们学院有禁止师生恋的规矩吗？"刚被点到的人坐下来，喃喃着。

他忽然停顿了声音，抬起头在教室里扫过："童言。"

在教室最后排，站起来一个女生："老师，你是北方人吗？"

童言从他刚才进教室，就有些回不过神。他的脸那么熟，很像是一个人，可是那个人应该是学心外科的，而且根本不是失聪的人。可如果不是，为什么会长得这么像，连微微笑的时候右边那个酒窝都一样。

他沉默笑着，弄得所有人有些莫名，到最后才点头说："是。"

果然是他。

其实他们只见过一次，却记住了彼此的名字。

那夜在急救室外，穿白大褂的他格外醒目，只可惜没这么温和。

第一章 本院美人煞

因为顾平生的到来，法学院突然备受瞩目。

作为一个理工科出名的院校，电信和管理学院自来是老大，建筑和诸理学院虽习惯了沉默，却也不容小觑。孤零零的几个文科学院，简直毫无地位可言。

"法学院？这个学校有法学院吗？那不是复旦才有的吗？"沈遥义愤填膺，念着学校BBS上的标题，"竟然这么说，太歧视我们了。"

她盯了讨论版整个下午，甚至连午饭都是泡面解决。

顾平生的一张照片，终于让法学院扬名了。

很热的天气，童言趴在床上。

她用牙轻咬开桂圆壳，一颗颗吃着，不时掀开纱帐把外壳扔到床下。

"一个学院只有三个班，学生数来数去都只有六十人，在数万人的校园，确实可以忽略不计。"

"不要妄自菲薄，"沈遥站起来，很有志气地远望着法学楼，"我们有法学楼，全市最全的法律图书馆，光是国际法的老师就有十几个从耶鲁、牛津回来的。"

"就因为这样，我们才被全校追杀。六十人有整幢大楼，光老师就有四十几个，都快赶上一对一教学了。平时我们多低调，可这一星期快赶上超女了，都是顾平……"她说到一半，发现自己竟直呼其名，立刻更正，"顾老师惹的祸。"

沈遥嘻嘻笑着纠正："问题是，我们已成功踩下建院，拥有了全校最美老师。"

童言险些咽下桂圆核。

顾平生的脸，只是略显白皙清瘦，略显轮廓鲜明了些，偶尔穿得也挺招人喜欢的，可"最美"这个词放在堂堂法学院老师身上，实在……

不过顾平生的煽动性,也不是她能否认的。

单看本周三这堂国际商事仲裁法,旁听的学生占满整间教室,害得迟到的自己和班长没有座位,只好站在门口发呆。

六十多人的教室啊……我们班只有十九个学生啊……这些人是哪儿来的?

好在顾平生进来,很快发现鸠占鹊巢,只低声对最前排的两个女生说:"麻烦你……"

话没说完,那两个女生就马上起身:"老师,没关系,我们站着好了。"

童言哑然,这年月还有甘愿站着上课的吗?

好在,他每周只来学校三次而已。

最后为了保住本班学生上课的权益,班长开了次小班会,任何人绝不能泄露本学期的课程表,否则将是全民公敌。总不能次次让顾老师出卖色相吧?

童言吃完桂圆,顺着梯子爬下来,发现沈遥又坐回电脑前。

整屏的标题,都闪现着"法学院"三个字。

"冒死泄露法学院课表""论全明星时代的法学院崛起之路""给校领导的公开信——有关法学院的教学资源浪费""请问一下你们谁有法学院的老熟人"……

沈遥轻点鼠标,打开个标题为"强烈抵制师生恋,还我纯洁校园"的帖子。

"建筑学院去年毕业典礼,不是有对师生当天结婚吗,怎么就没人说?上帝好不容易眷顾一次我们,竟然就踩到他们尾巴了。"

童言无奈,岔开话题:"你不是下午有选修课吗?"

她光脚跳下床,显然忘记自己扔了一地桂圆壳,被硌得龇牙咧嘴。

"钢琴选修?"沈遥看了她一眼,"肯定是满分,还去什么?"

童言无语,非常不齿沈遥的做法。

"作为一个钢琴特招生竟然选修钢琴,你是有多讨打?"

而且第一节课就拉着老师的手臂,讨了个永不上课的口头圣旨,简直人神共愤。

沈遥头也不回:"你这学期不是选修素描吗?身为严谨的法律系学生,你选修工业素描,到底是有多变态?"

她不再理会沈遥的絮絮叨叨,换上衣服出了门。

因为是周五,大多数人为了回家,都在选课时避开了这天,所以校园里学生并不多。

她走在路上,正是大脑放空困顿难耐时,忽然听到有人在叫她的名字。

她回头的一瞬,愣在了那里。

迎着阳光看过去,那个已经在全校红透半边天的顾平生,正从一辆路虎里探出头。

因为是逆光,她看不清他的表情,只能感觉到他在看着自己。不知怎的,就想起那个晚上,他安静地坐在急诊室外的地上,稀稀落落的几个护士走过,都不敢看他。

童言走到车边,努力放慢说话速度:"顾老师今天怎么来了?"

顾平生好笑看她:"不用说得这么慢,让我感觉是在看电影慢放。去哪儿?"

声音很有质感,可惜他听不到自己说话。

他说话的语气,像是很熟的朋友,而不是老师。

童言不好意思笑笑:"去图书馆借书。"

她以为只是寒暄两句,没想到就坐上了顾平生的车。说是送,不过是三四分钟的车程,她却忍不住偷看了他两次,说实话,从再见面开始她就不敢正眼看他。

到下车,他竟也下了车,在这种人流较多的地方,童言还是很怕和他走在一起的,却又不好说什么,只能试探问:"老师也来借书吗?"

他锁上车,反问她:"你不知道今天的讲座?"

童言努力回忆着,记起好像有人请来什么国际贸易法的知名人士,班长好像在星期三提到过。此时再看看顾平生的打扮,黑色的西装领带、安静的眼神、波澜不惊的微笑,除了用食指勾住钥匙的动作,比平时真严谨了不少……

"别告诉我……是你主讲?"她脱口问。

"是我的朋友,"顾平生笑了笑,"我来看看会场。你吃饭了吗?"

"没有。"

"现在六点多了,"他略微沉吟,建议说,"讲座是七点开始,时间紧张了些,我去买些三明治和饮料,我们就在,"他回头看了眼图书馆前的思源湖,"我们在湖边吃吧。"

……其实这个讲座,她从来没想去。

她下意识眼神飘忽:"我很想去,可晚上还有计算机课……"

"可以看着我说吗?"

她脸一热，马上转过脸，对上了他的眼睛。

他微微笑着，说："刚才没看清你说的话。"

被他这么一看，她满腹谎话都不敢说了，只好说："我是说，我要去五楼借书，你可能要多等我一会儿。"

当她咬下第一口三明治的时候，看了眼翻资料的顾平生。

或许是两人初次见面的场景太特别，又或许是顾平生实在太不像老师……她给自己做了半天的心理建设，看到他已经收好东西看向自己时，立刻调整好面部表情，目光恭谨。

"你母亲身体还好吗？"他拆开三明治的包装纸，吃了一口。

……

"很好，"她想了想，也问了他相似的问题，"你妈妈……"

"去世了。"

她说了句抱歉。

直到吃完整个三明治，开始一口口喝咖啡的时候，她才终于问出了一直的疑问："顾老师，我记得你以前是医生？"

而且，是协和医院的心外科医生。

说这话的时候，身前有两个女生走过，好奇艳羡地看了眼两个人。

童言有些窘，刚才顾平生和她建议时，她就想说思源湖是学校有名的恋爱湖啊，尤其是这种晚风习习的夏日，所有长凳上都是互相依偎的人……

虽然，她已经刻意把新借的书放在两人中间，可架不住顾平生这么显眼。

"不算是医生，那时候只是去我母亲的医院实习，"他说，"后来因为听不到声音了，不方便再上手术台，就转读了法律。"

"这么快就能读到博士？"太玄幻了吧？

"我读本科时在美国，法学院和医学院，都要本科毕业才有资格申请，"他笑了笑，吃下最后一口三明治，拿出一包湿纸巾，先递到了她面前，"当时我医学研究生读了两年，还没毕业就出了些事情。一个表姐直接介绍自己的导师给我，就去英国转读了法律，说起来没有浪费多少时间。"

她恍然，抽出一张纸巾："可为什么要回国呢？留在母校不好吗？"

顾平生也抽出一张，擦干净手，拿起纸杯喝了口咖啡："去年毕业回国度假，在吃饭时认识了你们法学院的院长，他邀我来试教一学期。我有朋友在这里，她也劝我过来，就想试试自己能不能当老师，"他想了想，接着道，"只签了一学期。"

"就一学期？"

他点头："也许还没适应被叫'老师'，就走了。"

童言喔了声，回过头继续喝着纸杯里的咖啡。

她从没试过一直在注视下闲聊，直到进了图书馆，还有些适应不过来。

通常没有讲座安排在周五，因为大多数学生要回家，会很冷清。

可童言一迈进大教室，立刻就傻了。五百人的教室竟然座无虚席，甚至走道都站满了人……估计除了大四找工作的宣讲会，绝无先例。

好在沈遥事先给自己占了座位。

整晚顾平生都充当着司仪的角色。

他那位美国朋友也是偶像级的，说了一口流利的中文，讲着讲着贸易法，就拐到了自己去中东时是如何在炮火中穿行，还亲自救过个女孩子，听得满场人连连惊呼。

顾平生偶尔添上两句，话不多，却像是比他经历的还要精彩。

到后来互动得太热烈，美国人居然开起了顾平生个人玩笑："以前在国王学院，你们的顾老师绝对是'美人煞'。"

五百人的大教室瞬间安静……

这美国人何止中文好，简直运用到炉火纯青的地步。

她看到顾平生摇了摇头，也不说话，只是那么笑着。

美国人想要再说时，他才把话筒换到另一只手上，适时打断说："现在是提问时间，同学们有什么问题吗？"

一句话，成功让场面热闹起来。

身边一个韩国留学生听不懂"美人煞"，却实在好奇："那个美国人刚才说的，是什么意思？"沈遥笑嘻嘻解释："闭月羞花，沉鱼落雁懂不？"

韩国留学生自诩早过了中文考级，很认真地说："就是女人美，让鱼和大雁看得呆了，忘记了游泳和飞行。"

童言听得想笑。

意思是对，但怎么这么怪？

"差不多就是这个意思,这个人说的是,顾老师美得连美人都羞得只想死了。"
……
不出所料,当晚学校 BBS 上,齐刷刷的一串标题都成了"美人煞"。

每周日,童言都会到一个法国的体育用品卖场打工。
这个卖场在上海有四五个门店,起初她去面试,只不过是看中了学校附近的分店,没想到上岗后,反而内部调剂到了很远的地方。
在接到电话通知时,她犹豫了三秒,还是选择接受了。

于是每周日早晨五点,她就要强迫自己爬起来,辗转两个小时的公交车去卖场。唯一的好处是那个门店在虹桥附近,90%的顾客都是外国人,做导购练口语倒不错。

只是,最近卖场新运来批运动裤,算是彻底打破了这个美梦。
这几星期她都直接被发配到仓库,机械性地用衣架夹裤子,最大问题是那个铁夹子很硬,裤腰还要拉得笔直才能夹住。处理完五百多条裤子,手指都肿了。
经理来检查完,已经下午一点多。
她饿得不行,饥肠辘辘地从仓库出来,举着一双手奔到收银台:"苗苗,我疯了,你看我的手指都肿成什么样了!"
"太惨烈了,"苗苗摇头,"工伤啊这是。"

她龇牙抱怨:"是啊,前三个指头都没知觉了,难道一会儿吃饭要用无名指和小拇指拿筷子?"苗苗刚想调侃两句,忽然就换了个工作表情,移开视线对她身后说:"先生,这个收银柜台已经关闭了。"
"没关系。"身后有声音答。
顾老师?
童言诧异转过身,顾平生正在看着自己。

这是有多巧啊?
她看见顾平生身边的美国教授,还有那个被塞满的手推车,马上明白过来,这两个人估计是要去自驾游,手推车里不是帐篷就是鱼竿……
"你朋友啊?"苗苗看着两个人你望着我,我望着你,立刻说,"快来,到我这里付账,我按内部员工打八九折。"
她说完,立刻把已关闭的牌子拿下去,很是热情地替顾平生结账。

童言站在一边也没事,便帮着她一件件装袋,这些早是做惯了的活儿,很快就装了四大包东西,却在拎起来时犹豫了。

这么重,给谁拿呢?

算了,自家老师当然要照顾。

她不动声色地把两个很轻的袋子递给顾平生,另外两个递给了那个美国教授。反正从大小上绝对看不出区别。

没想到她才递出袋子,苗苗就笑嘻嘻耳语说:"我去吃饭了啊,你就好好和你这个大帅哥吃饭吧,我估计你连无名指和小拇指都不用了,意思意思吃两口,饱暖可会思淫欲的。"

童言啊了声,一把没拉住她,这小姐就溜了。

"一起吃饭?"顾平生恰到好处开了口。

结果童言又莫名其妙地和两位大学老师,一起吃了顿中午饭。

好在是吃咖喱饭,她可以用最易操作的勺子。

三个人点完餐,顾平生忽然对她说:"让我看看你的手指。"

童言愣了,要怎么看?

她把手竖着伸到他面前,正忐忑时,就被他轻握住了指尖,拉了过去。

童言吓了一跳。

众目睽睽下这么拉着一个女孩的手,也太不妥了吧?

他在看的时候,美国教授也煞有介事地看了眼,碰了碰顾平生的手臂。顾平生侧头看时,美国教授才笑着说:"TK,看你这眼神,让我又想起你读医科的时候。"

他难得愣了下,笑着松开她的手:"的确,又犯了职业病。"

对啊,他以前是医生。医生完全没有男女忌讳。

她暗松口气,收回手,捏着吸管猛喝冰沙。

刚才的手是有温度的,不像很多年前那么冰凉,骨肉均匀,修长,毫无瑕疵。

还真是,美剧渲染出来的外科医生的手……

"你下午还会继续这么工作吗?"他叫来服务生,"麻烦,给我大些的冰块。"

童言等他转过头,确认他能看到自己的口型,才回答说:"下午不用了,下午我只要导购就可以。"

"为什么不换个地方打工？"他想了想，"比如做家教？"

童言笑了："我是文科生，一般只有理工科的人才好找家教，初高中都是请人来教数理化，很少有人要教语文的。"

"不做家教也可以有很多工作。"

她笑："是啊，其实就想做些不是坐着写写画画的工作，辛苦辛苦自己，体会体会赚钱的不容易。"

美国教授倒是笑了："这很正常啊，我以前也经常去收银什么的。大学生平时就坐在教室里，要是打工也是这样，太没乐趣了。"

她忙不迭点头："刚才那个女孩子是中专毕业，都工作很多年了。我第一天来的时候给客人开发票，竟然发现自己连大写的壹贰叁都不会写，让我在电脑上打字很简单，可是真到用笔写了才发现自己是个文盲。"

服务生很快拿来一桶冰，他从身上拿出湿纸巾，抽出一张包起块形状合适的冰块，递给她："握在手里，下午应该会好一些。"

她接过来握在手里，有些不好意思。

哪儿有这么娇气啊……

下午回去时，苗苗两眼都跟狼似的了："刚才经理回来，悄悄和我说你被一个男人拉着手，别提多浪漫了。我特地追问是中国人还是外国人，好在好在，就是那个长得让人嫉妒的中国人，哈哈哈哈，快交代勾搭秘诀。"

童言满头黑线："那是我的大学老师。"

苗苗愕然："师生恋？太牛气了。"

"……他在给我检查手指，"她把手举起来，在她眼前晃，"你忘了我的工伤了？"

苗苗继续愕然："童言，我记得你是学法律的吧？你老师也应该是教法律的吧？最起码肯定和医学不沾边吧？"

"……他以前是医生，后来才教法律的。"

"……不愧是名校老师，有才，太牛气了。"

童言无语，决定放弃解说，迎上一对外国夫妇，开始轻松的导购工作。

因为周日的体力劳动，周一她成功睡到几近上课，被沈遥从床上揪起来："快起来，今天是商事仲裁，要随堂考。"

她迷糊睁开眼，对着面前的那张脸凝神很久，才猛地坐起来："随堂考？！"

还是国际商事仲裁……

为什么又是顾平生?

她咬着笔头,看着面前密密麻麻的英文。平时最烦的就是英语阅读题,这下好了,不仅要阅读,还要彻底读懂纷繁复杂的案例,最重要的还要分析……英文分析。

可不是四六级作文那么简单了。

这种案例分析题,她想抄都没机会。

匆匆扫一眼身边班长的卷子,密密麻麻的英文,那潇洒的手写体,基本除了is、are、here……就都看不懂了。

"童无忌?"沈遥埋头,叫她的名字。

她的名字是童言,童言无忌。别名:童无忌。

沈遥的声音不轻,显然是欺负顾平生听不见。

不知哪个角落传来几声轻笑,紧接着,教室前方又是几声轻笑和低语。无一例外的是,大家都盯着自己的卷子喃喃,对着答案。

童言心虚地看了眼坐在教室门边的人,没理她。

沈遥继续在身后叫她,变着各种声音,怪相尽出,最后才终于大吼一声:"童言!"

她被吓得掉了笔,又心虚地看了眼顾平生。

一道视线越过众人,很快捉到了她,童言忙低头,恨恨盯着卷子问:"干吗?"

沈遥的声音格外谄媚:"童无忌,给我看看你卷子……"

"……我也没写啊。"

"童言。"

忽然一个声音响起来,有些冷,像是深潭水。

童言欲哭无泪,默然起身看着顾平生:"顾老师。"

他静看了她一眼,走过来拿起她只写了两句的卷子,又看她:"不会?"

"……不会。"这时候再说谎话,就是找死了。

窗外的知了没完没了叫着,头顶的风扇也转得很欢快。

可是教室里却安静得不行,顾美人发威,也很可怕。

很长时间的沉默后,顾平生才悠悠地叹了口气:"第一次随堂考,可能你们还不能适应用英文做案例分析。这样，童言你回答我一个问题，如果答对了，今天所有人就拿着卷子回去做，分数同样计入平时成绩。"

众人哗然，立刻转而盯着童言，目光之热烈，比日头还毒。
只有童言脸更白了。
"'国际商事仲裁法'的概念？"顾平生笑吟吟看她。
概念？

有人低声在角落里喃喃："童无忌，你要是连这个都答不出，立刻驱逐出本班。""童言，我们的平时成绩啊。""美人煞这是有意放水啊，言言。"
童言欲哭无泪。有工夫说这些……还不如快告诉我答案。

"你们所有人都抬头，看着我。"顾平生笑着说。
话音落下，所有人都闭上嘴，老实抬头看顾美人。

"想好了吗？"他问。
童言肝肠寸断，硬着头皮看顾平生："'国际商事仲裁法'……就是……国际的，商事的，仲裁的……法律。"

众人集体泪目。
果然是童言无忌，丝毫没有技术含量。

大家都在笑，顾平生却不笑了，只是很平淡地重复着她的话："国际的，商事的，仲裁的，法律？"那么一瞬的严肃，童言有些说不出话。
后边人举起手，抬头说："老师，我能替她答吗？"
沈遥终于于心不安，决定自首了。

顾平生抿起嘴角，不知道是在思考，还是在笑。
最后他只是摇头："不用了。"
他走回到讲台后，翻开书开始讲课，像是没发生任何事一样。只是在下课铃响起的时候，他才合上书，说："童言，下午去次院办，我的办公室。"
完了。
顾平生拎着书走出教室的一瞬，所有人都看向童言，眼神里只有一个意思：你完了。

"没关系,"沈遥拍了拍她的肩膀,"美人煞,专门煞美人的,说明你真的很有姿色。"

童言磨着牙齿,恨不得生啖其肉。

结果下午她到法学楼时,碰到每个负责行政的老师都是笑吟吟问她:"国际商事仲裁?知道不好好学习的下场了吧?"而授课的教授们都是语重心长:"童言,你看着挺聪明的,怎么成绩就总不高不低呢?再努力一些,就能拿到交换生名额了。"

童言或是笑着,或是恭谨应对,直到走进顾平生办公室时,终于明白他找自己不只是为了那个该死的国际商事仲裁,还有别的原因。

他曾说是"有朋友"在这个学校,却没想到是理学院的女老师。

同时也是自己大一、大二的噩梦女神,赵茵。作为一个高二开始就不学物理的纯文科生,却在进入大学后被要求读大学物理,这是一种什么命运?不停重修的命运……

"TK,我走了,"声音委婉的赵老师,对童言笑了笑,"童言,刚才我看你的课表,这学期你没选物理课,是要下学期再选吗?"

其实这老师真不错,可她讲的自己的确听不懂。

童言礼貌笑了:"我想这学期自己看书,下学期再奋斗一次。"

赵老师没再说什么,走了。

顾平生的办公室她是第一次来,不知道是他自己的意思,还是法学院某位行政老师的癖好,整个装修都是偏白色的,连布艺沙发也是乳白色的。只有大盆的巴西铁绿莹莹的,在阳光下泛着光泽。

他第一句话说的是:"你物理考了四次?"

童言瞬间有种走错地方的感觉,她貌似是为国际商事仲裁来的,不是大学物理吧?

她决定不回答这个问题。

但需要个很有力的转移点……"你们?不会是男女朋友吧?"

能为了一个朋友的愿望,就决定工作地点,关系肯定很不一般。

顾平生忽然怔了下,马上就笑起来。

结果到最后,他也没回答这个问题,反倒是用她那点儿愧疚心理,挖出了她会挂四次的原因。她的总结陈词很简单:"天分是不能强求的,顾老师,我从高一就明白自己物理不行。"

顾平生喝了口水:"需要我给你补课吗?"
她心跳了下,没说话,反倒坐在沙发上,过了会儿才看着他说:"顾老师,你能当作以前我们不认识吗?"
"为什么?"
"我现在挺好的,可你对我这么关心,我反倒觉得自己过得不如意了,"本来这些话应该低头说出来,更有勇气些,可对他却只能对视,将他的表情尽收眼底,"其实你可以去学校食堂转转,有时候会碰上没钱吃饭的学生,等着吃别人的剩饭……这些才真需要帮助的,我就是中等水平,不愁吃喝……"
"童言,"顾平生打断她,"六年前在医院,对不起,那是我唯一一次打人。"

……
怎么提到这么严肃的话题?
童言本来想表达的是,我现在生活风平浪静的……你不用再这么关心我了。
"其实,你打得一点儿都不疼,就是稍许丢人。"

她忘不了那天。
ICU外边人特别的少,光线苍白清冷。
身上的书包很重,里边放了很多很多的卷子和书,脑子还跑着刚才老师在黑板上写的数学题。她只看到几个人簇拥个中年男人,还有个很年轻的大男孩靠着雪白的墙壁,坐在地板上,一只胳膊搭在膝盖上,拿着单薄的白纸。
中年男人走过来问她:"你是言言吧?"
虽然声线刻意温和,但长久高高在上的姿态让他包了一层冷漠的薄膜。
自己是谁不重要,重要的是自己是唯一能给母亲手术签字的亲属。
手术费不重要,重要的是亲笔签字。
那时是什么心情,记不清了,只是拒签名字:"你不是做官的吗?难道还不习惯签名?你要负责随你便,只要你真正的老婆不计较。"甚至在医生询问要不要探望时,也只是说要回去上课。她唯一记得清楚的是,医生和护士怪异的眼神。

然后,有人扯起自己的手,强迫着自己去签字,竟是不相干的他。
挣扎间,她咬住他的手,咬得牙都酸了,他却怎么都不肯放手。
最后是他打了她一巴掌,很响,整个走廊里都回响着这个声音:"这世界上,你有权利选择任何东西,唯独父母,你不能选,也不能放弃。"

那时候自己哭得很惨。现在想想，根本不疼。

可能就是他的那句话，让自己彻底崩溃。这世上你能选择任何东西，唯独父母不能选，是啊，根本没的选。

后来，好多医生上来拉住他，对他说"你母亲心跳骤停"，他才猛地僵住，松开了自己……

她记得他的胸牌，心外科，顾平生。

她模糊地想着。

"童言？"

她回过神，抬头看他。清晰的眉目，他从来都没有变。

她觉得再这么说下去，自己这学期就别想好好上他的课了，所以很快沉默着，想了个借口离开了他的办公室。

只是最后走的时候，还是觉得今天的事实在过分，回头又看着他说："我们班平时开玩笑习惯了，其实没有恶意的。"

都不是故意欺负你的缺陷……

顾平生正端起玻璃杯，喝了口水，笑着说："我知道。"

回到宿舍的时候，三个女人正捧着瓜子，边嗑边看电视，王小如一见童言回来立刻笑嘻嘻道："顾老师把你怎么了？"

童言抓了把瓜子："没把我怎么样。"

"瞧你这低眉顺眼的，"沈遥笑，"刚才我们吃饭时还在说，顾美人怎么叫你名字叫得那么顺，总是童言童言的，该不是你们俩曲径通幽了吧？"

童言看了她一眼，闷不作声继续嗑。

其实她就知道，她从来不想回忆的过去，肯定能被顾平生扯出来。

就是他不提，自己也会想起来。

她嗑了第十粒瓜子，终于长叹口气："上课两星期了，谁告诉我还剩几周放寒假？"

"19 周的课，还剩 17 周，"沈遥乐呵呵看她，"是不是在算，还有多久就要继续重修大学物理了？"

17 周，还有 119 天。

自此，她把国际商事仲裁当作第一重要课程，连着三节课的随堂考都毫无悬念通过。每次早早到了坐在教室最后，下课铃响起就冲出去，太完美了，她恨不得像当年高考一样弄个倒计时……

上海的夏天啊,她在教室旁边的洗手间,努力洗脸。

太可怕了,就上了一堂课,从里到外就湿透了。

她用纸巾胡乱擦干净脸,走过来的时候正看到门口笑嘻嘻站着沈遥几个人,一见她出来立刻乐了:"童言无忌,这个人找你,你认识他吗?"

众女人身前,站着个戴眼镜的男生,个子不高不低,长得不好看不难看。

童言看她们一副有奸情的嘴脸,立刻明了:"这是我素描课的课代表,"她走过去,"怎么了,找我有事吗?"

如果她没记错,这个人是理学院的,就是那种男女比例严重失调、天天不是公式就是实验的地方。估计他从没试过被好几个女孩围观,窘了很久才说:"上星期要交作业,只有你没有去上课,我来……收作业。"

彻底忘了。

什么叫顾此失彼?这就是了。

童言马上不好意思了:"我忘了画,今晚我给你送过去吧?你叫……"实在郁闷,连这个课代表名字都不知道。那个男生比她还不好意思:"沈衡。"

童言瞥了沈遥一眼,你本家喔。

"不用送到我宿舍楼,这样,我今晚8点在上院旁边,就是思源湖那里,"沈衡犹豫着,最终找了个醒目地点,"算了,还是升旗台处等你吧,不见不散。"

童言哑然,还没答应,那人就直接走了。

来不及叫住,也没有他的手机号码……这次完了,难道真的要去校门口最醒目的坐标,在冉冉红旗下交作业?

沈遥幸灾乐祸地拍了拍她的肩膀:"我说,人家无忌哥哥招惹的都是当代所有美女名流,你怎么净招惹烂桃花,这个太绝了,不主动请缨去宿舍楼下接你,竟然约了升旗台。还有,什么破借口?这年月还有如此敬业的课代表吗?太不一般的烂桃花了。"

被沈遥这么一说,她笑都笑不出了。

但是作业一定要交,这可是半学期成绩。

结果是宿舍另外三个女生亢奋异常,非要在暗中潜伏,看她如何在伟大的思源湖边,交素描作业。她拦不住,只能硬着头皮站在湖边的林荫道上,远望旗杆的地方,等那个沈衡到了再过去。

她时不时看看假装在长椅上看书的三人，很是无奈。

她低头，看着花坛里郁郁葱葱的杂草，然后就看到两个人的脚经过自己面前，看鞋是一男一女，可怎么忽然停下来了？这地方不适合说悄悄话吧？千万别"kiss"，没看见还有个活人在吗……正乱七八糟想着，高跟鞋就走近了："童言？"

这声音她听了四个学期，是噩梦女神。

她抬头的时候，湖边的三个人也瞪大眼睛，都傻了。

噩梦女神身后，两步远的地方就站着顾平生。那个据说从来不住在学校里，每周只来上课三次的顾平生。昏黄的路灯，照得他整张脸五官分明，眼睛黑得那么浓郁……果然是美人煞，连噩梦女神都煞住了。

"物理看得怎么样了？"赵茵有职业病地追问。

"入门了……"她说得很违心。

赵茵一提到物理，立刻笑得格外温柔，开始温声细语给她讲解她上学期被挂课的原因。不知道为什么，童言听得极不自在。

正要找借口跑掉时，顾平生已经走过来："素描？"

素描纸还是很好认的。

她点头，顾平生笑了笑，低头看她："给我看看。"

童言递给他，就是简简单单的物体素描而已。他解开绳子，打开整张素描，看了几眼："好像透视有些问题，有笔吗？"童言愣了下："有。"

她从包里翻出笔袋，拿出铅笔和橡皮递给他，他接过来，擦去一些地方，曲起小拇指用关节轻拨开橡皮屑，开始给她修改作业。

第二章 那些小故事

"顾老师，其实……"童言被远处三个小妞盯着，难以招架。

顾平生没有任何变化，像是没有听见……不对，他的确听不见。

同一时间，赵茵也碰了下他的胳膊，他抬起头看她，赵茵笑道："哪里有你这么偏袒学生的？"顾平生倒不觉不妥："我一向偏心，以前读研带本科生的时候，也是这样。"

童言移开视线，看着教学楼走出下课的人流。

这种时间下课，一定不是"毛概"就是"马思"。果然，两个走过的男生手里拿着《毛泽东思想概论》……她盯着那两个男生猛看，让自己成功分神。

直到瞥见旗杆处走来个人，她立刻就冒了汗。

忘了这个课代表了。

结果自然是，赵茵看到自己的学生，很是诧异，沈课代表看到本院的女神，更是哑巴了。童言看看重新卷好素描纸、递给自己的顾平生，很是欣慰地发现，单就心理素质来看，法学院完胜……

童言接过作业，转手就递给了沈衡："给你，作业。"

赵茵这才明白自己学生来做什么，笑着说："沈衡，你这学期还选修素描了？我记得你下学期会去伦敦交换两年，应该不用修选修课了吧？"

赵老师一语道破天机。

沈课代表明显比童言还窘，童言倒是很小心看了眼顾平生。

好在赵茵是对着沈课代表说的，他似乎没看见。

"顾老师，我有些问题想请教你。"她决定先下手为强。

顾平生说了个"好"字，对赵茵点头示意："我先走了，有事情邮件联系。"

她其实只想不让他看见那个男生说什么，可两个人一离开，她却不知道要说什么了。顾平生倒也不着急，只和她沿着湖边林荫道走着。

湖边有三幢教学楼，上院、中院和下院。

上院大多是阶梯教室，大而空旷，虽然教室都是开放的，但是全校的默认规矩就是上院是情侣约会的地方，谁都不会在这里晚自修……所以，别看晚上整幢楼黑漆漆的，暗处的活色生香可不少。

而顾平生，偏就走进了上院大厅。

她很想拉住他，可这其中缘由又实在难以启齿。

正在百转千回地想着借口，顾平生已经走近自动贩售机，从身上摸出几个硬币。叮当几声后，滚出来了两罐冰镇可乐。

他回身递给她一罐，才笑着问："想请教什么？"

"那个……案例分析，今天考的案例分析。"童言努力笑。

"我已经看过了，你考得很好。"顾平生回答得言简意赅。

童言瞥见右手侧教室里隐约有人影，彻底苦闷了。

"顾老师，我们换个地方说吧？"

顾平生好笑看她："怎么了？这里有什么问题吗？"

当然有问题。

尤其顾平生今天只穿了黑色的运动短裤、半袖和沙滩拖鞋，根本就是个学生模样，还是个比较能让人一眼记住且还有欲望回头再看的学生……童言连带着观察了下自己，为什么偏就今天穿了白色连衣裙，还超级短。

看着就像来做坏事的……

她沉默了三秒，忽然灵光一现，找到了借口："你没听过上院鬼故事吗？流传很久的。"她见顾平生似乎有兴趣，接着说，"顾老师来了三个星期，有没有发现上院所有楼层都不亮灯？其实这里……死过人。"

那时候是晚上从这里路过，沈遥存心就在她进洗手间的时候，慢悠悠在漆黑一片中讲这个故事。她吓得半死，出来一看沈遥不见了，险些哭出来。

自动贩售机透出苍白的光，估计顾平生站在这里，就是为了能看到她说话，可也是因为这光，她后背已经发凉了。

好在不远处的湖边，还是非常"阳春白雪"的。

她暗自鼓励自己："不知道是哪年，有个男生看到下院和中院人太多，就拿了根蜡烛来上院，独自在教室里做数学题。因为这里除了期末考试那几天，都是不开灯的，所以他这根蜡烛就特别明显……散着幽幽的暗淡烛光……起先来了两个保安，问男生为什么在这里，男生就说这里很安静，保安看他真的在做数学题，也就没阻拦。后来过了一会儿，来了个女生，穿着白色的连衣裙，"她卡壳了半秒，更瘆得慌，"她柔声说，同学，你可以帮我解一道数学题吗？"

顾平生淡淡笑了下："然后呢？"

呃，为什么讲的人这么慌，听的人这么淡定？

童言悲哀地看着他："没有接下来了，第二天有人来上课，发现男生死在了座位上，蜡烛竟然还没有烧完。而他的身上放着张数学题的演算草稿，这道题目是十年前学校一次期末考试的题，那次考试中有个女生因为高数没及格而跳湖自杀了，这张草稿纸上，就是最关键的那道题……"

她以最快的语速讲完，实在绷不住，问了句："当时我听得吓死了，为什么你没有一点儿反应？"

顾平生喝了口可乐："医学院是鬼故事发源地，教室、洗衣房、浴室、洗手间、食堂，甚至每个宿舍、每张床，都能讲出鬼故事。不过真有人为了高数不及格跳湖吗？这样看来，还是你心理素质比较好。"

……

我不就大学物理挂了四次吗？

她终于想起讲故事的初衷："可是我很怕，我们换个地方说？"

顾平生没有任何异议，和她沿走廊往出走。她刚松口气，他却忽然停住脚步，低声说："你看见有人影吗？"

童言立刻汗毛倒竖，可又很快反应过来，肯定是野鸳鸯。

她轻声说："我们快走吧，可能……可能有人在这里吵架吧。"

问题是这里没有光，他又站在她前面，根本就没看到这句建议。

就在童言觉得坏事了的时候，顾平生已经走进了那间教室，她下意识跟进去……结果自然是目睹了一场天雷勾动地火的热吻，在很淡的月光中，那叫一个全情投入，旁若无人。童言看得脸都烫了，伸手扯了下顾平生的胳膊。

他回头看她,童言只是紧瞅着他的眼睛,看不见我说话,看得见我的眼睛不……顾老师,撤吧?他似乎笑了下,反手拉住她的手腕,刚想要走出教室,身后就传出了一声刺耳的尖叫声,悲惨凄厉,显然是被他们两个吓到了。

他没反应,她只好抱歉地回头解释:"别怕别怕,我是人,大活人。"

话没说完,已经被他拉出了教室……

晚上她灰头土脸回到宿舍,发现三个女人都用一种诡异的眼神看自己。

"怎么了?"没做什么坏事,怎么这么心虚?

沈遥嘿嘿笑着:"你和顾美人去上院干什么去了?"

夜晚的上院,正常人理解当然是"约会"。

她讪笑:"怎么可能,我去上院干什么……"

沈遥让出电脑屏幕,让她看那个已经打开的校园帖。

"今晚我在上院和男朋友约会,竟然,竟然闯入个白连衣裙女生,吓死我了,险些把嗓子喊破。最神经的是,那个女生还说'别怕,我是人,不是鬼'……喂,那个女生你知不知道上院鬼故事?拜托不知道去复习下校史,下次见到教室有人影别进来好吗?进来也别穿着白连衣裙好吗?

"最后补一句,她男朋友长得真帅,没看清脸,可那身形就让人……神魂颠倒,而且超镇定,无论我怎么尖叫,都只拉着女朋友往出走,坚决不回头……"

沈遥用笔在"拉着"两个字上打了个圈,暧昧一笑。

童言哑口无言,坐在座位上任由她们怎么笑,都摆出一脸我很无辜的表情。最后把书架最后一层的物理书拿出来,开始了悲催的预习功课。

苦闷的她竟然在离开上院后,还是想不到一个合理的借口,只好对着他说:"是这样的,我想了很久,还是需要人补习物理……"

无论如何,这件事都不能让这几个妮子知道。

虽然,真的很无辜啊。

顾平生对于她主动接受物理补习的事实,很是欣慰,甚至还留给了她手机号码。只是很平淡地告诉她,手机对他来说只用来收发短信和邮件,不能打电话,要她每周找自己补习两次,时间、地点由她自己决定。

他说这话的时候,是两节课的课间,当时他手边教案上还放着一封信。淡粉色的信封,手写的镂空字,写着他的名字,显然是匿名情书。

童言一本正经点头,瞥了眼那个信封。

这种信她以前也写过，而且每天一封，从来没有间断地持续了三年。
只可惜，如今收信的人已经结婚了。

当然人不能活在过去。
尤其对她而言。

学校早年有很多话剧特招生，基本是全校最靓丽的风景之一。这群人闲得无聊，建了个阳光剧社，然后传啊传啊，就传到了童言的死党手里。
然后，没有然后了。
死党，就是专门用来搞死你的。

自从迎新晚会筹备开始，童言每周除了上课、打工，就是改剧本，然后在学生活动中心的舞蹈大厅看人排练话剧。
噢，现在还加了一项，每周去顾平生办公室补习物理……

"童言，在想什么？"
满脑子跑着物理题的童言，茫然回头："质点动力学，一会儿还要想一想动力和波。"
艾米张了张嘴巴，夸张调侃道："搞艺术的人，怎么能学物理呢？会扼杀灵感的。"

童言瞥了她一眼："我是严谨的法律系学生，我在阳光剧社只是打酱油的，谢谢。"
"可你是我们阳光剧社的骨干啊，"艾米继续用高亢的舞台剧腔调逗她，"自1996年起，几个心怀梦想的青年在上海西南某高校的思源湖边，带着对传统话剧艺术的……"
童言果断拿起手机，示意自己打个电话。

岂料刚走出两步，手机真就振起来，她拿起来。
顾平生：这周家里有些事情，商事仲裁都调到了国庆后上课，如果不介意，你可以到我家来补习物理。TK。
童言愣了，盯着手机屏幕读了三遍……
过了会儿，她才按着键盘，慢慢打出了几个字。觉得不好，又删掉，反复几次，终于选择发送：既然老师有事，物理补习也挪到国庆后吧。

放下手机时，排练大厅里几小组人都演起来，高低起伏的台词，不停从各个角落传来。刚才还在身边的艾米，已经环抱着双臂，站在几个男生面前指导。

她怔怔看了会儿，不知怎的，始终沉不下心去细看他们排练。

忽然，手机又振起来。

顾平生：物理不同于法律，你基础不好，最好不要中途断课。TK。

可是去老师家终归不妥吧？

况且，你又不是物理老师⋯⋯

童言抑郁着，继续推辞：没关系，我这周巩固上周所学，不会偷懒。

顾平生：我家紧邻徐汇总校区，坐校车过来很方便，周三下午有课吗？ TK。

她窘然，很快回复：没有。

他绝对是故意的，每周三下午，全校都没课⋯⋯

顾平生：坐三点半的校车，四十分钟后，我在总校图书馆等你。TK。

⋯⋯

这语气，明显是敲定了。

她暗叹口气：好的。

如今过去四周，她大概也摸清了他的脾气，谦和有礼，没有老师架子，可是真涉及任何知识层面的东西，马上就恢复了老师的身份。认真，认真得过分⋯⋯

她忽然想到下周就是国庆长假，自己早计划好了要回北京看奶奶，该不会也要被他抓去补习吧？正好，周三去他家先请假。

"他家"⋯⋯

童言又叹口气。

周三下午坐在校车上，她忽然有了些紧张，说不清为什么。

只要过了十一，就已经过了五周了⋯⋯路上有些堵，她迷糊睡到了站，被身边人好心拍醒，看表才发现竟然用了一个半小时，也就是说迟到了整整五十分钟。

完了。

她翻手机⋯⋯悲剧地关机了。

难怪没有顾平生的短信。

好在下车的地方离图书馆很近，她下车走了会儿，就看到顾平生的车。

白色的路虎揽胜,那天她坐过一次。

她以前并不认识这个长长英文名字的车,后来陆北很喜欢,她就也跟着记住了这个名字。
她走过去,看见他低头看着手机,像是在回邮件。
拍车门,没反应。

还真是专注,童言站在车窗旁,盯着他看。身旁偶尔走过些学生,都有些奇怪地看着她,如此不言不语,盯着车里的帅哥……
顾平生忽然抬起头,两个人的视线就这么撞在一起。
就隔着一层车窗玻璃。

她心扑通跳了下,尴尬对着他笑了笑:"不好意思顾老师,我迟到了。"
他微微笑了笑,对她打了个手势,示意她上车。
到扣上安全带的时候,她才好奇地问他:"今天不是很热,怎么不开车窗?空气流通也会好些吧?"
他递给她一瓶水:"我一年四季都不习惯开车窗,城市空气不好。"
噢,小洁癖。

到他真正开出校门的时候,车里又安静下来。
他很细心,在车里开了音乐,而且音量适中,应该是特地让别人调过的。

童言听着只有自己欣赏的音乐,看车很快拐进一条很安静的路,路是斜斜地延伸着,有足够多的法国梧桐遮住夏日阳光。
道路两侧很干净,简单得连公交站牌都没有,只有一两个小商铺。
直到车开进小区,她才看到门牌,这条路叫湖南路。下次有机会真该下车走一走……太干净了。

可真到进了他家,她才明白什么是干净。
他弯腰拿拖鞋给她,厨房忽然跑出来一个女人,拿着雪白的毛巾,笑着对她说:"你好。稍等下,等我收拾好客厅,你们再进来。"
童言愕然看着一尘不染的客厅,然后看着这个漂亮女人拿毛巾擦着每个角落……他们一家都是洁癖吗?

他给她们简单介绍说:"我表姐顾平凡,这是我的学生童言,"顾平生换上拖鞋,"我表姐现在是外科医生,我的那么些小洁癖就是她传染的。"

他话没说完,顾平凡已经笑着侧头说:"算起来,你以前是医科的,怎么可能是我传染你的?我以前可是法律系的。"

童言再次愕然:"以前是法律系的?"

如果说学医的转法律,应该不算太难。

可医科绝对不是随便转转玩的,他们家都是什么人啊……

顾平生像是看出她的想法,笑着解释:"她本来已经读完博士了,可是忽然觉得自己学的很没用,一定要做些对人有帮助的事。后来就重新从本科读起来,今年刚读完硕士,在瑞金医院实习。"

……很没用,童言尴尬笑了笑:"其实我也觉得法律很没用。"

可让我学医,光是想想"鲜血淋淋"四个字,就腿软了。

"对啊,"顾平凡终于擦完所有能擦的东西,"我那时候拿到纽约和加州的执照,忽然有些不明白我为什么要读法律。后来豁然开朗,还是治病救人最直接。"

童言更尴尬了,可还是礼貌接话:"是啊,可要下决心放弃那么多年读出来的书,还有考出来的执照……再从本科开始学医,也很难吧?"

顾平凡眼睛眯得像只猫:"没关系,我给 TK 介绍导师,他就只能指导我打基础,他可是最好的老师。"

他表姐很健谈,到最后还是顾平生把她带进书房,才算是隔绝了越来越多的话题。

书房布置得很安逸,地毯很厚,踩上去就觉得舒服。

顾平生开始讲题,她还紧绷着神经,慢慢地,却不自主地开始走神。

他转读法律的理由是什么?如果要做老师,其实,直接留在医学院也可以。

应该和他妈妈有关吧?

她撑着下巴,稍微走神了三分钟,就彻底不知道他在说什么了。

接近黄昏的日光,让整个房间都有些暗。从这个角度看过去,能看到他很立体的侧脸,很浅的一个酒窝。如果一个男人脸圆圆的有酒窝,是多喜感的面相啊,可是如果脸很瘦,有这么个小酒窝,真让人觉得蛮……说不出的感觉。

她还在努力想贴切的词,就发现他无奈侧过头,看着自己:"童言,我的脸,能让你通过考试吗?"她被吓了一跳,下意识道:"我在想这道题怎么做……"
可是一回味他的话,不禁笑了:"顾老师,或许你的脸,真能让我通过考试。"
三十六计美人计,自勾践以来,数千年无往不利。

顾平生有那么一瞬的疑惑,旋即就笑了:"她是我一个好朋友的未婚妻,后来因为一个不肯出国,一个不肯回国,分手了,和我没关系。"
她隐晦一笑,刚想再说什么,就看见顾平生拿起笔,边说边写题目:"光滑水平面上,水平固定一半圆形屏障,摩擦系数μ,一质量m的小球以速度v从一侧切线进入……"
……这是什么?

看到他迅速写完,起身,童言有些胆战心惊:"顾老师,这个还没教吧?"
他双手插着牛仔裤口袋,半弯腰,对她笑了笑……

很近的脸,甚至能看清睫毛,是微微翘起来的。
她脑子有些转不动,就看着他嘴唇在动,听见一个声音说:"我想先了解你这部分的基础,我出去处理些私事,一会儿再进来。"

直到门被关上,她才抑郁着回头,看那张纸。
绝对是赤裸裸的报复。
顾平生回来时,仍旧是白纸一张,她是真的不会。

后来因为晚了,顾平生表姐留她吃晚饭。
说实话,这个前纽约加州律师的手艺,实在不敢恭维。童言尝了几个菜,不动声色把筷子伸向了最好炒的香菇青菜,岂料,顾平生竟也夹起了个青菜芯,两个人对视一眼,吃进嘴里,然后又同一时间,都端起了水杯……

顾平凡倒是吃得津津有味:"我听TK说,你们以前就认识,还是在他做实习医生的时候?"童言点头,继续喝水:"就见过一次。"
她不知道顾老师说到什么程度,当然也乐意含糊而过。

那件事像是一件非常私密的事情，她不知道对顾平生来说，那天是否是他唯一的失常，可对自己来说，却是唯一一次在别人面前，暴露始终隐藏的秘密。

虽然在这个时代，很多人早就漠视了第三者的存在，可如果，本应是最温柔宽容你的妈妈，却成为别人家庭的破坏者。从牙牙学语起最依赖的人，一夜间变成最唾弃不齿的那类人，这种伤害对她来说是毁灭性的……

"你父母是做什么的？"顾平凡忽然问。

她的笑很温和，脸颊上也隐约有个酒窝，像极了顾平生。

童言看着壁灯映在她眼睛里，忽然有些说不出话。

倒是顾平生接了话："你今天的菜，用了我家多少糖和味精？"

顾平凡诧异看他："没用多少啊，我大部分用的都是盐，"她说到这儿终于恍然，"你是觉得菜咸了？TK你说话越来越过分了……"

后来她还没想到借口，顾平生就主动说这周就补课一次，余下的等下周再说。他是开车送她回的学校，说这句话的时候是在下车时，在校门口对面的马路上，她隔着车窗点头，然后忽然想到什么："我国庆要回家，也就是下周，肯定没有时间补课。"

顾平生看着她："我下周也要去北京，如果有什么需要，可以随时找我。"

童言尴尬笑了笑："不会的，放心，我不会打扰你的假期的。"

国庆节是一票难求，她拜托了很多北京师兄师姐，才算七转八转地弄到了一张……站票。好在只有十四个小时，可她真正上了车就蒙了，目之所及尽是人，座位底下都早已躺好了人，她好不容易挤到洗手间旁的车门处，厚着脸皮蹭了个地方。

她看到洗手间里，水池上也坐着两个小孩，索性决定今夜不喝水，熬到下车算了。

可到了半夜，实在渴得嗓子疼，她只好拧开矿泉水，抿了很小的一口含在嘴里，缓解缺水的感觉。就在腿已经站得没知觉时，收到了沈遥的短信：怎么样，站得可惬意？

童言哭笑不得，回道：我站在洗手间外，闻了一晚上酸腐味道，连水都不敢喝。

沈遥很快回复：让你嘚瑟，平时打工的钱和稿费，全都被你贡献给铁道部了。你说就是想家，也不用每个国庆、五一都回家吧？

火车驶过铁轨的声响，很有节奏。

她拿着手机沉默了会儿，才继续用调侃口吻，回道：没办法，我恋家。

清晨下了火车，她又辗转地铁、公交足足两个小时，才算挨到了奶奶家。刚用钥匙打开门，就看见最想念的那道身影在厨房，忙碌着给自己做早饭："言言回来了？我刚熬了杂粮粥。"她饿了一夜，头昏脑涨地走到床边，直接栽倒。

"怎么这么累？"奶奶问。

咸菜和粥，还有油条。

她觉得自己幸福得要死了："这次很好运，买到打折机票，才三百多块钱，可惜是早班机，坐得我真是困死了……"

困死了，真的困死了。

可她还是很乖地爬起来，在奶奶的注视下，一点不剩地吃完了所有的早点，连带喝了一大杯白开水："下次我带您去坐飞机，等我毕业了，就是怕您会晕机，对了，耳朵也会疼，"她描述得煞有介事，"今天早上飞机快降落的时候，我的耳朵生疼生疼的。"

奶奶笑眯眯听着，脸上每一道皱纹都带着欢喜。

她正说得开心的时候，奶奶忽然很神秘地拉住她的手，说："今年养老金又涨了，我这几年给你攒了整整一万块钱，能不能把助学贷款还上？"童言吓了一跳："我不是和您说了，我只要毕业后五年还上就可以，千万别给我攒钱，我现在打工，还帮一些记者写新闻稿，一点儿都不缺钱。"

"我已经取出来了，"奶奶继续轻声说着，却忽然想起厨房里还炖着肉，忙站起身对她说，"就在沙发底下，你赶紧拿出来收好。"

她看着奶奶的背影，眼睛有些莫名的酸软："要不这样，我拿出来存在我和您的卡上，等我需要用的时候再用。"

她离开北京的时候，特地办了个户头，自己拿着卡，给奶奶留下了存折。

万一家里急用钱，可以即刻取出来。

厨房里应了声，她走到沙发前，摸着底下藏钱的暗格。

小时候她经常会到处翻，早就熟知这个藏钱的位置。

可当她拿到信封时，却忽然觉得不对了，很薄的信封。就连自己每学年交的六千元学费，都比这个厚几倍……一个猜想闪过，她就像忽然被人捏住了心尖。

不敢呼吸，也不敢动。

她不敢说出事实，只装作不经意地问了句："我爸这几天是不是来过了？"

"是啊，还特地给我换了煤气。"奶奶的声音带着难掩的喜悦。

果然是他。

童言怔怔看着信封，不是第一次了，可这次这么多，让她拿什么去补？

纷乱的念头，不停在脑中闪现，她忽然觉得很无力。整夜的疲累再次一涌而上，她只想哭，怎么都止不住鼻酸。

就在视线模糊的时候，奶奶已经走出厨房。

童言忙把信封塞进书包，抽了张面巾纸，装作擦鼻子，很快抹去了眼泪："怎么感觉要感冒了……"她站起来，很快说，"这么多钱放在家里不安全，我现在就去存上。"

"不急啊。"

身后的声音被关在了门内。

直到走到很远的公交车站，她在候车的路牌下站住，打开信封的封口，仔细数了数里边的数额。只有两千元。

自己平时学费是助学贷款，生活费都靠打工和稿费，除了日常花费，也才攒了两千块钱。也就是说，还差整整六千。

六千块钱。

这笔钱一定要存进去，虽然奶奶知道她儿子是多么不争气，可总是心存幻想，希望他能有改正的一天……

公交车站的人格外多，很多都是父母带着孩子，热闹地过着国庆节。就在车进站时，很多父亲都抱起小孩子，甚至举到头顶上，唯恐人群挤到自己的心肝宝贝……童言站在那里看了很久，已经数不清进站了多少公交车。

到最后，还是拿起手机，对着二十几个名字，犹豫着。

她从来想要最平常的生活，就像是沈遥这么要好的朋友，也不知道自己家里的事情。如果现在在上海还好，可以说来不及和家里要钱……可是现在自己就在北京，和同学开口借钱都没有说辞。

最后看了很久，只剩下了两个人。

陆北和顾平生。

一个，是曾不问任何缘由，答应自己所有的要求；一个，是意外见到了一些真实的画面。

可是从陆北结婚后，自己就发誓再不见他，不管是什么原因错过，她都有强烈的道德洁癖，不允许自己做出任何破坏别人家庭的事情。

所以其实，只剩了顾平生。

她犹豫着，给他发了条短信：顾老师，你忙吗？我想拜托你件事。

很快，他就回了短信：说吧。TK。

短短两个字和一个署名，看不出喜怒。

他其实和自己不熟，如果这么贸然借钱……

虽然光是看他的车和家，就知道这些对他来说，再容易不过。

她回道：我想要借钱，只要六千就可以，很急。

过了很久，他也没有回消息。

童言忽然很后悔，自己为什么要和老师开口借钱呢？可话已经说出去了，反悔也来不及了，她忐忑地盯着手机，不停祈祷顾老师你千万别介意，我真的是没办法了。

忽然手机响起了一串铃音，顾平生来电？

童言有些发蒙，接起来刚想说"喂"，马上想起来他根本听不到。

然后就听见电话那边，顾平生用英语在和人说着话，像是对身边的人。

然后很快，他就对着电话说："童言，不好意思，刚才我在和家里的长辈说话，你把地址发到我手机上，我现在开车去找你。"

他的声音有些急，可依旧很温和，温和得让人想哭。

第三章 你是真的吗

他到的时候，童言仍旧在公交车站旁，坐在路边花坛的栏杆上，看着马路怔怔出神。

她早就过了怨天尤人、自暴自弃的年纪。

似乎真的是顾平生当年的话，影响了她。

这世界上，你有权利选择任何东西，唯独父母，你不能选，也不能放弃。

视线中忽然出现他的脸，在低头看自己。

她仰头看他时，顾平生已经递出了一瓶冰水："今天很热。"她接过来，看见他手心有些水，应该是被瓶子弄湿了。

他拿出一包餐巾纸，递给她，示意她包住瓶子喝："我开的是朋友的车，不是很顺手，所以开得比较慢。"

他说话的时候，始终是笑着的。

就在他还想再开口说什么时，童言已经笑起来："先说好，不能问我为什么借钱。"

顾平生似乎很意外："童言同学，我在努力避开这个话题，你没察觉吗？"

"察觉了，"童言意味深长地看着他，"我就是怕老师想太多话来调解气氛，才直接说明白的。"

她本想直接和顾平生拿了钱，就去银行存钱，岂料顾平生递给她一张卡，直接说出了密码："这里有一万块钱，你先拿去。"

童言诧异看他："我只要六千就够了。"

他笑了笑："我想你既然说要借六千，应该是把自己全部的生活费贴上去了，我可不想三天后你再找我借钱买车票，到上海又只能啃馒头度日。"

他是在开玩笑，可真是说出了事实真相。

童言只好伸手，说："等我攒够了，马上还给你。"

可刚说完，他却把卡又收了回去："我今天也没什么事，送你去银行存上。"

后来，顾平生不只陪她去了银行，还非常主动地送她回家，进行了一次老师家访。童言从小到大，就没有老师家访过……当顾平生说出"家访"两个字，她足足在楼下僵了一分钟，才咬牙接受"吃人嘴软，拿人手短"的事实。

因为是老房子，没有什么所谓的小区。

独立的五层楼就紧邻着马路，出了门就是大街和公交车站。童言每次坐在窗边，看着外边车来车往，都很是钦佩自己的远见。好在当初在房价飙升时，预先拿走了这里的房产证，要不然迟早被老爸偷偷卖掉。

那时候，自己和奶奶连个家也没有了。

她坐在窗边，一颗颗剥蒜。

奶奶以前是小学的音乐老师，可是因为小学后来被合并，竟然到退休时都没有真正的教师资格，所以养老金才那么少。

不过，这并不妨碍她保有人民教师的本性……

她瞥了眼双手握着茶杯的顾平生，还有和他探讨"天性教育"的奶奶，怎么都觉得顾老师是来接受再教育的。她回过头，下意识把头发拨到耳后，却偏就被手指碰到了眼角……泪水哗啦啦地流下来，止也止不住……

"需要我帮你吗？"他走到她身边。

下一秒，他就看到坐在小板凳上的童言，泪眼汪汪地抬头看他，这一瞬的画面和那晚似乎是完全重合的。只不过那时的她是齐耳短发，或许是因为年纪小，眼睛更大更亮，却只有浓郁的绝望。

那种无关生死离别，却是对现实的绝望。

"是蒜，"童言看他目光忽然这么安静，反倒是慌了，"我只是被蒜辣到眼睛了。"

他也愣了下，倒是奶奶很快从厨房拿出块湿毛巾，递给童言，最后却被顾平生接了过去。在老人家进厨房继续做饭的时候，他已经蹲下来，给她擦干净了两只眼睛。

她没来得及回绝,就在他的动作中,闭上了眼睛。

很轻的触感,温热的毛巾,很仔细地把眼睛周边都擦干净。

"好了。"他说。

童言睁开眼,忽然有些不好意思:"谢谢。"

以前宿舍聊天时,总说医学院的男生不能找,见惯了人体各个部分,男女之间的界限也很模糊,容易出轨什么的……可她和顾平生接触了五个星期,除了觉得他对男女之间的肢体接触没什么忌讳,倒不觉得他是个很随便的人……

她捧起一大把蒜,乱七八糟的,不知道自己想这些干什么。

这是童言第二次和顾平生吃饭,上次是在他家,这次却是在自己家……她吃到一半就发现顾平生吃了很多白米饭,忽然有些想笑,趁着奶奶去厨房盛汤时,低声说:"顾老师,北方人做菜都咸,不好意思。"

他微微笑了下:"没关系,能帮我倒杯冰水吗?"

"冰的没有,"她笑,"我家不用饮水机,都是烧开水,等到凉了再喝。有事先凉好的,可以吗?"

结果刚倒了杯水,奶奶就端着汤出来了。

看到童言放了杯凉水,奶奶马上很认真地说:"不是从小对你说,吃饭不能喝水吗?"

童言立刻指顾平生:"他们国外回来的人,都有这个习惯。"

她可不敢说是因为菜咸了,否则奶奶真能全部端回去,重新煮一次……

顾平生很配合,抱歉一笑,端起杯子喝了一大口水。

等到奶奶去公园喂流浪猫的时候,家里只剩了他们两个,她倒不知道该让顾老师干什么了。客厅就一个小沙发,难道自己要和他并肩坐着,看电视剧?看书?……

由于这次家访毫无目的性,她也不知道该让他干什么。

顾平生只是坐在那里,他似乎在看茶几的玻璃板下压着的老照片。因为他的身高,倒更像坐在儿童版的玩具沙发上。"我只在北京住过半个月,"他忽然说,"很多地方都没有去过,比如长城。"

童言扫了眼他看的照片,是自己双手叉腰,站在长城上的幼年照。

黑白的，还梳着两个翘起来的小辫子。

"那顾老师可以趁这次休假，多去玩玩，"她很想拿本书，把玻璃板下的照片都遮住，"北京有三个长城，一个是八达岭，这个你千万别十一去，就和庙会人一样多。还有一个在慕田峪，风景比八达岭更好，节假日也没太多人。"

顾平生点头："还有呢？"

"还有？"童言谨慎告诫，"居庸关你千万别去，陡峭得要手脚并用，累死人。前两个地方是'走'长城，只有居庸关才是'爬'长城。"

她没想到，因为自己的一句话，下午顾平生竟然就直接开车去了居庸关。

而她，照奶奶的热情嘱托，被赶出家门，陪顾老师爬长城。

当她爬到腰都直不起来的时候，两对儿老头老太太背着双肩包，气定神闲地从她身边经过，明明是很陡峭的台阶，居然没有借助手的力量……头发最花白的那个老太太回头，笑着对顾平生说："小伙子，怎么不拉你女朋友一把，我看她体力不行啊。"

……

童言只觉得这声音飘在天外，还没抓住精髓，就被顾平生握住了手。

太过突然。心脏悄然颤悠了两下，完全跟不上现实的节奏。

她下意识抬头，那双眼睛因为迎着阳光，微微眯起来，却仍旧带着笑意："早知道这么陡，就去你说的那个慕田峪了。"

她喘着气，耳边都是自己很重的心跳声："是啊，我、我早说了，这里陡得不行。我、我自己爬就可以、可以了。"

今天太阳特别大，哪里有金秋的感觉，分明比盛夏的日头还毒。

她说这话的时候，汗正顺着下巴滴下来，落在深灰的石砖上。

他停下了脚步："你上次来，是什么时候？"

童言喘了两口气，刚才本是憋着口气，想一直爬上去。这么猛歇下来，始终提着的气都散了，立刻就没了半分力气。"很久了，上次还是高一，我其实最怕来这里了，"她倚靠在旁边的石壁上，"高一的班主任是运动狂，所以每隔几个星期就包车带我们爬居庸关，说是既锻炼身体又培养同学感情。"

锻炼身体没发现，但班里的配对概率，绝对是全年级第一。

她说完这么长的话,马上又喘起来。

顾平生示意她休息会儿,童言立刻靠到身子右侧的石壁上,遥望半山上的烽火台,越发觉得悲哀,也不知道什么时候才能爬到。
他也靠在了石壁上,陪着她休息,竟然,始终没有松开手。

童言本来注意力都在对话上,现在这么无声靠着墙壁,吹着山风,反倒越发觉得不好意思了。虽然以前爬的时候,所有女生都是被男生拉上去的,可今天不同,没有硬性规定的时间指标,也没有什么竞赛……

山风吹在出汗的皮肤上,很惬意。
两个人的手心都有汗,身上是凉的,手心却越来越热。

童言越来越觉得不自在,感觉身上一阵凉快一阵热的,手指却不敢动分毫。过了很久,整个手臂都发麻了,她才侧过头看他……刚想说话却又被抢了先:"休息好了?走吧,到半山就好了。"
然后他就很自然地,拉着她开始往上爬。

童言没有争辩的机会,只能卖力跟上。
因为他比自己高,等于是半拉着她往上走,手自然攥得很紧。半途中,他还交替着,换了另一只手。

不时会经过些停下休息的人,隔着两三个台阶就有一对男女,女孩的声音飘过来,说你看人家男生的体力多好,你怎么这么废柴,还不如我爬得快……接下来的所有路程,童言都爬得有些心不在焉,明明很远的距离,却像是忽然缩短了。
到踏上平台时,她马上就抽回了手:"顾老师,要喝水吗?"
她从双肩包里拿出两小瓶水,刚递给他,就听见短信的声音。

摸出手机看了眼,是初中的班长:我给你打电话怎么不接?
童言无奈,回道:我在北京,居庸关,打电话是长途加漫游,有什么事短信说吧。
短信很快回过来:居庸关?你以前没爬够啊?话说,我今天看到陆北了,怎么他身边有个女的?我没听说你们分手啊?

烽火台这里，是难得的平地。

游客三三两两靠着城墙休息，摆着各种姿势拍照，顾平生拧开瓶盖，喝了口水："要我给你照相吗？"说完，从裤子口袋里摸出部轻薄的相机。

她很快回了三个字：分手了。

然后收起手机，很是尽职尽责地伸手要相机："我给你照吧，你是第一次来。"

就在两个人推来让去的时候，忽然有两个外国中年女人，笑呵呵用英语说要帮他们拍合照。童言还是第一次碰上不求人，反倒有人主动上前要帮忙拍照的，有些愕然，看了眼顾平生，他只是笑着把相机递给其中一个人，说了句谢谢。

拿回相机时，她扫了一眼，很有删掉的冲动。

以前沈遥追星的时候说过，不要和明星站在一起拍照，简直就是现实版的美女与野兽，绝对能让你失落小半个月。现在她看到自己和顾平生的合影，也颇有这种感觉，尤其自己那千篇一律的剪刀手。

顾平生接过来，背对着阳光仔细看了眼，倒是很满意："照得不错。"

是你自己不错而已……

晚上回去，顾平生特地给她开了收音机，教她怎么调频和音量后，让她自己找些喜欢听的节目打发时间。

其实这些陆北早就教过她，可看顾平生说得认真，她也就装作不懂地听着。

直到他说完，她才点头说："明白了，老师你专心开车吧，我自娱自乐。"

车开上高速后，她随手调到音乐台，开始听新歌打榜的节目。

正是迷迷糊糊要睡着的时候，就听见顾平生叫自己："童言，麻烦帮我看看手机，是谁找我。就在上衣右侧口袋里。"

她伸手，探进他衣服口袋里，迅速摸到手机。

未阅读短信1条。

如果要看是谁，就要阅读短信。他应该是这个意思吧？

童言犹豫着，滑开屏幕锁定，打开了整条短信。

TK，我记得明天是你母亲的忌日，家里的所有活动，我都帮你推掉了，安心休息。平凡。

母亲的忌日？

童言彻底蒙了，明天是她的生日。

当然，顾老师是肯定不会知道的。如果没记错，当年的10月4日，就是两个人在协和医院第一次见面的日子。原来，他妈妈真是在那天去世的。

"是谁？"他侧头看她。

童言把手机举到他眼前。

"谢谢。"他扫了一眼后，又回过头继续开车。

没有任何的异样，从眼神到表情，都是一如既往的平静。

到下了车，他还是坚持把她送上楼。

楼道里都装的声控灯，三楼和四楼的灯泡是坏的。两个人走过二楼时，顾平生就刻意走慢了些："我明天买两个灯泡，我们趁白天把坏的换掉，要不然你奶奶晚上走，很容易摔倒。"

她想说不用，可四周黑漆漆的，说出来也没用。

两个人走到四楼转角，终于借着五楼的灯光，看到了彼此的脸。

她停下脚步，对顾平生说："顾老师就送到这儿吧，很晚了，你也该回去休息了，"她想起他刚才说换灯泡，马上又补了一句，"我明天会买几个灯泡回来，找隔壁邻居帮忙换上就可以，不用麻烦你再跑一趟了。"

他眼睛里映着五楼的灯光，只是笑着说："没关系，我明天也没什么事情。"

忽然，楼上传来很轻的声响。童言下意识抬头，顾平生也顺着她的动作，看向五楼。

有个人影就靠在墙边，一声不响地看着他们。

眉眼没变，就连等待的位置，都没有变。

以前他也是这样。总喜欢站在这里，给她惊喜。

那时他们爱得并不辛苦，除了要躲避学校老师的虎视眈眈，几乎所有记忆都是甜蜜的。当时在学校最盛传的早恋故事就是自己和他的。

高中部的重点培养对象，初中部最让人头疼的学生。

最经常见到的景象，就是学校布告栏左边是她竞赛获奖的喜讯，右边是他打架的处分告示……开始他总在校门口等她，后来成绩太差没考上本校高中，他就每天放学骑很远的路，来这里看她。

"童童。"他终于开了口，叫她的名字。
每个人都叫她言言，唯独他觉得自己该特别一些。

童言像是被惊醒，无措地看了眼顾平生："顾老师，再见。"
顾平生笑了笑："明天见。"
说完，他转身下了楼。

童言在楼下渐远去的脚步声中，鼓起勇气走上楼，看着越来越近的人……不知道说什么，安静得让人不安。
最后，她只好不痛不痒地问他："秋天还穿短袖，你不冷吗？"
那一瞬他似乎想说很多话，却因为她轻松的一句招呼，眉眼很快舒展开来："不冷，生日快乐。"他递出个银色的盒子。
她没有接："你怎么知道我回来了？"
"过节家里发了太多的东西，我就开车给你奶奶送来几箱，"他说，仍旧举着那个盒子，"二十岁生日准备怎么过？"

这个问题，到最后他走了，她都没有回答他。
进门的时候，奶奶已经睡了，客厅的台灯还亮着，是为她留的。

本就不大的地方，果然放了七八个纸箱子。
她借着灯光，一个个辨认箱子上的图案，有水果、饮料，也有蔬菜。这栋楼没有电梯，应该都是他一个人抱上来的，她拿出剪刀，一箱箱拆开，把所有东西都归类放好，眼前甚至能浮现出他一趟趟抱着箱子上楼的样子。
曾经多懒的一个人，也变得这么爱劳动了。

最后其他的都收好，还剩了四箱饮料。
她拆开一箱的胶带，拿出一罐雪碧，坐在地上，啪的一声拽开了拉环。

不冰的雪碧，喝起来并不是那么爽口。
喉咙反倒因为甜腻的液体，变得有些酸涩难受。不知道为什么，刚才他明明笑着说再见，却像是当初哭得不行的时候，一样的声音。

她忘不掉，他那天晚上坐在马路边，哭得像个几岁的孩子，可还是反复不停地说童童你不要去上海。公交车站所有人都回头看，不管大人小孩，都莫名其妙地看着他，估计谁也没见过一个大男孩能哭成这个样子。

而自己在他身前半蹲着，却一滴眼泪都没掉。

童言喝了半罐雪碧，发现脸上都湿了。

她拿起手机看了眼时间，竟然不知什么时候，已经收到一条短信。

是顾老师的：明天中午，我带你们出去吃饭，好不好？TK。

她想回绝，可想到明天对于他的特殊，犹豫了一会儿，才回复说：好。

第二天顾平生来的时候，奶奶还特别惊讶，问顾老师怎么知道今天是童言的生日。顾平生也是意外，看了眼童言。

"我平时不怎么过生日的。"童言只能这么解释。

结果晚饭吃得很是丰盛，烤鸭上来的时候，顾平生很自然地擦干净手，亲手包了份递给她："小寿星，生日快乐。"

她接过来，咬进嘴里，甜面酱混着烤鸭的香气，让人的心也变得暖起来。很快，他又仔细包了一份，边添料，边细心询问着奶奶是吃葱、蒜泥，还是萝卜丝。

这样的眼神和语气，真像是医生，那种很温柔的医生。

"好吃吗？"他回头问她，"平凡说这里的烤鸭比全聚德好，我也是第一次来。"

"挺好吃的，"她很快也拿着面皮，满满放了四五块鸭肉，卷好递给他，"谢谢你，顾老师。"或许因为是过节，临近的几桌都是家庭聚餐，整个饭店都是和乐融融的气氛。

很久没有这样的感觉了，虽然她每次回来都会带奶奶出来吃饭，但是祖孙两个人，总是觉得不够热闹，甚至还更显得冷清。

最后店员询问鸭架子是否要带走，顾平生像是记住了奶奶喂流浪猫的习惯，特地让人打包，让老人家带回去给那些流浪猫开荤。

晚上送他们回到家时，奶奶很热情地留他做客："昨天言言的同学送来很多水果，我去洗一些过来。"

老人家都喜欢热闹，尤其是做过老师的，更是如此。

奶奶边在厨房忙活着洗水果，边絮絮叨叨地说着话。大意就是言言的同学心肠很好，逢年过节总会开车来送很多东西："开始我也不好意思收，可那孩子总说以前言言给他补课，帮了他不少忙。又说家里每年都发很多东西，吃不完也是浪费……"

顾平生忽然问她："昨天等你的，是你同学？"

童言看了眼厨房里的身影，沉默了一会儿，才轻声说："是我以前的男朋友。"她说完，觉得自己的语气太低落，马上又开了句玩笑，"以前，我可是很让学校老师头疼的，早恋得全校皆知。"

　　他若有所思地看她："我是不是说错话了？"

　　原来失落是藏不住的。

　　童言笑了笑："是啊，勾起了我的伤心往事，怎么办？"

　　她只是随便接话，想要快速略过这个话题，没想到顾平生倒是很抱歉地喝了口水："我送你首钢琴曲，当作送你的生日礼物。"

　　他的视线落在窗边的钢琴上。

　　那可是童言家最大件的家具，是当初奶奶的一个学生回国，特地送来的。其实以奶奶小学音乐老师的水平，大多也就是弹些《黄河大合唱》《国际歌》什么的，已经算是高难度了，利用率根本不高……

　　她有些不敢相信地看他。

　　然后就看到他放下杯子，走过去，直到在窗边的老式钢琴前坐下。

　　这年代十个人有八个会弹钢琴，她身边，沈遥就是全国钢琴特招第一进的校乐团。所以她早就对这个乐器敏感度不高了。

　　可听到顾平生说要弹，她还是很意外。

　　他听不见，却弹得很好。

　　只可惜，她不会弹，也不是很懂。可只看他弹钢琴的样子，就莫名地觉得眼眶发酸，他的世界是完全安静的，纵然指间的曲子再优秀，自己也完全听不到……

　　回到学校时，宿舍空无一人。

　　她刚把行李箱打开，沈遥就已经破门而入。她竟把一头长发剪短了，英姿飒爽地站在童言面前。"我自驾游刚回来，在汽车论坛认识不少人，去草原看星星了。童言，"她眯眼一笑，"躺在越野车顶看星星啊，真有感觉。"

　　童言一边收拾东西，一边听沈遥讲述如何和一帮败家子，自驾游去青海。

　　上海的天气潮湿，她不过七天没回来，衣柜里的衣服都像被水打湿了一样。最后无奈，她只好都扔到塑料桶里，去了洗衣间。

　　浓郁的洗衣粉香气中，六个滚筒洗衣机都在飞速运转着。

　　"童言！"玻璃窗外，艾米双手抓住铁护栏，兴奋叫她，"一个好消息，两个坏消息,你想先听什么?"

童言昨晚又是一夜站着,困顿得不行,听到这话只有一个冲动,就是把整盆脏衣服扣到艾米脑袋上。认识两年,只要是艾米出现,无论是"好消息"还是"坏消息",对她而言都只能是倒霉的消息。

果真,艾米不等她回答,就絮絮叨叨说出来了:"好消息是,这次迎新晚会在学校进行公开投票,男主持人呼声最高的是你们学院的……"她刻意拖长声音,洗衣房里站的几个女生都竖起耳朵,听到了令人热血沸腾的三个字,"顾美人。"

童言惊了:"他是老师,怎么可能主持迎新晚会?"

"怎么不可能,"艾米笑成了一朵花,"别忘了我们新换的校长可是特立独行出名的,不是还匿名在 BBS 上和学生聊天吗?区区法学院老师,自然是可以牺牲的……"

"牺牲"这两个字,艾米说得是百转千回。

可怜的顾老师……

"坏消息呢?"她看到一个洗衣机停止了运转,忙打开盖子,把别人的衣服放到一旁的空盆里,开始塞自己的脏衣服。

"因为顾美人的特殊性,学生会艺术中心决定,要挑选个资深主持,而且还要能和顾美人合拍的人。"

"嗯。"童言开始倒洗衣粉。

一勺,两勺,差不多了吧?

"就是你。"

三勺,四勺……

她无意识添加到第五勺,才如梦初醒。

"我大二结束就退出学生会了……"

"是啊,所以主席大人让我来给你做思想工作。你主持过迎新晚会、青春风采大赛、圣诞晚会,经验最多。而且,"艾米哀怨地看她,"你知道的,主持人要临场应对各种倒霉事件。你忍心找个新手,让顾美人接不上话难堪吗?"

洗衣机开始自动灌水,哗啦啦的水声,扰乱着她的思维。

虽然是校迎新晚会,没那么专业,但做主持人还是很麻烦的。

……

043

比如她自己第一次上台，什么说错词、话筒不响、观众笑场……最恨人的是，还碰上表演节目的把背景板撞倒。

她无法想象，顾老师如果听不到，碰到这些情况会怎么样。

"所以，为了你的主持事业，最后一个坏消息就是你不能参加话剧排练了，"艾米长叹一声，"言言，我对不起你，你竟然不能亲自参与自己编写的话剧……"

童言摇头，没说话，过了会儿又点了点头。

她满脑子都是晚会主持的事情，根本没心思管什么话剧。

到底做不做主持？要不要帮帮顾老师……

"我话说完了啊，"艾米很满意童言没有拒绝，"下午五点在大礼堂，开第一期会议，据说你们那个顾美人刚到上海，还真是巧了。"

结果她下午到大礼堂的时候，门口已经围了不少人，学校各个社团，凡是在迎新晚会上有节目的，都聚在门口或是大堂闲聊。

里边组织者在开会，他们这些表演节目的，都在等着彩排。

好多大三的学生会骨干看到童言，都幸灾乐祸地笑了："童言无忌，我就说了，我们学生会主席周清晨周大人是不会放过你的，怎么样？又回来了吧。"

晚风习习，众人奸笑阵阵。

她摆出一张苦瓜脸，进了大礼堂。

校礼堂分上、下两层，能坐三千五百人。

由于是节目组的内部会议，也是彩排阶段，内场的照明灯都是暗的。台下只有二十几个学生，却意外地出现了不少老师。她一进后门，就看到顾平生站在几个老师中间，依旧是很简单的白色衬衫和暖棕色休闲裤。因为离得远，看不清楚眉目神情。

无形中，就让人不由自主地留意他。

童言忽然觉得玄妙。

七天里她往返于京沪，而顾老师也是如此。他们在北京有过短暂的交流，然后回到这里他仍是站在讲台上的老师，而自己仍旧是那个愁苦于大物的学生。

"童言。"内场空旷得很，这个名字被喊出来就一直荡漾着，回声不断。童言忙沿着一排排座椅走下去，一直走到舞台下："杜老师。"

学生会的负责老师，人称杜半拍，做事说话永远慢半拍。

她好不容易摆脱杜半拍的折磨，没想到才开学五个星期，又顺利回来了。

童言看向顾平生，还没来得及打招呼，就听见杜半拍对顾平生说："这是我们这两年培养出来的女主持，经验非常丰富，还是法学院的高才生……"

童言笑得有些僵，十九人的班，每次期末排名都是第九，算高才生吗？

他只笑了笑，说："我知道，她是我的学生。"

她马上配合："顾老师，好久不见，假期过得好吗？"

顾平生点头，波澜不惊地看她："很好，谢谢。"

杜半拍听到这句话，才恍然大悟："啊，对啊，顾老师是法学院的老师，正好这学期教童言？"

顾平生点头："是，很巧，这学期她在上我的课。"

两人身后所有学生和老师，都一副如释重负的神情。

顾平生的特殊性，让他们始终觉得是在强人所难。如果两个主持人已经有几个星期的接触，那绝对是天公作美，有意成全。

后来听杜半拍解释，童言才明白为什么顾平生肯答应。今年是110周年校庆，学校将连着举办一次晚会、一次音乐会，还有一次盛大的优秀校友聚会。

鉴于这个年份特殊，学生会决定把迎新晚会和校庆晚会合并。

如此场面，难怪请得动老师。

"童言啊，"杜半拍亲自给她拧开矿泉水，递给她，"本来呢，这种晚会肯定要请专业主持，但校长的意思是要亲民，所以音乐会和校友聚会，就交给专业主持了，晚会还是让学生挑大梁，比较有纪念意义。"

童言明白，自己彻底上了贼船。

这种抛头露脸的活动，对一般人来说简直是天大的机会，额外拿到什么直升名额，可对她来说就是要耗费所有业余时间，不停彩排，不停串稿子，还要面对各种现场突如其来的压力……

她对直研直博的名额，从来都没什么兴趣。

读大学的目标就是顺利毕业，赶紧工作，然后真正独立养家。

可既然站在这里，再说什么都没有用了。

结果她和顾平生作为主持人，只能留下，直接开始评审各个社团和私人组合的节目。他们两个坐在最后一排，遥望着舞台。

除了第一排的评审人，还有舞台上的演员，整个三千五百人的礼堂都是空的。

童言喝了口水，悄悄侧头去看顾平生。

然后，就如此猝不及防，撞上了他的目光。

"顾老师以前做过主持吗？"她下意识找到了话题。

"在宾夕法尼亚大学做过，不是校庆，是医学院的party，"顾平生看着她说，"不过是很久以前了，还是读医学院研究生的时候。不过没有这么……"

"这么多条条框框是吧，"童言理解了他的意思，"是啊，很麻烦，学校的校级晚会越搞越大，我都觉得像春晚一样了。"

她说完，像是想到什么，马上翻手里的晚会流程。

要死了。

她凄然侧头："果然是春晚。我们要读世界各地校友的来电恭贺……"她脑中甚至能浮现出那晚，自己读这些时，宿舍几个小妞在台下笑成一团的景象。

顾平生也觉得好笑："你如果不想读，可以都交给我。"

她感激地笑了笑，继续潜心研究晚会流程。

过了会儿，童言才忽然想到了什么，碰了下他的手臂。

看到顾平生侧过头，静看着自己时，她倒是犹豫了……可还是忍不住问出来："顾老师在宾法读的医，为什么会到北京实习？"

"我母亲，那时候是协和的外科医生，"他说话的时候，难得没有看着她，只是回过头看舞台，"那时候我去实习，其实只是为了去陪她。"

舞台上，学校有名的民乐小天后正唱着《我的祖国》。

纵然离得再远，也能从她动作细节看出，她唱得有多卖力……

他没再看童言，也等于礼貌地，结束了这个话题。

童言低头，继续翻着手里的晚会流程，看了很久，也没记住一个字。

"童言，"周清晨不知什么时候出现的，忽然叫她，"我没听错吧？顾老师在宾法读过医？"

童言嗯了声:"怎么了?"
好像这个学生会主席是学医的?貌似是。
可她对宾夕法尼亚大学的印象,仅限于沈遥每日念叨的什么商学院。

"全美第三的医学院啊……"周清晨脸都发红了,一副要拜见偶像的样子,"你这种文盲是无法理解的,童言无忌,你知道宾法医学院多难考吗?我为了曲线救国,还要先读什么破法律弄个绿卡,才能进医学院……快,让我和未来的师兄聊聊,未来校友啊这是。"

她愣了半秒,立刻坐直身子,有意隔开他们:"警告你,周清晨,不许骚扰我老师。"
她现在可以肯定,学医的经历应该是顾平生不想谈及的。

所以,坚决不能让周清晨问出什么话,再牵起他的回忆。于是,在童言护犊情绪发作一分钟后,周清晨终于被赶走了。
顾平生恰好回过头,看到黯然离去的学生:"他需要我们做什么吗?"
童言笑得无辜:"没有啊,他就是过来问我们,要不要订盒饭。"

第四章 那些小美好

因为校庆的重要性，节目被刷掉大部分，加上了很多校乐团的表演。
就连阳光剧社，也请来已毕业的专业话剧演员助兴……

总之，这件事越来越复杂了。

后台连着有四个休息间，彩排的时候分出了两个作男女更衣室。童言不停听外边的尖叫丛生，大多是"我的衣服呢？""我的道具呢？"……还好不是正式演出，这些女生裙子下边还都穿着裤子和运动鞋，估计等到正式演出那天，后台会彻底乱成一锅粥。

她和顾平生就坐在主办人员的休息室，不停有人仓皇闯入，然后马上说一串对不起，匆忙退出。两个人都觉得好笑，对视了一眼。
顾平生忽然说："我看了你们班的物理成绩，好像只有你们宿舍的，不是很好？"
一提到物理，童言就不会笑了……

她苦闷解释："我们班十九个人，只有我们宿舍是文科出身。剩下那些人，其实高考分数比其他专业都高，都是生物工程调剂过来法学院的，"她看顾平生似乎有兴趣，才解释说，"你看我们班长，所有考试都是 95 以上，大物、高数都是满分，对吧？他是四川成都过来的，高考分数全省第三，据说还是考砸的成绩……"

提起这些，她就心头滴血。
和这些人比成绩，估计在小学起跑线上就已经输了。

好在场务及时出现，通知两个主持人彩排开始。

童言起身时，险些踩到自己的裙子。

她也和那些演员一样，牛仔裤外，套上了从学生会拿来的晚礼服。因为这次挑的晚礼服格外长，不得已早早就穿上了高跟鞋。

两个人走到舞台后，站在巨大的幕布后，看着台下两三排的校领导，童言忽然就紧张起来。心跳得越来越快，手心也隐隐开始发热……她下意识看顾平生，半明半暗的光线下，他似乎察觉了她的异样，低下头看她："紧张？"

童言点头。太丢人了。

还说是经验丰富，可以辅助顾平生，怎么才第一次正式彩排就紧张了？

她听到开场音乐响起，深吸口气，不紧张不紧张，不就是二十几个校领导吗？她默念着每次都无往不利的心理暗示，台下都是大冬瓜，只会咧嘴的大冬瓜……

忽然，手被握了下，不轻不重，刚刚好的力度。

温热的掌心，熟悉的感觉……她连呼吸都不敢，更不敢回头看他。

耳边的音乐声悄然弱了下来，很快，手上的力道就松了开，顾平生的声音说："没关系，还有我，如果忘了词就看我。"

前几次非正式彩排，她就和他形成了默契。

每到需要他开口时，她就会提前看向他，说完最后两句话，好让他能顺利接上话。

"童言，"耳麦里，周清晨在叫她，"go。"

她马上缓过神色，这次主持比以往更要谨慎，所有节目组只能通过她，来通知两个主持人。如果她出错，顾平生根本就没有补救的机会……

因为这样的压力。

第一次彩排，童言完全失常。

她每次无助看向顾平生时，都能看到他明显笑起来，然后很快掩饰自己的错误。他的声音像是专业训练过，从话筒传出的和平时讲课的完全不同。很干净，有些低。

像是清凉甘洌的泉水。

顾美人表现得太好，更显出她的糟糕。

连周清晨都说："童言无忌，我可是力推你来主持的啊，你怎么感觉完全像个新手，连声音都发涩……"她无奈，用串词稿遮住脸，带着哭腔说："我需要减压，一想到自己要承担双份责任就紧张。"

倒是杜半拍很宽容："没关系，这是第一次正式彩排，还有两次，慢慢适应。"他说完，看了眼童言的后背："周清晨，你去陪童言买条新裙子，这次是校庆，就不要穿那些老学生留下来的晚礼服了。"

这句话说完，所有人都看童言的裙子。

果然，因为她太瘦，后背密密麻麻别了十几个银色的别针，用来固定收缩腰身。

周清晨险些咬掉舌头："杜老师，我会被我女朋友打死的，她连我和别的女生说话，都要记录在案……"童言也尴尬得要死："杜老师，只要学生会同意我改尺寸，我拿回去拆线重新缝一遍就可以。"

学生会的晚礼服，很多都是过去做过主持的人，离校时特地留下的私人财产，大多是原来主人的尺寸。不光是童言，无论谁拿到裙子都是这样，早习惯了。

好在杜半拍也没再坚持。

因为十一之前国际商事仲裁调课，这周顾平生又要彩排，总共六节商事仲裁都放到了晚上，从周一到周六，晚上八点开始，一直到十点结束。

所以童言和顾平生，就是每天三点在大礼堂碰面，彩排完再匆匆赶去上课。

最震撼人的是第一次，当两人先后脚进入教室时，连沈遥的嘴巴都是 O 形的。到童言坐下时，她马上低声咬耳朵："童言，不带这么明目张胆的啊，全班等你们两个人。"

童言恶狠狠瞪了她一眼："要不，你和我换换？"

后来因为习惯了，班里同学渐渐开始肆无忌惮开玩笑，每次都发出一些怪声，逗逗佯装淡定的童言。反正顾美人听不到，他们更乐得嚣张。

"童言无忌，为了成全你和顾美人，我们可是连周六都上课噢。""言言，肥水不流外人田，祖训啊这是。""童无忌，你知道'嫉妒'怎么写吗？请看我的表情……"

童言天天彩排，早就累得不行，懒得搭理这帮人，彻底趴在桌子上听课。

过了明天，就还剩 13 周，91 天了。

周日早晨，她毫无悬念地迟到了。

好在苗苗替她一直撑着收银台的事，看到她跑进来，第一句话就是："童言，快快，我一直和经理说你拉肚子去厕所了。"

童言感激备至，也哭笑不得。

她迟到了整整一小时，估计那个法国经理以为她掉厕所里了。

今天因为下暴雨，卖场的人不多。

到临近十一点的时候，苗苗和她都清闲了很久，就隔着一个收银台闲聊。

"我要订婚了，"苗苗忽然神秘兮兮看她，"你不要给我红包，只要给我个香吻就可以。"童言诧异地看她："你才多大啊，我记得才十九吧？"

"是啊，所以是订婚，明年到法定婚龄了再领证。"

童言脑袋蒙蒙的，看到苗苗指着门口一个一米九几的大男孩："看看，他来了。"

她继续昏昏乎乎地，和那个背着斜挎包的帅哥打招呼，很是不敢相信地追问："你真的要结婚？十九岁？"

苗苗好笑看她："我都工作三年多了，也该定了。你呢？想什么时候结婚？"

结婚？

童言觉得这个好遥远，她还在纠结大物什么时候能通过，就已经有人问她什么时候结婚？她默默算了很久，估摸着说："我二十一岁半毕业，怎么也要工作五年把贷款还上，然后再谈两三年恋爱，二十九左右吧……"

苗苗傻了："那时候我孩子都上小学三四年级了……"

于是两个人生目标迥异的人，互相将对方视为怪物，结束了这场对话。

她正在收拾东西，准备去吃午饭的时候，就听到有个熟悉的声音在叫自己。抬起头看见的人，却完全出乎她意料。

顾平凡，顾老师的表姐。

最令人意外的是，她把一个纸袋放在收银台上，竟从里边拿出条宝蓝色的晚礼裙："这还是我在国王学院毕业典礼时穿的，TK说我们身材差不多，让我送来给你试试。"

童言几乎呆住，顾平凡又眯眼一笑说："旧的，别介意，只穿过一次。"

怎么会介意？

……

或者，顾老师根本是怕自己拒绝，才特地送来旧的？

"要我陪你去洗手间换上，看看大小吗？"顾平凡笑着看她。

"不用，谢谢。"童言忙不迭说了好几个"谢谢"，有些难以应对这样的场面。

因为这条裙子，整个下午她都有些魂不守舍。

苗苗吃饭回来时，看到她脚下放着的纸袋，好奇地拿出来看了眼，立刻郁闷丛生："绝对比我订婚买的礼服好看，是在苏州婚纱一条街买的吗？还是你有什么地方好推荐？"

童言无语地看她："我又不结婚，怎么有推荐……"

晚上挤在地铁里，她终于想起自己还没道谢，马上很艰难地从书包摸出手机，给他发了条短信：谢谢顾老师。

五个字后，她觉得自己还应该说些什么，马上又加了一句话：我今天拿到这个月工资了，明天先还给你五百好吗？

很快，短信就回过来：没关系。我记得平凡穿过这条裙子，宝蓝色应该比较衬你的肤色。钱的事，不急。TK。

她看着小小的一行字，想了很久也没有回复。

或者说，是不知道如何回复。

退出单条短信后，收件箱里只有一长串"顾老师"的名字。

其实她买手机，只是怕家里有急事找不到自己，除了偶尔和北京同学联系，基本上用处不太大。同班同学找她，也是基本靠在楼下吼叫，或是打宿舍电话。

她盯着手机，莫名看了很久，然后一条条打开，重新都读了一遍。

忽然，叮的一声轻响后，地铁的音箱里开始报站，她忽然就回过神……

不对啊，童言，你这个趋势很危险啊。

校庆晚会是六点，下午三点起所有人就开始准备。

为了让主持人清静，她和顾平生的更衣室就在休息间里。学校的礼堂后台，别指望能和宾馆一样设施齐全，比如所有"更衣室"就是用折叠的屏风隔开的，童言开始不觉得什么，当真的要换衣服时，就苦闷了。

折叠屏风意味着什么？

就是能露出小半截的小腿和全部的脚……

再直白些说，就是她换衣服和高跟鞋的时候，所有脚下动作都一览无余，外加附赠个若隐若现的人影。

她踌躇了很久，才在化妆师威逼利诱下，拿着晚礼裙走到屏风后，开始一件件脱起来。到最后套上裙子时，不出所料，那个合作了两年的化妆师开始恶搞："天，这个角度看，太色情了……一抹裙脚，光着的脚……"

她险些没踩住高跟鞋，脱口说："马上转身，不许让顾老师看到你说话。"

化妆师笑了声："放心，顾老师没看见我说话。"

听对方这么说，她忽然就轻松下来。

她把所有衣服都塞进纸袋里，终于完成了换装。走出来时，顾平生正靠在化妆台边沿看书，银灰色的西服上衣已经脱下来，搭在了身边的空椅子上。

或许是余光看到了童言，他抬起头看她，童言却马上移开了视线。

自从上周日在地铁上发现自己的小心思，她就越来越失常。

最明显的就是，她开始留意顾老师的每个细微动作。

她发现他开车时喜欢用左手握着方向盘，右手只那么搭在上边，很好看；发现他每次拿话筒不像自己一样紧紧攥着，只是在左手虚握着，从容得很；发现他手臂上的刺青，真的是个英文名字，而且是他自己的字迹……

"童言无忌，"耳麦里，忽然传来一阵笑声，周清晨说，"让化妆师来1号演员休息室，先给要登台的各学院老师化妆。"

童言终于明白，为什么周清晨从三点开始就让她戴着耳麦，显然把她当免费传声筒了。

她看化妆师："1号休息室，周主席找你。"

化妆师忙不迭收好化妆包，最后还不忘感叹一句："专属的晚礼裙就是好，童言，完美死了，我一会儿一定用心打造你，保准你和顾美人成为今晚的金童玉女。"

说完就冲出了房间。

因为化妆师没有关门，马上就有几个师妹跑到门边，笑着七嘴八舌："师姐师姐，你毕业了，这裙子会不会留下来？""师姐，我们能进来围观不？"

童言还没来得及说话，顾平生已经侧过身，恰好就遮住了她的大半个身子，悄无声息地，弥补了一个错误。

拉上了她腰侧，晚礼服的拉链。

只是两秒的时间，七八个师妹就冲了进来，童言傻看向顾平生，他已经又靠回桌子边沿，拿起桌上不知道是哪国文字的书，继续看了下去。

看那神情，倒像是认真思考的样子……

到两个人都开始待场，站在幕布后时，童言才看着他说："刚才……谢谢你。"顾平生看她脸都有些红了，用卷起的稿子敲了敲她的头，刻意说话轻了些："童言同学，有些事是不需要，也不能道谢的。"

童言本来就不好意思，被他这个动作，弄得更是脸烫。

好在，听了十几遍的开场音乐已经悄然响起了。

方才还喧闹的礼堂，瞬间就安静下来。

三千五百人的安静。

她闭了下眼睛，让自己摒弃一切杂念。

"童言，"耳麦里，周清晨的声音都有些发涩，"go，今晚，你是最漂亮的。"

睁开眼的一瞬，舞台已完全黑暗。

她一只手稍提起裙边，终于从幕布后走了出去。很亮的追光里，她什么都看不到，除了身后顾平生的脚步，那么清晰。

一共十二步，不多不少，看到了贴在地板上的银色标记。

她站定，微笑着，和顾平生对视后，终于看向正前方。

"尊敬的各位来宾，各位老师、同学，以及所有正在看网络直播的校友们，大家晚上好……"说完所有的繁琐措辞，她暗松口气，进入了正题，"我是2008级法学院的学生，童言。站在我身边的这位，是我的老师，同时也是我今晚的搭档，"她侧过头，微笑着看顾平生，"顾平生，顾老师。"

最后一个字还没说完，整个大礼堂就沸腾了。

顾平生只说了三个字："大家好。"

声音从音箱传出来，竟然有些低冷的性感。

"老天，"周清晨在耳麦里感叹，"这才是顾老师真正的声音啊……"

童言也很是诧异，和彩排比起来，这才是专业级的。

好在之后的话，都是顾平生的任务。她就这么站在顾平生身侧，听着导演室的连连感叹，仅剩的那些紧张都散了，气得直想骂人。

"给我个词，形容我的未来师兄的声音。"

"磁性。"
"俗！"
"性感。"
"也俗！"
"好听。"
"你学物理的吧？连形容词都不会。"
……

直到追光灯暗下来，导演室才又开始鸡飞狗跳地进行节目调度。
童言和顾平生不能回后台，只好坐在舞台旁休息。

她看着他时，他刚接过场务递来的矿泉水，随手拧开喝了口："怎么了？"
"顾老师是不是真的练过，或是学过播音主持？"
他倒没否认："多少学过一些。"
"多少？一些？"童言长叹口气，"顾老师，你小心被套牢，以后都要做主持了。"
因为顾平生的放松，不只是她，连幕布后一堆等着上场的剧社演员都减压了。艾米在不远处夸张地对着童言和顾平生做了一个"捧心"的动作，童言被逗笑了。

她第一次做主持时，曾经非常诧异，为什么后台像菜市场一样热闹，除了不能高声叫喊，基本什么声响都有。后来一次站在台下才发现，音箱的声音足以遮盖一切。
所以每次晚会，都能形成两个迥异景象。
新手紧张得大气不敢出。
老手蹿上蹿下闹腾……

她喝了口水，耳麦已有了声音："《Without you》，赵佳南就绪。"
现在的节目是交响乐团的，所以这首《Without you》是不需要串场的，直接在交响乐团谢幕后，为赵佳南伴奏。所以她只是听着，继续休息。

周清晨忽然爆了粗口："废了，童言，出大事了，你救场子。"
……
她心咯噔一下，可这是单向接听，她根本问不出出了什么事。
前台幕布开始缓缓降下，这个节目彻底结束了。等到幕布遮住交响乐团，就是下一个节目的开始……

"童言,下两个节目没准备好,交响乐团来不及通知了,你在 08 歌手大赛唱过这歌,换你上。"

她彻底蒙了。

幕布已经降下来,钢琴的前奏悄然响起,音符跳动着,一个个落在她的心尖上。

"上啊。"

……

就在她终于狠心站起来时,已经错过了第一句。

舞台的另一侧,沈遥似乎察觉到没人唱,马上就即兴加了一段前奏,然后,悄然过渡到了最开始的舒缓节奏……

"No, I can't forget this evening..."

童言举起话筒,来不及走出幕布,就已经唱出了第一句。

后台瞬时安静下来。

没有人知道发生了什么,所有人都震惊了。

"Or your face as you were leaving

But I guess that's just the way

The story goes

…"

黑暗中,童言似乎看到了顾平生的眼睛。

只那么一瞬,她已经伸手掀开幕布,走上了前台。

一道银色的追光,在落下的瞬间,场内也安静下来。

半秒后,整个大礼堂都被一阵巨大的尖叫、惊呼和掌声充斥着,几乎听不到伴奏。

节目单是早就发下去的。谁都没想到,最后是晚会主持亲自上场。

她按照本该有的安排,边低声唱着,边走到沈遥的钢琴旁。

然后……看到了沈遥抿嘴的笑脸。

副歌过后,整个交响乐团开始伴奏。

童言暂喘口气，就看到沈遥抬起头……无声地用口型说："高潮准备，一、二……"

"I can't live..."

她刚唱出半句话，一个清冷的男声瞬间就贯穿了全场。

"I can't live

If living is without you

I can't live

I can't give anymore

..."

童言不敢置信地回头，看着舞台另一侧走出来的顾平生。

他不知道什么时候，脱掉了西装外套，就像是第一次在课堂上的样子，连领带也解了下来，随意地握着话筒。只是微微笑着，很慢地，很慢地，从黑暗中向自己走来。

那双漆黑的眼睛，一眨不眨地看着她……

他悄然比了个手势，她马上明白过来。

只放下话筒，安静地，站在追光灯的光圈中，看着半明半暗的他。

"I can't live

If living is without you

I can't live

I can't give anymore

..."

高潮过后，所有伴奏都停下来，沈遥仍弹奏着，完美配合上顾平生的声音。

"No, I can't forget this evening..."

他悄然成为主唱。

一个手势，她已经拿起话筒，低声伴唱。

每句过后，她总会再次重复，应和。

什么叫疯狂？

早已沸腾的学生，永不休止的尖叫声。她终于体会到了。

完美的配合。

从钢琴伴奏、乐团伴奏，到他和她。

他自始至终只是站在追光之外，看着她，直到最后的高潮，终于对她伸出了手。
她不记得自己是怎么伸的手。
像是受了蛊惑一样，就这样，被他紧握住了手。
……

"我疯了，我要疯了，"在童言被顾平生牵着手下台后，周清晨终于叫出来，声音抖得厉害，"看到没有，这俩人才叫专业主持，都看到没有……"
耳麦里，一阵阵热闹的笑声，充斥着她的耳朵。
可自己的声音，却不知道丢在哪里了……

"童言无忌，"艾米猛搂住她，"我好吧，我可是用口型带你家顾美人对节奏，天衣无缝！完美！"
阳光剧社的活宝们，一看到两个主持下来，就立刻上台，非常顺当地给自己报幕。
成功过渡到了自己的节目。

此时台上已开始了高亢激昂的舞台腔，后台却是炸开了锅。
所有人都兴奋得像是自己救了场一样，顾平生站在她身侧，随手递给她一瓶水："还好是首老歌，要不然，我也只能袖手旁观了。"

艾米把外衣递给童言，趁机对着顾平生说："顾老师，我'葱白'你。"
说完笑嘻嘻闪了。
顾平生沉默了片刻，才问童言："她说什么？"
"她说，她崇拜顾老师。"
她终于找到了自己的声音，仍旧有些干涩。
好在他听不出来。

"你这么做，不怕唱错？"她看着他。
"我有一些声乐基础，而且对这首歌很熟悉，"他示意她穿好衣服，这几天开始进入秋天，后台还是有些阴冷的，"不过不敢保证完全配上你，好在，你和沈遥都很聪明。"

他说得云淡风轻,就像刚才是在KTV,而不是在数千人前演唱。

最主要的是,在这种情况下,登台演唱。

钢琴、声乐、播音……

她把所有拼凑在一起,渐渐明白应该是他家庭有意的培养。抛开过去他读的专业不说,只这些就让人遗憾得心酸,他拥有得天独厚的条件,只可惜再没有施展的空间。

"其实你不上台,我应该也可以应付。"

她刚说完后悔了,怎么感觉像是嫌弃他帮忙。其实是回想起来太后怕了,万一出了什么差错,就是大错。

他似乎看出她的想法:"我是老师,如果出错了,也没什么严重后果。"

"童言,"耳麦里,周清晨叫她,"学校的BBS已经炸了,经校长授权,一会儿念贺电的时候,你要配合着问顾老师几个问题,我马上让人把稿子拿给你……"

还真是……最麻烦、最热闹的一届晚会。

到整场晚会结束,童言几乎虚脱。

因为要卸妆换衣服,晚上庆功宴时,她和顾平生几乎是最晚到的。整个海京阁都被学生会包下来,喧闹、大笑的声音刺激着耳膜。

两个人刚走进门,周清晨立刻击掌,示意众人安静下来:"快快,上酒,今晚我们的任务就是彻底灌倒两个主持。"

童言还没来得及说话,就被硬塞了满杯的啤酒。

她这种三杯倒的酒量,从没被人灌过酒,可看今晚这气氛,估计不喝到昏迷,别想迈出大门……顾平生看着手中酒杯,也有些骑虎难下:"诸位同学,你们要不要考虑下,尊师重道?"

"顾老师,"所有人忽然齐声说,"我们'葱白'你。"

很大的声音,连端盘子的服务员都吓了一跳。

童言忽然很感动很感动,侧过头,看他。

虽然听不到,可他看得见他们说的话。

所有人一致的口型,所有人很兴奋的表情,让那双眼睛悄然涌出了很多的情绪。

一闪而逝的炙热。

最后所有人都没料到，他们是被顾平生摆平的。所有人都是被协助着招来各自宿舍的兄弟，骑着单车把他们运了回去……只有她这个被同仇敌忾的人，很理智地看着顾平生说："完了，他们都喝醉了，只有我们买单了。"

海京阁的老板笑着摆手："不用不用，你们这个周主席明天会来付账的。"

童言暗松口气。

如今顾平生是全民偶像，她可不敢胁迫他买单。

她起初还认真计算过他喝了多少酒，后来就彻底混乱了。甚至到最后，她都开始怀疑顾老师是不是从牙牙学语就开始喝白酒度日。

两个人从人不太多的林荫路往回走，没怎么说话，或许他也有些喝醉了吧？

她已经穿上了平常的衣服，也洗掉了舞台浓妆，就是头发乱糟糟的，只能用一根绳子绑着。倒是顾平生，依旧是那身衣服。

所以直接导致的结果，非常不妙。

到了女生宿舍楼下，也不知道是谁一声惊叹，从洗衣房和开水房马上投出无数道目光，然后是阳台……这一侧四十多个阳台，起码有一半都有人悄无声息探出头，努力搜寻刚才震撼全场的顾平生。

"顾老师，"童言快招架不住了，"我先进去了。"

他似乎也察觉到了，站在女生宿舍楼下实在不是什么明智之举："去吧。"

童言转身，刚迈上台阶，就忽然转回身。

本来想要追上他，没想到他还是站在原地看着自己……她有些紧张地抿起嘴唇，犹豫了会儿才说："顾老师喝了酒，千万别开车了。"

身侧有几个女同学走过，很是小心地瞥了眼顾平生和童言。

"我已经不开车了，"他哑然而笑，"准备长期住在上海，就不能一直用原来的驾照。现在国内驾照对听力还是有限制的，所以，最近都是坐校车，或是打车。"

或许因为喝了酒，他的声音有些微醺后的柔软。

轻描淡写，不大在意。

等推开宿舍门，童言却没想到是另一番景象。

沈遥和王小如面对面坐着，非常严肃，严肃得有些吓人。

"怎么了？"童言撞上门，她俩也没回头。

沈遥耸肩："我在看这个已经全校闻名的第三者，害我们两个在晚会上险些丢人的元凶。"

童言有些没听明白，王小如只是笑了笑："我出去了。"

说完，随手拿起手机和钥匙，直接出了门。

"怎么了？"童言又问了句。

"今晚赵佳南为什么忽然没有上场，你知道吗？"沈遥长叹口气，"我来给你简要介绍下，当我胆战心惊为你和顾老师伴奏时，后台发生了什么。"

童言把装衣服的纸袋扔在一边，示意她说。

"你们学生会庆功宴时，肯定没有人敢说出真相，可我们乐团今晚吃饭却炸开锅了。据说当时赵佳南已经换好衣服，就在要上场前一分钟忽然就拿着手机，哭着跑了。当时后台所有人都傻了，最后有人八卦说是她发现周主席找了个小三，气得不管不顾，哭着说死都不上台，要搞砸晚会让周主席被处分……"

童言听到这里，恍然记起晚上，似乎大家真的都没提过，为什么会出这么大差错。

"所以……是小如？"

沈遥长叹口气："小如太狠了，险些把我们都害死。"

童言有些不敢相信："她不是有男朋友吗？"

"周主席手里有宾法 offer，也有新加坡政府给的工作 offer，跟了他，就不用再费劲考这考那了。"

又是个不堪一击的爱情故事。

童言没有追问的欲望，沈遥也懒得再说，开始笑嘻嘻给她看学校 BBS 上的热门主题。

无一例外，都是今晚的《Without you》相关话题。

她只要看主题，就觉得想笑。

"跪求今晚《Without you》视频，请吃大盘鸡啊！！"

"简直坑爹啊，网络直播时电脑竟然崩盘了。"

"'惊现'变态大叔，思源湖边模仿美人煞。"

"最新校车时刻表（顾平生版本）。"

……

"我给你看两个震撼的，"沈遥打开两个窗口，念起标题，"'有宾法校友吗？

听说过顾平生在医学院的故事吗？'快看，快看，"她崇拜地看着童言，就像能透过她看到远在北美的宾法大学……"顾美人竟然是学医的，竟然是宾法医学院的。童言无忌，我要不行了，沃顿商学院啊，我明年的目标啊！"

童言"嗯嗯"了两声，心虚地沉默着。

"还有，还有这个。"

沈遥又点开另一个窗口。

她看了眼，倒是真愣了。

"我不行了，不行了，惊天的大绯闻啊，上院差点把我吓死的那个白衣女生，就是今晚女主持啊啊啊啊，那个那个那个那个，那个背影迷死我的绝对就是顾平生！我押一车黄瓜，这两个绝对的师生恋！！看那两人的眼睛，视频我看了十九遍啊，就没发现他们视线分开过一秒。"

半小时前发的帖，竟然已经有二十几页的回复量了。

沈遥像看娱乐节目一样，给她讲解着如今的态势，已经从无数爆料到深度分析。甚至有人不停截图，分析每一个动作、每一句唱词两个人的表情……

"简直了，除了美剧讨论区，我还没见过人家这么认真截图分析，"沈遥笑着回头，看见童言都不会说话了，安慰道，"心理素质别这么差，全民娱乐时代。"

沈遥的手机忽然响起来，她马上走到阳台上接电话。

童言继续看着回复，一行行地看下来，很快就停到一条非常技术的回复上。

竟然有人统计出了十年以来各院系的师生恋。

最后总结出来，学校虽然没有明文规定，但是暗地里绝对是棒打鸳鸯的。起码学生在校期间肯定不敢，也不能明目张胆地恋上。

总共七对，最后修成正果的只有前年建院的一对，毕业典礼后成婚。

其余都是闹得欢，最后不是老师离校，就是学生远走……

她看得入神，忽然就被沈遥拍了下肩："看到什么好玩的了？"

"没有，很无聊。"童言彻底关掉了窗口。

她拿着两个暖水壶，刚走进开水房，就听见水房对面的宿舍里传出很大的音响声，竟然就是那首歌。都快十一点了，熄灯了，那几个女生还敢开着宿舍门，在不停嬉笑着，开玩笑。

"No, I can't forget this evening, or your face as you were leaving,"一个女生跟着

哼唱了句，仍旧觉得不过瘾，换成了中文，"我忘不掉今晚，你离去时的面容……天啊，我看到我情敌了！就是那个女主持！"

砰的一声，宿舍门被撞上了。

宿舍里一阵乱叫，开水间所有人都看向早已僵住的童言。
她下意识拧开开关，顺利被烫到了小拇指……

第五章　真实的你我

晚会过后一个星期，进入了期中考试周。

此时已近深秋，教室冷得吓人，常年有空调的图书馆自然成了抢手货。

童言趴在桌子上看法理学，被拉丁文弄得头昏脑涨。这门课的老师非要说学法就要学拉丁文，直接给出一本自创小册子，全是英文和拉丁文对照，宣称期末考试50％用拉丁文……

于是，童言只能猛啃这本册子，啃得快傻了。

"philosophy，philosophia，傻傻分不清楚，"童言叹口气，"为什么我要在被英语六级折磨的同时，还要背拉丁文？"

沈遥趴在桌子上，写高数卷子："我觉得全国最倒霉的法律系，就是我们了。你见过读法律的要反复重修《高等数学》吗？"

文静静从商事仲裁书下抬头："补一句，全国的法学院，为什么只有我们从大三开始就要全英文教学？我英语四级还没过呢啊……"

说完，抹下一把辛酸泪。

童言看到文静静拿着的商事仲裁书，忽然想起了顾平生。

上星期他又说家里有事，没有给她补习物理……

沈遥拿着一张写满数学公式的纸条，琢磨着套用哪个："我觉我这学期又没戏了，你不是也要重修物理吗？下午和我一起选课去。"

"我在计算机房选好了，你要选什么？"

童言还在半走神状态，轻易就戳到了沈遥的痛楚。

"《毛泽东思想概论》《马克思主义基本原理概论》《C++》，"沈遥特意一字一句狠狠把这三门课念出来，"我不是都挂了吗？全部重修呗，如果这学期高数再挂，也是第三次了。"

……
童言很识相地闭上嘴。

精通三门外语的校乐团钢琴首席，竟然挂了所有人都不会挂、且是开卷考试的"毛概""马思"和"C++"……这已经能进入全班的年度大事记了。
与之相比，数学不挂，简直是天理不容。

当然这话她不敢说。
童言又莫名扫了一眼文静静手里的书，忽然很想给顾老师发个短信，问问他这周是否要给自己补课……可是瞥了眼手机，又犹豫了。
或许，他应该很忙吧。

她们坐的位置和楼梯只隔着一道木质围栏，忽然有很多人从楼上下来，自然吸引了她们三个的视线。看样子应该都是老师，三三两两地边走边聊着。
"哎，那不是童言的噩梦女神吗？她认识顾老师？"沈遥眼尖，迅速抓到了奸情。

童言看过去时，顾平生和噩梦女神赵茵正并肩下楼。人群中，有人叫了声"赵老师"，赵茵轻拍了下他的手背，示意有人找自己。
顾平生在看赵老师的时候，也同时看到了她们几个。

只是，看了这么一眼而已。

等到楼梯又恢复清静，沈遥也收好了数学卷子："我下午三点有高数课，先走了啊。"文静静也恍然看表，惊叫了一声："完了，一点了，我监考迟到了。"
沈遥咬牙切齿："我恨你们这些能监考赚外快的。"
文静静嘿嘿笑着："谁让你马思挂了。"

这种大学公共课一般都是开卷，或是提前给你考卷背。所以监考与否没那么重要，于是学校为节省教师资源，特地让"公正严明"的大三法律系学生监考。每场考试还有 80 元监考费……

于是，继顾平生后，法学院又多了个让人追杀的理由。
竟然可以监考同年级的人，而且还有外快赚，绝对是全校公敌。

童言监考的是下午三点那场，倒也不急。
只是那两个都走了，她也没有心思再留着，正考虑先回宿舍时，手边忽然被人放了一个纸杯。
一杯纯净水，还冒着淡淡的白雾。

她回头看到的，是早该走掉的顾平生。
好像无论何时何地，他总喜欢递给自己水，非常健康的习惯。

"在背拉丁文？"他看了眼她面前的小册子。
她点头："法理试题肯定会有拉丁文，不得不背。"
他在她旁边坐下："我刚才和赵茵说了你的进度，她答应帮我继续辅导你，你有她的联系方式吗？邮箱，或是手机？"
童言愣了下，很快就说："有的，我有她的邮箱。"

顾平生笑了笑："论专业水平，她才是正经的物理老师。而且每个老师都有自己的套路，你跟她上课那么久了，如果有她单独辅导，下学期应该很容易通过。"

因为要和自己说话，他是偏着身子的。
整个人都浸在窗外照进来的阳光里，模糊了五官的棱角。
她点点头："谢谢顾老师。"
然后，两个人竟都没什么话说了。

她很快就把书都收好，迅速站起来："下午还有课，顾老师要是没事的话，我先走了。"
顾平生点头，忽然又笑起来："记得，好好学习，不光是我的专业课。"
说这句话的时候，竟是难得认真的语气。

到下午监考时，她早早就到了教室。

按理说应该是一个老师和一个法学院学生，可老师却提前给她打了个电话，声称自己家里有要紧事，就全权委托她了。

她抱着没开封的卷子，一本正经走进教室后，立刻响起了嗡嗡的议论声。

讲台下有不少一起上过什么体育课、计算机课的，看到她都乐了。而那些不认识她的，自然认出她是校庆主持，难免八卦情绪上涌。

最令人头疼的是，艾米也在这里考试。

"真是天降福将啊，"艾米看教室外，"童言，就你一个人？"

童言清了清嗓子，一本正经地说："我是这个教室的监考人。今天的《马克思主义基本原理概论》是闭卷考试，禁止交头接耳，考试期间所有手机都要关闭。学校的纪律大家是清楚的，挂科可以反复重修，但考试作弊不容姑息，一律开除。"

前半句说完，所有人都缄默了。

她看着下边很多熟悉的脸，沉默了三秒后，终于交代了最后一句："鉴于我是拿人俸禄，为人当差，你们多少收敛些。今天就我一个人监考，但外边会有巡考的老师，切记啊，诸位同学。"

后半句说完，下边四十几个人马上乐了。

于是皆大欢喜，考试顺利结束。

艾米很是惬意地蹭上来："我两个星期没见你了，风云人物，最近在干什么？"

"在学习，好好学习。"

"真佩服你，"艾米长叹口气，"那天晚上的晚会，感觉就像是在演戏，还是一出绝对的青春偶像剧……如今回归平淡，每天除了上课就是考试，会不会很不适应？"

她笑："早习惯了，又不是第一次上台主持。"

"不一样啊，和你之前每次都不一样，"艾米努力观察她的表情，"悄悄告诉我，你和你们的顾老师是不是特默契，特投缘？"

她把卷子塞进牛皮袋，封好："那天是合作主持，当然需要默契。"

艾米看她说话很没底气，仔细看了她一眼后，忽然正经起来："童言，玩笑归玩笑，你可别吓我。师生恋放在五六年前肯定是个忌讳，现在虽然校风开放了，可还是能不碰就不碰。你没看建院的那对儿，也是毕业才真相大白的？就这样，学校还不乐意，要和那老师解约呢。"

童言心猛跳了下，踢了她一脚："别乱说，我还想顺利毕业呢。"

还有11周，77天。
这学期已经过去了一半。

周六，学院办了一场国际环境法学的研讨会。
邀请的都是国际知名的法学院和联合国环境署，光与会名单，就让班里人为陪同嘉宾争破了头。

沈遥有语言天赋，自然顺利拿下专职陪同的工作。
她连着两天，就盯着那个联合国环境署的人，准备彻底搞定之，拿到他的大学推荐信。

"给我两瓶水，"沈遥忽然冒出来，急着对童言说，"快，快，我的联合国推荐信渴了。"童言哭笑不得，从脚边纸箱子拿出两瓶水递给她："好好表现，搞定了就是耶鲁，搞不定就是野鸡大学。"

沈遥喊了声："推荐信对我感觉十分好，九成九到手了。我已经不屑沃顿商学院了，法学，只有法学才是我的理想。"
说完，她忙不迭地跑过去，对着白胡子外国老头，继续鼓吹法学院，都快吹成中国第一了。

童言正看得乐呵，就看到顾平生穿着很简单的休闲西装，陪着几个人谈笑风生往内场走，她听不到他们说的话，但看他的表情就知道，肯定是他很熟的朋友。
好像只有和熟悉的人，他才会笑得那么耀眼。

到中午吃饭时，沈遥很仗义地跑出来，陪着童言在招待台吃盒饭。
其实，她这里最吃力不讨好。四个会双外语的都去做专职陪同了，近距离接触各个嘉宾，其余的人都各自找了借口，拒绝了零碎工作。
而她，就被班长软磨硬泡，来做个登记的小招待。

按班长的原话：整个会议中心在园林深处，招待台自然就在万竹丛中，很有情调。

11 月的阴雨天，有情调得冻死人。

"我和你说，下午接待台没什么事就赶紧回学校，去浴室洗个热水澡。这竹林阴气真重，你还穿着裙子，班长真不怕冻死你，"沈遥冻得直缩脖子，从童言的盒饭里，很不客气地夹出一整块红烧大排，"给你讲八卦。那里边有两个人认识顾平生，说是老朋友。刚才闲聊我听他们说顾老师手臂上的那个刺青，是自己用左手刺上去的，而且，没抹麻药。"

童言吃着盒饭里半个卤蛋，蛋黄有些发干，拿起矿泉水喝了一口后，刚才积攒的热气，又被这一口冷水压了下去。

沈遥正咬着肉，大肆感慨时，顾平生恰好走出来，似乎在找人的样子。

他看到招待台的两个人，目光略微停顿了片刻："怎么在这里吃饭？宴会厅有自助餐。"

"我在陪童言，"沈遥马上喝了口水，"她中午留守在这里，可怜吧？顾老师，看在咱们三个曾合作一曲的面子上，你可要和学院反映反映，给我们加个学分什么的……"

他看了看被风吹得瑟瑟作响的竹林，又去看童言，还没说话，她马上就说："没关系，下午没什么接待任务，我就回学校了。"

说话时，正好一阵阴风吹过，她露在外边的两条腿都有些发青了。

他看了眼手表，然后说："现在这个时间，不用再留守了，我带你们去吃些热的东西。"

沈遥听到，马上把大半盒饭放下。

顾平生很快走回去，应该是去叫人订出租车。童言拉住沈遥的胳膊："你要吃，进去吃自助餐啊，干什么还要特地出去吃饭？"

"你冻得骨头都成冰了，自助餐根本热不起来，还是中餐汤水什么的暖人，"沈遥把她手里盒饭抢过来，扔到了纸袋里，"日后谁能嫁给顾老师，算是此生无憾了，真贴心。"

顾平生对上海不是很熟，沈遥马上主动请缨带路。

快到地方时，童言终于认出了这就是沈遥家附近，低声问她："怎么跑淮海路了，你是要狠狠宰顾老师吗？"

大一暑假时，沈遥非要和自己吃践行餐，她只能拖着行李箱来这里，和她挑了这条路上比较简朴的味千拉面。那天沈遥很高兴地点了两份小菜和两碗面，两口量的泡菜六块钱，几根酱油黄瓜九块钱……鉴于沈遥真是热心给自己送行，她只能咬咬牙买了全单，一顿饭吃掉了四分之一月生活费。

所以她对淮海路吃饭的印象就是：贵，真贵。

"下午三点开场，我想回家换身衣服。可惜你比我矮了十公分，否则我就把裤子借给你换了，"沈遥对她使个眼色，"美人主动请缨，不宰白不宰。"

说完，沈瑶马上回头说："顾老师，我家刚好就在附近，要不要去坐坐？我衣服穿得有些少，想回去换件衣服。"

顾平生刚收好司机递来的零钱，把钱包随手放进裤子口袋，看了眼她指着的弄堂，点了下头。

沈遥家是四层旧楼，二十世纪二三十年代的房子。
在寸土寸金的淮海路上，已是天价。
打开很窄的红色正门，一楼是厨房、饭厅和一间卧室，两个人沿着老旧的红木楼梯，跟着沈遥走过二楼卧室，被她直接带到了三楼客厅。
"稍等，"沈遥给两个人泡了热茶，"我马上就回来。"
说完就噔噔噔噔地下了楼，把两个人留在了房间里。

因为是老房子，房间不算大，只有一张沙发。
两个人并肩坐着，她百无聊赖，只能认真去看桌上胡乱扔着的影碟。

最上面的那张是保罗·范霍文的《黑皮书》，童言记得几年前上映的时候，她曾经在沈遥的电脑上看过，讲的是一个犹太女人在二战时做德军间谍，却深爱上了纳粹军官，最后在二战结束德军大败后，眼看着爱人被处死。
"看过？"他忽然问。
"看过，"她拿起来看了眼，是德语版的，估计又是沈遥用来练语言的，"很好看，上映的时候，用沈遥的电脑看过。看完很大的感触就是犹太人真可怜，二战死了那么多人，其实他们是很聪明，也是很勤奋的民族。"
"是，犹太人很聪明，"他说，"以前读硕士的时候，成绩比我好的就是犹太人。华人也很聪明，高中毕业时全校200多人，9个华人，被哈佛大学录取的只有一个女孩，华裔，被耶鲁录取的也是个华人，其他华裔都去了哥伦比亚、康奈尔、杜克，都是很不错的学校。"

还有一个，去了宾法。

她默默补充，笑着道："所以，聪明的民族，磨难都比较多。"

她其实说的还是那个电影，却忽然觉得，自己像是在说他。

"其实对老电影，我口味很俗，喜欢《律政俏佳人》。"她马上转了话题。

他靠在沙发上，思索了下："一个只喜欢打扮的小女孩，因为男朋友考上法学院提出分手，然后就奇迹般地穿一身粉红芭比洋装考进了哈佛法学院，追回男朋友的故事？"

她马上更正："男朋友只是个烂人，她最后和自己大学老师在一起了。这个电影我超爱看，看了十几遍，那时候就发誓一定要读法……"

她蓦然停住。

老式的落地钟忽然响起来，很沉闷的钟声，提醒着时间。

这是什么鬼话题啊……今天真不适合聊天。

"看来，偶像剧有时候也挺励志的，"顾平生很快站起来，走到阳台上，"我刚才下车，看这里很眼熟，附近有没有什么路叫雁荡路的？"

她暗松口气，马上也站起来："就是对面，"她指着窗外，"垂直这条就是雁荡路。"

很精致的一条步行路，走下去就全是深灰色的老式洋房。童言记得苗苗曾经说过，她拍婚纱照穿着旗袍取景，就是在这条路上，只可惜现在是倾盆大雨，看不到什么景色，只有各种颜色的雨伞飘浮在雨雾里……

"那应该就是这里了。她家里条件不错，住在这里。"

"她成绩也不错，"童言感慨了下，"自从上了大学，我就明白了一个道理。并不是家境不好的人就会一鸣惊人，家境很好的，也不全是不学无术。"

看吧，励志小说有时候并不是真的。

他右手搭在栏杆上，回过头，继续看阳台外的车水马龙："学习这种事情，顺利过关可以靠努力，要真想一鸣惊人，的确是要靠一些个人天分。"

"这不是在说自己吗？"她喃喃了句。

他像是察觉到她在说话，猝不及防回头问："在和我说话？"

童言瞬间心虚，尴尬地笑了笑："是啊，我饿了，顾老师准备请我们吃什么？"

他突然笑了："这个估计不用我来想，她应该想好地方宰杀我，犒劳你了。"

他在说这话的时候，视线又落在了室外。

她忽然想起宿舍夜谈说起顾平生的缺陷，多有赞誉。多好啊，和你说话时眼睛会一眨不眨地看着你，只专注留意你一个人。可他如果不想和你说话，也太容易。只要移开视线就可以。

最后沈遥果真不负众望，直奔雁荡路，挑了一家吃牛排的餐厅。

餐厅是单独的小洋房。想都不用想，肯定很贵。

她还没进门，就问沈遥："你不是要吃中餐吗？"

"没关系，我给你点双份蘑菇汤，保准你热起来，"沈遥捏了下她的手心，一副为她好的样子，"女人要吃牛肉，对身体好。这里不算贵，人均只有200，在上海绝对不是贵的，相信我……"她说完，瞄了眼顾平生，"再说，宰杀老师的是我，又不是你，怕什么？"

顾平生就走在两个人前面，刚把伞收好，递给身边的男招待。

童言看着他的背影，默默地念了一句："为什么不怕？"如今他是自己最大的债主。你见过不还钱，还拼命磨刀宰杀债主的吗？

等到拿到菜单，她彻底哭了，随便一个什么蘑菇汤就138，哪里可能是人均200。

他从开胃菜开始，就没有停止过，似乎真是认宰的羔羊……每说一个名字，童言都立刻瞄餐单，然后狠狠剜一眼沈遥。

"T骨，8盎司，"他看了眼童言，"这位小姐是菲力，5盎司，七成熟。沈遥，你要吃什么？"她迅速扫过手里的餐单，菲力一盎司70，而光是自己就要吃掉5盎司？

在童言刀刮般的目光中，沈遥镇定自若："菲力，6盎司，三成熟。"

"嗜血动物？"他难得开玩笑，合上了餐单。

沈遥不好意思笑笑，趁着他确认配菜和甜点时，悄声对童言说："顾老师在开玩笑，看到没有？他开玩笑的时候，眼神真销魂。"

童言咬牙切齿："难道你要他抱着钱包哭吗？"

"再添一份，菲力，6盎司，五成熟。"他又对侍应生补了句。

童言和沈遥对视一眼,还有谁?

"赵茵赵老师也住在附近,"侍应生走后,他给出了合理解释,"所以就约了她一起。"

童言了然,拿起杯子,喝了口热水。

"噩梦女神?"沈遥脱口问,"不是吧顾老师,你要是说她也来,我们就自己解决了。"顾平生好笑看沈遥:"你物理也重修过?"

"No,"沈遥摇头,"关键问题在于,全校学生用的大学物理教材,就是本校赵茵老师参与修订的,所以,赵老师绝对是全校的噩梦女神……"

两杯红酒端上来,他示意放在自己这里,还有身侧那个空盘旁:"看来我也教错专业了,从没见你们这么怕我。"

沈遥看到他还特地点了红酒,八卦情绪彻底爆发:"顾老师,悄悄八卦一句,赵茵是不是我们未来的师母?"

童言始终在听着他们说话,在沈遥说完这句时,看了眼顾平生。
果真是至交好友,竟和自己当初问了一样的问题。

"我记得开学时,给过你们所有人机会,让你们问我任何问题。但并不表示,你们可以随时随地问我任何问题。"他说这话的时候,始终是微笑着的。
"噢,懂了。"
沈遥迅速侧头,用手撑住头,悄声对童言说:"默认了这是。"
童言没吭声,感觉他一直在看着这个方向,只咬着玻璃杯口,继续沉默。

到赵茵来了,她和沈遥立刻不敢开玩笑了,放下杯子恭敬地叫了声赵老师。自从顾平生把自己交给赵茵补课,她每周也要固定去两次赵茵的办公室,可是说不清为什么,就是和这个女老师亲近不起来。
因为是休息日,赵茵穿得比平时随便不少。
随便中,也有着不动声色的隆重。

沈遥显然对赵茵也有心理阴影。
本来是热热闹闹的气氛,多了一个人反倒是安静了。
沈遥吃得百无聊赖,随口问她:"我下午还要去会场,你怎么回学校?"她想都不想:"地铁1号线,然后轻轨,然后走路。"

"风大雨大,你从轻轨走到校门口要十五分钟,从校门口走到宿舍楼起码半小时。冻了一上午,再这么走回去,不死也半残。"

"我下午会回学校,你可以和我一起走。"顾平生忽然说。

"好啊,"沈遥先替她领了人情,"多谢顾老师。"

赵茵碰了下顾平生的手。

他侧过头时,赵茵才笑着说:"别忘了,晚上的校友聚会。"

沈遥立刻掐了下童言的胳膊,耳语道:"看看,她摸他的手。"

童言欲哭无泪,又不能有任何表现,低声道:"那是因为顾老师听不见。"

沈遥瞪大眼睛,压抑着声音说:"你又不是没谈过恋爱,手是随便能碰的吗?你会碰顾老师的手吗?最多也是拍拍他的胳膊。"

童言忽然想起在居庸关……

"对了,你碰过顾老师的手。"

她心猛跳了下,紧张地抿起嘴唇。

"晚会上拉过小手,"沈遥更正,"不过这个不算。"

……

顾平生听不到,不代表赵茵是聋子。虽然沈遥说话的声音很轻,童言还是一本正经地瞪了她一眼,示意她不要再胡乱闲扯了。

回去的路上,遇到个特别喜欢说话的出租车司机,不停问这问那的,童言又不好完全不搭理,只能有一搭没一搭地回答着各种稀奇古怪的问题。

"小姑娘,你男朋友很酷啊。"司机从后视镜看他们,估计是看顾平生一直没说话,故意说给他听的。童言特地把头侧过去,看着窗外说:"他不是不理人,只是听不到别人说话,"她顿了下,又补了句,"他不是我男朋友,是我老师。"

司机噢了声:"真可惜,那你们平时上课有障碍吗?"

童言看着车窗上的水流,没有回答。

司机也终于识相地闭嘴了,随手开了收音机,好像是广播小说的连载。男播音员装作不同的角色对话,讲着一个极其惊悚的故事……

手机忽然振动了下,她拿出来看了一眼,是沈遥:你和美人回学校,我陪霍梦逛淮海路，绝对的差别待遇啊！！童言忍不住笑了，收好手机，又看了眼顾平生。

本来是下意识的动作，他却就这么察觉了，回头看她。表情从疑问一直到最后的安静，却没出声发问，也没移开视线。

车窗上不停有雨流下来，雨大得能听到敲打玻璃的声音，还有电台广播绵延不绝的恐怖故事……所有感官都在悄无声息的对视中，匆匆掠过。

他真好看。

莫名地，就想到了这个……

她猛地扭头，直勾勾地看着窗外不停掠过的车影。

你完了，童言。

晚上的校友聚会，说到底只是一个私人的小聚会。

二十几个人，只有五六个宾法的校友。

"TK，还是中国好，到处都是令人感到亲切的黑发黑眼，还有百转千回的中文，"罗子浩揽住顾平生的肩，"侬好，来噻伐？"

"抱歉，后半句没看懂。"他坐在了靠近露台的沙发上。

罗子浩是他从小到大的好朋友，高中毕业考上耶鲁不到一年就办了退学。当时耶鲁正准备强行退掉一个中国女学生，理由是该学生的英文不如美国人好。作为一个有浓烈爱国主义情结的人，罗子浩马上就加入了抗议队伍，就在事主终于被安排转系，继续就读博士学位后，他却挥一挥衣袖退学了。转投宾法，最终留校。

然后，他认识了赵茵，订婚，再然后，移情别恋。说什么是不想回国，不过是愧疚，要等赵茵结婚才敢回来。不过他也有本事，能折腾到如今相逢一笑泯恩仇。

外边的雨还是很大，露台上却有人的影子。

这里，透过落地窗，外白渡桥就在脚下闪烁。露台上的影子是一对，时而相拥，时而又分开。他忽然想起下午在出租车里，那双眼睛。

"我问你，你怎么还没和她在一起？我怀念伟大的祖国，故乡水故乡云，就等着你们喜结良缘，彻底荣归故里呢。"

"谁？"他问。

"赵茵啊，"罗子浩递给他酒，见他摇头，立刻招人要了杯冰水给他，"我不是早和你说了，她当初是先看上你了，退而求其次还瞎眼了，找的我。结果大家一拍两散，作为她前男友我很负责任地说，她这三四年都单着呢。"

罗子浩父母是北方人，说话节奏很快。

他勉强跟上了对方的话，然后，笑了笑，没说话。

"别不说话，"罗子浩不拿酒杯的手自觉自发地搂住他的肩，看见他侧头看自己，才继续道，"你回国还来了上海，不就是欲迎还拒吗？"

"你见过我欲迎还拒吗？"他自动忽略对方话里的零七八碎。

罗子浩从口袋里摸出烟，咬了一根在嘴里，含糊说："我是心怀愧疚，你们才是天作之合。"

顾平生不想在这种几乎看不清表情和话语的灯光下，和对方讨论。当初从宾法退学前，他曾尝试和罗子浩针对男女关系这个话题沟通。回忆苦不堪言。

环境造就人，尤其是婚姻感情观。

罗子浩开始抒发自己浓重的思乡情结，絮絮叨叨，像个女人。

他靠着沙发，看罗子浩说了一会儿，又去看夜景。刚才那一对人影已经无迹可寻。

罗子浩百无聊赖，拍了拍他的胳膊。一见他回头，就开始继续絮叨。

"现在我祖国的孩子，都还好教吗？"他开始漫无边际，没话找话。

"资质都还不错。"

"有姿色还不错的吗？"

又开始了……没到三句再次直奔主题。

他意兴阑珊。

"全世界的女人，还是中国女人好看，看过去就是一幅淡淡的水墨画，鼻子不会太高，嘴巴也不会太大，眼睛也不会像骷髅一样，深得让人半夜见鬼，"罗子浩的爱国情结再次爆发，"你知道吗，不对，你应该知道，我说过我最喜欢的女人，眼睛就要那种黑白不是很分明的，这里，"他用没点着的烟，指了指自己内眼角，"要深勾进去，笑起来整个眼睛弯弯的，妙极。"

童言。
他只记起她。好像就是罗子浩说的这种。

"你喜欢过自己的学生吗?"他忽然问。
"有啊。情不自禁你懂吗?"罗子浩正要回忆,他已经站起来。
"欸?不听了?"
罗子浩不知道自己是什么怪癖,特别爱给这个对男女关系过于谨慎的人讲女人。他肯定自己绝对喜欢软玉温香的异性,可对顾平生怎么就这么执着呢?

今天是周五。
过了周末就还剩9周,63天。

当年读初高中不能谈恋爱,自己却一门心思陷进了早恋。
现在读大学,终于能名正言顺公平公开谈恋爱了,却发现喜欢上了自己的老师……童言,你还能再出息些吗?

整个星期都时不时下着雨,教室里阴冷阴冷的。
童言以前在北方,习惯了室内的暖气,总觉得一进屋子就该暖融融的。来了上海两年多,依旧不习惯裹着很厚的衣服,缩在位子上听课。

她双手互握着,自己给自己取暖。
他的板书写得很漂亮,自己小学时也狠狠练过字帖,认得出这是瘦金体。那时候只觉得这种字体看着畅快淋漓,别有一种韵味。
喜欢写这种字的人,也大多是锋芒毕露的。教字的老师曾说过这句话。

可是。
他和锋芒毕露没有任何关系。

此时他就这么右手斜插在裤子口袋里,左手虚握着白粉笔流畅地写下一行中文,同时用英文讲述着今天的引言。顾平生是这学期所有老师中唯一肯双语授课的,就连那些日本回来的老师,也坚持用生疏的英文写板书。
其实,学校高考招生时就很注重英文成绩,到大二结束,班里只有3个人还没通过英语六级。他完全没必要为了极少数的几个人,如此麻烦。
可就是这些细枝末节处,他总是思虑周全。

"刘义，"他完成今天课程的引言，转身看向班长，"沈遥呢？"

班长憋了半天，回头看童言。

童言宿舍里的几个，都是逃课达人。星期五大多不在，谁知道今天又去哪儿了？

"顾老师，沈遥校乐团排练，请假。"童言硬着头皮说。

其实，沈遥是翘课，和一众狐朋狗友开车去千岛湖过周末了。

"王小如呢？"顾平生的声音很平淡。

"王小如……家里忽然有事，也请假。"

王小如则是新换了个校外男朋友，说是昨晚有什么派对能看到偶像，到现在也没回来。

他的眼睛扫视了教室一遍，很快辨别出了旁听生和本班学生。

"文静静也没有来？"

他又在看她。

这次连旁听生都开始低声议论了。

童言握着笔，又不能躲开他的视线，明明自己是宿舍唯一来上课的，却成了众矢之的……她觉得脸有些烫："文静静生病了。"

她真想强调，这个是真病了。

"下周一让她们三个人去一次院办，我的办公室。"他依旧说得波澜不惊。

童言心里却咯噔一声。

这次麻烦了。

后来下课了，班长也是惊吓得一身冷汗，走过来对着童言说："兔子急了还咬人呢，顾老师算是好脾气了，也让你们宿舍逼急了。"

班长扬着手里的书，却险些打到走过来的顾平生。

他只微抬手臂挡了下，班长火气正涌上来，马上回头吼了声："开班会！"

然后，教室彻底安静了。

那些旁听的都傻了，拎起书就走。

顾平生也是微一怔，用征询的语气问他："需要我参加吗？"

"不，不用。"班长瞬息偃旗息鼓。

童言低头收拾书本，余光里，看到他经过自己的桌子，然后走出了教室。

她去图书馆看书到天黑才回了宿舍。

早上走时窗帘就是拉上的，现在竟还是原样。她叫了声静静，没有人吭声，她有些不放心，脱了鞋爬上文静静的床，发现她还在蒙着被子睡觉。

伸手摸了下她的额头，烫的。

收手时，碰到了她的枕头，怎么那么湿？出了这么多汗？

童言拍醒静静，给她换好衣服弄下了床。

最后她费劲地骑着自行车，把高烧的文静静带到校医室。椅子还没坐热呢，校医直接大笔一挥开了转院单："转五院吧，烧得太厉害。"于是她只好又骑了二十几分钟，把静静带到校外的医院。

这是学校定点的医院，因为不是在市区，晚上人很少。

值班医生很年轻却很细心，到最后静静开始挂盐水了，那个医生还特意跑来看了看，问了几句情况。童言看着他，忽然想到，如果顾老师没有转行，是不是也是这个样子？

输液室里只有一对母子，一个四十多岁的儿子和老态龙钟的母亲。

如果奶奶忽然病了，在北京怎么办？

她忽然有些不安，每隔一段时间，这种不安感就会冒出来，挥不散逃不掉。

"言言，谢谢你。"

她回过神，抱着刚才在医院门口买的一小袋橘子，拿出个大的剥了，塞到文静静手里："这么高的温度，怎么不给我发短信？"文静静握着橘子，过了会儿才说："言言，贾乐和我分手了。"童言愣了："你们不都六年了吗？"

她记得那个男孩子，很朴素，笑起来有点腼腆。

"他今年大四找工作，压力大，总和我吵架，"文静静说，"昨天他又拿着电话吵起来，说到我家本来就没钱，还有两个双胞胎弟弟在念高中，等着我们去供……"

她没有说完，童言也没有继续追问。静静家的情况，她多少会察觉些。

本以为这话题是个结束，她低头继续剥着橘子。

"我觉得生活特别不公平，"静静忽然说，"我英语基础不好，好不容易拿到日语二专的资格，却连期中考都通不过。可看看小如，从来不上课却能轻松拿到一等奖学金，遥遥也是，全班唯一文艺特招生，文化课却比我还好。"

童言抬头看她。

"还有你，言言，每次看你主持，看你唱歌，我都很羡慕，"静静的脸有着高烧退去后的苍白，"连顾老师都对你那么好。我总能看到他在办公室翻看物理教材，后来才发现，他在给你辅导物理。"

"言言，我是我们那里唯一一个念重点大学的。可读到现在，班里同学都开始申请国外硕士课程，我却还在费力读着本科。我有两个弟弟马上高考了，他们其实没那么懂事，成绩也很差……言言，我想到这些，就觉得这书念下去也改变不了什么，熬到头还是一样，哪里来的，就要回到哪里去。"

输液室很安静。
静静的声音不大，语气更是平淡得不能再平淡。

童言掰开橘子，吃了一瓣。
因为天冷，橘子吃进嘴里都是冰的，又酸又冰的，不算可口。
她从来没有，也不敢像静静这么倾诉，从来没有。从小学毕业开始积攒到现在的难过心情，那种完全失去自尊，连想到心都会一窝一窝疼的家庭，让她怎么开口？

"我以前的男朋友，父母都是高中老师。因为太溺爱，他从来都不用心读书，叛逆得不行，对我却特别好。

"有一年冬天，我肚子疼得走不动。他就一声不吭跑出去，给我在校门口买了碗面，硬是逼得人家把碗也卖给了他。那天很冷，他就这么端着一碗面从校门口一直走到我们班门口，估计是走得急，汤水都洒出来了，满手都是。可再怎么好，也还是分手了。"

她记得，那碗面好像是六块钱。
当时觉得好贵。后来再去吃，就没了那个味道。

第六章 悄然的进退

"所以静静,"她把最后一瓣橘子,递到静静嘴边,"我没什么值得你羡慕的,也要失恋,也会生病,也有好多秘密,不想让人知道。"

她抬头看了眼,这袋盐水已经所剩无几,金属挂钩上,还有满满的一袋需要今晚挂完。

"我记得小时候有次体育课跑八百米,被人从身后踩到鞋,狠狠摔了一跤,那时在操场上课的应该有三四个班,全看见了。当时觉得真丢人,怎么能这么糟糕?太可怕了,天塌下来了简直。现在想想,不就是摔了一跤吗?"

她站起来,准备去找值班护士。
"你小时候肯定也有这种事,觉得天塌下来一样。静静,五年后回头一看,也就是摔了一跤,爬起来换身干净衣服,就当什么都没发生。家境、才能,很多东西都是天生的,就像谁都羡慕刘翔能拿世界冠军,可也就是羡慕羡慕。"

那天晚上回去时,童言也开始有感冒迹象。
到星期一已经彻底成了重感冒。

那晚回来文静静本来说要给她看病的钱,童言没要,那晚她来不及拿静静的学生证,是用自己的学生证看病的,反正学校也能报销。
谁知道,到周一去了才发现,报销的人翘班了。

中午时间,校医院的人并不多。
她开了些感冒药,从二楼走下来,忽然身后有人拍了下她的肩膀。回头看,竟然是那个沈……课代表,他和一个男生并肩站在一起,童言一回头,那个男生立刻眼神一飘,笑着说:"我出去等你。"说完就不怀好意地笑笑,跑了。

沈衡下意识托了托眼镜:"生病了?严重吗?"童言笑了笑:"就是感冒。""那天校庆,我在宿舍看直播,"沈课代表似乎在想着措辞,略微停顿了下,"你主持得真好。"

"谢谢。"

要是换在平时,她多少会找几句闲话过渡。

可是昨天一晚上鼻子堵堵的,都没有睡好,现在已经没什么精神说话了。

好在这个男生也挺腼腆的,和她沉默地走下楼。到最后站在校医院门口,才犹豫着问她:"看你精神这么不好,要不,我送你回宿舍吧?"

他说得很客气,稍许试探。

"不用,我还要在这里等同学。"

童言做出一副要等人的样子,看着沈衡和他同学走了,松了口气。她从口袋里摸出叠得整整齐齐的卷筒纸,开始擦鼻子……

忽然就进来一条短信。

估计是沈遥,她们三个和自己一起出的门,应该刚才在顾平生那里受了训。没想到拿出手机,竟然是顾平生的短信:生病了?严重吗? TK。

同样的话,沈衡刚才也问过。

可他这么问,却让她不自觉地抿起了嘴唇。

一定是宿舍的三个人在受训时,为了转移话题提到了自己。收件箱里最后一条短信,竟是他三星期前发来的。童言站在医院门口,犹豫了三秒,竟鬼使神差地回了条短信:嗯……有些严重,校医说最好去校外的医院……可是很远,不想去。

发出去了,心却忽然跳得重起来,跳得直发慌。

每次沈遥和一个男孩要开始不开始的时候,总会这么试探。试探是不是在乎自己?会不会紧张自己?如果对方紧张兮兮,那就代表有发展的余地,如果反应平淡,就当作什么都没发生。

她每次看沈遥笑眯眯地发短信,一脸春心荡漾,就觉得好笑。

可现在,自己却也在忐忑着他的反应。

身边有几个校医走过，说说笑笑的像是要去吃饭。

等到那些人出了大门，都走得没有影子了，手机依旧是安静的，没有任何回复。

童言有些小失落，把手机放到书包里，沿着校医院的路往回走。

午饭时间，校园里人最多。

她犹豫是去吃饭，还是直接回宿舍泡包方便面，忽然又被人从身后拍了一下。

今天怎么了？遍地是熟人。

童言回头，对上沈遥大大的笑脸："我还说去宿舍找你呢，顾老师说请我们宿舍人吃饭。你手机怎么就没电了？"

沈遥身后不远，就是王小如和静静，还有……顾平生。

今天没有国际商事仲裁课，他穿得更随便了些，浅蓝泛白的牛仔裤和黑色休闲上衣，简简单单的，根本不像是专门给这三个人说教的。文静静正在和他说话，他看着文静静说完，说了句什么，回过头看童言这里。

"顾老师。"

他示意性点头，没说话。

好像从来没有发短信给她，也好像从来没有收到过什么。

沈遥提到顾老师请吃饭，整个人完全是容光焕发。童言明白她又想着怎么去宰杀顾平生，马上挽住她的胳膊："就东食吧，我昏昏沉沉的，不想走太远吃饭。"

沈遥啊了一声，还没等说话，就被她直接拽进了食堂。

沈遥本来想要点小炒、小火锅之类的，童言示意自己和静静在感冒，于是又顺利将吃饭的格调降了个档次，和平时没什么差别，都是各吃各的饭菜，只不过多了个阳春白雪的顾平生。整顿饭沈遥的话特别多，顾平生只在开始吃了两口，很快就放下筷子，安静看着她们几个说话，到最后童言都看不下去了，扯了扯沈遥的胳膊："你一直说话，让顾老师怎么吃饭？"

"啊？啊……"沈遥恍然，"顾老师你多吃些，不用一直看着我说话。"

他说了句没关系，开始一口口地喝水。

童言扫了眼他面前的饭菜，几乎没有动过。她和顾平生吃过几次饭，他吃得在男人里绝对不算多，可也不会像女生一样，少得只有小猫两三口。

沈遥还想再说什么，可抬了手腕就先惊呼了："还有五分钟就一点了，上课了，完了，我怎么一到高数就迟到。"

她拿起包就跑，跑了两三步都出去了，又绕过来说："顾老师，听君一席话，胜读十年书。我这书读完了，该去做数学题了，再会再会。"

说完，风风火火就跑了。

她这么一走，大家只能各自放下筷子，琢磨着怎么告别。

"你们先走，我要和童言说些事情。"他终于放下水瓶。

王小如马上笑着说正好要去图书馆。倒是静静多看了她一眼。

童言记得静静说的话，不管是怎么看到的，但静静说的是事实，顾平生的确对自己照顾得有些过分……她忽然想起以前高数课，班里有个人是老师的亲戚，后来被全班人排斥，最后只能转系去读了英文。

其实现在回想起来，那个人成绩非常好，老师也从没有特意关照过，甚至应该还有意提高了要求标准，但落在班级同学嘴里，就杂七杂八说什么的都有。在靠书本生活的年龄段，就连最不屑读书的人也会羡慕那些和老师有私人关系的学生。

一个隐形助力，可以解决太多事情。所以这样的人，通常是公敌。

她乱七八糟想着，毫无头绪。

像是一桶冷水浇下来，她终于察觉到，自己在试探着走什么路。

"我下午带你去医院。"他说。

还是收到短信了？

她继续拿筷子搅着面，其实没剩几根了，混着汤水和葱碎。

"收到短信，为什么不回呢？"她低声念叨了一句。

"童言？"

她抬头："没关系，我刚才开了药，回去慢慢吃就好。"

"给我看看你开的药。"

她从包里拿出很多，递给他两个纸盒和一瓶咳嗽药水。他接过来，翻到盒子的背面，盯着一排排小字看。

童言很疑惑他在看什么，可无奈坐在他面前，不能偷瞄。

他看得实在太认真，童言最后还是好奇，伸手在他眼前晃了晃："在看什么？"

"在看这些药的配方，"他说，"你是不是开药的时候，特地和医生要了指定的药？"

她诧异点头："我很容易感冒咳嗽。吃习惯了，就只吃这几个牌子才能好。"

他笑："发现了，你要的都是重症病人吃的，"他拿起咳嗽药水，"这个的codeine不低。"童言愣了下，想起沈遥最喜欢说咳嗽药水上瘾："你说的是让人上瘾的那个吧？沈遥总说我要是喝咳嗽药水，肯定有天会上瘾。"

"也没有这么严重，"他好笑看她，"不过，如果你每天喝几十瓶，或许有这个可能。"

他们坐的是长桌，座位两两相对着能坐十几个人。

到上课时间以后，只剩了他们两个坐在最靠落地窗的位置，还有最外侧的一对男女生。日光透过这么厚重的玻璃，照在身上暖洋洋的，童言很有学习精神地追问了几个问题，两个人说着话，没有任何中心思想。

直到阿姨过来，把桌上的盘子收干净，两个人已经说了很久。

"顾老师有什么事找我？"她想起最初他留下自己的理由。

"原本是想带你去医院，"他把药都收好，"如果只是单纯的感冒，就不要急着吃药，多喝热水，通常一周都会好。我明天给你拿些合适的药，如果一个星期还没好再吃。"

童言点头，心忽然跳得有些软。

她从小就是那种报喜不报忧的人，初中很长一段时间跟着老妈住，都是自己从药箱子里翻药，大概看着字是治消炎、感冒什么的，就随便吃一些，慢慢也就好了。从来都是发烧感冒什么的，倒没有什么大病，所以也觉得自己能解决。

这还是第一次，有人拿到她的药，连配方都会认真看一遍。

回到宿舍，只有她一个人。童言找出充电器，给手机充电。

刚开机，就进来了六七条短信，其中一条是顾平生的，其余的都是同样陌生的号码。她先打开了那个陌生号码的短信，原来是来电未接的提醒，这个功能是移动送的，她从来没有用过，早就忘记了。

有沈遥的一条未接来电。

其余五条提示来电未接，都是顾平生的。

如果一般人听到关机的提示，一定不会再打。她坐在椅子上，盯着手机，甚至能想象出顾平生只是看着手机屏幕，判断自己是不是接了电话，可是却听不到电话里反反复复、周而复始的"对不起，您所拨打的电话已关机……"。
楼道里传来阵阵笑声，宿舍里却异常安静。

她过了很久，才小心翼翼打开那唯一的一条短信，只有短短一行字——
不要撒娇，我带你去医院。TK。

童言想了很久，回了短信：我刚才出了医院，手机可能就没电了，没看到你的回复。
短信很快进来：没关系，我知道。TK。
多平淡的话，可是从他那里发过来，就让她忍不住反复琢磨。

她想到了那五个电话，很快回道：我只要是开机，肯定会接电话。下次如果一直没有显示接听，一定是关机。
顾平生：好。TK。

很简单的回复，应该是在忙吧？
她把手机放到书桌上，抽出本书想看，却发现拿的就是《国际商事仲裁》。算了，仲裁就仲裁吧，就当提前期末复习了。
就在想要认真看时，手机忽然又振了振。

喝热水了吗？TK。
喝了。
喉咙疼吗？TK。
有一点点……
明天早上如果还疼，发短信告诉我，我给你拿消炎药。TK。
嗯。
她打完这个字，又忍不住，也问了他一句：顾老师到家了？
可是写完"顾老师"三个字，忽然又删掉，犹豫着，改成了"你"。

我还在院办，在和院长谈下学期的课程。TK。
下学期？
下学期，海商法。TK。
童言想起他说过，也许就教这一个学期，现在在谈下学期的课程，也就是说会继续留在上海，留在学校？学院每个老师都会教两三门课程，下学期说不定也会教自己……童言翻出全年课表，在十几个课程里猜测他会教什么。

这件事过了几天，基本全院都传开了，皆大欢喜的是学生。周三商事仲裁课上，班里几个女生实在忍不住了，愣是逼得班长亲口问顾平生。

下课时，班长笑嘻嘻地举手："顾老师，最后一个问题。"

顾平生正拿着黑色的保温瓶喝水，看见他举手，颔首示意他说。

"顾老师，我们想知道你下学期教什么。"班长觉得自己表现得太热切，一本正经又加了句，"我们好提前买教材。"

"海商法。不过你们不用准备教材，下学期我会准备打印的资料，不需要你们再额外买任何书。"

底下噢啊哦，一连串的低声赞叹。

自从上了大一，每科老师都会提前给参考书目，有钱的去买，没钱的去借书复印。其实最后发现有书没书，差别不大，反正有课堂笔记……可为了尊重老师，还是要准备。

好像只有"马思""毛概"那种课，才会一本书传得像是古董。

专业课里，像顾平生这样完全自己提供资料的老师，完全就是奇葩。

童言低头看着笔记，像是在检查错误遗漏。

"你不知道，昨天就有几个师妹在问我商事仲裁，"沈遥低声感叹，"我还说她们急什么，还有两学期呢。可是，唉，可是看着美人煞，我还真舍不得他教别人了。还好还好，他不用给二专和法律公共课代课，起码是咱们学院独有的。"

童言撑着下巴，嗯了声，瞥到他继续在喝水。

"可惜啊，"左边的王小如也难得感叹了一句，"下学期就是最后一学期了，大四都是实习喽，"她侧过头，故意看着教室外，大声说，"同学们，暗恋老师的赶紧表白，时间不多喽，可别便宜了学妹。"

过了周日，就还有5周，35天。

童言用笔划去日历上的星期六，看着一排排黑色的笔迹，她忽然发现已不用倒计时顾平生离开的时间。

"你说，"沈遥把脚搭在书桌下的音箱上，"文静静也太过分了，什么也不说就申请转宿舍，我回想了很久，平时我们对她挺好的啊。"

童言放下笔:"不是挺好的吗?三个人一个宿舍,宽敞不少。"

"什么三个人,分明就变成两个人了,"沈遥打开音乐,四个环绕小音箱放出的声音,立体声效果绝佳,"一个换宿舍,一个常年不在宿舍。"
她看了眼紧闭的宿舍门,贼兮兮站起来,打开王小如的衣柜:"看我们家小如的衣服,和我妈穿的一个档次,我发誓她这次换的男朋友绝对身家翻番了。"

童言嗯了声,顺着梯子爬上床,打开了床头灯。
沈遥继续哇啦哇啦。
她却拿起手机看了眼时间,有些心不在焉。
"我那天看见王小如去找顾美人请教问题,"沈遥很八卦情怀地分享着,"你说,会不会小如说要搞定老师,就是给自己铺垫的?"
"应该不会吧?"

她把手机放到了枕头一侧,关上床头灯,酝酿睡意。
自从那次重感冒开始,他每天都会发来短信,关心她的症状。然后私下约了时间,给她送了很多药,一来二去的,两个人都会发短信闲聊。
可今天,从上午下课开始到现在,他都没有发短信……

沈遥看见灯光灭了,很自觉关上了音乐。
童言刚迷糊了一会儿,忽然响起电话铃声。大半夜的,宿舍电话竟然响了……她刚想用棉被蒙住头,继续睡,就听见沈遥叫自己:"言言,言言,亲爱的,你的电话。"
沈遥把听筒一直拉到童言床边,神色怪异地递给她。
童言接过听筒,喂了声。
"童言,别睡了,清醒清醒。"
这个声音好熟,她想了会儿,记起了是谁。
是自己高中同学,也是陆北最好的朋友,成宇。
"嗯,你说。"

成宇寒暄了两句,说自己准备圣诞节来上海,顺便要和童言聚一聚。童言想都不想就拒绝了,那边安静了半天,才说:"童言,我答应陆北要陪你过圣诞节。怎么了?是不是考到了上海,瞧不上考湖南大学的?我记得我们法律系可比你们好。"

成宇故意开着玩笑。

她沉默了很久，才说："别勉强我，你知道我的。"

成宇要走了她的手机号，很快挂断了电话。

她正努力找回继续睡觉的感觉，沈遥已经把听筒放回去，走到床下，微仰头看童言："童言无忌，我恋爱了。"童言莫名看她，她满脸陶醉说，"我爱上了这个男人的声音，快给我牵线，我不行了，我真的爱上他了。"

……童言彻底清醒了。

"他是大学生吗？是你同学吗？"

童言哭笑不得："是，湖南大学法学院的……"

"历史悠久啊……绝对比我们刚成立三年的法学院好多了，"沈遥眼睛亮晶晶的，"他是说圣诞要来上海吗？可以带我一起去吗？"

"……竟然偷听我电话。"童言还没说完，沈遥已经踢掉拖鞋爬上了她的床，掀开棉被就和她挤在一起："快给我详细介绍。你不知道他刚才说了句'你好'，我心都跳出来了，怎么有说话这么好听的男人。"

童言被她挤在墙角，开始在沈遥追问下，不停回答各种问题，只是有意避开了陆北的事。沈遥俨然一副要彻夜畅谈的样子，童言无奈拿起手机看了眼时间。

意外地，竟有一条未读短信。

"他是什么样子的？你有照片吗？"沈遥抱着枕头，靠在墙边，"你知道我对长相没要求的，就是想知道他长什么样。"

何止对长相没要求，基本对什么都没要求。

不像小如，对什么都有衡量标准。

"没有照片，不过长得很不错，80分以上吧。"

她不动声色打开收信箱。

顾平生：睡了吗？TK。

童言：还没有，沈遥在和我聊天。

顾平生：平凡也在和我闲聊。TK。

童言：不会也是感情问题吧？刚才沈遥替我接了一个电话……竟然就说喜欢上了那个打电话的男生。就是一个电话，太快了。

"童言无忌！"沈遥狠狠拍了下她的手臂，"我的终身大事，你就不能态度认真些，和谁发短信呢，笑得这么荡漾？"

她说完，立刻凑过来。

童言吓得攥住手机："你再看，我就踢你下去了。"

沈遥很快投降，继续絮絮叨叨问着各种问题。童言悄悄把手机里的"顾平生"改成了"TK"，想想还是不妥当，最后改成了自己的名字"童言"。

这样谁看到，都不会猜出是谁。

顾平生很快回复：或许和性格有关，有的人慎重权衡，有的人不顾一切。TK。

是深夜的时间，还是因为沈遥忽然陷入一段莫名的爱情，两个人竟拐到了这样的话题上。过去的两个多星期，虽然联系频繁，却都不过是很平淡的话题。

童言和沈遥又说了会儿话，才鼓起勇气用最不经意的语气问他：你呢？是怎么样的？

过了很久，他才回复过来——

The longer you have to wait for something, the more you will appreciate it when it finally arrives. TK.

"欸？"沈遥见缝插针，扫了一眼，马上荡漾出了暧昧的笑，"这谁啊，说要等你？"

沈遥马上把手机压到棉被里："下床下床，我要睡觉。"

"别急别急，"沈遥马上举手投降，"我什么都没看见。"

手机似乎还有短信进来，她再不敢当着沈遥的面看。

后来沈遥又说了很久，她只心不在焉应付着，脑中却反反复复想着这句话。

等躺在床上，她才拿出手机。

手机屏幕的光，在黑暗中很醒目——

简单些说就是，越是在漫长等待后到来的东西，越值得我们去珍惜。TK。

手指捏着已经暗掉的手机，无意识地轻划着屏幕和按键，因为电热毯的烘烤，手机有些发烫，如同这一行字，悄无声息地烫着她的心。

过了很久，她才拼写回复的短信。

岂料刚输入个"我"字，床忽然就晃起来。沈遥竟又爬上来："不行，我这星期又忘了拿电热毯了，今晚咱俩挤一张床吧？"

她吓了一跳，随手就把这短信发出去了……

"你去小如床上睡，她床上有电热毯。"

"不要，我亢奋，睡不着，"沈遥钻进棉被，八爪鱼一样抱住童言，"刚才谁给你的短信？我记得这句话好像在哪部电影见过？这人够浪漫的。"

童言嗯嗯啊啊，避开了这个话题。

于是那条很诡异的短信，直到第二天清晨童言醒过来，才有机会澄清。沈遥背对着她，睡得死沉，她悄悄侧过身子，从枕头下摸出手机。

怎么了？TK。

时间是凌晨一点。

童言抑郁地输入短信：昨晚被沈遥打断了，其实我是想说……

想说什么呢？她自己也不知道。

过了好一会儿，才继续：我虽然六级还没过，这句话还是看得懂的。

刚坐起来拿衣服，手机竟然又振了振。

"谁啊，这么早……"沈遥翻了个身，下意识摸手机。

"是我的手机，不是你的。"

童言边说，边看收信箱——

我刚下校车，有兴趣一起吃早饭吗？TK。

今天明明没有他的课，怎么来学校了？

童言穿着很厚的羽绒服，边往西区食堂走边琢磨。很快就看到顾平生站在校车下车的地方，两手插着裤子口袋，独自看着书报栏里的报纸。

八点，正好是第一节课开始的时间，没课的人也大多在睡懒觉。

这个时间，校园里人最少。

她想过去时，正好有学生去换书报栏的报纸。那个人一边把玻璃上的锁打开，一边看了眼顾平生，童言心虚地站在不远处，一直等到学生彻底换完十六个橱窗。

而顾平生竟就盯着第一个橱窗的报纸，始终没有移开视线。

到换报纸的学生走远，她才走到顾平生身后。

是一篇医疗事故的报道。

她还没认真看，顾平生已经发现了她："想吃什么？"

童言想了想："就食堂吧，什么都有。"说完很快又补了句，"去西区食堂吧。"

东区、南区都临着许多教学楼，学生太多了。

两个人走到食堂的时候，很多迟到的学生咬着包子什么的，匆匆从门口跑过。童言看了一排的窗口，觉得让顾平生亲自去买生煎、豆腐脑什么的，实在是太不应该了，她只挑了个偏僻又临窗的位置，问他："顾老师习惯吃什么？我比较熟，买得快一些。"

他轻松地说："你喜欢吃什么，给我买相同的就可以。"

他轻松，童言倒是不轻松了。

其实食堂也没有什么新鲜的，只是顾及了南北学生，种类比较多。最后她还是买了最常吃的几样，甜的咸的健康的不健康的……

顾平生看着面前大小碟子，立刻笑了："是不是吃完这些，就不用吃午饭了？"

她不好意思笑笑："我只是想让你都尝尝。"

"我不喜欢浪费食物。"

他说完，像是察觉到童言的不自在，又悠悠地补了句："其实年轻的时候，我也特别浪费食物，不喜欢吃，或者没心情吃就不勉强自己。后来看到很多想吃没钱吃和已没进食能力的人，才学会不再浪费食物。"

他说完，用湿纸巾擦干净手，递给她后，开始安静吃早餐。

听到一个几近道德完美的人，说这些话，忽然就淡化了她的小紧张。

"我也是，"她咬了一口葱油饼，"小学时候，我特别娇气。每天早饭都是牛奶和煮鸡蛋，后来吃到实在不想吃了，经常趁奶奶看不见的时候，把牛奶倒进厕所。"

他佯装叹气："的确浪费。"

"不过，"她笑了笑，"不像你一样见了那么多，只是长大了，自然就懂事了。"

她现在每次想起过去，自己是如何绞尽脑汁地避开奶奶，倒掉牛奶，就觉得很难过。

顾平生用勺子，一口口喝着豆腐脑。

刚才买这个的时候，她特地嘱咐人家多放了一些虾皮，看到他似乎很喜欢吃，就莫名地觉得心情好。

今天阳光也很好，照得人暖洋洋的。

直到看着他抬起头，她才下意识移开视线，余光里看到他在看自己。

她以为他会很快移开视线，可是他没有，于是只能坚持了一会儿，才装作没看见似的回头："好吃吗？我一直觉得学校食堂的豆腐脑很地道。"

"很好吃，"他好笑地揭穿她，"你很喜欢用余光看人？"

童言马上否认："没有啊。"

可是脸瞬间的红润，揭穿了她的谎话。

"我很小的时候，有过余光恐惧症，"顾平生吃得津津有味，随便闲聊着，"总觉得自己哪里做得不好，惹别人注意，很长一段时间都是小心翼翼留意余光里的人，难以集中注意力。"

童言诧异看他："余光恐惧症？你这么说，我好像……小时候也有过。"

总是不能安心做任何事，无法自控地用余光观察周围的人。

顾平生拿出湿纸巾，递给她："不要紧张，很多人青春期都有过，很多时候都是不自信造成的，太在意别人的想法。"

他说得毫不在意。

童言抽出一张纸巾，很认真地擦干净嘴和手。

原来他也有不自信的时候。

可他有很好的家庭条件，又这么优秀，本就该是那种骄傲的人，为什么会不自信？童言把纸巾放到餐盘里，看着他在擦着手。

顾老师……顾平生，顾老师……

她忽然脸有些发热。于是又撑着下巴看窗外，在他看不见的角度，扬起了嘴角。

过了会儿，她才问他："顾老师今天怎么来了？"

他彻底把豆腐脑喝完，继续夹起生煎包，蘸了些醋："怕你有什么事情，就直接过来了。"

有什么事？

童言恍然，有些内疚："我后来不小心睡着了。"

早餐时间过后，食堂已经没什么人，两个人漫无目的闲聊着，最后还是他看了眼手表，说自己上午还有事情，结束了简单的早餐。童言和他沿着食堂，走过很长的一条路，终于停下来："我想去图书馆看看。"

其实她很想一直送他到车站，可是又怕被同班同学看到。

他倒没有多说，在她转过身时，才忽然像是想起了什么："下周六是六级考试？"

童言又转回来："对，我下午考六级。"

下周的事情，其实他不用这么早问的，反正还有三次商事仲裁课。

"是什么时间结束？"

"下午三点开始，到五点半结束。"

她回答完，就记起了那天是什么日子，是平安夜。

今年四六级的时间真是……人神共愤。

"已经错过校车时间了，"他说，"考完打车来找我，我给你报销好不好？"

她愣了，很快说："没关系，我还有生活费，而且你上次……"

"只是那天，"他笑笑，"我本来想来接你，不过应该很堵车，我过来这个校区再回市区的话，可能会很晚了。"

只是那天……

童言终于点头："好，我考完出来就给你短信。"

这算是……第一次约会吗？

童言打开沈遥的电脑，上百度搜索"余光恐惧症"，很认真地看着各种解说。忽然肩膀就被拍了一下："看什么呢？"沈遥扫了眼电脑屏幕，"你改读心理学了？"

她吓了一跳，侧头看沈遥："今天是周日，你怎么不回家？"

沈遥的眼神，绝对够杀人的："我不是说好了，下周和你见亲爱的成宇吗？"

"圣诞节？不是下周末吗？"

"我亢奋不行啊？这周不回家了。"

……

童言还以为她睡醒了，自然也就清醒了。

可看她一副认真情迷的表情，终于明白，她彻底当真了。

于是她刚才酝酿的那么多紧张情绪，也被沈遥这么一搅和，尽数烟消云散。她敌不过沈遥的软磨硬泡，陪着她把整个衣柜清空，所有衣服一件件试，反复搭配……

她不停给着各种意见，最后说得都口渴了。

倒杯热水，焐在手心。

后来很多年后，童言还能想起这天。

好朋友莫名其妙爱上了一个声音，在寒冷冬天的宿舍里，不停哆嗦着换各种衣服，畅想着初见。而自己只是抱着一杯热水，呼吸着杯口散出的热气，将刚才发现的一段感情深深藏起来。

顾老师，顾平生。

对她来说，意义开始不同。

整个星期的商事仲裁课，他如常讲完。

可恶的是她大半时间都在记笔记，完全不敢抬头和他对视。最后她甚至很苦闷地抱怨，为什么要这么早约时间？

考试那天，她提前半小时就写完了。

反复检查机读卡和作文后，破天荒提前交了考卷。她刚出考场打开手机，就看到无数条短信进来，都是沈遥的。

"天啊，我正在睡觉，成宇就来宿舍楼下了。天啊，他完全对我眼缘。

"我不行了，他说话好可爱，我要昏头了。

"你怎么还没考完？

"快啊快啊，我在思源湖旁边，靠着图书馆那边的空地等你。

"童言……快。"

……

她哭笑不得，一条条删掉，给收件箱腾出空间。最后一条进来，却让她有些匪夷所思——

"我和成宇给你准备了一个大惊喜。"

惊喜？她和成宇？

他们不用发展这么快吧。

等到她沿着湖边的小路，走到图书馆门口，看见沈遥笑着和两个男生说话。成宇和她是高中三年的同学，自然好认，而另外一个瘦高的身影，却让她停住了脚步。

她当初考来上海，就是觉得一千四百公里很远，可以让自己暂时远离父母和陆北。

可是，他怎么就出现在了自己的大学校园？

她看着他，仿佛是幻觉。

因为成宇的不解释,沈遥彻底把他当作童言的正牌男友,热络得不行。

童言找不到和他说话的时机,只能在沈遥提议去市区时,刻意和陆北走得慢了些。沈遥和成宇一见如故,似乎没有再留意他们。童言这才找到机会:"你这次……是陪方芸芸来上海玩吗?"

陆北拎着个很大的纸袋,和她并肩走着,没有回答她的刻意提醒。

沉默了很久,他才说:"童童,我这一年做了很多努力。国庆在北京就想告诉你,我做了很多努力,今年在政法读大一。你等我到大学毕业好不好?"

她没说话,却还是惊讶。

这么不爱读书的他终于想通了。只是跳过高中三年,他能读得完大学吗?

他看她不说话,把纸袋递给她:"他们都说上海室内没暖气,很冷,我给你买了羽绒服,还有羊绒毯。"

她没接。

"童童。"他叫着她的名字。

沈遥忽然回过头,笑嘻嘻说:"吵架了啊,那可不是随便送什么就行的。说几句好听的,我带你们去新天地喝酒,我请客,灌醉了童言什么都好办。"

12月底的冬季,天已经彻底黑下来。

路灯偏巧就在这时亮起来,照着沈遥的笑脸,也在他们身边投下了影子。童言坚持不肯收礼物,正在僵持不下时,手机忽然响起来。

她怔了一瞬,蓦然想起和顾平生的约定。

果然拿出手机看时间,不知不觉已经五点四十了——

考得顺利吗? TK。

第七章 我喜欢的人

这是他在上海的第一个平安夜。

他虽然从小在教会学校上学,但也只是因为教学比较严谨,并不是真正的天主教信徒。倒是顾平凡,是个彻头彻尾的虔诚信徒,今晚一定会去教堂做子夜弥撒。

所以他很早就约了顾平凡的时间,逛商场。
只是没料到,会有这么多人。

顾平凡看着远近的少女服装,有些茫然:"TK,你是要来买什么?"
他沉吟片刻:"少女服装。"
……顾平凡上下扫了他两眼,刚想嘲两句,忽然就明白了:"是给你那个学生童言?"她边说着,边给一旁几个学生模样的女孩让路。
"你身材和她差不多,品位也还可以……"他没有任何否认,只觉得自己站在拥挤的少女群中,有些突兀,"替我买些合适的衣服,我想作圣诞礼物。"
他抬手看了眼表:"我在楼下 Coffee Bean 等你,二十分钟?"

看着是在求人,语气彬彬有礼,却是完全不给拒绝的机会。
顾平凡是习惯了他从小的作风,连话都懒得说,直接尽职尽责挤进人群。

他到楼下的 Coffe Bean,竟也是人满为患,随便买了杯伯爵茶。
运气好,等到茶端出来的时候,正好角落里有人离开。身边两个穿着校服的小情侣,在嘻嘻哈哈地笑着,男生忽然拿出一个盒子,不知道装着什么,女孩打开的瞬间捂嘴尖叫,做足了夸张表情。
"十分钟,"忽然一个袋子挡住了他的视线,"羽绒服、围巾,都是我喜欢的样子。鉴于你赞颂了我的品位，我就照着自己喜欢的买了。"

他拉开纸袋看了眼，竟然还是宝蓝色的："你怎么一直在原地踏步？喜欢这个颜色有七八年了？"

顾平凡拿出钱包，准备去买水："你那天晚上回来说过，童言穿这个颜色很好看。"
她说完就站起来，去买了杯咖啡回来。

两个人的位子在最角落里，平凡回来的时候端着咖啡，险些被横七竖八的座位绊倒，越过千难万险终于坐下，看着靠在沙发上的顾平生，忽然抿唇打量他。
顾平生察觉她的视线，微侧头，示意她有话直说。
"你和你的学生……"她想了想措辞，最后决定直截了当，"是不是在一起了？"
很简短的沉默后，他说："刚刚开始。"

顾平凡扬眉，抿了口咖啡，忽然说起了一个始终不曾谈及、可以说是避讳的话题。
"我前几天和几个瑞金心外科的医生闲聊，说起你母亲的名字，没想到他们都还记得这个心外科有名的医生，"她又喝了口咖啡，继续说，"那么多年过去了，连不相干的人都还记得阿姨，TK，是不是你一点都没忘？"
他没说话，拿起杯子。
茶有些冷了。
"虽然你从来不说，可我一直觉得你很爱你妈妈，"平凡说，"阿姨是宾法毕业，你就一定要去宾法，我很清楚，你当初可以有更好的选择。阿姨是心外科，你最后就做了心外科……包括你的名字，TK、童柯、顾童柯。你身上都是阿姨的影子。"

他还是没说话。
到最后平凡都觉得这个话题，实在太令人不愉快了。

她暗叹口气："其实我想说的是，你要想清楚，师生恋是不是也因为你妈妈？这不是国外，你很清楚师生恋不是那么受欢迎。或者是因为那个女孩叫童言？"她猜测着，问出了最后的疑问，"或者，她和你经历很像？"

白色的陶瓷杯，都举到了嘴边，莫名就顿了顿。

顾平凡看他继续喝水，彻底明白，这只是个单向谈话，就在她放弃说下去的时候，他却意外有了回应："这里有在播歌吗？如果有，是什么歌？"

顾平凡怔了怔，听了会儿，摇头说："听不出，应该是很新的歌，现在小朋友听的，我也大多没有听过了。"

"没听过？"

"没听过。"

"每当我认识新的朋友，都会有这种感觉，陌生，没有听过，估计也没机会再听，"他说，看着平凡的眼睛，"你和我从小到大，所以你和我说话的时候，我还能记得你说话的神态、语气。现在想想，从生病到今天明明没有几年，连子浩的声音，我都差不多忘了。"

这次换顾平凡沉默了。

"对于女人的声音，我记得的不多，可那天再见到童言，她的声音我却还记得清楚。"

确切说是她十三四岁的声音。

"是熟悉感。"他说着，几个手指有节奏地轻敲着瓷杯。

或许一开始，就是因为这难得的熟悉感。

他忽然就变了语气："然后呢？谁又说得清，"头发挡住了眼睛，窗边柔软的日光下，笑得温暖无害，"这种感觉如果能说得清，上帝就不会用肋骨这个故事来搪塞世人，形容爱情了。"

顾平凡气得直笑："不要亵渎我的信仰。"

"完全没有亵渎，"他说，"你信服的一部分，我也非常认同。"

"比如？"她好笑看他。

"比如，婚姻是上帝的礼物，是神圣的。又如，上帝把性作为礼物赐给人类，但只有在婚姻中，它才是一种最亲密的爱的表达，在婚姻外的任何性都是错误的，"不愧是教会学校出来的，他简直想都不用想，"这些，我由衷信服。"

差不多到五点的时候，就只剩了他一个人。

他记得童言说过的时间，本来想就在这里等到五点半。可惜，计划就是用来被打乱的，罗子浩在新天地给他猛发短信邮件，一定要当面见他。他对上海不是很熟，本来要带童言吃饭也准备去新天地，实在受不住罗子浩短信追缉，只能先一步去了新天地。

鼎泰丰的位子，他是早订好的。
"这里的东西不错，"罗子浩刚坐下，就瞥见桌边纸袋，还有里边明显的女装颜色……"TK，你约了赵茵？"
"你前女友和你之间，能不能不扯上我？"他招招手，要酒水单。
罗子浩笑起来："别告诉我，是约了女朋友，我见过吗？"
侍应生拿来酒水单，他比了个手势，示意给罗子浩。
"你好像还没见过，不过，她马上就会到。"
罗子浩险些被烟头烫到手指，觉得自己好像和他一辈子没见了，怎么这么大变化？

自从收到短信开始，她就像是做错了什么事。
可沈遥一路都在轻声耳语，求她一定要陪自己吃饭，根本不给机会拒绝。最后她只好心虚地给顾平生发了个短信，说自己可能会迟一些。很快，他就回复过来——
没关系，我等你。TK。

她攥着手机，开始默默计算时间。
六点多到市区，吃得快一些，或是吃到一半的时候离开。
七点多应该可以到他那里。

沈遥没想到会这么顺利，没有提前定位子，只说要照顾两个北方来的客人，尝尝上海菜，就选了新天地的鼎泰丰。
结果到了门口，才发现已经有近百号人在等位。她看着这么多人都有些头疼了。
刚想走，沈遥却意外停下来："童言，看，是顾老师。"

心忽悠一下，有些发慌。
她回过头，透过整面的玻璃墙，顾平生就坐在很醒目的位子。
恰好，他也同时看到了他们。

沈遥隔着玻璃拼命摇手、打招呼，她也只能随着沈遥的动作，示意性地打招呼。

然后就看到他收回视线,继续和面前人说话。

"你们老师长得,很斯文败类,"成宇笑了笑,"看着不像教法律的老师。"

沈遥挽住童言的胳膊:"他第一次来,我也吓了一跳,完全颠覆我对学法律人的印象。算了,这里人太多,我带你们去我家附近吃。我都忘了今天是平安夜,没有熟人的地方肯定没位子。"

成宇耸肩:"我随便,在你的地方,只能任你指挥了。"

童言思维混乱着,想了无数个借口,却找不到任何理由离开。

结果只能心神不宁地跟着沈遥下了楼。因为是过节,根本拦不到出租车,他们足足走了三十分钟才到沈遥说的地方。

"想什么呢?"沈遥点完菜,低声问她,"怎么从见到你男朋友,你就神不守舍的。我看他很不错啊,吵架嘛,就是小情趣,吵得差不多了,要适当让人下台阶。"

童言喝着菊花茶,低声说:"他是我前男友,现在和我没关系。"

"前男友?"沈遥睁大眼睛,马上伸手握住陆北的手,"不容易啊,在前途未卜的情况下,竟然敢跨越一千四百公里,追到上海。我支持你!"

陆北估计没见过这么能闹的,和成宇对视一眼,要笑不笑的。

"对了,'The longer you have to wait for something, the more you will appreciate it when it finally arrives',这句话不错。"

陆北怔了下,疑惑地看童言。

童言在桌下扯了下沈遥的胳膊,还没等提醒她,沈遥已经脱口说:"不是你发的短信吗?说要等童言?"

"童童?"陆北脸色有些异样,看她。

童言紧抿唇,犹豫了几秒,才说:"是,我现在有喜欢的人了。"

整个小包厢都安静下来,沈遥渐渐明白自己做了什么。成宇忽然轻咳声:"沈遥,陪我出去抽根烟?"沈遥难得识相,马上跟着出去,留了他们两个。

童言始终没再看陆北,他也不说话。

他的手攥着杯子,紧紧地,像是要用尽力气。

她继续喝着菊花茶:"或许尝试一下,会发现她也不坏。没戴婚戒,不住在一起,平安夜来找我,这都改变不了什么,你已经结婚了。学政法的学生,怎么会不懂婚姻法?"

她勉强拼凑出这么一句，就说不下去了。当初是方芸芸分开他们两个，她能努力忘记陆北，却做不到笑着去祝福她。如果没有那场车祸，这个平安夜会是怎么样？

两个人没再说半句话，她很快离开包厢，对门外的沈遥说自己有事要走了。

沈遥有些犯傻，没想到自己撮合了一路是这样的结果……回去的时候，童言走得快了些，二十多分钟就到了鼎泰丰门口。

一路上，想要给他发短信，可又不知道该说什么。

他可能已经走了？如果走了，该怎么办？

已经八点，餐厅内仍旧人声鼎沸。

那个位子很醒目，他还在。朋友已经走了。

外衣搭在身边的椅背上，他只穿着件浅灰色的纯棉衬衫，从这个角度看过去，能看到新天地光怪陆离的灯光透过来，而他，就背对着浮光掠影，右手拿着本书，半搭在桌子上，一页一页翻看着。

远远近近的女孩、女人，都是盛装而来，这天见面的应该都是约会的情侣。

童言忽然有些踌躇。

她冬天衣服不多，并没有能力像沈遥那样有千百种搭配。穿着的高跟鞋，还是历来为晚会主持准备的……因为要考试，也不敢上妆。

"小姐，有定位吗？"侍应生看这个女孩在门口要进不进的，礼貌问了句。

她点了点头，终于走了进去。

直到她坐下，他才合上了手里的书。

他是习惯用左手的，她忽然发现他和自己一样，两手都可以用，但更习惯左手。

"对不起，"童言决定先坦白承认错误，态度极其诚恳，"记得那天晚上，我和你说沈遥喜欢上了一个男生的声音，那个男生就是我高中同学。"

侍应生走过来，递上了酒水单。

她打开看了眼，都很贵。

"麻烦你，加个茶杯就可以，"他忽然说，"可以上菜了。"

等到侍应生离开，他又看向她，笑着说："继续，听着很有趣。"

有趣……

童言看他的语气,也不像是真的生气了,终于松口气。

"他们今天第一次见面,所以沈遥求我一定要多陪她一会儿,免得太尴尬,"她不好意思笑笑,"我是那种,从来不会拒绝朋友的人。刚才,其实只是为了陪沈遥。"

或许是,从小到大,能让自己依赖的感情很少。

所以对朋友,尤其是好朋友,总有一种很强的依赖性。只要是朋友提出的要求,不管多过分,她都下意识想要去成全。有时自己都受不了,还为此去看过心理学的书。

"没关系,"他拿起侍应生托盘里的茶杯,放在她面前,替她倒了大半杯茶水,"至少对我来说,这很正常。我也从来不会拒绝朋友。"

她诧异地看他。

她记得书上说过,这种状态是"童年缺失",大多是童年缺少亲人的爱和信任,才会想尽办法获得更多的爱,弥补自己。可他为什么会缺少爱?那么好的教育环境,童年更应该是众星捧月啊。

"你不觉得这样,很不好吗?"她捧着茶杯,试探着问他。

"每个人或多或少,都有些性格上的缺失。比如我以前见过的一个女病人,莫名就不喜欢红色,每次看到就会心情低落、暴躁,后来严重影响到生活,甚至结婚都抗拒看到红色。后来我一个朋友给她做催眠,才找到根源。"

"是什么?"她倒是真好奇了。

"她有个弟弟,大概几岁的时候,妈妈送了条红围巾给弟弟,却没给她。事实上,她母亲并没有偏心过,也没有虐待过她,只是她当时还太小,不懂,就留下了心理阴影。"

"就因为这个?"

……也太脆弱了。

"就因为这个。"

他沉默笑着,看她眼睛亮晶晶地盯着自己,只觉得好玩:"如果你感兴趣,我会系统给你上心理学的课。现在,"他示意性看了眼上菜的侍应生,"我们需要先吃饭。"

他没有点很多的菜，刚好足够两个人吃到饱。

刚才一路上，她还在想着，见了面一定要先道歉。如果他走了呢？肯定要找到他，当面解释。如果他是黑着脸呢，就装装可怜，反正他比自己大那么多，总不会这么小气，再说做老师的，总要有些气量。

可是没想到他这么容易就接受了解释，而且根本没有生气的迹象。

童言轻咬住筷子尖，看着他给自己讲各种有趣的事情，想起自己刚才说的话。

喜欢的人。我喜欢的人，就坐在面前，吃着饭，说着话。

心忽然有些软，她不自觉地，连说话的声音也软了下来。虽然他听不到这样的变化。

手机忽然振起来。

陌生的号码，熟悉的语气：我是明早的飞机回去，童童，今晚在学校等你好不好？

一条短信，迅速冷却了所有的小温暖。她攥着手机，根本不知道回什么。

最后只是狠狠心，按下了关机键。

"想去哪里走走？不过，今天好像哪里都是人山人海。"

两个人出了餐厅，站在火树银花的步行街上，他才忽然问她。

她没有任何头绪，摇头。

在很大的夜风里，顾平生竟也像没了主意，两手插着口袋，长出口气说："经验不足，竟然没有事先安排活动，"他看了眼前面的灯红酒绿，"想去酒吧吗？"

他说话的时候，正好身边是两层楼的巨幅海报。

当季的时装宣传海报，模特也是个男人，也是两手插在上衣口袋里的动作。童言很不厚道地发现，他更好看些。

只不过手臂上挂着个白色的纸袋，颇有些违和感。

他看向她，她才蓦然避开视线。

可又发现对着顾平生，根本就不能做这个动作……只能脸有些发烫地回过头，装作镇定地看着他："不要去酒吧了，这种节日，现在进去肯定会被挤死。"

而且，酒吧总是一个又一个的演唱节目，不适合他。

他笑："你对酒吧很了解？"

童言也长出口气："其实，你第一次看见我的时候，我还是个挺有问题的女生。"如果把她的人生分成两段，刚好与他有关。

遇见他之前，和遇见他之后。

忽然头上一重，他伸出手轻拍了拍她的头："我以前也不是个安分的人，做出来的事，肯定比你的更让人头疼，"他替她拉起围巾，挡住了大半张脸，"带你去教堂望弥撒好不好？平凡在徐家汇天主堂。十一点半开始，如果打不到车，我们也可以慢慢等。"

"望弥撒"？她不大听得懂。

不过教堂什么的，应该是圣诞节的教会活动吧，她有些尴尬地拉下围巾，露出嘴巴："我是无神论者。"

"我也是，"他倒毫不意外，"信与不信是个人选择，只要尊重他们就好。"

或许真是上帝眷顾，两个人竟然在这么热闹的地方，叫到了出租车。

到徐家汇天主堂外的时候，平凡正双手环臂，冷得直呵气，看见他们很快就走过来，笑着抱了抱童言。"真开心你们来，"她笑着贴在童言耳边说，"TK从小就在教会学校，可到现在还是无神论者，我刚才收到他信息，还以为看错了。"

她说完，挽住了童言的手，边顺着人群排队，边低声和她解释子夜大弥撒。

而顾平生自然就跟在两人身后。

教堂里站得水泄不通，有看上去十分虔诚的信徒，还有很多人举着相机和DV。因为人多，她只能紧紧地挨在顾平生身边，近到能闻到他身上很清淡的香味。

很淡，估计只有这种距离才能闻到。

在不断的"对不起"和"excuse me"中，有人挤过来，又有人顺势挤过去。不间断的拥挤让她几乎没有站立的空间。她正想着什么时候能开始时，感觉就被一只手揽住，彻底被圈到了最安全的位置："我没想到，这里也这么多人。"

她仰头，看见他低头抱歉笑着，隔断了所有嘈杂的声音和气息。

"圣诞节的徐家汇，这么多人很正常。"

平凡以为他在和自己说话，回头答了句，马上发现自己自作多情，不动声色回过了头。

因为人多拥挤，她又穿着羽绒服裹着围巾，很快就出了些汗，却始终不敢，或者微妙地不愿意动。后来直到歌声响起，他才放开她。

整个大弥撒几乎用了两个小时时间，顾平凡要留下来继续做下一场黎明弥撒，所以只有他们两个并肩出了教堂。

深夜的市区街道,依旧是车马如龙,人潮汹涌。

教堂旁边就是林立的商厦写字楼,商场都熄了灯火,从橱窗外走过,能看到自己的影子倒映在上面。

"圣诞快乐。"

他停下来,把白色纸袋递给她。

她猜想过这里面是什么,甚至祈祷过千万别是给自己的礼物,因为她什么都没准备……从沈遥那里出来的一瞬,也想过,但是那时候很急,也只是闪过这个念头。

只是急着,往回走,怕他离开。

犹豫了会儿,还是伸手接过来:"谢谢,圣诞快乐。"

他伸手按住她的头顶,很轻地揉了揉:"太晚了,我送你回学校。"说完就开始看天桥附近的几个路口,找寻容易叫车的地方。

童言忽然想到了陆北的短信,马上扯住他的胳膊,看到了他回头,才说:"宿舍大门十二点就锁了,我今晚能……不回去吗?"

其实只要敲门,就可以进去。但以陆北的性格,一定会在学校等自己一整夜。如果不想再牵扯不清,就只能狠下心,彻底狠心让他等不到自己。

车来车往的嘈杂中,他很快做了决定:"我们看看附近有没有通宵电影院,如果有,就看到明天早晨,你可以去我家休息一个白天,晚上再回学校。"

他说完,很自然地做了两个动作。

拿过纸袋。

握住了,她的手。

结果他们找到了在法华镇路上的上海影城。圣诞通宵场已经开始,连着三个片子,从十一点开始,他们从漆黑的甬道走进去,童言就听到了第一首片尾曲。

坐下来,她才长吁口气,借着屏幕的光,用口型对顾平生说:"还好,第一个片子很烂,我们不用看了。"

类似于圣诞节、情人节的午夜场,都是香港爱情片。

新的老的,尽数搬上,顾平生买的票,她甚至不知道接下来会演什么。

"是什么片子?"他压低着声音问她。

音量真的很低,她看着他的眼睛,忽然想到他听不到后,肯定是努力练习过自己说话的音量。这样的过程，肯定要人协助……一定很尴尬。

"《很想和你在一起》。"她说。
顾平生要笑不笑的，看着她："真的？"
"当然真的，"童言微微皱了下鼻子，"真的很烂，网上评分也只有6分……"
她忽然顿住，抿起嘴唇。
顾老师，你怎么这么为老不尊？
"我是说……"她一字一句说，"刚才的电影，叫'很想和你在一起'。"
他点头："我知道。"
灯光忽然亮了，然后又瞬息灭掉，一明一暗间，已进入了下一个电影的片头曲。
就是这样的时间差，他已经回过头，认真看片头曲。

电影放到一半，前排又走了几个人，整场就剩了两三对男女，都很明目张胆地卿卿我我，似乎这种时间，在这里就需要做些什么……而他们就坐在最后一排，想不看都不行。
童言目不斜视地盯着字幕，想起上次在上院，也是和顾平生看到天雷地火的画面。
她偷偷看了眼顾平生，后者看得很认真。

瞌睡虫在眼前飞来飞去，她终于熬不住，把羽绒服的帽子垫在脑后，想要小眯一会儿，没想到这一闭眼，就彻底睡着了……
这一觉睡得很沉，也很安然。
直到脸上被人轻拍了两下，她才从蒙眬中又听到电影的声音。困得不行，下意识用脸蹭着软乎乎的羽绒服帽子，过了会儿，才有力气睁眼，四周仍旧暗沉沉的。
电影还在放。
"要不要回去睡觉？"他的声音飘飘荡荡的。
"几点了？"她努力说话，困得又想闭眼。
"快五点了，"他看了眼手表，"我看剧情，差不多快结束了。"
"你一直在看？"港产爱情剧，还看得这么认真？
"反正也没什么事情可做。"
她很内疚地笑了，同时也看到第三排的人，咳咳，一直就没分开过。
由于她反应慢半拍，视线很迟缓，以至于他也顺着她的目光，看了过去。

然后两个人同时，都转开视线。

"冬天天亮得很晚，"他回过头，继续说，"这里五点多结束。"

她嗯了声，一时词乏。

而他自然听不到这有些撒娇的"嗯"，又自然回过头，继续看港产爱情片。

她用食指，戳了戳他的手。

他回过头："怎么了？"

"昨晚，你真的没生气？"她还是问了出来。

"开始有一些，"没想到，他这么直白，"但是我比较能调节心情，看了会儿书，就好了。"

看了会儿书……

"学医的，都心理学得这么好吗？"

她又下意识调整姿势，蜷起腿，整个人都侧靠在椅背上，好奇看他。

他莫名沉默了会儿，才说："不是，是因为我母亲。两三岁的时候，她经常会对我说'妈妈有些心情不好，让妈妈自己坐一会儿'。"

她看着他。

他继续说："后来长大了，她会告诉我情绪是一种流动状态，开朗和阴郁都是交替的，就像白天黑夜一样，是自然规律。既然每个人都如此，就要学会调节，生气的时候先学习冷静，保持冷静是最好的调节方法。"

电影里的对白仍在继续，他慢慢讲着这些她从没听过的话。

光影变幻着，照在他的侧脸上……童言开始还很羡慕，有这么理智的母亲，可后来又莫名觉得他肯定很可怜。

从小就学着自我调节情绪，是怎样的童年？

她不由自主又扫了眼第三排，依旧浓情蜜意，忽然就发现自己的姿势，还有他为了说话的姿势，都这么让人，浮想联翩。

电影里进入了夜景，整场自然又暗了许多。

"要回去吗？"

是因为暗看不见，还是因为什么，他又靠近了些。

看了眼大屏幕，刘德华正在念着大段的抒情台词，她回头说："看完吧……"其实真不知道演的是什么，可他看了这么久，总要看完结尾吧？

"那就看完吧。"他说完，脸忽然就凑近，低下头直接压住了她的嘴唇。

耳朵里，还听见刘德华在说"不管你相不相信，我相信"……

顾平生，还是顾老师？此时此地谁会知道？

几秒的静止后，他才微微侧头，彻底含住了她的嘴唇。太让人迷惑的场景，灼烧了她的思维。她伸出手，搂住了他的脖子，他的舌头有些甜也有些涩，好像红茶的味道。是刚才进门的时候两个人在门口买的饮料，健康的人永远都改不掉这个习惯……

她零碎想着，专心在不停变幻的光影中，不断不断地回应着他。然后就被他一只手揽住了腰，身子半腾空着，贴在了他身前。

……

背景音安静下来，舒淇开始念着大段的对白。

"我小时候听广播，说幸福就像是玻璃球，跌在地上会变成很多碎片……无论你怎么努力，都捡不完，但只要你努力了，你总会捡到一些的……"

童言听得忍不住笑，真俗，可真的动人。

顾平生察觉到，终于离开她的嘴唇，看她："怎么了？"

她可不想给他重复这么白雪公主的对白……

就在他又要低头时，忽然就亮了场。

电影结束了。

童言忙坐正，新衣服已经掉到地上，她捡起来塞进纸袋。

亮场时，她才发现只剩下那对和这里，缠绵整夜的情侣终于分开，女生意味深长瞥了他们一眼。童言也木木地看回去，脑子里只蹦出一个词：晚节不保……

五点多走出电影院，冷得吓人。

还是漆黑的，没有什么人，坐上出租车时，司机估计是跑了通宵，黑着眼圈调侃说："真浪漫啊，看了整夜电影？"童言嗯了声，忽然发现这样很好。

他听不见，所以不会……觉得不好意思。

她一早就给苗苗打了电话，请假没有去卖场。

难得不用打工的周日，竟就在顾平生家的客房，一直睡到了黄昏。晚上他送她回来，她特地让出租司机停到宿舍楼附近，没让他下车，自己走回了宿舍。

进门时，沈遥还以为她刚打工回来，踌躇了半天，才说："我错了。"童言笑着踢了她一脚："去去去，你我之间，不用说这些话。"沈遥长出口气："我就知道。"

她说完，马上拿起手机，开始笑嘻嘻地短信来短信去的。

不用问也知道是和谁。

童言开始收拾这学期的书。
沈遥看了，忽然哀号一声"我的高数"。
她边说边扔下手机，找出一沓卷子，开始填鸭式复习。

台灯光线里，沈遥做卷子的侧脸，让她有种想笑的感觉。等到整理完所有的书，下意识拿手机看时间时，她才发现仍旧是关机。
"你昨天，吃完饭去哪里了？"她忽然问沈遥。
"去哪里？"沈遥头都不抬，"带他们去我哥的酒吧了，不过，十二点多，那谁就走了。我今早和成宇吃了早饭，然后送他去了火车站。"
沈遥刻意弱化说陆北，童言却知道他十二点之后，去了哪里。

手机打开，陆北的短信很快进来。
是早晨六点多的——我给你带了你最喜欢吃的新街口豁口的糖耳朵和豌豆黄，放在了宿舍阿姨那里。下次再来看你。

陆北式的语气和脾气。
或者说，是对她，脾气好得出奇。
就如同当年初识。那时候，童言还是个脾气古怪的人，而他低了她一年级。那天轮到她的班级值日，她正好负责维持初一年级的纪律，戴着红色袖章，在整个楼层走来走去。
她记得那个早晨，他是迟到的，斜挎着书包跑上来。
然后就被她拦住，她指了指楼梯口："早自习迟到，学校的纪律是罚站。"他高她几乎二十公分，低头笑嘻嘻地看她："小姐姐，饶命，我再被老师看到就要留级了。"
她眼睛都不抬："罚站，或者扣你们班五分，自己选。"
话没说完，他们教室后门就被拉开，坐在最后一排的几个留级生都大笑起来。
……

童言沉默地坐着，删掉了短信。
下一条，是顾平生的短信——
早些睡，晚安。TK。

接下来是长达五个星期的期末考试，王小如也终于彻底回来，准备应付这漫长磨人的考试季节。下周是公共课的考试周，宿舍里只有沈遥需要参加。

于是周一早晨，沈遥为了高数复习，六点多就爬起来开始做卷子。

童言醒来时，屋内只有一豆灯光。

外边已经亮了，可沈遥怕吵醒她们，没有拉开窗帘。

她打开台灯，想在暖和的被子里看会儿书。忽然，顾平生发来了短信：

醒了吗？TK。

她忍不住扬起嘴角，回道：

嗯，醒了。

试着掀开窗帘。TK。

她宿舍在一楼，睡的位置正好是窗边，她告诉过他。

而且她睡觉的时候，头就对着窗户……

她伸出手，把窗帘掀开，看窗外。

晨曦中，他和法学院的院长并肩走过宿舍楼外的马路，老人家走得很慢，一步三摇着。他的视线则越过老人家的头顶，看向这里。

似乎看到了窗帘被掀起一角，他很快并拢右手的食指和中指，点了下前额，悄然打了个招呼。

第八章 洗手做羹汤

因为进入了考试周，大部分的课已完结。

这周童言一直是在图书馆度过，她和顾平生很有默契，尽量不在学校里有任何明显的交集。人言可畏，她没有遭遇过，却能想象到后果。

整本《民事诉讼法》，她已经翻了大半，整整六个小时后，才停止抄写概念，揉着手指关节。看了眼手机，六点。

她用笔尖轻戳着笔记本，很慢很慢地等待着。

身后很多人走过，有要赶着去食堂吃晚饭的，有刚下课赶来借书的，还有来趁着吃饭时间抢位子的……

手机忽然亮了下，悄无声息进来一条短信——

复习完了？TK。

六点十分，是两个人说好的时间。

每天上午八点到十一点，十二点到六点，她要复习看书，杜绝短信往来。

她拿起手机，因为抄概念，手指已经有些用不上力气。

然后就这样很慢地按着键盘：嗯，看完书了。你在做什么？

我在等你看完书。TK。

你在哪里？

在你身后。TK。

童言愣了，下意识回头，果然看见他就坐在三排后的长桌尽头，只不过没有看她。而是半撑着头，看着面前班长递到眼前的书……

她回头的同时，倒是班长先看到了她，对顾平生说了句话。

然后，他回头，眼中带笑地看着自己，对班长颔首，也说了句话。

直到两个人走过来坐下，童言才明白班长大人在进行一项伟大的事业：套题。班长自从坐下就频频给她使眼色，意思很明显，要童言和他配合，从顾平生的话里拿到尽可能多的考试题……

"童言，"班长翻了下她拿着的民事诉讼法打印教材，"童言无忌，别看诉讼法了，司法考试时间还早呢，难得碰上顾老师，多问问这学期的商事仲裁。"

难得碰上？的确五天没碰上了，可短信从没断过。

童言不动声色看顾平生，他右手手肘撑在桌沿，身子斜靠在那里，也看了她一眼。

"顾老师，我个人觉得这个概念无比重要。"班长笑嘻嘻放下童言的教材，继续刚才的话题。

"很重要，"顾平生也拿过民事诉讼法，看童言在上边做的笔记，就在班长翘首期盼的时候，他又补了一句，"其实，你仔细复习一遍，会发现凡是我讲过的，都很重要。"

童言暗笑，看班长吧唧吧唧嘴巴，很无奈地看自己。

她只能装作纯良无害，不好意思地对顾平生笑笑："不好意思，我还没复习到商事仲裁……"班长彻底黯然神伤了，见和顾平生说了那么久也没什么有用信息，很抑郁地借口说吃饭，留下了他们两个。

他放下教材，又随手拿起了她的笔记本。

"在准备司法考试？"

她先是嗯了声，很快就点了下头："今年没有报名，准备大四考。复习了四天的期末考试，今天想换换脑子，就拿'民诉'看了。"

他继续看着她做的各种笔记。

她复习了一整个下午，思维已经有些迟钝了，索性趴在桌上，头枕着手臂去看他。

"一般法条，你需要看几遍？"他又指了指厚得像砖头一样的法律条文。

她竖起一根手指，笑着说："一遍，我记忆力很好。复杂的就边看边抄一遍，基本三四年不会忘掉。如果遇到很重要的东西，我还能记住具体在哪本书，

113

第几页。"

他眼中有惊讶，她更是笑得得意。

这种骄傲，不同于同学的竞争。更像是很小时背下九九乘法表，在奶奶的小学里给几个数学老师背诵，然后看到奶奶眼睛里的笑意。

想要优秀，只想让最亲近的人为自己骄傲。

"天生的文科生。"他毫不掩饰赞许。

童言温温笑着，手放下来，偷偷地放在他搭在腿上的手背上，刚碰触到，就被他反手握在了手心里，很快攥紧。

他身后还有几个男生在看书，这个角度被桌子挡着，虽然看不到，可还是让她紧张得要命。本来是半开玩笑的……顾平生倒像没发生任何事，一只手继续翻着法律条文。

"明年几月考试？"

"九月，"童言心跳得有些乱，想要抽开，却徒劳无功，"你没考过吗？每年都一样的时间，应该……没变过吧？"

他摇头："我没考过，好像也不太需要考。"

也对哦。

童言想起他只是大学老师，似乎没有硬性要求要考这种东西。

"我考了美国三个州的执照，不过回国了，也没什么太大用处，"他像是想起什么有趣的事，笑着说，"平凡也考了美国两个州的执照，可是考中国司法考试，也不是一次通过，好像考了两次。"童言努力让自己不笑，可还是没忍住："你是想让我不紧张吗？"

他始终闲聊着，她悄然动了下手指，看到他似乎笑起来，却没有松手的意思。

平时图书馆里很少有人聊天，或许因为是晚饭时间，远远近近，都有人在低声聊着笑着，她心神不宁地坐了几分钟，终于告饶："不是吃饭吗？我饿了。"

他好笑看她："不闹了？"

"不闹了……"

她举白旗投降，无论是内心强硬度还是脸皮薄厚度，都完败。

两个人特地去了离学校比较远的地方，快吃完的时候，她才说出了苦读一周的等价心愿："我这周都在复习，明天应该没什么事。"

整整一周没见，周六正好可以休息休息，和他在一起。

具体做什么？她也没想好。

最后千算万算，也没算到只是换了个地方读书。

顾平生绝对是故意的，她坐在他书房里，难得休息时问他几个问题，或是随便聊两句，他从来不说中文……

他家里有地暖，房间里很暖和，暖和得让人想睡觉。

童言对着一个概念，抄了三遍，一个字不差，最后竟然都没有记住。她下意识将笔在几个手指间转动着，悄悄侧过头看他，过了会儿，他才似乎有所察觉，也放下书看她。

"先说好，"她伸出手，比了个禁止的手势，"让我休息休息，不要再说英文了……我这学期的六级已经考完了。"

"看完了？"他终于恢复正常。

她点点头。看了一星期的书，法条概念案例，案例概念法条……已经快傻掉了。

好在他也察觉到她深受折磨，终于放弃了继续监督的念头。

她站起来，走到阳台上看外边灰蒙蒙的天。

是要下雨，还是会下雪？

她忽然想起刚来上海时，经常被宿舍三个人嘲笑："那时候我冬天一上课，就觉得好悲惨，他们都嘲笑我是北方人还这么怕冷，"回头笑着对他说，"我简直没法和她们说，我第一次穿着羽绒服，却打着雨伞时是多么崩溃……从小我只知道冬天会下雪，却不知道冬天还有倾盆大雨。"

他随手剥了一颗奶糖，就着糖纸，把乳白色的糖块喂给她："如果不习惯的话，不如毕业直接回去。"她咬住糖，含在嘴里："肯定要回去，否则没人照顾我奶奶。"

这两年她已经很后悔了，因为想要离开很糟糕的环境，却忘了还有个老人年纪越来越大，需要照顾，也需要陪伴。

两个人说了会儿话，竟然真就下起了雪。

童言还没兴奋十分钟，雪就变成了雨。终究是南方，严寒撑不起一场雪。

"晚上吃完饭，我再送你回学校，"他似乎看童言吃得很开心，自己也剥了块奶糖，吃进嘴巴里，过了会儿才说，"是挺好吃的。"

她瞄了眼他手里的糖纸："你吃的是什么味道的？"

"好像是红豆，"他把糖纸拉开，看了眼名字，"平凡从小就喜欢吃大白兔，我记得都是白色的，没想到现在也有红色的。"

她也是从小吃。

可没吃过红豆味……她转身从书桌上的玻璃盘里找了半天，才哀怨地看他："你吃了最后一块，这里有酸奶味和原味，没有红豆了。"

他笑着靠在书桌边："没关系，还有我。"

说完就把她拉过来，圈在怀里，开始低头很认真地香香嘴巴……

两个人都刚吃完奶糖，唇齿甜得发腻，哪里能吃出是什么味道。这里不像电影院，没有迷惑人的场景灯光，没有急得要撞破胸口的心跳……两个人就这样你一口我一口，腻味着，闭上眼或是睁开眼，满眼就只有他。

天渐渐黑下来，整个房间都暗了下来。

她抿唇笑，把头偏开："我好像该走了。"

"我昨天晚上买了很多食材，我们在家吃完，再送你回去。"

童言诧异："谁做？"

他笑着反问："你不会？"

"会是会……可不是很好吃。"还有这样突然袭击的人吗？

"没关系，应该比平凡做得好吃，"他说完，又补了一句，"我切菜的技术很好。"

切菜谁不会？

当她看到案板上宽度、厚度、长度完全相等的土豆丝，还有一模一样的肉丝，终于明白他所谓"技术很好"是什么意思……"我习惯用左手，以前为了练习右手的灵敏度，会做一些刻意的练习，"他拿着偏细长的刀，开始快速给丝瓜削皮，"每天都会把二十个土豆切成丝，这样手术时左右手才能同时开工。"

他的手极快，童言想起自己削的丝瓜，自来都是坑坑洼洼，他手里淡绿色的丝瓜却是均匀地去了一层皮，恰到好处，毫无瑕疵。

他准备了很多菜，最后两个人只炒了少数几样。

童言偷偷试着问他几个问题，果然发现他只会切菜，还没有全能到会煮饭炒菜。照他的话说，以前实在想吃中餐的时候，就会买一些辣酱什么的，和菜煮在一起就算是晚饭……可有时碰上墨西哥产的辣椒，却比中餐馆吃的要辣很多："那时候什么味道都没了，只剩辣，还有很多辣酱会放胡椒提取物，增加热感……"

她听着，不知道为什么，竟觉得他很需要被照顾……

可是，明明有那么多的优点。

他不是个浪费的人，最后把所有菜都吃干净了，才放下筷子。童言装作很不在意地边收拾碗筷，边看着他说："以后每周六，我来给你做饭吧。"

他正准备给她倒热水喝，看到她这么说，忽然就停下了所有动作。

"不过我要自己买菜，"虽然他听不到，可童言声音还是不自觉地低了下来，"你买的，都是我不擅长的……"

公共课考试结束后，法学院休息了一周。

沈遥趁着这一周休假，直接飞去长沙和成宇度过热恋一周，把童言一个人留在了宿舍。她每天除了看书，就是上网看菜谱，删删减减，到了周五也凑了七八样。都不算太难，在原先基础上，应该可以做得好吃些。

没想到周六早上，她正准备出门，宿舍门就开了。

那个为了爱奔走长沙的人，竟然提前回来了。

"你怎么回来了？不是说周一吗？"

"吵架了，"沈遥努了努嘴，"你去哪儿？今天不是周六吗？"

童言含糊说自己去图书馆，拿起包就要跑，岂料被沈遥一把抓回来，笑眯眯看她："别急，我又没追问你。"她说完从包里摸出一片暖宝宝，撕开贴纸，掀开童言的毛衣，把暖宝宝隔着衬衫贴在她肚子位置，"外边冷死了，一片管你暖一天。"

沈遥冬天喜欢穿裙子、短裤，就靠这个东西保暖御寒。

她见沈遥一直用，超市里看也不便宜，只觉得有意思，从没想过需要这种东西。

可真贴上了，才发现果真是暖乎乎的，让人舒服不少。

这场雨，断断续续下了整整一星期，真是冷到了极致。

超市却很热闹。

顾平生推着车，走在她身边，她看蔬菜瓜果时他全是点头，到买完需要的食材，他很快带着她绕到零食区域。

赤橙黄绿的包装袋。

整个超市就属这个区域最花哨。

卖蜜饯和糖果的是单独柜台。

一个上海老阿姨站在四四方方的玻璃柜台里，很热情地拿着剪刀，剪着手中的盐津乌梅，递给顾平生和童言："老好吃了，快尝尝。"

童言看人家都剪下来了，不好意思不拿，就捏了一小块，吃到嘴里。

"小姑娘，好吃伐？"老阿姨追问她。

她征询地看顾平生，看到他也吃下去，随口说："挺好吃的。"

他说得云淡风轻，可是眼睛里却全是明显的笑，童言想到大白兔奶糖的事故，有些脸红，还没等说什么，老阿姨又拿出一块芒果干，剪下一角给他吃。

泡水的，干吃的，他看老阿姨说了会儿，竟就称了七八袋的蜜饯……

童言去他家，基本没见过什么零食，没想到他还喜欢吃这些东西，扯了下他的胳膊："我觉得差不多了……够你吃几个月的了。"

"我是买给你的，"他哑然而笑，"我平时不会吃这些蜜饯糖果。你这几天复习，不是总说精神不集中，看不下去书吗？吃这些口味重的蜜饯，可以刺激味觉，让你精神好些。"

她诧异看着推车里的七八袋蜜饯。

她从小也没吃零食的习惯，这么多，到大学毕业也吃不完。

"小伙子，"老阿姨又献宝一样，指着一玻璃盒棒棒糖说，"这个最近卖得老好了，都是小姑娘吃，红糖做的，小姑娘吃了补血，气色好，里边还有话梅，酸酸的，正好适合给你女朋友考试复习提神。"

"好，替我拿一罐。"

顾平生直接接过，放进了购物车。

童言哭笑不得看着那满满一罐棒棒糖，发现他真的很容易被推销。

结果两个人明明是来买菜，最后菜被满车的零食替代，她实在忍不住了，就趁着顾平生不注意，拿出一两样胡乱塞到货架上。没想到身边有一对也和他们一样在大肆采购，那个男生正做着和童言一样的事情，悄悄把一盒薯片塞到打折货车上，女生则不停看着新鲜的零食，放到车里……

童言和那个男生，对视一笑，又回头去看站在货架边，垂眼看食品说明的顾平生。

偏执的认真狂，什么都喜欢仔仔细细去看配方，有这样的人在身边，估计时间久了自己的思考能力都会下降……

惯性依赖吗？

她忽然心有些柔软，走到他身边，忽然发现货架下有个罐头，有了些明显的膨胀，于是顺手拿起来扔到了车里。

顾平生看她。

"可能是坏了，拿到总柜台让他们回收，"她忽然有些想要献宝，"罐头膨胀就说明食物已经氧化变质，不能吃了，对不对？"

以前看报纸，边角上总会写些生活常识，她偶尔也会记住一两句。

岂料，他只是微笑起来："你是要我说对，还是不对？"

她愣了下："不会错吧？我还是从报纸上看的……"

"的确是不安全食品，"他把看好的全麦饼干放到购物车里，很自然双手推车，边走边说，"不过，是因为微生物产气膨胀，从微生物角度来看不安全，而不是食物氧化变质。"

……

"顾老师，你是万能的吗？"

他拍了拍她的头顶，言简意赅："我不会做饭。"

他们排队结账的时候，那对年轻人也恰好站到另外一排，满车的零食和速冻食品，还有饮料，两个人不停挑挑拣拣，小声争执着，不停把一些瓶瓶罐罐放到空车里。

到最后那个男生看了眼这边，很小声说："看人家，都是做饭，我们却是买速冻水饺……"女生也看了眼顾平生面前的车，笑嘻嘻说："你学呀，你追我的时候不是说要做川菜给我吃吗？"

两个人继续嘀嘀咕咕，童言听着好玩，顾平生揽住她的肩，用口型问：他们在说什么？

童言半仰起头，也笑嘻嘻用口型说：女生在逼男生学做饭。

顾平生抿起一侧嘴角，很无奈：不要逼我。

童言看着他的眼神，忽然很有成就感地挽住他的胳膊，学着他的表情说：放心，有我在，你不会有自己做饭的一天。

初高中时，奶奶身体不好总会住院，事先就会留给她满满一冰箱的食材。都是简单得不能再简单的做法，那时候老人家最爱说要学会做饭，以后嫁人了才不被嫌弃。那时候被陆北惯坏了，她提到做饭，陆北总会说"我来，全部我来做"。

那时候的她心安理得，哪个人不喜欢被宠？

现在才发现,原来能宠人也挺好的。

她拿起一罐奶粉,刚想和他说自己不爱喝奶,他的脸却很快凑近,慢悠悠地,亲了亲她的嘴角。

虽然是浅尝辄止……可在收银台长队中,立刻成靶子。

"你看你看呀,你从来不敢当众亲我……"那个女孩拧了男生胳膊一把。男生龇牙咧嘴,捂着胳膊:"回家再说……"

被隔壁队伍的那对活宝一闹,所有人都笑呵呵地看着他们以及自己这里。童言只是不停把东西拿到传送带上,装作厚脸皮,视而不见。

临走前,她还特地抱了个豆浆机,厚着脸皮让顾平生付了钱。

结果两个人到家时已经是下午一点多,来不及做饭了,她就拆了一个塑料袋,把超市现做的面条煮了。满满两大碗的面,加了很多的老干妈、青菜,还有鸡蛋和午餐肉。童言看他吃得很合口味,借故说自己吃不下,用筷子挑了一半的面到他碗里。

最后的结果是自己没吃饱,看书不到四点,就开始边把泡了三个多小时的黄豆往豆浆机里倒,边摸了个据说补血养颜的棒棒糖,含在嘴巴里解馋。

等到炒了花椒、大料什么的,开始炖上牛肉的时候,她才跑回书房去看顾平生。

他对着电脑,在看文献资料。

童言悄悄走过去,从他斜后方俯身,看他看的东西。因为含着棒棒糖,白色的塑料棒子不小心蹭到了他的耳朵,然后……就被发现了。

"在烧什么?这么香?"他随手拉过她,抱到了腿上。

"土豆烧牛肉,你不是爱吃辣的吗?我用的是四川那边的做法,"她拿着棒棒糖,忍不住又舔了一口,"不知道好吃不好吃,但我炒料的时候,还是很香的。"

他似乎很感兴趣,童言准备了一桌的饭,正兴奋得不行,索性和他详细讲述今晚的菜单,听着挺诱人,可她最后总会加上一句"第一次做,不知道好吃不好吃"。她说得极其不自信,被当作小白鼠的人却听得津津有味,把她抱得正了些,手臂刚好搭在她的腹部。

她还想说什么的时候,他忽然就蹙眉,打断说:"你这里好像有什么东西,在发热。"

她没反应过来,疑惑看他,直到他拍了拍她的腹部,童言才恍然反应过来:

"是暖宝宝，就是……就是给女生贴的，冬天用来抗寒的。"

要不是他说，她都忘记了这个给自己一天温暖的东西。

他听得有趣："我能看看吗？"

能看倒是能看……可是一块白色膏药似的东西，贴在衬衫上……实在也没什么好看的。童言不好意思地撩起毛衣，露出了贴在衬衫上的暖宝宝。

就是一块白色的发热的……小膏药。

他用手掌覆住整块白色的地方，倒是吓了她一跳。

安静的房间里，忽然这样的动作……童言抿起唇，如果他想要……

"贴了多久了？"他忽然换了语气，看她。

"一天吧，"她仍在飘荡着思维，随便估算着，"大概是十个小时。"

"下次如果很冷，就贴在这里，"顾平生很快把暖宝宝揭下来，贴在了她左肩以下的位置，把道理说得通俗易懂，"血液都是经过这个位置，从心脏流向全身，所以你这里暖和了，全身慢慢也就会热起来。"

她看过沈遥买的几大包暖宝宝包装上的说明，不是建议贴小腹，就是脚底什么的，从来都没有建议过贴在这里。

童言崇拜地看着他，万能宝典又开始发挥个人魅力了……

崇拜还在不断攀升，他却忽然很自然地伸手，撩开了她的衬衫下摆……肚皮瞬间凉飕飕的，她只觉得全身血液都猛地冲上脸颊，险些从他身上跳下来。

"有些发红，"他的声音很温和，也有些无可奈何，"下次不要贴这么久，这个温度很容易低温烫伤……"

他有条不紊说了几句，正经得一塌糊涂。

童言窘窘地坐在他腿上，直到他放下自己的衬衫下摆，还僵着身子，端坐着。顾平生本来真是没想什么，可看她不停闪烁闪烁的眼睛，就觉得好玩："你去医院检查，不是经常会脱衣服吗？"

……

这一样吗？

童言被他逗得更说不出话了，索性咬住棒棒糖，迅速逃离现场："时间差不多了，我去看牛肉。"没想到，刚走出一步，就被他拉了回去。

声音就在耳边，低低的，有些哄慰："不要乱想。"

厨房的香味一阵阵地飘进来。

她侧过头，看着厨房的灯光，喃喃："明显做了坏事，还装无辜。"

他把下巴搭在她肩膀上，很夸张地嗅着香气："背着我在说什么？"她摇头，也装无辜，顾平生忽然又嗅了嗅气味："我好像闻到了烧煳的味道？"

童言惊呼一声，跑过去的时候，发现牛肉真是烧煳了。

第一次炖的牛肉就如此献给了垃圾桶。

她本来想要说把煳的部分弄掉，勉强还能剩一些，顾平生很坚决地教育她，烧煳的东西吃了会致癌，成功击碎了她所有勤俭持家的念头。

好在还有几个菜。

尤其是她确定的，他应该很爱吃的东西。

嫩滑的豆腐花，撒了些香菜，拌着卤汁。

童言放在他面前。

绝对味道不差，她偷偷尝过的。

顾平生笑着拿勺子，吃了两口，然后又吃了两口，始终没有抬头。于是她也不能追问，只拉过椅子坐下，期待地看着他。

从这个角度看过去，他是在笑着的，酒窝深深地印在脸上。她托着下巴看他，直到他吃完整碗的豆腐花，抬起头看自己，才问："好吃吗？"

"很好吃，"他抽出一张餐巾纸，擦了擦嘴，"非常好吃。"

一句好吃，让她兴奋了很久，直到吃完饭看着他洗碗时，还忍不住偷偷乐。

顾平生的家，离她打工的那个超市不远，他这周初就建议童言周六晚上住在自己家，这样周日还能多睡一会儿。

开始她还有些不好意思，后来想想也没什么。

但是到真的站在他的洗手间，抱着衣服准备洗澡的时候，才发现真的很有什么。很紧张，真心的紧张，好在水足够温热，所有的东西他都准备齐全。

洗澡过程基本顺利，没有什么事故发生。

到穿好所有的衣服，她才对着镜子暗松口气。

朦胧的水雾，覆在玻璃上，因为房间里温度很高，根本没有任何消散的预兆。她伸手在玻璃上胡乱划了两下，鬼使神差地写了个"顾"。

还没等认真欣赏完字，瞬间，眼前黑了下来。

瞬间的黑暗，吓了她一跳。

停电了？

这年代还会停电？！

她下意识叫了"顾老师"，马上又明白这么做没用，几秒后眼睛适应黑暗，才去开门。摸到门把手的时候，忽然门就被敲响了："童言？"

声音有些大，好像有些着急。

她忙打开门，然后就看到黑暗中，他看着自己。

"可能停电了。"他说。

"你看得见我说话吗？"她问。

这里挺黑的，又没有任何自然光线，应该很困难。

果然，他发现自己在说话的时候，立刻说："等我找些有光源的东西，你现在说话我看不到。"她幅度很大地点头，回身拿起洗手台上的毛巾，裹住了湿漉漉的头发。

就像这个年代很少停电一样，一般人家里也不再备有蜡烛。

他找了很久，也找不到任何光源，最后只把手机拿出来，开了照明灯放在茶几上。

"要不要再给你找几条干毛巾？"他看出她头发还湿着。

她本来是带了吹风机的，可没有电，也只能依赖原始方法了："好，一两条就够。"

最后顾平生拿来了一条很大的白浴巾。

她接过，很仔细地擦着头发，努力弄干所有水分。

因为是阴天，窗外灰蒙蒙的没有月光，屋内只有他手机的灯光。

她就这么擦着头发，而他就这么坐着，陪着他。

安静的惬意。

她怕他无聊，就随便说着话："我记得小时候家里都有蜡烛，每到停电奶奶才会点着。我小时候很喜欢玩火，所以就一直盼着停电，然后就趁着大人不注意，开始烧各种东西。"

他意外地，没有说话，只是笑了笑。

童言发觉他从刚才起，就有些沉默："你在想什么？"

"过来，让我抱抱你。"他忽然说。

童言愣了下，很听话地放下毛巾，挪到他身边，伸出手臂搂住他的腰。

黑暗中，顾平生把她抱住。童言听见他的心跳有些乱，自己的心跳或许更乱，慢慢地，耳边的心跳声开始趋于正常，沉稳有力。

隔着一件衬衫，他让人舒服的体温，还有淡得几乎没有的香气，也让她的心跳渐渐平息下来。"我在想我母亲，"他语气有些平淡，可是声音中却听得出一些伤感，"她出事的那天，我其实可以更早发现，如果再细心一些，能认真听一听她房间里的动静，或许她不会那么早去世。"

他说得很含糊，隐去了许多细节。

大门忽然被人敲响，门外有人在问："顾先生在吗？"

童言下意识动了下，他察觉了，问她："怎么了？"

她犹豫了半秒，仰头看他："没什么。"

说完，就低头贴在他胸前，搂紧了他的腰。

对于有些人，能触动他说出心里的话，很难。童言只是觉得，他和自己一样，都是这样的人，所以她不想打断他的话。

门被大厦管理人员又敲了两下，似乎有人在说顾先生今天下午回来了，估计是已经睡了什么的，很快就恢复了安静。

"以后你在家，如果在房间就打开灯，如果有什么不舒服，或是紧急情况就去按开关，我看到没有灯光了，就会过来，"他转开了话题，"好不好？"

心里有什么悄然融化着，她用食指，在他后背写了个"OK"。

"是不是困了，"他像是被逗笑了，低声问，"怎么都懒得抬头说话了？"

童言用脸蹭了蹭他的衬衫，没说话。

他摸了摸她的头发，还是湿着："我再给你擦擦头发，这么湿着睡容易偏头痛。"

她没说话，然后就感觉他一只手松开自己，拿起扔在旁边的浴巾，开始给她擦头发。明明是被呵护着，可童言脑海中总不断地重复着他说的话，很简短的关于母亲的话题。

她忍不住心疼，终于从他怀里慢慢坐起来。

他也刚洗完澡，因为头发短，所以快要干了。因为低头看她，额前的头发软软地滑下来，半遮住了眼睛。她记得很多年以前他坐在ICU门外，也是这样，或许那时因为年纪小，头发更长一些，完全能挡住大半张脸，看不到任何表情。

眼前的他和过去叠在一起。

她忽然伸手，主动捧住顾平生的脸，闭眼吻了上去。
后来她就记不清了，明明是自己主动吻他，最后还是被他搂住腰，贴在胸前深深地夺走了所有的呼吸。他的嘴巴里是很新鲜的牙膏味道，薄荷的，短暂的分开以后，她甚至能感觉自己嘴唇也微微发凉。
"你想做什么？"他很仔细地亲吻她嘴唇的轮廓，像是在吃糖。
她只是笑，伸出舌尖和他纠缠了几秒，才靠在沙发上，长出口气："不要乱想。"
下午的话，竟然原封不动送了回去。
"好，我不乱想。"顾平生也在笑，然后抱着她，坚硬的鼻尖擦过她的鼻尖，侧过头，不断地深入，童言的后背紧贴着沙发，两个人的心跳声搅和在一起，估计再没有任何力量，能平息紊乱的声音了……

第二天苗苗看见她第一句话就是："天啊，童言，你一夜没睡？这么大的眼袋。"
童言打开收银台的钱柜，往里面放零钱："是啊，困死我了。"

顾平生有些担心她，就直接和衣睡在客房的沙发上。
如此共睡一室，她不敢随便翻身，又睡不着，生生熬到了六点多天亮，才算是迷迷糊糊睡了半小时。还没看到周公的影子，就被他叫醒了……

直接导致的悲剧就是，她整个白天都有些慢半拍。
中午在茶水间热饭的时候，苗苗才笑嘻嘻追问："昨晚去哪里玩了？"
她把饭盒放到微波炉里，砰的一声关上门，按下两分半："没有去哪里，昨晚住在我……朋友家，他家停电，几个人无聊闹了一夜。"
"哦，朋友，"苗苗笑得不怀好意，"闹了一夜。"
童言无奈："已婚妇女请自重。"
"这和已婚没关系啊，"苗苗弹了下她的额头，"感情的事，自然而然到哪步，就是哪步。"童言彻底没话了。

好在经理来找苗苗谈话，留了她一人清净。
童言坐在餐厅角落里吃昨晚的饭菜，想起了他说的一些话。

他们在一起的时间还很短,可是什么都发生得那么自然。

第一次约会,第一次接吻。

她昨晚甚至以为,他真的会做什么。

可是最后他只是松开自己,去倒了杯水喝,然后在睡觉的时候才说起,自己虽然不是基督或天主教徒,却觉得有些话有道理。

自己好奇追问的时候,他坐在床边,在黑暗中告诉她——

"上帝把性作为礼物赐给人类,但只有在婚姻中,它才是一种最亲密的爱的表达,在婚姻外的任何性都是错误的,"他又给了她一个很深的吻,才低声说,"除非你非常想……至少,也要等到你不是我的学生之后。"

童言现在想起来还有些脸热,用筷子戳着米饭。

我有表现得非常想吗……

第九章 我能听见你

考试最后一周，就开始有人陆陆续续回家。

每年寒暑假，都是北京同乡会的人负责订票，然后大半车厢都会坐满熟悉的人，说说闹闹就到了第二天清晨。今年她也是早订好的票，顾平生问她要不要和自己一起回去时，她忽然发现，他也要和自己回同样的城市。

她拿着笔，划去学期的最后一天。
19周，113天。
顾平生来的时候，是新学期的第一天，上午第一节课。
她仍然记得那天天气很好，清晨的日光透过窗子照进来，他整个人都笼在日光里，随手捏着根粉笔写下了自己的名字，顾平生。

笔尖从全年的日历上滑过，停在了一个细小的格子里。
在12月24日的格子里，画了个空心的桃心，最后又用笔涂满。
"童言在吗？"忽然有人敲门，是静静的声音。
她换宿舍的事情，沈遥开始还抱怨抱怨，最后也就淡忘了。
大学又不像初高中，每天从早到晚都会在一起读书，沈遥和小如都是不大上课的人，和静静不住在一起，关系也就渐渐疏远了。反倒是因为那晚的倾诉，静静对她始终很亲近。

童言扔下笔，开门笑看她："你怎么知道我在？"
静静神秘笑笑："你哪年不是这样？都会比别人晚走一些。"
"我是和同乡会的人一起走，肯定要等到所有人都考完——"童言转身回屋，从桌上翻了些好吃的，刚转身要给她，就看到顾平生还有班主任一起走进来……

"班主任要慰问还没走的同学，正好碰上顾老师，就一起进来了。"静静解释着。

说是班主任，其实就是本院的一个刚毕业的研究生，留在学院里做了行政老师。

笑得很腼腆的一个大男孩，却一本正经走进来，嘘寒问暖着，童言拿着一把棒棒糖既没机会放下，又不好意思当着顾平生的面送给静静。

顾平生也是一本正经，只是摘下黑色的小羊皮手套，随手放在了上衣口袋里。

童言像是想起什么，把棒棒糖胡乱塞给静静，示意给她解馋，然后很自然地靠在桌子上，反手摸到浅蓝色的手套，放进了抽屉里。

这两副手套是一对的，是他送的新年礼物。

"你们宿舍……一直这么乱？"班主任清了清喉咙，问得很隐晦。

童言环顾宿舍，那两个人临走收拾完，扔下了一个烂摊子，拖鞋横七竖八，不穿的衣服就搭在椅子上，还有个暖壶是开着的，瓶塞扔在桌上，水壶里的水也不知道什么时候灌进去的……"她们走得急，没来得及收拾。"

她说完，匆匆把几件衣服放进沈遥衣柜里。

这完全是放假前的原生态场景，平时习惯了，可被两个男老师这么看到还是很不妥的。尤其其中一个还是他。

班主任估计从来没进过女生宿舍，说了三分钟就站起来，说要去看看其他宿舍。静静和班主任出门时候，顾平生很平淡地让他们先走，说自己要去院办。童言不动声色地看了他一眼，很礼貌地说"老师再见"后，虚掩上了门。

不过十秒，门又被推开，她站在原地，笑嘻嘻看着顾平生反手关上门。

他微笑着，伸出手摸了摸她的脸，手真冷。

童言被冰得咧嘴，却没躲开："外边这么冷？"

"你手机没开机？"他忽然问。

"不会吧？"童言转身就要去拿手机，却被他拽住，一把抱起来。童言怕摔下来，搂住他的脖子，两条腿环住他的腰，像只树袋熊似的挂在了他身上。

"不用看了，你手机肯定又没电了，"他继续说，"我在外边站了一个小时，被你们班的学生轮流追问考试成绩，你就不好奇吗？"

"声音小一些，只有一层门，"她怕门外有人听见，低声说，"追问也没用，你肯定不会给我网开一面的。"

他笑起来，酒窝很明显。

"不过,我对你的课很用功,"她信心满满地看他,"肯定是 90 分以上。"

"94。"他果然压低了声音。

"真的?"

"真的,"他边说着,边走到里边,把她放到了书桌上,"我特意重新算了一遍分数,的确是 94。"

"特意重新算了一遍?"

他嗯了声:"你别忘了,刚开学的时候在我课上,连'商事仲裁'的概念都不会……"

因为怕门外有人听见,声音都很低,他边说着,边去看她桌上零零碎碎的小摆设,饶有兴致拿起个粉色的相框。这是童言自己做的相框,贴了七八张大头贴……顾平生看着一张齐耳短发的,问她:"这是你多大的时候?"

"十三岁,就是遇见你那年。"

他随手揭下来,拿出钱包。

里边有一张顾平生的照片,他就把这张幼齿照粘在了上边。童言有些好奇,拿过来看看照片里的他,抬头问他:"这是你在伦敦大学的?"

"是宾法,在遇见你的那年。"

她点点头,又低头仔细去看那时的他,浅白的牛仔裤和深蓝 polo 衫,手臂上还没有刺青……应该是在他妈妈去世之前拍的。

童言把自己的大头贴又拿下来,递给他,照片却留在自己手里:"送给我吧?"

他笑了笑,不置可否。

后来两个人在市区吃了些东西,他特地把她送到了火车站。

快过年的时节,火车站人山人海,她怕那些一起走的同学看见他,只能和他在火车站门口一个不起眼的角落告别。

上了车,有人八卦地问了她一句:"童言,刚才好像看见你了,你男朋友送你的?"

童言含糊嗯了声,坐下来。

车厢里站着坐着的,都是眼熟的人。表现得异常亢奋的都是大一、大二的学生,大三以上的人相对安静了很多。她身边坐着几个大四的学生,都在说着找工作的事情,最经常提起的词就是"四大"。

"四年前我刚进大一的时候,还是'五大会计师事务所',"面前管理学院的人笑着回忆,"后来就在那一年有一家出事了,变成了'四大'。那时候觉得这个词真遥远,后来找工作了才发现离自己这么近。"

"是啊,这一年宣讲会都听得麻木了。"

"童言,你该实习了吧?"忽然有人问她。

童言点头:"还有一学期就实习了,还不知道去哪里。"

高中时只觉得考上大学,就完成了所有的任务,可是匆匆忙忙读到大三了,才发现学生时代就要这么结束,接下来的日子,还没有方向。

到后半夜时,很多人都睡着了。有个大一的小男生,很像一个艺术青年,背了把吉他来,被几个兴奋的女生围着,轻弹起了曲子。

火车独有的氛围,让这样的场景显得那么浪漫。

她看着窗外的漆黑,想起了很多年前的陆北也是这样。那年的新年晚会,每个班级都在各自热闹着,偏他就背着吉他进来,说是要给老婆的娘家人拜年,惹得班里所有人一阵混乱起哄,几乎掀翻了整个高中部……

后来她就觉得有趣,跟着陆北学了很久,却只会几支自己爱唱的曲子。

天分这种东西,绝对强求不来。

小男生似乎换了支曲子。

童言看了眼手机,已经凌晨三点多了。他应该睡了?

正想着的时候,忽然进来了短信:睡着了吗? TK。

好巧。

童言忍不住微笑着,很快回了过去:没有,我旁边一个师弟在弹吉他,弹得比我好很多。

你会弹吉他? TK。

是啊,也不算会,只是几个简单的伴奏。

我有个会弹吉他的女朋友?听起来不错。TK。

她又绷不住笑了,身边睡得迷糊的师姐睁眼,正好看到她,忍不住也乐了,含糊说:"笑得可够春心荡漾的,热恋的孩子真幸福。"

童言没吭声,头抵着冰凉的玻璃,忽然蹦出了一个念头,犹豫了几分钟才打出来一条短信:你以前有过女朋友吗?

刚发送出去,她就后悔了。这话问得实在太不过脑子了。

过了很久,他才回过来——

有过。需要我详细交代吗? TK。

还详细交代?

童言一时又气又笑的，可又压不住好奇心：需要。

要多详细？TK。

……随你吧。

她拿着手机等了很久，他也没有回复。

童言有些吃醋，不对，是很吃醋。

过了会儿，还是没有任何消息。到底是有多少历史，能让他回复这么久？她到最后实在熬不住了，又追问了句：要回忆这么久？

这次倒是回复得很快——

刚才在泡咖啡。TK。

你不是不喝咖啡吗?

偶尔会喝，比如今晚，需要精力陪你。TK。

很平淡简单的话，童言却看了好几遍。

"师姐，"那几个小女生忽然看她，"要不要点首歌？"

"我？"童言摇了摇头。

"师姐，你在迎新晚会上的《Without you》，我真是听得傻掉了，"一个女生忽然说，"要不要真人版来一次？"

童言忙摇头："那还是算了，把他们吵醒，一定不会放过我。"

话没说完，身边的大四师姐先睁开眼睛，迷糊着起哄："坐得腰酸背疼的，谁能睡着？快，来些催眠曲，《Without you》还是算了，列车员肯定把你关禁闭。"

那人说完，附近那些看似睡熟的，都开口起哄。

童言骑虎难下，只好把手机放到桌上，说："把吉他给我试试。"

那个小男生惊讶看她，把吉他递过去，童言熟悉了一会儿，才不好意思说："我就会几首歌的简单伴奏，很多年没碰了。"

她挑了最熟悉的《My all》，轻声哼唱着，好在这里基本都是认识的人，不会被投诉。火车驶过铁轨的声音，如同伴奏，即使偶尔错了几个地方，也没有人太计较。到最后童言把吉他递还给那个小男生时，小男生连着追问了好几个问题。

童言忙解释说："我真的只会一两首，solo什么的完全不行，千万别再问了。"

"你绝对不该读法律，"师姐笑了声，指了指桌上的手机，"好像有短信进来。"

师姐说完，拿起两个人的杯子，去接热水。

童言拿起来看，果然有一条未读——

生气了？TK。

没有。我刚才被人逼得表演节目……

什么？TK。

自弹自唱，《My all》。

师姐把热水递给她，童言接过来，喝了两口。

打开看新的未读短信——

《My all》？I am thinking of you in my sleepless solitude tonight. TK.

这是《My all》的第一句歌词，她以为他是在确认是不是这首歌，很自然回复个"嗯"。

等到发送出去，才发觉这句歌词很惹人遐思……

我也在想你。

她拼出这几个字，犹豫了很久，才狠狠心发出去。脸贴着玻璃，还是忍不住一阵阵热意涌上来，真是肉麻，肉麻得自己都受不了了……

或许是他睡着了，没有再回短信。

童言靠着车窗，也迷糊着睡着了。到再醒来时已经是七点多，看了眼手机，还是没有任何消息。她有些奇怪，按理说顾平生的作息很健康，通常是六点半就会起床了……她看着手机出神时，师姐已经泡了一杯泡面来："鉴别一个人是不是在热恋中太容易了，当初我和我男朋友刚开始的时候，每天一百多条短信，大拇指关节都发炎了。"

童言只是笑，指着面说："这么早，吃这么油的东西？"

"饿啊，"师姐笑眯眯说，"要不要我分你些？"

她也是饥肠辘辘的，这才想起来顾平生说给自己准备的吃的，因为懒得拿在手里，就随手放到箱子里。如今箱子扔在行李架上，拿下来也是麻烦。

在饥饿和懒惰间，她屈服于后者，只倒了杯热水喝。

清晨的火车上，不时有人拿着毛巾和牙刷去洗漱，昨夜几个折腾得不行的师弟师妹倒是困了，蜷在一起呼呼哈哈睡得香。她边和师姐闲聊，边心神不宁看着手机，车快进北京站时，忽然跳出他的短信。

快到了吗？TK。

童言莫名心情就好起来：嗯，快进站了。你起床了？

应该说，我一直没睡。TK。

没睡？童言没太看懂，没睡，这一晚都干什么了？
还没等她回复，他又追过来了一条信息——
北京站只有一个出口吗？我在正门外等你。TK。

童言有些傻，马上明白了他的意思。乘务员在广播里开始说话，欢迎来到北京什么的，师姐忙着把泡面扔进乘务员手里的垃圾袋："你有人接吗？要不要坐我男朋友的车回去？"这个师姐家离她家很近，有时候会把她顺路带回家。
童言忙摇头："不用，我有朋友来接我。"
"朋友？"师姐立刻笑了，"不会吧，小童言，你在北京还有个相好的？"
童言哭笑不得，又不能解释是同一个人。

等到她刻意摆脱大部队，拉着行李跑出北京站大门时，很轻易就在熙熙攘攘的人群中看到了他。所有人都穿着很厚重的羽绒服，只有他还穿着在上海穿习惯的外衣，童言一步步走过去时，心也在怦怦地跳着，不真实得吓人。
顾平生很快也看到她，伸出手臂，示意她过去。
直到她钻到他怀里，他才长出口气："好冷。"
她用脸蹭着他的外衣，鼻子有些堵，过了会儿才抬头看他："你不是要过几天才回来吗？还穿得这么少，肯定生病。"
他故意用两只手碰了碰她的脸，冻得吓人："你说想我，我就提前来了。"
童言摘下手套，用两只手焐在他手背上："顾老师，你要不要这么感人？"
说这句话的时候，她眼眶都是热的。
"好吧，说实话，"顾平生笑了笑，"是我忽然想你了。"

童言从他口袋里找出手套，塞到他手里，又解下自己的围巾，踮着脚，想要把围巾绕到他脖子上："可是我不能多陪你，我要先回家，下午……"她估算着时间，"吃完午饭后，我出来找你？"
"不用急，"他挡住她的动作，重新把围巾给她系好，"整个寒假我都在北京。"
她点点头，忽然就静下来。
自从跑出来见到他，一直到现在，才恍惚觉得这是真的。
他疑惑地看她，她只是抿唇笑着，又踮了下脚尖，很重地吻了下他冰冷的嘴唇。既然他能做出这样感人不偿命的事情，自己在火车站门口亲一亲他又何妨？
顾平生轻扬眉，笑意蔓延在眼底，却没有说话。

这里没有同学和老师。

这里是最初相识的城市，顾平生，而不是顾老师。

回到家以后，她迅速洗澡换了干净衣服，站在厨房里看着奶奶做饭的时候，都忍不住在笑，笑得奶奶都有些匪夷所思，问她是不是今年考得特别好，竟然这么开心。童言倚在门框上，咬着下唇笑了半天，才说："是啊，我商事仲裁考了94。"

整个寒假29天，他都在北京。

童言正在默默计算有多少天需要留在家里，有多少天可以和他在一起时，大门忽然被敲响。她随口问了句"谁啊"，就听见个女人的声音说，言言，是妈妈。

整个空间都静下来，她愣了很久，还是奶奶擦干净手开了门。

直到妈妈坐下来，笑着看她的时候，童言还是有些不敢相信，安静地坐在了沙发前面的小凳子上。很多人曾夸她长得好看，其实她只承袭了妈妈的大半容貌，看着已四十五六岁的母亲，她甚至找不出对方和三十多岁时的区别。

奶奶似乎早知道妈妈会过来，很热络地闲聊着，她仍旧是安静地听着，不知道说什么。这半年来，妈妈偶尔也会和自己打电话，可终归是隔膜多年，没有什么共同话题。

"言言，现在有男朋友吗？"妈妈忽然问她。

童言点点头："有。"

"是同学吗？"妈妈笑得很温暖。

她想了想，又点了下头，没说话。

整个下午，这是唯一的对话。

直到傍晚母亲走后，她才忽然想起答应了顾平生，下午要去找他，可看手机却没有任何短信，他竟然也没有找过自己。

童言窝在沙发里，把手机放在膝盖上，忽然很想见他。

其实也不知道说什么，只是很想看见他。

"你妈妈这几个月一直来，"奶奶拿过一个熟透的柿子，递给她个小钢勺，让她挖着吃，"她和你爸离婚后，为了房子一直闹来闹去的，今年不知怎的忽然想开了，说是谁都不要房子，把产权过给你。"

童言接过柿子，没吭声。

她用勺子挖开一层皮，挖着吃里边的果肉。

浓郁的味道，家里的味道。

奶奶欲言又止，没再继续说下去。

童言自然也没有问。她被大学录取那年，是父母争房子最激烈的时候，母亲拿着四年前的离婚协议说当初说好，房子归女方，男的只拿10万，可短短四年，房子从20万涨到80多万，父亲怎么肯吃亏？

在那场翻天覆地的争吵下，她怕房子被父亲拿去卖了买股票，最后父母都没钱养老，于是帮着母亲说了句协议有法律效力……自此两年，父亲逢人就骂自己如何如何。

多难听的话都有，只是因为那套房子。早不是家的房子。

她吃完柿子，把皮拿到厨房去扔掉，洗干净勺子的时候，就听见奶奶接起一个电话，低声在说着什么，开始还是好声好气，后来也是气得不行，抖着声音说："言言是你女儿，你怎么能这么说她。"

童言能猜到是父亲，怕奶奶为难，就没有立刻出厨房。

她索性拿着抹布，开始仔仔细细打扫厨房。

直到电话挂断，她才装作什么都没听见，笑着探头说："我约了同学，出去两个小时再回来？"奶奶说了句早点回来，偷抹着眼睛回了房间。

她走到马路上，发现真是冷。

很大的风，刮得脸生疼生疼的，围巾拉到了眼睛以下，还是冷，最后只好走到最近的百盛，在一楼的化妆品专柜区溜达，看着晶晶亮的柜台打发时间。

或许是因为快过年了，商场里也是人满为患。

她漫无目的走着走着，就停了下来。

另外半层是卖鞋的专柜，各个柜台都有很多人试鞋。可是独独那三个人，那么醒目，她一瞬间想要躲开，却已经先被陆北看到，陆北想也不想就走过来，坐在那儿正试鞋的方芸芸很快抬头，看了这里一眼，又像是没看到一样慢悠悠照镜子。

倒是陆北的妈妈，很惊讶地看着童言。

"童童，"陆北伸手，想要拉住她，"是我妈让我来的。"

童言不动声色躲开他的手："我也是约了人，你先过去陪她们吧。"

"你放寒假了？我明天去看你好不好？"陆北声音有些急，像是怕她误会一样。

可分明这四个人，只有她是外人。

童言抿唇，笑了："不好，我男朋友会吃醋的，你老婆也会吃醋。"
五光十色的装饰，映着她的笑，划开了两个人之间的距离。
"陆北。"身后，陆北的母亲终于开口叫他。
陆北一动不动，只是看着她。
身后人又叫了声陆北。
"我走了，你过去吧。"
童言看他还是不动，直接转身就走。
怕陆北再追上来，她很快推开商场的大门，走入了人群中。直到走到附近公交车站，她才在栏杆上坐下来，拿出手机找到顾平生的电话，直接就拨了过去。
电话很快接起来，顾平生的声音很意外："怎么了？发消息告诉我。"
风声把他的声音，吹得很遥远，童言咬着嘴唇，终于忍不住哭出来。他又追问了一句"怎么了"，就没有再说话。她就坐在公交车站旁，哭了很久，哭到围巾都湿了，他依旧没有挂断电话。
到最后，还是她先按下了挂断键。

他很快发信息过来：出什么事了？TK。
童言用冻僵的手指，费劲儿地打着字：没有，手机扔在沙发上，不小心坐到拨号键，竟然给你打了那么久电话……你怎么不挂断，长途很贵的。

他没有继续追问，只是随便聊了两句。
这两天我有些事情，后天来接你？TK。
好。
童言看着灯火阑珊的夜景，心情好了很多，或许是因为听到他的声音。

第二天她睡到了自然醒，喉咙已经干得不行，估计是长期没有在有暖气的房间里睡觉，已经不能适应了。最好笑的是，竟在吃早饭时，干到了流鼻血……当她把这个悲壮的水土不服事件用短信叙述给顾平生时，他意外地没有回消息。
她想到他说这几天有些事情，也就没有再骚扰他。

下午家里来了个三十五六岁的阿姨，协和的外科医生，是奶奶带过的学生。其实那时候奶奶主教音乐，只做了两三年的班主任，却有很多人到中年了，还记得过年时来探望。

"这个是体检中心的卡，"阿姨把卡拿出来，放在茶几上，笑着说，"您这几年年纪也大了，应该多做做身体检查。"

奶奶拿着刀削苹果："不用不用，我一直坚持锻炼，身体很好。"

"我知道很多老人家都很忌讳体检，怕查出什么问题，可人老了总会或多或少有些不舒服的地方，还是每年都彻底做次检查放心。"

奶奶笑了笑，把苹果递给那个阿姨："好，好，我一定去。"

奶奶去厨房看炖的排骨时，童言才忽然问了句："阿姨，以前你们医院的心外科，有没有一位实习医生姓顾？"

其实她只是很好奇他的过去，做心外科医生的过去，但问出这话也没有抱什么希望，毕竟是实习医生，偌大的协和医院，怎么会有人随时注意别的科室的情况？

"你是说小顾？"阿姨倒真像有印象，"就是他妈妈也是医生的那个男孩？"

"您真的知道啊？他好像只在那里待了几个月。"

"你如果说的是他，那我肯定知道，"阿姨想了想说，"他妈妈是很有名的心外科医生，我看过她给一个小女孩主刀的手术，鸡蛋大小的心脏缝了一百多针，天生的外科医生。"

阿姨笑着摇了摇头，叹了句可惜，没有再继续说他妈妈的话题。

"怎么，你认识小顾？"

童言犹豫了会儿，才说："他是我的大学老师，商事仲裁法的老师。"

阿姨惊讶地看她："他后来转学法律了？他不是听不见了吗？"

童言忙点头："是，您知道他是怎么听不见的吗？"

"这倒不是什么秘密，基本当时的人都知道一些，"阿姨拿起茶杯，喝了半口，继续道，"你还记得你初中时候的非典吗？"

"记得。"

她记得那时新闻每天就是报道每个区，又发现了多少病例，还有各种医护工作者的新闻，像是一夜之间就变成危险之城，连呼吸都有可能会被传染的病，会有谁不怕？

"那时候我正好怀孕在家，小顾的母亲去世后，他已经准备结束实习。刚好碰

137

上非典，他主动申请去了 SARS 病区。凡是在病区的医护人员都是高危人员，后来很多都染上了非典，他就是被传染后药物中毒失聪的。"

阿姨说完，又想了想，补了句："当时经过治疗康复的人，有的留下了后遗症。"

童言听得有些发愣，到最后一句却是心惊肉跳："您的意思是，他还有别的后遗症？"

"不好说，"阿姨回答得很谨慎，"我回来的时候他已经出院了，我只是听我科室的小医生说过，他应该还有别的后遗症。"

阿姨很快就走了，童言只怔怔拿着手机，很想直接问他。可是又怕这样会让他有别的想法，面前的电视机放着暑期档的电视剧，整整一个下午都是 1998 版的《还珠格格》，嘻嘻哈哈的剧情，演了这么多年竟然还在播。

她在那里，坐了一整个下午。

等到晚饭时，她才忽然站起来拿起羽绒服穿上，看了眼手机，竟然没有电了，索性连充电器都装起来，跑到厨房门旁说："我想起来，今晚有同学聚会。"奶奶正在往出盛排骨，宠溺地摇头，说："好好，快去吧，排骨留给你明天吃。"

童言忙作揖道歉："我可能很晚回来，不用等我了。"

说晚就开门跑了出去。

那天他送她回家，曾说过自己就住在北京师范大学附近。

她从地铁站口走出来的时候，风很大，她大概知道方位，边向着那个方向走，边拿出手机给他发消息：我今晚很想见你。

过了会儿，他才回过来：好，我大概十点去找你。TK。

嗯，你出门的时候告诉我，我需要些准备，才能偷偷溜出来。

好。TK。

她没有告诉他自己就在附近，只是直觉觉得他是在家的。

现在才六点多，离十点还有很久。她为了给手机充电，找了很多快餐店，都没有看到电源插座，最后终于在距离北师大不远的地方，找到了一个顾客区有电源插座的蛋糕房，买了杯最便宜的热饮，就在窗边坐着发呆，顺便给手机充满电。

就这样一个人坐到了十点的关门时间。

实在无处可去，只好在北师大的门口，找了个避风的地方等他的消息。十点二十分左右，他才发来消息：我出门了。TK。

童言忙给他消息：我在北师大校门口，东门。

好，我很快就到。TK。

她攥着手机，终于放心笑了，他果然就在家里。

很快，她就看到一个很熟悉的人影，从远处快步跑过来，是顾平生。这个时间只有她一个人站在这里，他很快到她身边停下来："等了很久？"

说话的时候，声音还有些喘息。

她伸出手，插进他上衣口袋取暖："很久很久，我好饿，还没吃晚饭。"

他把手也插到口袋里，握住她冻僵的手："什么事这么着急，连饭都不吃就来找我？"他的手很热，手心还有些微微的潮湿。

童言笑着靠过去，整个人钻到他怀里，没有说话。

她该说什么？她其实并不想追问他任何事，只是很强烈地想要见一见。明明是很心疼他，可真的见到了，反倒觉得他天生就是让人去依赖的。

无论是很好看的笑容，还是说话的声音，都是那么温暖。

"不饿了？"顾平生抱住她，声音带笑，"我随时在这里，想什么时候抱都可以，先找个地方填饱肚子。"

童言抬头看他："好，可是十点多，这附近也没什么能吃饭的地方了。"

"这里离我家很近，"他握了握她的手，"去我那里吃。"

"你家？"她以为他回来，应该是住在……

应该是住在酒店？她还真没认真想过这个问题。

"是我外公家。"他边说，边在口袋里握住她的手，就这么牵着她往回走。

外公家？

童言忽然顿住脚步，顾平生侧头看她时，她才有些踌躇地说："我们还是四处走走，看附近还有什么能吃的吧？"

外公家？岂不是就要见到他家长？

顾平生看出她脸色的尴尬，笑着握紧了她的手："不要怕，平凡也在。"

"不是怕……"童言说到一半，脸都开始发烫了，"我是怕……"

结果到最后还是没好意思说。

童言跟他进了客厅，正好看到顾平凡走出房间。她一看到顾平生就想说什么，可看到童言又止住了，忽然就笑起来："你们怎么两天不见都不行，这都快半夜了。"

童言本来就紧张，被这么一说更是尴尬。

这个时间来也真是不妥。

"别紧张，"平凡马上笑着安抚，"我爷爷早就睡了，而且是在楼上，耳背，听不到这里说话。"她说话的时候，老阿姨正好从楼上走下来，看到顾平生就说："顾先生晚上没吃饭，要不要现在煮些东西吃？"

童言愣了下，没想到他也没吃晚饭，他只是笑着说自己随便弄一些就好，带着童言进了厨房。他打开冰箱看的时候，童言已经主动凑过去，看到冰箱里放着已经包好的手工水饺，又随手拿了两个鸡蛋和西红柿，准备再烧个汤。

顾平生接过她拿的东西，她才拉上厨房的磨砂玻璃门，压低声音，看着他说："你怎么也没吃晚饭？"他拧开水龙头，洗着西红柿："刚才一直在忙，没来得及吃饭。"

她莫名又心疼了，走过去从他身后搂住他，用脸蹭了蹭，自言自语说："是有多忙，连饭都不吃……"他两只手还湿漉漉的，拿着一个红透的西红柿，转过身低头看她："为什么忽然想见我，还不吃饭就跑过来了？"

"我想你了。"童言厚着脸皮，抬头说。

他嗯了声，笑得很好看很好看："还有呢？"

"没有了，"童言看着他的眼睛，一字一句地重复着，"我想你了，所以觉得今晚一定、马上、必须要见到你。"

他没说话，只用两只手臂的内侧把她圈在身前，就这么举着一个水淋淋的西红柿，很安静地低下头吻住她，悄无声息的，却是格外用力。

西红柿上的水滴在地板上，很快就汇成了一小摊。

过了会儿，他才放开她问："昨晚是不是哭了？"

"没有啊。"童言下意识否认。

他把西红柿放在大理石台上，从一侧架子上拿下干净的白毛巾，擦干净手："很多生物都有自己的声音辨别系统，就像海豚，如果你拍打水面学鱼落水的声响，它会无动于衷，可如果扔下去一条鱼，它却能准确捕食，因为它们靠的是自己发出的超声波，去'听见'环境的变化。海豚和海豚之间，也是靠这种声波交流，彼此联系。"

童言靠着他，听得有趣，可不明白他为什么忽然说到海豚。

"即使在一片漆黑的大海里，它们也能找到彼此，因为它们的语言不受距离限制，甚至可以传到数百千米外，"他停顿了几秒，声音低下来，"交流并不需要真正的听觉，所以，我能听见你哭。"

第十章 只想在一起

他说完，从架子上挑了把大小合适的刀，把西红柿切成了六瓣，头也不抬地问她："是不是切完西红柿，我就可以让位了？"

童言一声不吭，似乎没有听到。

很多的情绪，她从来没有在任何人面前暴露过，就算在家，也要维持一副毫不在乎、没心没肺的表情。哭什么的，只有彻底扛不住的时候才会有。

顾平生偏过头看她："怎么了？"

"不知道，"童言长出口气，"我觉得我快被你说哭了。"

他听得好笑，随手拿起瓣西红柿，喂到她嘴里："不要哭，我不会安慰人。"

"那你还说这么煽情的话……"她眨眨眼，觉得快坚持不住了，眼泪快充满眼眶的时候，马上把脸埋进他怀里，顾平生只能又放下刀，抱着她哄了半天。

后来想想，具体说了什么，童言记不清了。

只是非常印象深刻地判定，他真的不会哄人。

门忽然就被拉开，顾平凡刚想要说什么，看见童言迅速从顾平生怀里跳开，竟还红着眼眶，不禁笑了："我可以进来吗？"

顾平生懒得理她，随手拿起一瓣西红柿，放进嘴里。

顾平凡关上门，亲热地揽住童言的肩，凑在她耳边说："悄悄告诉你，他从来不会哄女朋友。以前我去看他的时候，亲眼看到一个金发美女在他房间，哭得歇斯底里，他却坐在沙发上任由女朋友摔东西，自己就只是看书。"顾平凡说完，抿唇笑起来，"如果是我，绝对受不了，他这个人谈恋爱估计需要推一下，动一下，会不会很无聊？"

"还好……"童言努力回忆着，貌似顾平生还是挺会说话的，"顾老师挺好的。"

"好？怎么好？"顾平凡好奇看她。

……

童言有些窘，这种问题怎么说？

她被顾平凡看得有些脸红，被个三十岁的女人追问这样的问题，对方又是顾平生的表姐……还真是怪异。好在顾平凡不是个很八卦的人，只是对着顾平生不怀好意笑了笑，就转入了正题，大意是给他安排好了复查什么的。

两个人只是寥寥数语，语焉不详。

童言把饺子几个几个地扔到沸水里，装作听不懂。

因为开了炉灶，厨房很快就热起来。

顾平凡离开时，水正好沸了第二次。

她接了一碗凉水，倒入沸水中，扑腾的饺子再次安静下来。顾平生时不时给她喂上一小块西红柿，到最后，两个准备做汤的西红柿，都被他们两个吃完了。她回过头看了眼仅有淡红色汁水的案板，抱怨看他："早知道你要生吃，就加些白糖凉拌了。"

他笑了笑，很自然地凑近，刚想要亲的时候，童言的手机就响了起来。

"我有短信。"童言偏头躲开他，拿出手机。

陌生的号码，毫不陌生的语气，是方芸芸：这几天有时间吗？我想请你吃饭。

语气平淡得就像是普通的老同学，如果不是陆北的关系，或许她真的只是个老同学，还是个关系不错的朋友。

童言按下关机键，把手机又放回口袋，继续认真煮饺子。水烧开第三次的时候，沸腾了很久，她却盯着水面没有任何反应。

站在他身后的顾平生把下巴搭在她肩膀上，低声说："童言无忌，饺子快煮烂了。"

童言恍如梦醒，忙把火关上，给他盛出饺子。

然后又开始手忙脚乱地找醋，到最后都准备妥当了，把筷子递给他，顾平生接过来，吃了一个饺子，在热气腾腾的白雾中，把她一把拉过来，抱在了腿上："我不吃韭菜，过敏。"她啊了声，指着一盘饺子："这些都是韭菜的？"

"不是，"他回忆着，说，"应该还有猪肉白菜的，刚才忘记告诉你了。"

其实这两种馅料，透过饺子皮能大概看出颜色差别。

可是童言听他这么说，不太放心，就夹起一个咬了半口："这个是猪肉白菜。"
刚说完才觉得不对，自己咬过了再给他吃……
顾平生微微笑起来，咬住她筷子上的半个饺子，吃了下去："这个方法不错。"

"你不会……都让我咬过再吃吧？"童言觉得大半夜的，又是在他外公家厨房，这么做，实在有些过于暧昧。
"还有一种方法，"顾平生用筷子在饺子上戳了个洞，"这样估计更简单些。"
童言咬着筷子头，哭笑不得地盯着他。
怎么不早说……

他低下头认真吃饺子。
童言很喜欢看他吃东西，吃相好看，可又不是那种端着架子的吃法。
每次看他吃，都觉得自己烧的东西格外好吃。
两个人都饿得有些发慌，很快就吃完了，开始继续忙活着洗碗。这种工程都是顾平生主打，童言最多是拿块干净的擦碗布，一个个擦干净水，整整齐齐码放在碗柜里。

忙活了半天，其实只是一起吃了晚饭，就要送她回家。
因为时间太晚，顾平生怕叫不到出租车，就自己开车送她回了家。车停到楼下的时候，她忽然很舍不得，只是和他闲聊着，不愿意下车。
车里的空调很暖，他只穿了件衬衫，领口的两粒纽扣没有扣，从她这个角度能透过领口看到刺青。她从来没有仔仔细细看过他身上完整的图案，很好奇地指了指他的肩膀："你的刺青，是从小臂到肩膀的，完整的图案是什么？"
他顺着她的手指，低头看了看自己："要把上衣都脱掉，才能看到全部。"
童言眨眨眼，又眨眨眼，脸红了。
她发誓她不是这个意思，绝对没有借机吃豆腐的意思……
顾平生看出她的念头，轻弹了下她的额头："小脑袋里在想什么？"

她揉着额头，忽然就想到了顾平凡的话："我在想，你好像一直没有回答我的问题。"
"什么？"
"你的ex，"她好奇的心思，绝对压过了吃醋的欲望，"你姐姐说，你以前的女朋友是个金发美女？"
他估计没料到她把话题转得这么快，似乎是回忆了会儿，才说："好像是，不过是很久以前了。"

迄今为止,她除了学校的留学生和外教,还没怎么接触别的外国人,尤其是金发美女,真的是没见过。她想象了下欧美电视剧里的场景,往顾平生身上套,却怎么想怎么别扭……"为什么是很久以前?"

难道受过什么情伤?

"她见我那个女朋友的时候,应该是高中,"他真的开始很认真交代起来,"那时候年轻,有几年的时间很喜欢女孩子,后来又忽然觉得这种事很麻烦,开始慢慢把兴趣转移到了别的地方。"

"高中啊?"童言默默计算了下,"真的很遥远了。"

难怪第一次约会的时候,他吃完饭出来,很实在地感叹着没有什么经验。最后竟然带自己去望弥撒……她有些想笑,随手拨弄着空调的风向,暖暖的风吹到手心里,很舒服。

"初恋呢?"她不死心,又追问他,"还记得吗?"

"是个华人,"他给了个简短答案,微微笑了笑,给她解开安全带,"满意了?"

哪里有满意……

她眼睛眯起来,觉得自己在找罪受,看看,又吃醋了。

还是自找的。

童言看了眼他手腕上的表,十一点多。

"我这个假期很空,"她侧靠在副驾驶座上,看着他,"你呢?"整个晚上回忆起来,似乎没有做什么正经事,饿着肚子跑到他家附近,在蛋糕房里边给手机充电边发呆,到最后才见了一个小时不到,吃了一盘饺子……

可就是这样过了整晚,却缓解了白天的心神不宁。

她看着他,觉得什么都不重要,只要在一起就好。

"过了这几天,我也没什么事情了,"他把后座她的羽绒服拿过来,递给她,"所以你只要方便出来,随时可以告诉我。"

她嗯了声,接过羽绒服穿好,刚想说什么,就听见有人在她身后轻叩车窗。

童言回过头,心猛地跳了下。

奶奶不知道什么时候下来的,此时就站在她这侧的车门边,要不是敲了车窗,连顾平生都没留意。他低声提醒她先下车时,童言才恍然打开车门:"您怎么下来了?外边这么冷……"

145

奶奶的神色有些严肃。

奶奶替她戴好羽绒服的帽子后，看向另一侧走下车的顾平生："顾老师，有时间谈谈吗？"

顾平生是紧跟着童言下车的，根本没来得及穿外衣。很大的北风里，他衬衫的下摆被风吹得扬起来，却并没有上车拿衣服的意思，只是颔首说："好，您是想在这里，还是上楼说？"

后来，他和奶奶在楼下谈了很久。
童言就在三楼过道的窗口，远远看着他们，虽然听不到话，却明白奶奶绝不会同意这段关系，可是他会说什么？会怎么说？
她猜不到。

回到家的那段谈话，是她记忆中，家人第一次对她和顾平生的关系表态。
"读书的时候，很多学生对老师总会有一种特殊崇拜的感情，等到你走出校园，会发现他和普通人一样，并不适合你。"
奶奶以前虽然是小学老师，但因为职业的特殊，总能听到很多师生恋的事情。大多就是女学生迷恋着男老师，到最后不仅影响学业，在整个学校的影响也很差，总之都是令人唏嘘的反面教材。
"他是你的老师，而且是授课教师，如果不是看出他是个不错的孩子，我一定不会和他多说什么。言言，教师这个职业，有很多的不能允许，师生之间……只能是师生。"

她始终没有说话。
从初一父母离婚开始，她就和奶奶住在一起，曾有那么两年的叛逆期，整日整日地在外边游荡不想读书，让老人家偷偷抹过很多眼泪。后来她开始懂事了，曾下过决心，不再让唯一对自己掏心掏肺的亲人伤心。
所以，她不会反驳。

等到奶奶说要带她去天津亲戚家过寒假时，她才犹豫着问："要什么时候回来？"奶奶去给她热了一碗粥，把筷子放在了碗上。"过完年，"一小碟泡菜放在粥碗旁，还细心地撒了些新鲜的香菜末儿，"等到你开学前回来。"
她用筷子夹了很多的泡菜，拌着粥，开始一口口吃着。
口袋里的手机很安静，他没有给自己发过信息。

等到凌晨一点多,她才回到自己的房间,拿出手机的一瞬忽然有些心慌。
他说了什么?做了什么决定?

她掀开这一侧的窗帘,看着夜幕中远处的一幢幢楼房,给他发过去了一条信息:好像结果不是很好?
短信很快回复过来:
在我预料之中。TK。
你的预料是什么?
天下没有免费的午餐,该付餐费了。TK。
……
童言哭笑不得地看着手机:你的中文是数学老师教的吗?
虽然这句话非常不贴切,却缓和了一些刚才的低落情绪。童言拧开台灯,和他有一句没一句地聊了会儿,才问他:是不是到家了?
顾平生很平淡地回了句:我还在你附近。
她愣了下,下意识往窗外看去,没有任何车。努力找了会儿才发现自己犯了方向错误,他应该是在客厅那一侧。这个念头浮起的时候,心跳也跟着重了些,好在这个时间奶奶已经睡着了。

她打开自己的房门,很小心地穿过狭窄的客厅,走到窗边。
掀开了窗帘。

这是靠着马路的那一侧。
车流依旧,灯火依旧,那辆车的位置依旧。
他已经穿上了羽绒服,却始终站在车旁,似乎感觉到她会出现,在窗帘被掀起一角时,很快并拢右手的食指和中指,点了下前额。
有人从他身边路过,好奇地跟着他的视线看楼上……
童言看不清所有人的神情,但觉得那些旁观的,肯定是在嫉妒自己。

好吧,有他在,总能有些自恋的资本。
因为他始终那么好。
她忍不住扬起嘴角,额头抵在玻璃上,难得在冬天觉得玻璃"冰凉"的触感,是这么舒服。或许是因为,心里有温暖。

第二天童言就去了天津,因为长时间和奶奶在一起,她不能拿出手机随时和他联系。火车的路程不长，整个车厢里都洋溢着回家的喜悦，奶奶笑着和身边抱着孩子的母亲闲聊。童言打开保温杯，喝了口热茶水，想起他后来说的话。

他说，他完全理解一个做过教师的人，对这件事的反应。他甚至曾经也抵触过这样的感情，有过很短暂的逃避。

他说，一切都不会是问题。

他说，我在北京等你回来。

她靠在玻璃窗上，闭上眼睛，从没有一次像现在一样，盼着马上可以毕业。

天津的亲戚多年未见，似乎早就听说童言考上了名校，拉着她的手不停给所有人介绍，夸赞的话不绝于耳。她只能笑着听着，直到有人问起她有没有男朋友之类的话，才犹豫了下，没等到说话的时候，奶奶已经笑着说："学业为重。"

然后是时而热闹、时而安静的过年生活。

到大年三十这一天，团圆饭竟然在饭店拼了十桌，九十多个人的春节，她从记事起还是第一次过。有个年纪比童言小三四岁的远房表妹，曾经在很小的时候到童言家住过，所以看到她颇显亲热，硬是拉着她走到饭店的大堂里，坐在沙发上，边看焰火边闲聊。

小女孩的话题，七拐八拐后，总能落到感情上。

表妹上次去北京，就是陆北带着她到处玩，所以她对陆北的印象始终特别好，忍不住追问着童言那个"姐夫"怎么样了。

童言很快说分手了。

表妹很惊讶，似乎觉得他这么好的一个人……

童言看着一道闪光蹿上云霄，迅速爆裂后，绽开了巨大的焰火。

或许是这么多天，太想念一个人，或许是难得碰见一个人，认识过去的自己和陆北，却又在一定意义上毫无交集，让她终于有了倾诉的愿望。

"他在念高中的时候，一次开车意外撞死了人。虽然是对方违规穿行，可家人却不接受任何庭外和解，一定要让他坐牢。那家人是市税务局的，口气自然很硬，他们家托了很多的人，也没有任何效果。所以当时，似乎所有都已经注定了，他会先去工读学校一年，然后再去监狱坐牢。"

"然后呢？"

"然后，"童言沉默了几秒，"很戏剧性的，我一个高中同学要帮他。后来经过很多事情……问题顺利解决，然后他和我高中同学就订婚了。在去年的时候，他们结婚了。"

她记得他母亲和自己谈的每一句话。
她也记得,她在绝望的时候,看到这戏剧性的一幕,甚至觉得自己在做梦。方芸芸说陆北是个难得的人,自己一定要嫁给他,就这么简单。
那是她第一次发现,人和人之间真的有鸿沟。
她只是整天整天地哭的时候,相同年纪的一个女孩,竟然可以为了想要得到一个男孩,真的就哭闹着让家里人去施压解决问题。

"投胎好,决定一切啊。"表妹长出口气。
"是啊是啊,"童言笑着接话,"所以我就失恋了啊。"
所以,初恋就这么结束。
或许是因为太戏剧,故事的转折太大,她至今想起来也觉得不可思议。
那个晚上,陆北订婚的那个晚上,他坐在马路边抱头痛哭的画面,她应该这辈子都不会忘记。那天晚上她甚至在想,是不是自己生下来就是受难的,虽没有经历过太过贫瘠的日子,可是生活一次一次剥夺本该属于她却并不该去奢求的感情。

"没关系,"表妹一挥手,努力安慰她,"我姐姐长得好看,唱歌又好听,又是名校毕业,绝对能嫁个好男人。"
童言靠在沙发上,想起了顾平生。
"那你现在的男朋友呢?"表妹很快转移了话题,"别告诉我,还没有?"
童言笑着看她,没答话。
过了会儿,才拿出手机给他发了个消息:春节快乐。今天过得怎么样?
春节快乐。一整天都在陪人吃饭,吃到很累。TK。

不知不觉,已经有十几天没有见面。
本来规划好的寒假,就如此浪费掉了。她想起自己的很多规划,用几天时间去游览名胜古迹,再用几天来腻在一起,然后……就这么腻在一起,估计他也不会嫌闷。
可是莫名就成了现在的样子。
因为奶奶始终在身边,他们连信息都很少发。

我想你了。

她忽然很坦白地，发出了这条消息。

很快，他就拨来了电话。

童言接起电话。

他的声音，在巨大的爆竹声中，显得非常不清楚。

"北京这几天都是零下十度左右，我看天津的天气报道，好像下雪了，注意多穿些，不要感冒，"他简单叮嘱完，顿了顿，继续说，"这几天我一直和院长联系，下学期的'海商法'已经找到了接手的老师，我不会再教你们年级，会接手大二的课程。"

从接起电话，她就没说过一个字。

表妹有些疑惑地看着她，用口型问她：是不是什么"中级人民法院"的电话？你千万别信，那些都是骗人的。

童言对她摇摇头。

"我不多说了，房间里还有很多人，看到我打电话会很奇怪，"他的声音有很明显的笑意，"我也很想你，非常想。"

童言忍不住笑起来，然后就看到表妹更加疑惑的表情。

电话很快挂断。

她把手机从耳边拿下来，还在想着他说的话。

忽然说换课的事情，却又好像早就有了计划一样……

"谁啊？你怎么一直不说话？"

童言想了想，一本正经地说：

"一个唱歌比我更好听，学校比我更好的，大大大帅哥，他在和我表白。"

顾平生挂断电话后，继续坐在明亮而热闹的大厅，身边很多人都是中途出来抽烟的。他用一种很舒服惬意的姿势，坐在沙发上，看着酒店燃放的烟火。

无数道白光冲上云霄，瞬间爆裂出大片的火光。

天津是什么样的？

他还没有去过那个城市。

顾平凡走到他身边坐下，拍了拍他的手背，等到他回过头才笑了笑："刚才爷爷问起你的女朋友，我没有说她是你的学生。你知道……他比较忌讳师生之间的感情。"

"我知道,"他没太在意,"以前我也很忌讳这种关系。记得你问过我,是不是因为我母亲的关系才会喜欢童言,其实恰好相反,因为我母亲的关系,我有过一段时间的犹豫,要不要开始这种感情。"

那时候,他用了两个星期的时间避开她。

甚至私下找赵茵给她补课。本以为一切都安排得很妥当,或许只是意外的心动而已,避开时间长一些就好了,总胜过影响她的生活。

可是那天中午。

当他在她身边坐下,告诉她以后不会给她补课后,她眼里若隐若现的失望,竟让他就这么心软了。

他记得那天坐在窗边,她迎着窗外照进来的阳光,模糊了五官的棱角,只有一双眼睛那么明显。当时他并不了解她的家庭和她过去的感情,可总有种感觉,她一定遭遇过许多难以承受的失望和痛苦。

就算如此,那双眼睛里的感情,却依旧温暖而直接。

直接得像是从没受过伤害一样。

顾平凡把手中的热水递给他。

他拿过来,说了句谢谢,却没有喝。

"你这次复查的结果不是很好,有没有打算回美国做手术?"顾平凡还是决定再劝他一次,"虽然国内这样的临床病例不少,但我觉得,你还是挑比较好的环境……"

"没关系,"他打断了顾平凡的话,"我想在协和做手术。"

顾平凡盯着他看了会儿,终于长呼口气:"好吧,你有时候真挺让人讨厌的,看起来似乎挺随和,其实固执得可怕。就像你从来不接受助听仪器的辅助,谁说都没有用。"

"谢谢你,平凡。"

他笑着答谢她,挡去了她所有看似是抱怨、实则是心疼的话。

开学的时候,恰好在元宵节之前。

奶奶很舍不得她走,提前包了元宵,又是油炸又是汤水煮的,她吃了整整两天,觉得自己都快吃成元宵了。

到拉着行李出家门时,她才拿出手机,看他发来的航班信息。

她从来没有坐过飞机，顾平生提出来的时候，她也有些犹豫要不要拒绝。
　　太过依赖他的金钱，会让她觉得两个人感情是不平等的。可当她郑重其事把理由发过去的时候，顾平生倒是没太在意，很快回了句：就算省下了这次的机票钱，以后也还是你的，不用太在意。
　　当时收到这个消息，她拿着手机，足足笑了一个下午。
　　他总有这样的一两句话，能让人久久琢磨话里的意思，然后满满的，都是幸福。

　　童言怕迟到，提前了一个半小时的时间，没想到最后却早早到了。
　　她在二号航站楼的10号出口那里，从口袋摸出手机，刚低下头打了几个字，就觉得周身被人搂住，所有的寒冷都被隔绝开来。
　　童言被吓得不轻，心猛跳了几下，才渐渐缓和下来。

　　"怎么到得这么早？"顾平生的声音，就在耳边。
　　二十几天没见。
　　竟然有种奇妙的陌生感，还掺杂了一些莫名的心动。
　　童言心里默默地想到一个词：小别胜新婚……
　　"怎么不说话？"他追问了句。
　　她忙转过身，视线中他的脸带着笑，真真实实地就在自己眼前："我忽然有些不习惯了，"她不好意思笑笑，"不知道怎么形容这种感觉……"
　　顾平生接过她的行李箱，一本正经笑了笑："我知道，刚才我在里边看你走过来，都有些心跳加速。"童言啊了声，还没等反应，就被他拉住手，走进了玻璃大门。

　　等到两个人上了飞机，童言在他身边老实坐下后，才开始适应顾平生真的就在自己身边这个事实。顾平生身子微俯过来，给她扣上安全带，发现她一直在看着自己。
　　"怎么了？"他问。
　　童言故意眨眨眼，轻声说："我想你了，很想很想，想了二十几天了。"
　　声音很低，甚至几乎就是唇语。
　　他嗯了声："我也是。"
　　或许是因为飞机快要起飞了，走道上已经没有什么人走动。只有几个空姐来回检查着旅客的行李，耐心提醒着每个人系好安全带。

童言靠着窗口，而他就这么侧着身子，面对着她。

她忽然想起第一次在电影院，就是这个角度，他突如其来一个吻，彻底结束了两个人单纯的师生关系……或许更早一些，在自己喜欢上他的时候，就已经改变了所有的关系。

"你怎么忽然换课了？"她问出了一直的疑问。

"因为你奶奶希望，我最起码不能是你的授课老师，决定你真实成绩的那个人，"他说完，很无辜地补了句，"不过我不觉得，我会假公济私。"

声音，也是刻意轻了些。

童言嗯了声："你最大公无私了……"

他理所当然地扬起嘴角："到上海想做什么？"

她想了想："去静安寺吧，还没有过正月十五。"

"想求什么？"

求平安。

求所有自己所爱的人，都能平安。

不过她没有告诉他，只是装作若有所思地说："求能一直和你在一起，不要出现什么绝世大美女喜欢你，比如金发美女什么的。"

他也故意随着她的话，开起了玩笑："那我似乎没什么可求的，你应该不会遇到更好的了。"她忍不住笑起来，却是很认真地颔首说："我也这么觉得。"

因为是上午的航班，到虹桥机场的时候也才下午一点。

不过即使是这么早，两个人到静安寺时，已经没有多少香客，很多都是外国人。她是第一次进这个在市中心的寺庙，等到出了门，发现这里竟然是那么的小。只有几个大的佛殿，从中心的空旷广场仰头，就能看到旁边的久光百货。

只是一道墙。

墙内是浓重的香火味道，墙外却是一条上海最繁华的路。

她走到燃烧的灯油旁，旁边围着几个外国游客，占据了上风口，以至于她刚站了几秒，就被烟火呛得直冒眼泪。她用手背草草抹了两下眼泪，很悲苦地看了眼顾平生，后者马上心领神会，以身高为她挡住了被风吹来的烟。

那几个外国小女生一看到他凑上去，友好地让出了一个位置。

童言苦闷地看着他，等到他走回到自己身边，才看着他说："我终于明白，美人煞绝对不是徒有虚名。"他把其中一束递给她，没有理会她的调侃，反倒长吁口气，说："佛门重地，施主请自重。"

说完双手合十，闭上了眼睛。

午后的日光，落在他身上，在地上浅浅地拉出了一道影子。

如此安静，而又如此虔诚。

童言甚至忘了去许愿，就这么看着他的侧脸，直到他复又睁开眼睛，低下头看自己的时候，才好奇问他："你求的是什么？"

顾平生没有回答她，只是眼神示意她，不要荒废了时间。

等到两个人出了寺门，重新站在繁华的都市路边，她还在想着他的心愿，有些走神地跟着他往前走，甚至到停下来了，也没有意识到自己到了哪里。

"想吃什么？"顾平生饶有兴致打量着面前的玻璃柜，"章鱼小丸子？这个鱿鱼烧看起来也不错，要不要再来一个广岛烧？"

童言顺着他的声音，也去打量那几个日式穿着的服务员。

其中一个正拿着一根长长的竹签，拨弄着十几个正在煎烤的丸子。软软的外皮，看起来膨胀而松软，似乎真的挺好吃的。

"我想吃这个，"她指着丸子，"六个，正好我们一人吃三个。"

顾平生想了想："三这个数字不吉利，八个？一人四个？也不好。"

"那就买十二个吧，"童言迅速在心中换算组合，"一人六个。"

收银的听得忍俊不禁，多看了他们几眼，实在不明白这对俊男美女为什么这么迷信，竟然连吃个章鱼丸子都这么计较。

顾平生一如往常，买了很多吃的，两个人找了空着的座位坐下，分食着对童言来说算是十分稀奇古怪的食物。

"这个很好吃，"童言很满意自己挑的，"你挑的那个鱿鱼烧，简直就是山东煎饼的变种，还有些腥。"顾平生笑着看她吃，过了会儿，才忽然说："我刚才求的是，能让自己一直平安，有能力继续照顾你。"

这话听起来非常奇怪，却让童言瞬间就想起了那个医生阿姨的话。

她没有吭声，只是停下来，等着他继续说下去。

"我在协和医院实习那年，出了一些事情，你能看到的是我失聪了，还有很多别的问题，是看不出来的，"他似乎也很爱吃那个章鱼小丸子，随手用竹签叉起一个，吃到嘴巴里，"股骨头缺血性坏死，晚期，需要手术换人工关节。"

童言看着他，依旧没说话。

放假的时候，她已经在网上查过非典的后遗症，任何症状她都有心理准备，包括他口中所说的这个股骨头缺血性坏死。

他既然说是晚期，那么这些早期的症状，必然早已经经历过了。虽然人工换关节是种方法，可是手术远期效果并不好，也就是说当你第一次换完，假体过了十几二十年磨损脱落后，进一步治疗会更加困难。

她并不是学医的，所以也只能在网上看些信息而已。

但她很庆幸自己事先知道了这些，此时才能如此镇定。她相信顾平生和自己一样，不需要别人无谓的忧心，只想要在没有任何压力的环境下，去解决自己该解决的事情。

"所以我下学期不是换课，而是准备休课一学期，"他吃着那个丸子，声音略微有些含混不清，"我想了很久，应该把这些和你说清楚。"

所有话都说完，他似乎找不到事情可做，又用竹签叉住了最后一个章鱼小丸子，还没有拿起来，就被童言抢了过去。

她皱了下鼻子，不满地抱怨："现在就和我抢东西吃，小心你老了，不能走路了，我也不带你出去晒太阳。"

她说完，很自然地把那个小丸子吃到嘴巴里。

早没了开始吃的兴致，有些食而无味。

就在她假装很得意的时候，他忽然欺身过来，竟然就这么在熙攘人群中，扶住她的头，吻了下去。

第十一章 再没有过去

　　一个漫长而深入的吻，童言从来没想过自己会这么大胆，能在如此人来人往的地方和他这么做……等到真正分开的时候，她甚至不敢看身边人的反应，拉住他的手，低着头绕过了无数桌椅，直到彻底远离了那个地方，才放慢了脚步。
　　"现在是回学校，还是在市区逛一逛？"他把箱子放下来，拽出了拉杆。
　　"今天是星期六，不用回学校，"她理所当然说完，又很快抿起嘴角，看了他一会儿，"难道你不想让我去你家？"
　　他哑然而笑："求之不得。"

　　星期六结束，是星期日。
　　也就是说，还有整整两天可以在一起。

　　她默默计算着每一分每一秒，总觉得时间很不够。如果他要回去动手术，应该会在北京休养很长一段时间，而她只能在上海，甚至没有机会照顾他。
　　她胡乱想着，随手抓起调配好的花椒、大料、陈皮和干辣椒，扔到油锅里，却忘记这油已经烧了太长的时间。
　　油花猛地溅出来，她忙往后退了两步，撞到了他身上。
　　顾平生迅速把锅盖扣上，打开了抽油烟机。
　　"怎么一直走神？"在噼里啪啦的炸响声中，他低声问她，"从超市回来你就一直发呆，是不是想和我说什么？"
　　声音有些软。
　　却难得有了一些不确定的情绪。

　　童言索性关上火，回过身，看着他："我想回北京照顾你。"

"你还要上课,"他有些意外,很快笑了,"童言,这个手术并不危险,只是需要休养的时间比较长,我会一直给你打电话,每天两次?还是三次?四次?"

她咬住嘴唇,看他笑得越深,就越难过。

股骨头缺血性坏死,晚期。

这么平淡地就说出来,她第一次发现,故作坚强的态度,其实就是把所有人都推开,推得离自己很远……"我可以这学期办休学,等到明年再继续念大三,"她凑近他,"这样操作不会影响任何成绩,只是晚毕业一年,好不好?"

他没有回答。

童言搂住他的脖子,很快咬住他的下唇,仔细吻着他嘴唇的轮廓,温柔而又执着。

过了会儿,她才放开他,让他看着自己的口型,认真追问:"好不好?"

"不好,"他的声音已经变得严肃,"如果我是癌症晚期,我一定会直接带你回北京,一直陪在我身边,可是这个病没有这么严重。"

两个人紧贴在一起,不知道是不是因为争执,体温渐渐有些升高,有些失控地升高着,不管是心跳,还是心里莫名涌出的感情。

童言蹙眉,低声说:"不要咒自己。"

"不要这么迷信,"顾平生双臂环住她,"我是学医的,从来不会忌讳这些。"

她眉头仍旧紧蹙着,没有再说什么。

她只是用接下来的十分钟,做了一件事,专心致志地亲吻他。在满是香料气息的厨房里,扬起头,搂住他的脖子,就这么吻着他,同时也被吻着。

"不要再继续了。"

他的声音有些起伏不平,在亲吻她的同时,像是告诉自己,也像是告诉她。

可是,只是这一句之后,就不再做任何的说服。

童言闭上眼睛,被他直接托着抱在胸前,两条腿自然环住他的腰。两个人就如此不间断地互相纠缠拥吻着,或轻或重,不愿意再分开。

她在他这里住了这么久,却从来没有进过他的卧室。

顾平生用膝盖顶开门时,她勉强避开他,好奇地侧过头打量着这间房:"你这里好简单。"说完才发现,房间是黑暗的,他看不到她说什么。

"要开灯吗?"他轻蹭了下她的脸颊。

童言犹豫着,点了点头。

他把她放到床上,打开壁灯,在瞬息明亮的房间里,她看到顾平生的衬衫已经半敞开……竟就后知后觉地不好意思起来,很快摇头说:"还是关灯吧。"
他似乎笑了,没说话,又按下开关,灭掉了光源。

冬日的夜晚,窗外的月光也是灰蒙蒙的,可是莫名地因为他不厌其烦、细致深入的吻而变得软绵绵的。从光线到触感,都是温暖柔软的。
在这样的光线下,能看到他从手臂到手肘的刺青,大片蜿蜒的图案,却并不骇人。

他搂着她的身体,鼻尖抵着她的鼻尖,她在越来越远离的疼痛中,努力看着他。因为是关着灯,两个之间不能做任何语言交流,可是在时而模糊、时而清晰的视线中,她却能感觉到他的眼睛,从来没有离开过自己。

童言后来就在他怀里迷糊睡着了,再醒来已经是半夜。
顾平生就这么抱着她,倚靠着床头,半坐半躺着,看起来一直都没有睡。

童言动了动,他很快打开灯:"睡醒了?"
这个角度看过去,很像是曾经的那个夜晚,他坐在走廊上,头发几乎完全遮住眼睛,周身都带着浓郁的难以化解的痛苦。只是现在头发稍短了些,能看出他眼底里浮出的笑。
"你是在和上帝忏悔吗?"童言半开玩笑看他。
"我不信教,"顾平生搂住她,吻了吻她的额头,"好像我一开始就告诉你了,在我们平安夜去望弥撒的时候。"
她点点头,离开他稍许,让他看到自己说话:"下学期之后,或许你也不会再教课,对吗?"他颔首:"是,要看恢复情况。"
"所以,从上学期结束起,你就已经不是我的老师了。"她很满意他的答案。
顾平生这才明白,她指的是当初自己说的"起码要等到你不是我的学生以后",不禁笑起来:"我不是在想这些。"
他说完,没再继续解释。
童言也没有再追问,只是眼神飘忽着说:"我饿了。"

好像一开始,她本来是要做晚饭的,买了那么多食材,竟然到大半夜了还在厨房里放着,倒是把房里这锅生米煮熟了……
顾平生很快跳下床,就这么堂而皇之地在她面前,光着身子套上牛仔裤和衬衫:"我去给你买些吃的回来。"

童言还没来得及说什么，他就走出了房间。

直到大门被撞上，她才缩回棉被里，脑中不断地回放着刚才的画面，到最后连浑身血液都开始发烫了，才掀开棉被，长出口气。

顾平生很快就回了家，凌晨三四点，也只有附近便利店能买到食物。

只可惜热的、能充饥的只剩了关东煮。

"好吃吗？"

她点点头，很满意地看着自己的杯子。

顾平生那个杯子里，只有两三串，她这里却满满地放了五串。还有一个杯子放在床头柜上，也是满满的五串，都是给她吃的。

"你怎么不吃？"她看他。

"我在看你吃，"顾平生饶有兴致看着她手里的东西，"看起来，你的似乎比较好吃。"

"我倒觉得你的好吃。"

"看上哪个了？"

童言指了指那串魔芋丝："你怎么吃的都是素的，给我买的都是荤的？"

"你太瘦了，"顾平生随口说，"多吃一些没坏处。"

她看着他的表情，很快明白过来，险些咬到自己的舌头。

他倒是一副很无辜的神情，把自己的魔芋丝递到她嘴边，童言咬了一块下来，随手把自己的北极翅也递到他嘴边，顾平生侧头，也咬了一块下来。

两个人就这么，随便说着哪种更好吃，把所有的东西都消灭干净了。

"吃完了？"他问她，把一纸盒餐巾纸递给她。

童言抽出一张，擦了擦嘴巴。

"我刚才没有看清你的刺青。"她仍旧压不住好奇心，试着问他。

"这是肯尼亚当地一个部落的图腾，"他脱下衬衫，露出了上半身给她看，"生病后的一年，几个大学的朋友去肯尼亚做志愿者，我当时心情有些不好，就跟着他们一起去了，"他的手指顺着图腾的纹路，讲解给她听，"这部分是当地的一个文身师刺的，后来我觉得有趣，就在他的指导下，完成了后半部分，还有这个英文名字。"

完整的刺青，终于清晰展现在眼前。

童言用手指摸上去，过了会儿，才抬头看他："要不是你长得这么'阳春白雪'，倒很像我小时候看的港剧里的古惑仔。"

"阳春白雪？"他不大听得懂。

童言忍不住笑起来："就是干干净净的美人。"

顾平生噢了声，看她越发揶揄的表情，忽然伸手把她拉到面前，边吻边开始脱她刚穿上的衣服。身体里的热量像是挥霍不完，很快就从皮肤里渗出来，她只是被他这么亲吻就开始意识模糊，最初那些对疼痛的恐惧早已不知所终。

很久后，他才松开她的嘴唇，看着她，只是这么看着她。

她视线模糊地回视着，一瞬间太多的画面穿梭而过。很多年前那个冰冷的夜晚、阳光明媚的教室、出租车里的无声对视……他们最初的相识，是在北方的深秋，那之前有太多的无可奈何，那之后又有太多的命运不公，可他们都平平安安地走过来了。

他的眼神，坚定，而又温暖。

最后她终于从回忆中走出来，伸手，捧住他的脸，很深地吻了上去。

从此以后，再没有过去，我只看得见你给的未来。

我相信，我们值得幸福。

他一直有早起的习惯，睡到六点多就醒了过来。

身边的人似乎真的是累坏了，身子蜷成一团，紧紧靠在他身边睡得很熟，长发就散在枕头上。或许是房间里太热了，她的脸有些微微发红。

他就这么看了她很久，终于拿起手机，给平凡发去一条信息——

我决定回美国做手术。TK。

手机很快振了振：真的？我马上给你安排。

他有些无奈地笑起来：好像我以前也是学医的，应该可以安排好一切。TK。

短信发出去，顾平生侧头又看了眼，她的脸似乎越来越红了。

他把她的胳膊从棉被里拿出来，放到被子外边。过了会儿，她的呼吸开始平缓下来，脸也渐渐回复了原本的色泽。

平凡的消息也同时跳了出来：如果你坚持自己安排的话，起码要在决定主刀医生后通知我。你已经做过一次手术，这次难度更大，恢复期也更长，做好准备。

他简单地回了个"好"字，就放下手机，穿上了衬衫。

等到童言醒来的时候，他不在房间里，外边也没有什么动静。

她探身去拿衣服的时候，发现都被他铺了干净的浴巾，放到了地板上。很奇怪的做法，可是拿起来才发现衣服还有些温度，丝毫没有冬天起床后的冰冷。

她穿好衣服走下床，刚走出两步就像是想到什么，忙回身掀开被子，下一秒就有些呆住，脸瞬间就红了个彻彻底底。她迅速掀开床单再看下边，已经有些欲哭无泪了，可是总不能把整个床垫都换了吧？

她最后只好选择性失明，只把床单换了下来。

顾平生家的洗衣机是在阳台上，虽然是封闭式的，但是仍旧比室内冷了不少。她怕洗衣机洗不干净，把大半的床单浸在冷水里，刚拧开水龙头，就听见客厅的门被打开的声音。她马上心虚地把床单塞进洗衣机里，在身上擦干手。

"这么冷，在阳台做什么？"顾平生边脱下黑色外衣，边看她走向自己。

……

童言犹豫了半天，也没说出一个字。

怎么说……能怎么说？

他看她手指有些发红，握住，凑在眼前看了看："在洗东西？"

她点点头。

他沉默了几秒，像是明白过来了，似乎想要忍住笑的欲望，可还是没控制住，很快就笑出了声："不用洗了，直接换新的吧，我明天会送到干洗店去洗。"

童言诧异看他："那怎么行？"

他一个大男人拿着这样的床单去干洗店……

顾平生笑得越来越明显，搂住她低声说："没关系。"

他用手给她暖着手，童言刚觉得手指开始恢复温度，就感觉有些微妙的冰凉触感，从指尖滑下来，一枚不大不小的戒指，完完整整地套在了她的无名指上。

素净的戒圈，再没有多余的装饰。

"我对上海不是很熟，找不到最适合你的，"顾平生的声音，就在如此近的距离，清晰地告诉她，"我知道这个不能太敷衍，但你还在念书，这个款式应该可以暂时替代。"

她如同听不到一样，只是盯着自己的手指，一动不动。

手被他半握着，还有些被冷水冻红的痕迹。

四周那么安静，没有任何声音，包括他也再没有说任何话。最后还是她先抬头，打破了沉默："顾平生，你是要求婚吗……"

莫名其妙，眼泪就哗哗地往下落，毫无预兆。

毫无预兆的戒指，毫无预兆的求婚，毫无预兆的一切。
实在太不浪漫了，怎么能有这么不浪漫的人。

"只是补了一个戒指。我记得，曾经很清楚地说过，只有在婚姻中，性才是一种最亲密的爱的表达，在婚姻外的任何性都是错误的，"他半开玩笑地看着她，"所以昨晚，你应该已经答应我的求婚了，对吗？"

童言又是哭，又是笑的。
根本就接不上他的话。

"我父母是师生恋，"他靠在阳台的玻璃门上，把她搂在了怀里，"我是他们的私生子，也是这个原因，我和母亲的关系始终不好，甚至在她去世的当夜还大吵过。也是在那天晚上，遇到了你。"

"你很像小时候的我，是非观太强烈，行为又偏激。我很想彻底打醒你，以免十几年后，你会和我一样，对自己过去所做的一切都追悔莫及，"他的手心，贴在她当初被打的那半边脸上，轻轻摩挲着，"后来再见到你，不知道为什么，总想去照顾你，反倒忘记了自己的身份是你的老师。对不起，言言，我发现对你的感情后，首先选择的是逃避。"

她仰头看他："没关系，我原谅你了。"

他继续说："逃避绝不是一个男人该做的事情。"
童言终于忍不住，微微笑起来："说完了？"
他也笑起来，没有说话。

她向他靠过去："所以，你这就算是结束了这辈子唯一一次求婚？准备就这么敷衍了事？"看来不能乞求他有什么意外惊喜了。
能把这么动人的场景，变成自我检讨大会，他也真是可爱。

"还有最重要的，"顾平生想了想，坦言道，"我没有一个完全健康的身体。"
童言摇头，想要说话，却被他制止。
"但我会尽力，恢复健康。"

他从口袋里拿出另一个戒指,递到她眼前:"所以,你愿意吗?"

那么一瞬,童言有些呆住。

然后,哧的一声笑了,接过他的戒指,很认真地把一个小小的银色戒指,套上了他的无名指。有人求婚是预备好两个戒指,其中一个是留给自己的吗?

估计只有他了。

顾平生的手骨肉均匀,毫无瑕疵,记得最初重逢的时候,她曾赞叹过这就是一双美剧里渲染的外科医生的手。

股骨头缺血性坏死。

或许,这才是他离开手术台的真正原因。

她有那么一瞬的心酸,手指在他的无名指上停了一会儿,才认真抬起头:"无论疾病还是健康,富有还是贫穷,我会一直和你在一起。"

很多年前,当她第一次从电影里看到结婚的场景,就觉得神父问得很有感觉:

无论疾病还是健康,富有还是贫穷,都爱他,照顾他,尊重他,接纳他,永远对他忠贞不渝,直至生命尽头。

当时年纪小,并不能理解"疾病还是健康""富有还是贫穷"之间真正的意义。但或许是家庭环境的原因,她对"婚姻"这个词有着近乎苛刻的要求,而这样仓促的决定,却并没有让她有任何的排斥。

顾平生握住她的手。

用自己的手指,把她的无名指撑起来,低头吻了吻那枚戒指。

窗外的日光苍白萧瑟,却仿佛再和这个房间没有关系。

因为第二天有课,晚上她就回了学校。

出租车依旧停在教学楼附近,离宿舍楼很远的地方。顾平生和她走下车,替她拿下行李的时候,忽然就有人叫了童言一声。

童言下意识抬头,顾平生看她的动作,也向身后看去。

"赵老师。"

童言有些尴尬地打着招呼。

八点多的时候,大多数人都刚返校,没有什么人会在开学前一天热衷晚自习。所以教学楼这里难得没什么人,只是没想到这么意外能看到赵茵。

她似乎也很意外,看了看童言的行李箱,才笑着去问顾平生:"听说你这学期准备停课?是家里出什么事了,还是复查的结果不好?"

"复查结果不是很好。"他简略地告诉她。

赵茵似乎很熟悉他的病史，两个人大致说了两句，她才将视线转向童言，笑着说："上次我给你补课做的测试，结果还不错，你这学期的大学物理应该没什么问题了。不过还是多努力努力，学分高的话，毕业后再申请学校比较有优势。"

童言点点头，目送她离开，直到很远了，才看顾平生："赵老师是不是真的喜欢你？"

"好像是，"顾平生略微思索了一会儿，故意说，"似乎喜欢很久了。"

……

好吧。

童言觉得这学期的大学物理，更难挨了。

她想了想，还是不死心问他："你说，她看出来了吗？"

"看出什么？"他把行李箱的拉杆递给童言。

她接过来，左手撑在上边，伸出右手，在他眼前晃了晃。刚才她可是特意把手插进了羽绒服口袋，就怕被发现。

"不知道，"风很大，他拉起她的帽子，给她戴上，"等你大四回北京实习的时候，我们去办手续。"她愣了愣，反应过来他说的是什么，很轻地嗯了声，想到他听不到，只好张开嘴说："好。"可想了想，又觉得很奇怪，"为什么一定要在北京登记？"

"属地原则，婚姻登记必须在男女一方的户口所在地。"

"真的？"

"真的，"他坦白承认，"我也是今天刚知道，本来以为只要有护照，带着你去一个政府机构就可以直接办手续了。"

她对程序的疑惑被解开的同时，渐渐琢磨出他话里的意思。

也就是说，他本来打算今天就速战速决，搞定所有的手续？

"你是想趁着我头脑发热，把所有事情都做完吗？"她仰着头，看着他，"很多人都说过，绝对不要在心情最好和最差的时候做决定，这种情况下98％的决定都是错的。"

"头脑发热？"他重复她的话。

她笑得像是占了大便宜："好吧，我承认，我图谋你很久了，绝不是头脑发热。"

"从什么时候开始？"他倒像真来了兴致。

"从上学期，你进教室开始，"她眯起眼睛，说，"从你明明一进教室就看到我，却非要等我先问你开始。"

"当时我只是很好奇，当初那个小姑娘，怎么能忽然变得这么漂亮。"他笑着拍了拍她的额头，"而且还一直盯着我看，完全不知道收敛。"

路灯的光，从他身后渗过来。

面对面拆穿她的话，却不动声色地承认了自己的留意。

开学前最后一天，宿舍楼又恢复了热闹。

她拉着箱子从楼道走过时，远远就看到艾米和沈遥站在104门口说话，沈遥不知道又去哪里旅游了，大冬天的，脸竟然晒得有些脱皮。艾米看到她远远过来，笑眯眯说："你们寝室真奇怪，都最后一天晚上了，竟然只有沈遥一个人。"

"你怎么忽然跑下来了？"

"在八卦，"艾米神秘兮兮说，"你知道，你们寝室转出去的那个文静静，现在在明恋谁吗？"沈遥努嘴："不要卖关子，直接告诉她，是那个被王小如抢过来又甩掉的学生会周主席。"

"好奇怪啊，"艾米用手指下意识划着墙壁，很不解地分析，"为什么周清晨会看上文静静呢？……我可没有贬低她的意思，周主席上上个女朋友是广电的大美女，这个又是你们学院的小院花，文静静的确看不出有什么特别啊。"

童言一瞬间感觉，又像是进入了正常的轨道。

好多女生间的话题，间或毒舌，间或鸡毛蒜皮的八卦……

等到终于把艾米赶走，沈遥忽然就把门撞上，抓住她的右手，盯着那个戒指说："别藏了，刚才你从远处走过来，我就看到了。谁的？是谁的？"

童言在犹豫要不要告诉她，沈遥忽然想起什么，眼睛瞪得更大了："顾老师？"

"你怎么知道？"她真是被吓到了。

"真的？！"

"……真的，"她觉得没必要瞒着沈遥，"他这学期不教课了，应该不算我们老师了。"

"上学期王小如说，平安夜看到你和顾平生一起，我还不信，没想到被她说中了，"沈遥长吁口气，"童言，我发誓，你这辈子做的最好的事，就是拿下顾老师。"

她笑起来，没等到说话，沈遥已经亢奋得不行，拿起手机说："我要发短

165

信给我男人，绝对太令人兴奋了。"刚才拼了几个字又停下，"不对……不能告诉他。"

童言知道她说的"男人"是成宇，而不能分享这件事的原因自然是陆北。

两个人都避开这个话题，沈遥继续八卦地追问很多细节，甚至抱着她的腰，一个劲小声嘀咕是不是已经那什么的问题……童言被她折磨得不行的时候，阳台外忽然有人叫她的名字，她来开门，走出去看，意外的竟是周清晨。

"怎么了？"她隔着不锈钢的栏杆，诧异看向周主席，等到想起刚才的八卦，立刻笑了，"文静静已经不和我一个寝室了，你要找她，要去找 206 的人。"

周清晨有些犹豫，从栏杆处，递给她一个精细包装过的礼物盒："帮我给小如。"

她更诧异了，接了过来："你不是和小如分手了吗？我还听说你和静静在一起了？"

"文静静挺好的，真挺好的，"周清晨说，"这是给小如的生日礼物，没有别的意思。"

回答得模棱两可，她到最后也没听懂，走回房间，关上了阳台门。
"继续说。"沈遥把她手上的礼物扔到小如桌上，仍旧亢奋于她和顾平生的事。
童言略去了很多，比如很多年前的第一次相遇，还有后来在北京的很多事，这么简略下来，倒真像是一见钟情什么的古老戏码……她说到后来，由于略过的太多，沈遥表示郑重抗议后，终于转了话题。

"为什么周主席还送礼物给小如？"
"别感叹了，静静是知道周主席喜欢小如的，完全的愿打愿挨。"

童言忍不住看了眼王小如桌上的礼物。
那晚在医院急诊室，文静静和她说了那么多。
有些忘了，有些还记得清楚。她话里话外说得最多的就是生活的"不公"，可是这样的感情"不公"，真的就不重要吗？

"求仁得仁，"沈遥随手拆开一包黄瓜味的薯片，"有的人只求感觉，比如我，有的人想要做人上人，不在乎垫脚的是谁，比如王小如。文静静，需要一个人彻底改变她的生活，周清晨喜欢谁不重要，重要的是他的女朋友是静静，那么以后最有可能和他出国的，就是静静。"

过了一个假期，怎么像是所有人都长大了？

童言咬住她递到嘴边的薯片。

"当然，你这种就是老天眷顾，不求都有美人砸的类型。"

沈遥最后做了总结，把整袋薯片塞给她："忘了，我减肥呢，你吃完吧。"

她做了个鬼脸，开始收拾行李箱。

如果真是老天眷顾，有些内容也太让人唏嘘。如果没有他和自己相似的经历，没有他当初经历的那场非典，或许两个人根本不可能遇到。又或者，遇到了，也不会真的就这么走到一起，不顾师生的身份。

大三下学期除了三门专业课，余下的都是所有人各自的重修课程。

开学的上午，整个班级都没有课，班主任例行公事开班会的时候，才说起顾平生这学期休了长假，不会再带海商法的课了。

话没说完，教室里立刻哀嚎遍野。

沈遥用一种"此地无银三百两"的表情，拿笔在本子上写了一句话：你男人，太有人缘了，我发誓我们班绝对有人暗恋他。

童言拿起笔，半开玩笑回答她：只要不是你，其余一律歼灭。

沈遥扬眉，奋笔疾书：可惜美人太受欢迎，前赴后继的，我估计你肯定有吃不消那天。

她侧头看沈遥，很肯定地说："他不会，"说完，又觉得不对，"你现在都什么思想？"

"正常人思想啊，"沈遥低声说，"万幸美人是个自律的，不用你管。"

顾平生倒是……真不用操心这个。

他有数不完的书要看，发论文，写教案，还有批改卷子，帮即将毕业的学生们看论文……他的时间早被用得干干净净，再无心去应对别的：别的闲杂人，或闲杂事。

她的思绪越溜越远，想到曾经看他电脑里的毕业论文，还有过去的学习资料，学医时的实习照片、病例分析。

还有教授回复的批语、评价，等等。

那时的顾平生也是个学生，而且是最用功、最刻苦的那个。

他当初所学、所实习的，都是为了日后救死扶伤做准备。当初穿着白大褂的他，不会想到未来的这一天，会成为法学院最受欢迎的老师。

班会最后成了顾老师的主题讨论会。

班主任被大家逼得不行，终于透露顾平生此时此刻就在院办办手续，应该还没走。班长马上鸡血上头，三言两语鼓动了全班同学去告别……

"再见不知道什么时候了，"班长带头苦求班主任，"让我们去送吧，晚上再补班会？"

班主任挥挥手，放人。

童言正犹豫怎么避开时，沈遥已经悄悄劝她说没关系，自己会给她做掩护，只是指了指她无名指上的戒指："要不要先摘下来？"

她摇头，总觉得这种做法很不吉利。

"我插在口袋里就好了吧？"她做了个示范，将手伸入衣服口袋。

沈遥想了想："也可以，反正现在这个东西送来送去的，也没人在意。你看我们班长，都被他女朋友逼得戴了一个，你这个没什么特别，应该看不出来。"

结果由于班里的同学太热情，她和沈遥反倒只能在学院办公楼下，二十几个人的外围，远远看着他。

看着他不停被人揽住手臂，和三两的人合影，甚至还有人拿着书和笔记本要他签名。

本子递过去。

他怕笔滑，特意摘下一只手上的黑色羊皮手套，接过笔，在书的扉页，写下了龙飞凤舞的几个字。就在把笔还回去的时候，几个眼尖的女生忽然发现他手上的戒指。

"顾老师，你结婚了？"其中一个忍不住八卦追问。

余下的人马上围观过去。

沈遥抓住她的胳膊，露出个同流合污的表情……

童言莫名有些紧张，从这个角度看过去，只看到他小半个侧脸，然后就听见他说："结婚了，今年寒假的事情。"

众人又是一阵鬼哭狼嚎。

不停追问师母是谁、漂亮不、是哪里人……总之能想到的都问了，童言越听越不自在，沈遥却越听越兴奋。顾平生倒是笑而不语，完全避开了这个话题。

等到最后，班长拿着相机，招呼所有人合照的时候，顾平生才有意看她。沈遥马上明白是什么意思，一马当先拉着童言杀出重围，猛地把她推到了顾平生身旁。

沈遥推得用力了些，她险些撞倒在顾平生怀里。

然后就被他一双手稳稳扶住，她马上一本正经地喃喃了句："谢谢顾老师。"

话说完，就被一种非常诡异的感觉窘住了。

怎么搞得跟演谍战片似的……

顾平生显然比她入戏得多，放开手，很自然地用纯洁的姿势，揽住她的肩膀，同时另一只胳膊被沈遥保护性地挽住，隔绝了任何女生靠近的意图。

"我说你们两个，"班长实在笑得不行了，拿着相机调侃，"刚才装得还挺矜持，到关键时刻绝对是战士啊，民主战士都没这么积极的……好了好了，一，二……"

童言觉得他在看自己，下意识回看过去。

"三！"

两个人视线交叠的瞬间，班长已经按下了快门。

"童言无忌……"班长低头细看成果，顿时泪目了，"你能不能专心点儿，顾老师都已婚了，请收回你崇拜的念头……"

班长说这句话的时候，是低着头的，顾平生自然没有听到。

四周的人马上高高低低地附和，像极了当初顾平生第一次随堂考的情景。所有人都在起哄，却又有意不让他听到。

有人低声在角落里喃喃："童无忌，我早看出来你图谋不轨了。""童言，你晚了啊，绝对的晚了。""美人煞多好的一个人啊，终归是便宜外人了……"

童言始终闷不吭声，权当没有听到。

"顾老师，麻烦重拍一次，"班长终于抬头，笑嘻嘻看顾平生，"这次童言做什么小动作，你都别理她……"

童言被说得欲哭无泪。

"好，"顾平生倒是乐得配合，笑着说，"我暂时忽视她。"

这句话的另一个意思，只有两个人听明白了。

沈遥狠狠在身后，掐了童言的腰一下，意思很明显——

你小妞真是暗度陈仓得让人嫉妒。

童言被掐得直咧嘴，却在班长恨铁不成钢的眼神里，马上挤出个笑容，完美地留下了这张合照。

　　法学院2008级和顾平生的合照。

　　也是她和他的第二张合照。

第十二章 有一些想念

用沈遥的话说就是,其余所有人都只是背景,完全不自知、不识相的背景……所以她以自己崇拜顾老师为由,把那张作废的照片从班长那里骗来。

拷给童言时,沈遥还特意指导她怎么用 Photoshop 裁剪图片。

童言坐在他的书桌旁,极为耐心地处理着那张照片,认真程度完全不亚于当年的 C++ 考试,甚至没留意到他已经走近:"在做什么?你已经对着电脑一个多小时了。"

童言自得其乐地盯着屏幕上的合影:"把我们两个裁出来,留作纪念,"她指了指照片右下角的日期,"今天是 2 月 14 日……你一定要明天就走吗?"

她边说,边偏过头去看他。

"早去一天,就能早回来一天。"

道理是对的,可是太过突然的决定,让她开始怀疑他复查的结果究竟有多差。而且是突然从北京改去了美国,虽然说治疗效果可能更好些,却也让她更难安心。

明着暗着追问了一个下午,他都是轻描淡写地带过,只保证会在半年内,完全健康地回到她身边。半年,并不算很短的时间。

或许以他的性格,真的是恢复到完全与常人无异,才肯出现。

顾平生一只手撑在桌边,一只手撑在椅子的靠背上,探身看照片,难得穿了一件纯棉的淡粉色的格子衬衫……这个颜色,在他穿来竟然没有半点儿轻浮,反而有那么些……什么呢?美人如玉,芝兰玉树?

童言笑着扯了扯他的衣领:"顾先生,你今天是特意穿了粉红色吗?"

他看她笑得揶揄,反倒不慌不忙地低头,轻咬住她的下唇:"不好看吗?"

171

"……好看。"

她喃喃着，含混不清。

他没去看她说什么，直接伸手，勾住她的腿和身体，把她整个从椅子上抱起来："顾太太，你对着电脑整个晚上了，对眼睛非常不好，也很不利于培养夫妻感情。"

其实她就想修一张两个人的合照，趁着今晚打印出来，放到他钱包里。

他边往房间走，边深入吻着她，她觉得牙根都有些发软，搂住他的脖子，断断续续地吻回去。等到他快走到门口，她想要伸手去摸电源开关的时候，忽然就觉得重心猛地一偏，下意识搂住他的脖子时，已经被他很快放到了地上。

放得太快，脚被磕得有些疼。

可下一秒，她就明白发生了什么事。

"怎么了？"明明知道他听不见，她仍旧很急地问了句。

顾平生靠着门边，像是知道她吓坏了。

因为不知道她在说什么，只是拍了拍她的额头说："没关系。"

她的手都有些抖，摸了半天，才摸到卧室的开关。

暖黄的灯光，将四周照了个透彻。

他除了倚靠在门边的动作，看不出有任何的异样，可是从刚才到现在，他根本没有动过分毫，也就是肯定有很大的问题。

童言想要扶他，却不知道怎么扶，只是茫然无措地光脚站在他身边，心疼得都快哭出来了："到底怎么了？你能不能说句实话？"

她甚至不能控制自己说话的音量，和话音里的颤抖。

幸好他听不到。

顾平生笑了笑，想要说什么的时候，她已经控制不住往下掉眼泪，大颗大颗地落在地板上。一半是因为被他吓到了，另一半却是因为无法掌控的害怕，她怕他真的有什么更严重的后遗症，没有告诉自己，又怕他这次去治疗的效果不好……

不安从未如此汹涌，几乎是一瞬间就侵占了她由内到外的每寸意识。

他没想到她反应这么大，伸出一只胳膊去搂她，"就是这里忽然有些疼，"他指了指大腿和腰胯，"现在好多了。"

"很疼？"她伸手，有些不确定地碰了碰他的腰胯，又沿着那里，很温柔地滑到大腿的地方，仰头问他，"揉一揉管用吗？"

她边说着,边试探性地揉了两下。
"很有用。"
他的眼睛里,似乎有笑,又似乎有些炙热。

"真的管用?"她仍旧悬着心,不太确信地看他。
"真的很有用,"他的声音有些柔软,眼中倒映着卧室的壁灯,笑里竟有些难掩的性感,"只是顾太太,你再这么揉下去,顾先生就真的吃不消了。"
说得这么明显,傻子也懂了。
再说她又不是傻子……
童言一时又是好气,又是好笑。
抽回手,抹干净了脸上的眼泪,心底却有浓郁的不安,挥之不去。
只是这个时候,在他离开前一天晚上,不能这么小题大做,让他反而担心自己。

"我累了,睡觉好不好?"顾平生还想要去抱她。
"好,"她躲开他的动作,三两步跳上了床,"我主动上床,你千万别再抱来抱去的了。"
虽然地板是暖的,可毕竟是冬天。
她一钻进被子里,就用手焐着有些凉的脚,看着他走过来。

似乎真的是没有问题了,脸色也没变,走路的姿势也是正常的……她专心致志去观察他是不是因为怕自己担心,硬撑着装没事。顾平生脱下牛仔裤了,她还是忍不住盯着他的腰和腿的位置,仔细观察。
然后愕然发现……自己已经盯了很久。
"看完了?"他坐到床边,想要掀开被子。

她却忽然压住被子边沿:"要不你今晚睡客房吧?你身体……不太适合和我睡一起……"她努力措辞严谨,最后反倒适得其反,引得顾平生笑起来。
"放心,"他直接拉开羽绒被,一只手就把她捞过来,贴在自己的身上,低声说,"这么简单的事,我能应付。"

有关于一个男人能不能应付同床的问题,的确是不该当面质疑的。童言用几秒自我检讨了会儿,终于抬手抱住他的腰,脸贴在他肩膀上闷闷地纠结了半天,才挣扎着抬起头,看着他说:"要不,我来吧?"

她终于发现他听不到的唯一坏处。
就是本该娇羞无比、闷声喃喃的话，偏就要看着他的眼睛说。
什么面部表情、心理活动、目光闪烁，完全无从逃避……

所以直接的效果，就是顾平生彻底用行动证实了自己的能力。整个夜，两个人都辗转在床上，羽绒被完全跌落床下，身上的汗一层层地消散又浮起，中央空调的风仿佛就直接吹打在身上，有些湿凉和柔软。
她的手臂，最后软得几乎攀不住他，混沌地靠在了他的肩膀上。
到彻底陷入沉睡时，她也没分清窗外是否已经天亮了。

第二天她只有两节课，是大学物理。
没想到为了送顾平生走，她大学第一次逃课，就如此献给了赵茵。

"赵老师第一次点名发现我不在，会不会直接把我拉入黑名单呢？不过也没什么，有你在，估计我早就被她拉黑了……"她在海关关口外，开着玩笑，掩盖着低落的情绪。
顾平生没说话，从牛仔裤里摸出钱包，抽出张照片，递给她。
递过来的时候，是背面向上的。
她翻过来看，竟然是当初她被迫陪他去爬长城的时候照的，照片上她的脸红扑扑，还能看出额头的汗水，身边的他对着日光，笑得很好看。
两个人还没有亲密的关系，自然照相的时候，动作拘谨了些。
虽然身体是靠在一起的，表情却都刻意正经了些，现在看来，却多了些有趣的心理。是怎么样的过程，让两个人在一起？她仔细想，也想不到有什么特别的事发生，可就如此莫名其妙，又理所当然地这样了。

她把照片收到背包里，故意撒娇性地握住他的手，两个人的手指交叉握住的瞬间，忽然就涌起了强烈的不舍。
根本就松不开，那只手。
"你回美国，会不会碰到初恋？或者是那些金发的、棕发的前女友？"她开着玩笑，强迫自己抽回手，没想到他却忽然用力，没有让她逃开。
他手上力气很大，脸上的笑却很轻松："应该不会，我的行程很满，满到只能待在医院和家里。"
"好吧，姑且相信你，"她挣不开，索性用了力气，握得比他还要紧，"你答应我半年回来，就一定要在半年内回来，否则过时不候。"

其实，真正想说的是，不用很完美，不用真的像个健康人一样才回来。

康复训练可以慢慢来……

可是犹豫了很久，还是没说出来。

两个人就这么紧握着手，四周都是告别的人，还有很多很多告别的话，充斥着所有的视觉和听觉。仿佛这个时候不说些什么、做些什么都是不对的，可她真的不知道再说些什么，只是撑着笑，把所有担心都压在心底最深处。

直到他入关时，她才彻底模糊了视线，正要狠狠心转头离开，顾平生却忽然停在了关口，看向这里。

她以为他要说什么。

他只是笑了笑，将左手握成拳，贴在唇边，吻了吻无名指上的戒指，然后就放下那只手，彻底走进了海关关口。

学期开始第三周，王小如才真正返校。

就连之前的报到，都是拜托周清晨替她处理的。

她回来的时候，童言险些没有认出她。很明显还是那个人，可是却又完全脱胎换骨，小如只是草草打了招呼，拿了些不知哪里来的特产，分别扔给沈遥和她，然后很快从电脑里调出这学期的课程表，离开了寝室。

"全脸动刀啊？"沈遥拿起零食，仔细观察，"不会刚从韩国回来的吧？"

她看沈遥一副阶级敌人的嘴脸，有些好笑："你不是一直想磨腮削骨吗？如果不是怕疼，也肯定早去做了，不要五十步笑百步。"

"我这是福气，不能削，"沈遥神秘兮兮扯着她，拉到自己电脑前，"你帮我看看这封邮件语气怎么样？是给上次研讨会的联合国老头儿写的，想让他给我写封推荐信。"

童言拉了把椅子过来，坐下来认真看她的信。

看了会儿，才蹙眉说："我觉得，从内容上来说，应该挺好的，语法和句型……你自己看吧，我英文比你差很多。"

沈遥又和她说了些规划。

听起来像是想了很久，甚至已经开始计算这学期必须拿多少学分，才能顺利申请什么样的学校。像他们这种法学专业，很难在特别好的学校拿到奖学金，毕竟外国和国内对法学院的态度不同。

就像医学院一样，美国对法学院都要求先本科毕业，才能有资格申请法学。可是在中国，简直就是：你不知道学什么，那就有可能去学法律。

"我小学时候一起获奖的朋友，都在德国音乐学院毕业了，"沈遥惆怅地说，"当初我的梦想是做钢琴家，可恋着恋着就耽误了，人家以后是小提琴家，我还是个普通的本科生……所以，童言，我一定要做大律师。"

童言看她难得认真，很配合地和她畅想了下未来。

等到扫到电脑上的时间，童言才猛地站起来："完了，我下午有大物。"

她拿起书和自行车钥匙，打开门就跑了出去。

因为是星期一的下午，校园里到处都是人。

还有五分钟就开始上课，所有人都是行色匆匆，把自行车骑得像是竞速比赛……她从几十幢宿舍楼中间的小路穿过，就在转弯的时候，顺利和迎面三四个并排骑过来的女孩撞到了一起。

一阵惊声尖叫，人仰马翻。

童言龇牙咧嘴从地上爬起来，物理书已经飞得老远。

真是流年不利。

她一边说对不起，一边和那几个女孩一起，把几辆车扶起来。好在都是学生，除了互相道歉，倒是没有什么争执。几个人走之后，她才发现自己的羽绒服被蹭破了个口子，宝蓝色里隐隐透出软白的羽绒……虽然破口不大，但还是把她心疼坏了。

这可是顾平生送给她的圣诞礼物。

"童言，"有人把书递过来，"没事吧？"

她抬头，看到是那个沈课代表，自从上学期结束了选修课，一直就没再见过他。

"谢谢，"她接过来，"我不和你多说了，上课要迟到了。"

说完就想要骑车走，沈课代表却忽然伸手，拉住她的车后座："可以问你个问题吗？"

她疑惑回头，沈课代表的目光中，有些不确定，但还是犹豫着问了出来："我听别人说，你和你们学院顾老师在一起了，那个顾老师还为这件事辞职了？"

很多人从身边走过，因为她摔的那跤有些狼狈，裤子和羽绒服都有些擦破了，总能让人一再地回头看。不知道的还以为是小情侣吵架兼打架……

她又看了眼手表:"我真的迟到了。"

那个男孩还是一如既往的内向,没有勇气追问第二次。

因为这个意外事故,她走进教室的时候,已经迟到了十分钟。

她上了赵茵三学期的课,知道这个老师习惯一进教室就点名,考勤并不占实际分数,但是考勤不好的人,是绝对不会拿到学分的。她一进教学楼就特地把羽绒服脱下来,先抱在了手里。五百人的阶梯教室,她一走进门就成了众人的焦点。

赵茵正握着粉笔写板书,似乎没有看见她。

她有些尴尬,有些是迟到的原因,还有些是因为顾平生。

三四百人,90%都是新生,好奇地打量这个站在门口的人。

"赵老师。"她看到赵茵放下粉笔,这才出了声。

"迟到了?"赵茵看她,然后走到讲台上翻考勤册,"上节课你也没有来。童言,如果这学期你再不能考过,大四再重修,直接会影响到你的毕业实习。你们院的毕业实习,是要一年全勤的,没有实习单位会每周放你两个半天的假,让你回来上课。"

"对不起,赵老师,上周我家里有些事情,下次不会再旷课了。"

赵茵翻开书,没再看她:"去找个位子坐下吧。"

一个简单的小插曲。

赵茵也没有刻意难为她,可是就让她觉得很忐忑,尤其是想起那个沈课代表说的话。

她晚上回到寝室,特意和沈遥说了这件事,沈遥咬着红烧大排,含混不清地说:"童言,你怕什么?让别人说说又不会掉肉!要我说你应该学学王小如的明星范儿,管你舆论如何不堪,依旧我行我素,越活越好。"

寝室里,到处都是红烧大排的味道。

沈遥边吃着饭,边开始了每日两个小时的长线谈情。

童言打开他给自己留下的笔记本电脑,大概八九成新的电脑,还是上学期他到上海时买的,留给她的时候,当着她的面清理硬盘。干干净净的 D 盘,除了只有两个文件夹,一个是医学有关的,他删掉了,剩下一个是法律相关的,留给了她。

登录 MSN 后，看了眼他的名字，是灰色的。

她盘膝坐在椅子上，盖上毯子，拿出物理书和笔记本，开始边做题边等他。

好在她 MSN 上只有他一个人，很快，就有简短的声音提示，对话框悄然跳出了桌面：

"我好像迟到了。"

她把书放到腿上，很快敲打着键盘：

"还好，我正好看看书。"

"今天过得怎么样？"

"很倒霉，骑车摔了一跤，上课也迟到了，中午打饭，排到我的时候，竟然没有了最爱吃的宫保鸡丁。"

整体过程的确如此，只是省略了细节。比如衣服摔坏了，听到了一些质疑的声音，还有……迟到的课是赵茵的大学物理。

"听起来，的确很惨烈。宫保鸡丁很好吃吗？"

"在食堂吃久了，会吃什么都没有味道，只有吃这种很辣的菜，才能勉强有些食欲。"

两个人的对话，都没有什么技术含量。

可是童言还是忍不住在笑，顾平生随便两句闲聊，就击碎了整日的低落情绪。

到沈遥挂了电话，已经快九点了，她知道顾平生的作息很正常，通常都是十点左右就睡了，虽然很舍不得，还是准备放他去睡觉。

本来已经说完了晚安。

她又鬼使神差地敲下了一行字——

要不要考虑恢复得差不多了，回国慢慢复健？

那边沉寂了很久，才回复说——

这个，需要看情况。

童言就知道，他不会这么痛快答应。

"可是我会想你，你……不会想我吗？"

持续的沉默。

她盯着屏幕，有些忐忑。

"干什么呢？"沈遥看她的脸色，好笑道，"美人煞有外遇了？怎么表情这么凝重？"

她看了眼沈遥:"我在和他说一件很严肃的事情。"
"你有了?"
童言瞪了她一眼,不再理会沈遥的调侃。

他的头像依旧亮着,可是却没有再回复。

难道去洗澡了?接电话了?还是……童言脑子里浮现出那晚的情景,忽然有些害怕,他在美国应该是一个人住的,如果忽然倒水,摔倒……她很快敲打键盘,就连这种轻微的响声,也让人莫名不安:"还在吗?"

"在。我在思考,怎么回答你的问题。"

"什么问题?"

"你问我,会不会想你。"

真是狡猾。

她无奈于他的避而不应,但这样的回答已经很明显,他主意已定。

很快地,他发送过来了一个文件。

可惜接收后,因为网速的问题,传送速度极慢,估计到明早也不一定能传完。顾平生似乎也发现这个问题,关闭了传送请求:"估计十分钟后,邮箱可以收到。"

童言有些好奇,追问他是什么。

"问题的答案。早些睡,晚安。"

留下这么句话,头像就彻底黑了。

童言有些摸不着头脑,只能打开邮箱,等着收进来邮件。大概十分钟后,果然就进来了邮件,而且不止一封,而是十封。

难怪他那么说,一封封上传,再一封封发送,的确需要这么久。

她按时间,打开了第一封邮件。

言言:
  以前在手术后,我总习惯画出自己的想法,延伸刚才结束的手术,或者给人讲解沟通时,习惯边讲边画,一步步让人看到手术的进行过程。
  不同于数位相机,下笔前总需要回忆。刚才在 scan 的时候,认真看了看手边的东西,事实证明,顾先生非常想念顾太太。

TK

附件点开，是一幅不算精致的素描，在教室里，很多陪衬的人都只有草草的轮廓，只有站着的人，被画得仔细了些。

右下角很简单地写了个日期，是他离开的那天。

面容模糊，却能清晰辨认出那个人是自己。

她猜不到这是哪天上课，是第一次自己确认他的身份，还是被他叫起来回答"国际商事仲裁"的概念。就像他说的，这应该是他在飞机上，凭着零碎的回忆画出来的。

接下来的九封邮件，再没有任何内容。

只是一张张的素描。

她看得有些出神，猜测这是哪一天，哪一个时刻。就好像在和他做个游戏，他画的时候在回忆，她猜的时候，也同样需要不断把过去翻出来，仔细辨别。

沈遥不知道什么时候偷偷过来，马上哇噢了声："学过医的就是好，都会一两笔素描，你说我怎么就找了个和我一样学法的呢？"

她笑："你可以让他选修素描，就和我上学期一样。"

"欸，你笑得这么淫荡干什么，不就有个男人给你画了十几幅素描吗？"沈遥又气又笑，仔细凑过去研究了会儿，"这是超市吗？"

"是。"她微侧头，甚至能记起，他在超市阿姨的三寸不烂舌下，买了多少的东西。

顾平生没有特地和她说过，他回到美国之后，具体什么时候检查，安排在什么时间手术。她不是医学院的学生，基本上对这些的了解，和普通人没什么差别，因为不了解就会不由自主往严重的地方想。

可又怕他知道自己的忧心，不能追问。

而有些话，一旦传出来，就再也止不住。

接替海商法的老师授课死板，又整日摆着个棺材脸。班里同学都是怨声载道，课间说话的时候，有些平时本就疏远的人，总会说顾老师如果没有走就好了。童言知道那些是说给自己听的，只低头看书，权当听不到。

好在这学期只有一门专业课，其余都是各自的重修或选修，不会有太多机会遇到班级同学。可等到上了三四节课后，连那些平日关系好的，也开始顺着舆论，议论纷纷。

她曾经很怕面对这样的局面，在最初和他开始时，也有过无数种假设。可是真的到来了，却发现真没什么大不了的，比起父母的忽视、生活的压力，还有他的病情，这些似乎真的都不算什么太大的事。

只要不影响正常毕业就好。

倒是有一次，沈遥气得不行，狠狠摔书的时候，惹来了老师一顿教育。

"顾老师如果不走，还不至于说成这样，"下课后，沈遥把书塞进书包里，还在愤愤不平，"言言，说实话，他为什么忽然放弃教课了？"

"他家里有些事情，暂时放弃一学期的课而已。"童言敷衍笑笑。

"一学期？我们就剩一学期了，童言无忌，"沈遥很卖力地叹气，"鉴于他是你的，漂亮的脸蛋我就不看了，可是顾老师讲课真的一流。"

童言故意挑眉，装作很骄傲地结束了这段对话。

不知不觉就上了八周的课，马上临近期中考了。她有大物，沈遥有高数，都是能让文科生掉一层皮的考试。两个人都知道这次到死期了，开始了没日没夜的做题生活。

为了找自习教室，两个人一层层寻过去，直到中院四楼，才发现没有上课的教室。

恰好周清晨和文静静也在最后一排自习。

沈遥想要避开，可是童言却觉得应该过去打招呼。

毕竟这学期除了海商法，她们和静静几乎没有重合的课，已经很久没有说过话了。

她们走进教室时，静静正在低声问周清晨要不要喝水。周清晨摸出几个硬币，递给她："就去楼下自动贩卖机，买两听可乐吧。"

静静站起来，看见童言，有些意外："言言？"

"我们找不到位子，和你们一起，没问题吧？"童言低声问。

"没问题。"

等到她走了，童言才在周清晨前面一排坐下，回头说："静静多好一个人啊。"

"沈衡也不错啊，"周清晨很有意味地说了句，"你不知道，他为了给你补习物理，特意把你们要读的大学物理看了个遍，认认真真写教案，到最后都不敢和你说。"

童言听得愣住。

"当然，顾老师也非常好。"周清晨低声补了句。

她很快明白了。

181

沈遥拿出书，有些不痛快地嘀咕："你看看，你还说文静静好，祸根现形了。"

"她也不是故意的，"周清晨也很抱歉，"我本来想和你们顾老师谈谈，申请宾法，她就说童言和顾老师关系不错。没想到，安慰沈衡的时候，我随便说了两句，那小子估计是当真了。不过童言，虽然现在本科生都能结婚了，但学校对师生恋还是很排斥的……还好顾老师知道避嫌。"

她没吭声。

有些流言蜚语，说者也是无心，只要过了这个学期，进入实习期也就自然好了。

静静最后拿回了四听可乐，放到她们桌上。每个人都不说，她有些忐忑地把另一听递给周清晨，犹豫了会儿，也没敢说话，坐下来继续看书。

"你知道非典吗？"童言看了书，又靠在椅背上，轻声问周清晨。

"知道，"周清晨说到自己专业范畴，倒是来了精神，"我有个专业课的老师，就是他在中科院的老师提出的皮质激素治疗，所以他上课特别喜欢讲这段历史。"

"说说看？"童言有些心跳不稳。

"你想听什么？"他压低声音，"说专业了你也听不懂。简单说就是肺炎，高烧不断，严重脱水，而且通过呼吸传染。你不是北京人吗？那时候那里是重灾区，你应该很清楚。"

"清楚，也不清楚，"她用书挡住脸，"我记得看过几期节目，都说非典后遗症是'不死的癌症'。"

"差不多，那时候普通病人不懂，有些医生被感染了，都拒绝这种疗法，最后还是死了。有些是昏迷了，被迫接受这种治疗方案，每天十几瓶激素下去，命是保住了，后遗症却不断。"周清晨想了想说。

这些，她都知道。

可从旁人口中一字一句说出来，却还是很瘆人。

沈遥听着起鸡皮疙瘩，放下笔："免疫力没了，那不是和 AIDS 一样了。"

这个比喻太吓人，童言一时不知道说什么。

"AIDS 还好，其实真的还好，可是 SARS 真的是医疗系统的灾难，"周清晨唏嘘不已，"呼吸传染啊那可是，那时候多少医生、护士倒下来，但绝对没有人从第一线撤下来。基本是倒下去一批，就补上去一批，都是白衣天使，绝对的白衣天使。"

他说这句话时，忘记了控制说话的音量。前排上自习的很多人，都回头看着他们几个，童言忙低声说："不好意思，我们会注意。"

周清晨没再说话，啪的一声，打开可乐灌了口，像是要刻意压制情绪。

晚上她回到宿舍的时候，莫名有些心神不宁。

从上周开始，大概他就住院了，不能再约固定的时间在 MSN 上闲聊，两个人都很有默契地开始用邮件交流。

她打开邮箱，意外地没有新邮件。

对着邮箱发呆了半天，她打开了新邮件界面。

TK：

　　这几天你似乎很偷懒啊。

　　我这里马上就要期中考试，很担心这次的成绩。你的成绩如何？什么时候能交卷？

　　今天我遇到了周主席，就是曾经逼着我们主持的那个男孩，还记得吗？他是医学院的学生，所以闲聊的时候，说起了那场 SARS。说实话，我有些被他的话吓到了。其实一直没告诉你，在你告诉我之前，我就已经知道，你是因为 SARS 听不见的。谁告诉我的？暂时保密。

　　所以我都告诉你这个秘密了，你是不是也该坦白 2003 年生病的事？

　　当时你怕吗？很痛苦吗？

　　听奶奶说，我大概两三岁的时候也得过肺炎，住过中日友好医院的重症病房，但那时年纪小，真没什么印象。这么看来，我们真的很有缘，完了，为什么我说到这么严重的病，还在花痴，真可怕……

　　所以我想，你需要快些回来了。

言言

她关上邮箱，从开水房拎回两桶热水，在浴室隔间草草洗了个澡。等到半吹干头发，准备上床的时候，又控制不住打开了邮箱，意外地，已经收到了他的回信。

迫不及待地打开邮件，却只有很简短的三行话。

言言：

　　那场灾难，受害者太多。

　　当时的感觉很简单，我始终没有太清醒过，所以不会很痛苦。

　　另外，请顾太太安分些，顾先生快回来了。

TK

第十三章 等你的时间

最后一行字,她看了好几遍,有些不敢相信。
从他离开到现在,已经过了八个星期。

四月底的上海,已经开始热起来。上海的天气就是如此,春秋很短,温度似乎很快从寒冬过渡到了盛夏。他走的时候,还是穿着最厚重的羽绒外衣,现在回来,应该可以穿着薄衬衫了……

童言爬上床,盯着天花板开始默默盘算,是不是要去他的房子一次,把所有的衬衫和薄外衣都洗一次,免得他忽然回来了,反倒没有足够多的换洗衣服。

钥匙始终在她手里。

可是她很怕在那里会太想他,所以一直没怎么去过。

现在既然他这么说了,那这个周末就可以去了。

她翻过身,脸贴在枕头上,却怎么都睡不着了,索性打开床头灯,开始趴在床上做物理卷子。沈遥本来已经要睡了,看到她忽然来了精神,还以为她被物理折磨得魔怔了:"你别吓我,言言,才期中考试你就神经了?"

童言用笔轻敲着脸颊,说:"我觉得,我今晚都睡不着了。"

床下的人没听懂,只有她对着卷子,一个劲儿地笑着。

物理的期中考试,安排在周三的晚自习时间。

因为只是期中考试,监考不会太严,赵茵抱着一沓卷子,让所有人从第一排挨个传下去。童言坐在最后一排,边听着教室前面长吁短叹,边接过最后一张考卷。

或许真的是重修了四次的原因,或许是上学期赵茵和顾平生补课的效果,这些题看上去都还算简单。她铺开卷子，刚想要答题，手机就忽然响起来。

只惦记着试题，竟然忘记了关机。

是个陌生的电话号码，她有那么一瞬的犹豫。前排人已经都回头张望，好奇是谁这么胆大，敢在考试时公然开机。

"考试前，所有人的手机都要关机，"赵茵从讲台走过来，"这是考试纪律。"

童言不敢再耽误，彻底关机。

"赵老师，不好意思，"她很快解释，"已经关机了。"

赵茵拿起她的手机看了眼，确认是关机了才说："下次不要再违反考场纪律了。"说完，把手机拿上了讲台，"先放在我这里，考试后来拿。"

她没吭声，低头继续看考卷。

题目连着题目，童言努力专心答卷，可还是忍不住去想那个电话。这种陌生的电话号码，通常是莫名其妙的促销电话，可是偏就这次，让她有不太好的预感……笔下意识在手指间转动着，她有些心神不宁。

好在，这份考卷真的不难。

接近收卷时间，她终于放下了笔。

赵茵低头翻着交上来的十几份卷子，握着笔，已经开始当场批阅考卷，童言把卷子递给她的时候，特意给得慢了些，低声说："赵老师，我交卷了……手机可以还给我了吗？"

赵茵看了她几秒，终于低下头，边翻着她的考卷边说："拿走吧。"

考场外有些刚交卷的男生女生，聚在一起对题，看到童言出来了，很好心问她要不要一起算分数。童言拿起手机，晃了晃，示意自己急着打电话。

考场就在上院，这个时间都是下课的人。

她走在人群中，沿着楼梯往下走，直到走到自动售贩机旁，电话那边终于有人接了起来。"言言？"不太熟的声音，应该是认识的人。

她有些想不起来。

"是我，刘阿姨，这个寒假在你家，我们见过。"

"刘阿姨？"她终于记起了这个声音，就是那个协和的医生，告诉自己顾平生和那场非典联系的人，"不好意思，刚才我一直在考试。"

"没关系，我也是一时联系不到你父母，才找的你，"电话那边很空旷，刘阿姨的声音更显得清晰冷静，"你有办法找到你父母吗？"

"我父母……"童言有些不好的感觉，含糊着说，"他们都不太好联系，您如果有什么急事，可以告诉我。"

"你在上海，这么远，有些事本来不该和你说，可是言言，你已经二十岁了，家里的事还是知道清楚些好，"刘阿姨的声音刻意温和下来，"上个月你奶奶来做身体检查，我现在拿到的确诊报告，是乳腺癌。我还没有告诉你奶奶确诊的消息，你不要有太大心理压力，找到你父母来照顾你奶奶，我们一步步来，癌症不是那么可怕的病。"

童言仿佛一瞬丧失了语言能力。

刘阿姨继续说着话，很浅显易懂的语言，半数宽慰，半数都是接下来的安排。

电话挂断的时候，正好碰上大教室下晚课。

不知道是"毛概"，还是"马思"，两百多人嘻嘻哈哈往外走，有几个小女孩走到贩卖机旁边，隔着玻璃，你一句我一句地挑选着想要喝的东西。她就站在旁边，无意识地看着她们投进硬币，饮料应声而落。

很大的响声后，有个小姑娘笑着看她："我们好了，你来吧。"

童言没动，也没吭声。

人流从多到少，到最后寥寥无几。

她靠在自动贩卖机旁，拨了个电话回家，漫长的等待音过后，熟悉的声音从电话里传出来："你好，请问是哪位？"她握着电话，叫了声奶奶。

整个通话过程只有三四分钟，她只是随口说自己期中考试刚结束，正好可以趁着快要五一的时候，回家看看。奶奶难掩开心，可仍劝她不要浪费车费，童言听不出奶奶话里的异样，略松口气，含糊说自己拿了奖学金，正好可以负担车费。

或许是这个消息太突然，她走回寝室已经平静下来。

以前陆北的妈妈也得过乳腺癌，她陪着他那么久，多少了解一些。

首先是钱，不管是中药还是化疗，她都先需要钱。

整个过程是个无底洞，几万几万的药，都是两三个星期的消耗品。

然后，必须有人全程照顾。

她坐在椅子上，梳理着所有的一切，毫无焦点地看着电脑屏幕。

无数个窗口叠在那里，各种各样的信息，有北京的二手房价查询，有乳腺癌的各种信息，甚至还有很多人的抗癌日记。

沈遥结束了漫长甜蜜的异地电话，看见她的样子，有些莫名："童言无忌，你怎么了？"她看向沈遥："我要办休学，或者放弃这学期的成绩。"

沈遥表情瞬间凝固："言言，你真有了？"

她说不清这复杂的背景状况，只能含糊其词。

可是这个时候，再如何的心理建设都没有用，她想要和个人商量，哪怕只是一股脑说出自己的想法和安排……她把头低下来，额头抵在书桌边沿："我家里出了很严重的事，必须回去，这学期只有海商法和大学物理……你觉得我是直接申请休学，还是怎么样？"

"你别吓我，"沈遥拉过椅子，挨着她坐下，"要我帮忙吗？真那么严重？还有半学期就彻底没课了，什么事需要你回北京这么长时间？你爸妈不能解决吗？"

她嗯了声。

从她自己填报高考志愿起，就知道必须独自面对越来越多的问题。

不过，好像这些事来得太频繁了。

没有任何预兆地，她视线已经彻底模糊，开始不停涌出眼泪。开始沈遥还没有察觉，等到追问了两句，才发现她腿上都湿了。把她拉起来看，童言已经满脸都是水，眼泪止也止不住，却没有任何哭的声音。

看到她这样，沈遥才真是吓坏了。

结结巴巴地劝了她半天，也不管用，沈遥只能不停递给她纸巾："言言，你哭够了，再说到底怎么了。咱们一起商量……"

她一把一把地抽着餐巾纸，眼睛都擦肿了，情绪开始慢慢平静下来："你觉得我办休学好不好？"沈遥这次没敢再开玩笑，很认真地想了想："休学不是不可以，但我觉得不值。你不像我，这学期我有六门课，你只剩两门课了。其实说穿了，有些课很多人都是一节不去，最后考试过了就可以……休学太严重了。如果你真要回去半学期，还不如和这两个老师商量商量，放你半学期假，最后回来参加期末考试。"

沈遥的意见很中肯。

她低头想了想，或许这真是个办法。

她没再说话。沈遥嘀嘀咕咕安慰了会儿，摸不到重点，也不敢多说。

直到看到童言打开邮箱，才略放宽心，站起来："有什么事，我能帮的一定告诉我。如果你怕和那两个老师说，我陪你一起去。"

她嗯了声，抱住沈遥的腰，用脸蹭着她的衣服："放心，我一定不和你客气。"

"你也放心，等顾老师回来，我会连本带利讨回来的。"

沈遥刻意提起顾平生，想要让她开心些。

童言知道她的意思，可是这时候听到他的名字，心却越发沉下来。

等到沈遥去打水洗澡，她才打开邮箱，看着"0邮件"的提示出神。

过了十几分钟，她又关上邮箱，从手机里翻出顾平凡的电话，拨了过去。

电话很快就被接起来，平凡的声音压得很低："言言？"

"嗯，"童言走到阳台上，看着外边的路人，说，"这么晚给你电话……其实也没有什么事，我这两天都没有收到他的邮件，有些担心。"

路灯下，正好有两对情侣。

相隔得不远，却互相不影响，都在拉着小手，低声耳语依偎。

平淡的夜晚，平淡的，让人羡慕的校园爱情。

"稍等，"平凡说完，安静了很长一段时间，她似乎听见门关上的声音，"我就在他身边，他很好。你有没有邮箱，给你偷偷发几张照片。"

童言顺着她的话，说了遍自己的邮箱地址。

顾平凡似乎不方便说话，只寥寥说了情况，声音很温柔，让她千万放宽心。

等到她拉开门，从阳台走回到房间，邮箱已经进来了新邮件。

意外地，竟然是个视频。

确切说，是视频格式的静止画面。

不甚明亮的病房里，他躺在床上睡着了。从拍摄者的角度看过去，能看到白色的百叶窗那里，有更亮的光线透进来，将所有的画面都变得格外安静。

她看的时候都有种错觉，仿佛自己就在镜头里，禁不住控制着呼吸，怕吵醒他。

四周的环境很容易辨认，他应该是在医院里。是做完手术了，还是刚入院准备做手术？

她越猜越心乱，最后只能用顾平凡的话安慰自己。

放宽心，只有放宽心，才能先解决这边的事情。

第二天沈遥特意陪她去了物理楼。

赵茵的办公室里，有很多物理系的学生在，两个人在外边等了很久，才终于等到屋里没人。"要我陪你进去吗？"沈遥小声问她。

童言摇头："这种事，绝对不是好事，你在外边等我。"

她从敲门进去，到最后出来，总共不过十几分钟。

沈遥在外边等得都原地转圈了，看到童言出来，忙扯着她的胳膊追问怎么样。童言还有些回不过神："同意了，她说我既然已经上过三学期的课，期中考试又过了八十分，期末应该不会有什么问题。"

"就这么同意了？"

"就这么同意了。"

沈遥不敢置信看她。

她肯定地颔首，确认这件事的真实性。

起初进门时，她也不抱什么太大希望。

赵茵以为她是来问成绩，很快把考卷递给她，81 分，绝对的历史纪录。可惜童言根本没有什么兴奋的情绪，在赵茵温声讲解她的问题所在时，小心翼翼说明了来意。赵茵没想到她会忽然提出这个要求。

这种话，对一个老师来说是无理的。

童言犹豫着，还是把真实原因说了出来。

只是这理由本身就千疮百孔，隔辈的长辈重病，为什么要她回去？而且探望也就算了，还要长期陪床？一般人都会接连问出这些问题。赵茵却意外地，没有追问。

"我和 TK 是很多年的朋友，如果你有什么需要帮忙的，可以随时告诉我，"赵茵把自己手机号抄给她，"他走之前，曾经和我谈过，虽然我并不支持师生恋，但是作为朋友，我还是希望你们能幸福。"

童言手插在口袋里，在沈遥一连串不可思议的感叹中，走出物理楼。

联华一楼都是卖小吃的铺面，沈遥有意把她拉过去，买了两个鸡蛋灌饼，当作早饭吃。因为下着雨，买早饭的人少了很多，童言和沈遥就站在小摊旁边，边吃边避雨。

"言言，北京有鸡蛋灌饼吗？"沈遥忽然觉得伤感。

"不知道，应该有吧，"她想了想，说，"我离开都快三年了，每次回去的时间也不长，都没太注意过。"

这学期过后，就是一年的实习期。

她肯定不会留在上海实习，那这么一走，除了期末回来……就没有什么在一起的时间了。"我觉得你要谢谢我，"沈遥咬着饼，含糊地说，"我决定要替你去听物理课，记笔记。你知道我下了多大决心吗？当初我也是六十多分过关的，绝对的噩梦。"

童言被她逗笑了。

自己学院的老师相对照顾很多，加上院办老师的帮忙，海商法基本也开了特例，给她留了期末考试的机会。她下午回到宿舍开始收拾东西，等到所有都装箱后，只剩下了他的电脑。因为怕被磕碰，准备放在书包里，随身背着。

她坐在椅子上，习惯性地上了邮箱，竟然收到了他的邮件。

这个时候，应该是他那里的深夜……

言言：

　　昨天回了宾法，看到母校，总有种很特别的感觉。

　　等到你毕业后，我会带你来看看。宾法在费城的市中心，交通很方便，离纽约和华盛顿也很近。把宾大作为蜜月旅行的第一站，如何？

　　我很好，一切都很好。

TK

邮件里，意外地也附了个视频。

童言点开来看。在不知名的广场上，他两只手环抱在胸前，站在喷泉前看着不远处的哥特建筑。镜头抖得很厉害，估计是平凡为了和他说话，转而跑到了他的正前方。

他看到镜头，才明白平凡在拍自己，有些诧异。

随后，很慢地笑起来。

"TK，快对你老婆说句话。"画外音在催促着。

因为临近喷泉，视频里充斥着很杂乱的水声。

画面里的他头发长了些，面孔带着笑，喷涌的水柱，日光刺目，一切都那么沁人心脾。因为平凡的要求，他很认真地思考了会儿。

然后很快弯起两只手臂，随意地，在头上勾出一颗心的形状。

画外，平凡不停喊着"oh my ladygaga"，估计是没见过顾平生干这种事，羡慕

191

得几乎要疯掉了……

她坐在椅子上，像是被画面震撼了，直到视频停止转黑，才渐渐听到自己的心跳。清晰而缓慢，迟钝地疼痛着，两个月以来的所有想念，都被他一个动作拉扯出来。

视频里的他，是俊美的、健康的，有着所有的美好。

或许这是一个月前录的，或许是十几天前，她不得而知，但肯定不会是昨天。她对着视频，迟迟没有重新看一遍，最后终于合上电脑，装进了书包里。

回到北京的日子，和打仗一样的急迫、生死时速。

先是说尽所有的道理，把奶奶彻底说服，接受手术治疗。然后就是马不停蹄地卖房租房，几乎在一个月内学会了所有生存能力，那些在学校里难以学到的，很多东西。幸好有奶奶的学生帮忙，对于医院和治疗这些事，她也不至于太手足无措。

因为怕搬家太麻烦，房子就租在隔壁的楼里，小件的东西，她都是自己一趟趟搬过去。轮到大件的家具，才一次性请了个搬家公司，找来两个高中同学帮自己看着。等到下午彻底搬完，屋子还没有收拾好，就开始往医院赶。

赶到医院的时候，很多病人的家属都在。

大家都在七嘴八舌地闲聊着。

这里住着的都是肿瘤科的病人，对各种各样听说过、没有听说过的病症，交流着经验。她除了回家洗澡换衣服，大多数时候都是住在医院的，所以和这些人都还算熟，有时候被人问起父母怎么一直没来，都含糊应对。

后来渐渐也没有人问了。

自租房子之后，她就一直趁着出去买饭的时候，在附近的网吧上网。

沈遥每次都是发来电子版的笔记，连带着调侃两句，说什么上自己的课绝对没有这么认真。顾平生依旧是两三天发来封邮件，从来不谈自己的病情。

而她每次回信，也都是写些天气热了、课业轻松什么的话。私下里，却把这几个月的种种写成了日记，想到等他回来，可以拿给他说，你看，顾太太是多么坚强乐观。

六月中的时候，沈遥开始提醒她，七月大物就要期末考试了。

她挂断电话的时候，厨房的高压锅已经发出了尖锐的响声。她跑进去关上火，透过窗看着外边枝繁叶茂的白杨树，瞬间有种时间穿越的感觉。

怎么就过得这么快呢？转眼就要七月了。

"言言？"奶奶蹒跚着走进来，"要不要睡一会儿？"

"不用，"她回过头，把高压锅拿到地上，准备把炖好的猪蹄拿出来，"等我把猪蹄弄好，给您吃了，就要做题了。"

赵茵网开一面，给了期末的考试机会，就算是为了感谢她，也要拿出好成绩。

好不容易把奶奶劝去睡午觉，她又回到厨房，打开了高压锅。

猪蹄拿出来，差不多已经炖烂了。

她洗干净手，开始认真地肢解猪蹄，把筋肉和皮剥下来，放到小碗里。

刚解决了一个，准备继续努力搞定下一个的时候，门忽然就被敲响了，不轻不重的力度。她怕吵醒奶奶，两只手在抹布上蹭了蹭，跑了过去。

门拉开的时候，她还在想着会是刘阿姨，该问问最新的检查结果……可当看到靠在门边的人，看到那有些消瘦、微微笑着的脸的时候，彻底就没有任何思维。

然后就听见他说："方便吗？让我进去？"

她眼睛眨都不眨，盯着他的眼睛。

顾平生笑着打量她，若有所思地说："顾太太还是穿裙子好看些，尤其是超短裙。"

在他不良的调侃语气中，她终于相信这个事实。

想要伸手去抱住他的时候，却看到了他右手的手杖，刚才暖起来的心，蓦地冷了下来："手术效果不好吗？"

他笑了笑，把手杖递给她："这里没有电梯，走起来还有些吃力。大概一个月后就不需要这个了。"童言接过来放在墙边。

因为走道太狭窄，不方便去扶他，只能看着他自己走进来。

单单如此看，似乎恢复得很好。

"奶奶呢？"他走进客厅，问她。

"在睡午觉。"童言示意他说话小声些，把他带进厨房。

反手关上门后，她马上就转过身，抱住了他的腰，然后感觉着他也抱住自己。

就这么长久安静着，把脸埋在他的怀里，听他说："我早上到的北京，中午签的购房协议，大概收拾几天，就能住进去了。"她没动也没抬头说话。

只是觉得这种感觉真好，有人来给你安排所有的一切。

他又说了两句话，然后，恢复了沉默。

直到她抬起头，看着他，他也低头看向她，温柔地摩擦着她的鼻尖，一路下来，却没有深入，只是这么轻轻摩挲着她的嘴唇。许久不曾接触的气息，一寸寸瓦解着这几个月的焦躁、不安和恐惧……

六月中的天气。

已经进入了初夏。

两个人都穿得很单薄，她因为在家里，只穿了条短裙和宽大的半袖衫。他的手直接贴在她的手臂皮肤上，却没有夏天该有的热度。童言摸了摸他的手背，顺着去试探他手臂的温度，疑惑地看他："很冷吗？"

还是身体的原因？

"不冷，"他捏住她的手腕，拿起来端详她的手，"你手上是什么，黏黏的。"

"是猪蹄，"她从灶台上拿过碗，"最近测很多指标，有一项很低，医生说要打针，可是那种针每次打进去都特别疼……同病房的人告诉我，每天吃一个猪蹄，指标就能正常了，"她捏起一小块，喂进他嘴里，"后来我发现，真的很管用。"

顾平生认真咀嚼着，像是吃着绝世美味。

她看着他，每个细微的动作、眼神，都不愿意放过。

是老天眷顾吗？

奶奶的手术很成功，没有扩散的迹象，而他也终于回来了。

"很久没有吃你做的东西了。"他说。

童言抿起嘴唇："你想吃什么？我下午出去买菜，回来给你烧着吃。"

话没说完，他就伸出手，轻捏住了她的下巴。

"言言？"奶奶的声音传过来，隔着卧室和厨房的门，不是那么清晰。

她答应着，想要拍掉他的手。

顾平生没有松开，只是低下头继续蹭着她的嘴唇，像是个刚吃完糖，依旧贪得无厌的孩子。她听见卧室开门的声音，挣不开，索性凑上去主动让他含住自己的嘴唇。

没有任何技巧,短暂而又彻底的深吻。

松开的时候,她深喘了两口气,马上从他怀里跳开。

厨房的门同时被推开,奶奶探头看了眼,脸上闪过惊异的神情。童言握了握手,紧张地不知道说什么。

"小顾来了?"奶奶很慢地笑了。

刹那的春暖花开,如同窗外温暖的阳光。

他没有任何的不自然,和奶奶招呼着,甚至提到了最后一个疗程的化疗时间,他似乎在短时间内,从别的地方了解清楚了所有的病情——应该是去过医院了。

那个他曾经实习过,奋战过,和送走母亲的地方。

等到奶奶走回房间,童言伸手,在他眼前晃了晃。

顾平生回过头:"怎么了?"

"你是怎么知道的?为什么回来没有告诉我?是平凡帮你看的房子吗?上海的那个怎么办……你还回学校吗?"

"我已经让同学推荐合适的学校,应该会继续在北京做大学老师。你下学期回来实习,你奶奶也需要人照顾,我留在这里比较好。上海的房子已经卖掉了,北京的房子是平凡帮我看的,那边是一次性付清的全款,正好买北京这里的,很顺利,没有什么周折……"他站在窗边,不知道是太累了,还是因为别的什么,看起来倦意浓浓,"还有什么问题?"

"还有第一个和第二个问题……"她说,"你是怎么知道的?什么时候知道的?为什么忽然回来了不告诉我?"

"上个星期,赵茵去美国参加学术会议,去看过我。"

他交代了这么一句,她就明白了。

童言看他是真的很累了,就让他在沙发上睡下了。因为是老式沙发,很窄,他躺上去都有些睡不下,可是很快就陷入了沉睡。

童言给他盖了很薄的被子,把冰箱里的菜都拿出来,鱼和肉放到水池里化冰,余下的都拿出来一点点择干净。

等到都弄完了,他还在睡。

她就撑着下巴,看着他。

很近的脸，甚至能看清睫毛。

他似乎想要翻身，在沉睡中明显蹙起了眉心，很不舒服的样子。童言犹豫要不要把他拍醒的时候，他已经醒过来。

"是不是腿疼？腰膀疼？还是哪里不舒服？"她凑过去问他。

他没回答她的问题，从沙发上坐起来。

有那么些睡眼惺忪，看着她身边丰盛的晚饭食材，他故意看了她一眼："家里要来客人吗？"童言向卧室看了眼，发现很安全后，马上搂住他的脖子，笑眯眯邀功："我要给你做很多很多好吃的，冰箱里本来存了三天的菜，今天都被我掏空了。"

"这样很浪费。"

"就这一次，"她看他的表情，只好说，"好吧，一会儿我把多的都放到冰箱里，等到明后天再吃。"

他随手把被子叠起来，示意她坐在自己身边。

她却忽然像是想起什么，从厨房的一个隐秘的角落里翻出个存折，交给他："这是我卖房子后，用来给奶奶看病的钱，还剩三十几万。"

他接过存折，翻着看了眼："我这里还有些存款，不用担心。"

"不是这个意思。我是要你帮我存起来，"她想了想，开玩笑说，"存在你自己的银行户头里，如果花完了，只能靠你来养家了，如果还有剩下，就算帮我奶奶存的养老钱。"

自从奶奶生病后，爸爸只来过两三次。

手术前那次爸爸还很紧张，真的陪了大半夜，听到她说要卖房子的时候，最是积极主动。她开始还觉得惊异，甚至有些感动，难道真的是患难见真情？可等到他第二次来的时候，就开始很有主见地准备分配卖房子的钱。

多少投入股市，多少投入期货，甚至是多少用来买福利彩票。

仿佛钱真的瞬间能生钱，一切都不再是问题……

结果自然是彻底闹翻，父亲走之前始终重复的话是："我要去告你。"

幸好她不论如何被骂，都紧紧守住这些钱……

"要不要我建一个联名户头？"顾平生没有继续追问她原因，把存折递还给她，"明天去办？""不要，"她很快拒绝，"单独存在你名下。"

他好笑地摸了摸她的头顶："这么没有自我保护意识？"

她只想着如何钻法律的空子，保住这些钱。

可是从来没有想过，对着他，还要做什么自我保护。

的确，这样的回答，完全不像一个学法人的思维。

就连沈遥那么无所谓的人，和男朋友合伙开网店也要像模像样地拟个正式合同，双方签字。甚至还约定，如双方分手，任何一方的女朋友或男朋友都不许插手店里的事……两个法律系的学生，为一份合同商榷了三四天，理智得不行。

"顾先生，你忘了？等到办了手续，你连人寿保险的受益人，都是我的名字。"她晃了晃右手，让他看戒指。

不知不觉戴了这么久，手指上都留下了很浅的一圈戒指的印记。她在医院洗衣服时，怕戒指掉到水池里，才初次摘下来，那是第一次看到手指上的痕迹。

当时第一个念头竟然是惨了，如果一直戴到五六十岁，岂不是会留下很明显的一圈？

于是，洗衣服洗到半途，她就被自己的念头窘到，抬头看着镜子傻笑。

第二天顾平生就陪着她，送奶奶去住院。
这是第七个疗程，也是最后一个疗程的化疗。

上次经过一系列检查后，刘阿姨特地请科主任详细看了结果和CT，结论是前几个疗程效果不错。这次住院的时间也是刘阿姨定的，他们刚住下来，顾平生就碰到了熟人。

确切地说，是很多熟人。

他去护士台查看明天的检查时，刘阿姨刚好结束了手术，匆匆过来看望奶奶。

"言言，我昨天才听肿瘤科主任说，顾平生特意给他打电话，问了你奶奶的具体病情，"刘阿姨笑着在床边站着，说，"他妈妈以前在医院是心外的副主任，在这里有很多老朋友，肯定会更照顾你们，我也放心了。"

她不知道顾平生是怎么说的，毕竟她曾经亲口说过，他是自己的大学老师，所以不敢太深入说他的事，只能支吾着，含糊带过。

等到安排好所有事情，奶奶已经躺在床上睡着了。

老人家的作息很健康，晚上八点半就准时入睡。一到化疗总是成宿成宿地睡不着，难得现在能多睡会儿，她自然不会吵醒奶奶，拉上帘子，小心拉着他走了出去。

"我们出去走走？"他站在走廊里，问她。

"去哪儿？"童言不想破坏他难得的兴致，可还是不得不说，"我走不开，要守在这里。你如果累了就先回家睡？"自从他昨天回来，她就看得出来，他身体还没有彻底恢复。

"我没关系，"他说，"这里有护工在，你陪我出去走走，半个小时回来？"

她想了想，只是刚住院，应该没什么太要紧的事。

两个人走出医院时，正是灯火阑珊，最热闹的时候。

协和医院紧邻着东方广场和王府井，他走得不快，她也就慢悠悠地跟着。两个人沿着广场走过去，有拎着购物袋的男女朋友，有想要照下长安街夜景的游客，还有散步的老人，踩着滑板玩闹的小朋友……

虽然一直在这附近陪着奶奶看病，甚至很长时间都住在医院里，可这几个月来，她还真没有像今晚一样，这么轻松地在这里闲逛。

她以为顾平生真的只是闲走，或许是怀念这个曾经也很熟悉的地方，结果跟着他走进广场，被带进个女式服装专卖店，才明白他是要给自己买衣服。

他从长长的衣架旁走过，颇为认真地挑了几件，拿给她去试。

童言被他突如其来的做法，和店内售货小姐的热情搞得晕头转向，很快试了两件，趁小姐去招呼别的客人时，才回头问他："怎么忽然要买衣服？"

顾平生靠在供客人休息的黑色沙发上，从镜子里看着她。

她试的是条淡蓝色的连衣裙，因为自己没穿凉鞋，脚上只随便踩了双店内供试装的木屐，大了两个码，显得很不协调。

可是却莫名让人很亲切，真实的存在感。

童言看他不回答，以为他哪里又开始疼了，走到他面前，蹲下低声问："怎么了？"顾平生看她紧张的眼神，明白她是在担心自己，而且已经到了草木皆兵的地步。

他终于笑起来："我在美国的时候，发现有很多事情都没做过。比如像现在这样，陪你逛逛街，看着你试衣服。"

第十四章 当时的爱情

售货小姐听到了这句，很是艳羡地看了眼童言。

这种话听上去，怎么都像是小姑娘找了个金龟婿，还是那种要什么有什么、莫名其妙深情宠爱的类型……可这话，对于说的人和真正听的人，却完全不同。

晚上回到医院，另外床的病人已经睡了，不知道为什么没有家属陪护。靠窗病人的家属拉上帘子，在低声和病人聊天。

她翻开笔记本，开始看一沓打印出来的笔记。

沈遥为了表示自己记得很辛苦，时不时在两行字之间加个括号，表达上课的感想。比如"（邻桌男生在看我）""（噩梦女神今天穿得很土）"什么的，总让童言能联想出她上课的状态……她看了会儿，给沈遥发了个短信：顾平生回来了。

不到一分钟，沈遥马上就打了个电话。

"回来了？真回来了？！"沈遥明显比她亢奋多了，"我说，要好好教育才行。出这么大的事情，竟然现在才回来……不过算了，男人嘛，总有很多借口，过得去就行。"

童言听得笑死了，拿着手机走出房间。

"他有没有抱着你，狠狠地亲一口，说老婆辛苦了？"

"……算有吧。"

沈遥兀自笑得欢："你在家里？还是在他家？还是在医院？"

"在医院，"她站在病房门口，看着两个护士走过，"最后一期化疗，大概七月可以出院，正好回去考试。"

沈遥整天自己住着一个宿舍，早就寂寞得抓狂了，听见她这么说，马上欢呼雀跃，很快说："反正他回来了，让他帮你守夜。男人就该这时候挺身而出，考验考验。"

童言含糊了两句，拿着笔记，开始问她那些潦草的地方。

沈遥物理也烂得一塌糊涂，大多数都是记过就忘了，根本不知道自己写了什么，还硬撑着面子胡说八道了一通，听得童言更是糊涂了。

最后童言还是决定，明天去问问顾平生。

电话挂断的时候，正好听到几个值夜班的人聊天。

八卦丛生中，隐隐有"顾医生"这个词，她潜意识觉得可能和他有关，就装着低头发短信，仔细听着内容。渐渐发现不对的地方，听下去才明白这个"顾医生"指的是他的母亲——顾童柯。

很多的评价，都很好。

什么顾医生对人很好，对病人更好，对自己带的硕士生也很照顾，就是再忙，也会到外省市去做手术。她无意识地按着手机键盘，想象他母亲是什么样的人……从他过往的话里，他母亲总是个很冷静的人，甚至教导还是孩子的他控制情绪。

"我也老听人说起顾主任，脾气好什么的。现在的这些，都太瞧不起人了，那天我还看见心内三个副主任大打出手呢，"小护士撇嘴，"两男一女，互打嘴巴，那叫一个热闹。"

小护士说得眉飞色舞。

她听得差不多了，刚想要转身回去，忽然听到了他的话题。

"其实，顾医生的儿子脾气就不好，总是冷冰冰的，"有个看起来快三十岁的护士，忽然提到他，虽然没有指名道姓，童言却能猜到是他，"不过这些医生的脾气，都挺奇怪的，他也还算正常，就是不爱搭理人。"

脾气不好，不爱搭理人……

倒很像是最早最早的时候，见到他的感觉。

"后来到非典的时候，他倒是变了很多，今天下午来，和以前完全不是一个人了，"那个护士有些唏嘘，补了句，"听说他是看着顾医生自杀的，就是在家里……也难怪会性情大变，总归有些影响……"

她正听得心悸，余光里却看到顾平生从电梯口走过来。

一瞬惊异后，她很快调整了表情，偏过头去笑看他，装作什么都没有听到过。

护士休息的地方，看不到整个走廊，所以那些护士还在继续说着，丝毫没有注意到话题的中心人物在。直到他走近,那个认识顾平生的护士才猛地住口,继而又想起他失聪的事实,缓和了神色。

顾平生看了她们一眼,礼貌笑笑。

那些护士有些尴尬地招呼他:"顾医生?这么晚来?"

竟还习惯性地叫他"医生"。

"我来看看我太太,"他指了指童言,"怕她一个人应付不过来。"

他说话的时候是看着她的。

随着他的话,几个护士都看过来。童言脸有些红,头一次感觉偷听人说闲话,比说人闲话还要难堪。

病房里,刚才在闲聊的病人和家属也都睡了。她怕打扰到别人,把他拉到了楼梯间。窗口吹进来的风,有着闹市的感觉,和走廊里厚重的消毒水味道混在一起,让人有些不清醒。她抬手看了看表,十一点多了。

三个小时,两个人才分开三个小时而已,他又来了,还是在深夜。

"可能还在适应时差,躺着看了会儿书也没有睡着,就来看看你。"

他如是解释,可惜那双眼睛,已经把原因说得很明显。

他在想她。

"我也睡不着,"童言脑子里还是刚才那些护士的话,可又怕被他看出来,索性举着一沓笔记,"既然你也睡不着,陪我做物理题吧?"

这句话说出来,她自己先笑了,老天爷,这是什么烂借口……

"好,"他也是忍俊不禁,拿过她手里的课堂笔记,恰好看到了沈遥的括号批注,"沈遥真是个挺有意思的学生。"

"不许说'学生'两个字,"她把最上边那张抢过来,"她可是顾太太最好的朋友,你说她是学生,会让我觉得很别扭。"

"掩耳盗铃,"他笑着评价完,继续看下边的笔记,"去拿张报纸来。"

童言疑惑看他。

"铺在窗台上,好做题。"

她理所当然地接受了任务。

于是两个人真的就在楼梯间,开始像模像样地做起了物理题。他讲得很认真,童言却经常走神，到凌晨三点多开始忍不住打瞌睡，手肘撑在铺着报纸的窗台上，迷糊地闭上了眼睛。很快，就感觉嘴唇上温热的触碰，恍然睁眼。

"进去睡吧，"他已经直起身子，把笔帽合上，"快四点了。"

"你还不困吗？"她对时差这种东西，实在没什么真实经历，看到他依旧漆黑明亮的眼睛，才真正有了些感触，"难怪看你白天总是很累，害得我乱担心。"

"慢慢会好，只不过刚回来不久，还没有习惯。"

"我再陪你一会儿，就这一晚，"她看着四周安安静静的环境，"要不你给我讲鬼故事吧？我最胆小了，你讲完，我马上就不困了。"

"鬼故事？"顾平生沉默了会儿，"还真想不起来什么。"

"你明明说过，学医的最会讲鬼故事了，"她提醒他，"就是我们第一次去上院的时候，我给你讲鬼故事，你一点儿都不害怕。那时候你不是告诉我，医学院是鬼故事发源地，教室、洗衣房、浴室、洗手间、食堂，甚至每个宿舍、每张床，都能讲出鬼故事？"

顾平生笑得非常无辜："我真说过？"

"当然，医学院鬼故事那么多，医院肯定更多了，"童言像是忽然想到什么，上上下下打量他，"老实交代，你有没有给女护士什么的讲鬼故事，趁机吃人豆腐？"

"我真不会讲鬼故事，"他笑得更无辜了，"不过，我记得以前医学院学生，来这里抬捐赠的遗体，就是从这个楼梯口走的。出于对死者的尊重，抬着的人都不会交谈，久而久之，医院里的人经过这里也都是保持沉默。"

……

她瞬间就手脚冰冷了，心脏怦怦跳得胸口疼。

那岂不是，今晚打破禁忌了……

凌晨四点多的夜风，有些冷，更显得瘆人了。

偏他还在笑。

"真的？"她不敢回头看窗外，紧紧拉住他的手，仍旧觉得毛骨悚然，往他怀里靠了过去。太可怕了，这种简单的句子，大半夜的绝对让人联想无边。

"假的，"他就势把她搂在怀里，"怎么可能？这里只是肿瘤科而已。"

……

因为他这么句假话，童言真的不敢再站在这里了，等他走后，自己躺在折叠床上，仍旧浮想联翩。挨不住了，她拿出手机，给罪魁祸首发过去一条谴责消息：

完了，我彻底睡不着了，你要负全责。

她翻了个身，趴在小枕头上，看着手机发呆。

因为医院都在推行"零陪护"的试点，护理的标准都提高了不少，再加上刘阿姨的照顾，奶奶始终有固定的护士负责，又有护工的帮忙，她这几个月，说实话，不算太辛苦。

报纸，书，手机，笔记本电脑，折叠床。

足够应付每个晚上。

那些晚上，她也经常会做题做到半夜，一半是知道奶奶化疗太痛苦睡不着，就权当是陪着，另一半是惦记他，总会忍不住猜那里的白天，他在做什么。

没想到他平安回来了，自己仍旧是睡不着。

离开，折回，再离开。

几个小时之间的折腾，看上去挺矫情，根本不像是他做出来的事情。可就因为不像，更让她感觉到这三个月又十七天的分开，肯定发生了很多很多自己无法想象、无法体会的事情。就如同她独自承担过来，而又不愿让他知道的很多事。

他很爱他的母亲，从初次相遇，他颓然坐在墙边，而后半是迁怒地教育自己的时候，就能感觉到。就连很简单的停电，也能让他那么紧张……那时候他就说过，如果当时再细心些，认真听听房里的动静，母亲就不会那么早去世。

手机骤然亮起来，她适应不了突然的光亮，眯起眼，读着他的短信——

放心，顾先生是个很负责的人，陪到你睡着为止。TK。

结果，适应时差的人，还是彻底胜过了亢奋过度的人。

后来化疗的十几天，白天他都在，晚上也一直这样陪着她。借口都是在适应时差，到最后，她心疼他，一直说自己睡了，真的要睡了，反复很多次才能结束漫长的短信交流。

等到出院的时候，明显两个人都瘦了不少。

奶奶心疼得眼睛都红了，对他的态度，明显比对亲孙女都要好。

"我这孙女婿，真不错，"奶奶不停对刘阿姨重复着，"真不错。"

刘阿姨清楚顾平生的身体情况，却始终没有透露给奶奶，倒是私下里拍着童言的手，说过很多的话。大意是谁都不容易，天灾人祸的，看开点儿就好了。

童言半是认真地说了句："刘阿姨，我最大的优点，就是想得开。"

到结束了医院的事，他也终于定下来教书的学校。
竟然是她从小到大，经常去玩的地方。

童言暗自骄傲自满着，一定要拉着他去逛校园。
两个暂时不用上课，也不用工作的人，就在一个工作日的午饭后去了那所大学。童言去之前给他挑了很学生气的衣服，白色的短袖衬衫，故意让他露出了很唬人的刺青。
效果很明显。
一路上不论男女学生，回头率惊人。
最后两个人坐在体育场看台上，看着下边两队学生在太阳下踢球时，他才意味深长地叹了口气："我从来没像今天一样后悔过，少不更事，竟然往身上添了这个图案。"
童言穿着他买的连衣裙，浅浅的蓝色，在日光下，缓和了她长久熬夜的苍白脸色。

"你有没有觉得，自己特别像学生？"童言背靠着栏杆，看着坐在水泥台阶上的顾平生，"算起来，你真的就是学生啊，没在社会上工作超过一年，绝大部分时间都在学校里。我们的区别呢，只是我本科，你博士而已。"
"所以呢？"他一只手肘撑在身后，笑着看她，"想说明什么？"
"没有特别的意思，"她偏过头说，"我就是随便想起来了，就随便说了。只是忽然想到，我们是不是特别像校园情侣？根本……就不像已经……"
也不对，其实还没有真正结婚……

他对她伸出手："过来，坐我身边来。"
她走过去，挨着他坐下。
"怎么才像是夫妻？"
童言想了想："就是吃吃饭，散散步，算计算计家里老人孩子的生活，算计算计柴米油盐，"想起来是这样，可认真想下去，还真没有什么概念，"不知道，我又没有经验……"

"我也没经验，"顾平生好笑看她，"不过，你好像忘了什么。"
"什么？"

"吃吃饭，散散步，这么说下去，"他若有所思地看着她，"是不是还要睡睡觉？"
……

"顾平生，你为老不尊。"

"严格意义上说，我还不到三十岁，"顾平生继续更正她的说法，"不算太老。而且我不只是在校园里，从高中开始，我的假期都用来做义工了，进大学，第一年是学校的义工项目，去加纳。那时我是你这个年纪，教些十岁左右的孩子，数学、英文，连宗教和法文都要代劳。"

童言听得有趣，很认真地看着他："你会法语？"

"不会，那时真的不会，现在好像也全忘了，"顾平生终于又承认了一个弱项，"加纳的教育水平不高，当时通知我教法文，我基本是从头开始自学，然后再去上课……不过想想，又是在学校里。"

童言忽然打断他："你有没有觉得，我们从来不在一个世界里？好像没有任何交集。"

"顾太太是不是太妄自菲薄了？"顾平生笑起来，仔细端详着她的五官，用手在她脸颊边比画着，"你十三岁时，脸只有这么大……"

他停下来，从背后台阶上找了一会儿，拿到颗小石子。

然后在她疑惑的目光下，草草地画了一张世界地图，敲了敲北京的位置："你十三岁，我们在这里见过。然后，"他不停在地图上圈下一个又一个地方，多得让人嫉妒，"我到过这些地方，可最后还是在这里，又见到你。"

他绕回到中国的位置，写了个"上海"。

"现在，又回到了最开始的地方。"

顾平生扔掉那颗小石子："有没有发现，无论我走多远的路，最后还是要回来？"

说话的时候，他的脸凑得很近，气息可闻。

两个人鼻尖贴着鼻尖，她轻轻呼出了一口气，把头错后，让他看清自己的口型："亲爱的顾老师，你以后可是要在这里教书的，千万要收敛一些。"

他微微笑。

"有时候男人说些感人的话，目的很明确，就是为了要些小奖励。"

童言彻底被逗笑了。

"我给你唱歌吧？"她认真想了会儿，说，"当作奖励。"

这首歌是 1975 年的,是她会唱的最老的歌,她回忆着歌词,开始慢悠悠地唱起来。很舒缓的曲调,英国摇滚歌手的《Sailing》。

学了很久,一直没有认真去琢磨过歌词。

直到两个月前的某天晚上,随口哼起这歌,忽然就想到他。

"I am sailing, I am sailing, home again' cross the sea..."

本就是节奏很慢的歌,她又刻意把每个词都咬得很清楚。声音不需要很大,可是要足够让他看得清。

他是背对着阳光的,她要直视他有些吃力,只好用手挡在眼睛上,继续唱下去:"Can you hear me, can you hear me..."

顾平生看着她,似乎明白了她的意思。

"Through the dark night, far away, I am dying, forever crying, to be with you..."

唱到结束,她仔仔细细看他,想要看出些感动的端倪来:"相信我,我唱歌很好听,我还是 2008 年校园歌手大赛的第三,冠军和亚军最后都进电视台做主持了。"

"能想象出来。"他把她拉起来,沿着台阶一路往下走。

她终究是绷不住,抱怨地看他:"你好歹有些感动的表示吧?"

他嗯了声:"我需要回家好好想想,认真想想,如何表达感动。"

童言听出他话里的意思,装着很无所谓,瞥向操场中心,可毕竟……毕竟是只有那么一两次,只要浮现出稍许画面,就不敢看他。

虽然他从第一天回来,就拿出办好的房产证,用上边并列的两个名字说明,一定会和自己正式结婚。可毕竟现在还没毕业,有些事可不能太明目张胆,所以从奶奶出院开始,两个人始终是分房睡的……

看台的远处,操场上有很多人在欢呼,有哨声,还有大男孩的咆哮,应该是刚才进球了。虽然不是自己学校,可是一想到他马上要在这里教书,就觉得那些面孔莫名亲切。

他们走到看台的一侧,发现来时敞开的铁栅栏被人锁上了。栅栏不高,顾平生直接就跨了过去,可她穿着裙子,反倒是为难了。

"搂住我的脖子。"他说。

童言伸手搂住他,感觉到腰上一紧,直接被他隔着栅栏抱了起来。她忙蜷起膝盖，配合着他的动作，等到脚踩上地面，才有些心有余悸地抱怨："下次别这样了，你刚康复没多久，万一……"

"没关系，"他抚平她背后的褶子，"我喜欢抱你。"

她被他一句话噎住，眨眨眼，决定保持沉默了。

两个人在路上买了些做晚饭的食材，回到家也才不到下午三点半。

她把所有的东西放进冰箱，悄声推开奶奶房间的门，看见奶奶正靠在躺椅上，戴着眼镜在看书。"我们回来了，"她笑着打断奶奶，"晚饭吃炸酱面好不好？我买好东西了，等到五点半开始做，六点吃饭？"

奶奶摘下老花眼镜，笑着点头："玩够了？去睡会儿，或者看看电视什么的，不用管我。"说完，很快就戴上眼镜，继续看起书来。

她关上门，想要进自己房间换衣服，刚摸上门把手，就被他从身后搂住。

童言回过头，吐了下舌头，无声说："让我先去换衣服。"

他微微笑，一只手撑在她的房间门上，低头吻住她的嘴唇。舌尖有些冰凉，应该是刚才喝了些冰冻的纯净水，她两只手从他腰上，滑到后背，靠着墙不停心虚地躲着。到最后躲不开了，她才握住他的两根手指，晃了晃："顾先生，严禁白昼宣淫啊。"

顾平生似乎没大听懂，压下门把手，彻底进了她的房间。

"什么是白昼宣淫？"

童言只好把四个字，每个字都怎么写，连在一起把意思讲给他听，最后故意用脸蹭了蹭他的下巴，仰头总结："……总之就是，白天做坏事，是大大的不好。"

他笑起来，酒窝很明显。

"顾先生好像一直在适应时差，分不清现在是晚上，还是白天……"

他说完这些冠冕堂皇的话，就开始低头一边亲吻她的嘴唇和脸颊，一边慢慢往前走。童言顺着他的脚步，不停退后再退后……

早上她起得有些晚了，对着镜子刷牙的时候，听到客厅里奶奶在和顾平生说话。这房子的隔音真好，竖着耳朵听了半天，还是没抓到主要内容。

等到走出去，看到他站在阳台上，撑着手臂看外边的风景。

身上是质地柔软考究的白衬衫和休闲裤，衬衫袖口是挽起来的。她走过去，拍了拍他的后背，看到他转过身，发现他竟然还戴着领带……难得这么正式。

她眯起眼睛，欣赏他的样子。
"你今天要去学校？"难道是提前报到？
"去结婚。"他说。
"啊？"童言怔了怔，"结婚？"
"今天是工作日，而且，"他用手松了松领带，低声说，"你奶奶已经同意了。"
童言噢了声，从他的眼睛一路看下来，最后看到他手指上的戒指，大脑莫名其妙放空了好一会儿，忽然说自己去洗个澡，很快跑回了洗手间。

明明是名正言顺的事情，却让她整个早晨都兵荒马乱的。光是挑衣服，就试了足足一个小时，她的卧房没有合适的穿衣镜，她只能抱着一堆衣服在洗手间照，不满意了，又都拿回去，继续换一批抱到洗手间。
最后顾平生都觉得搞笑，索性推门进来，指定了一条嫩粉色的连衣裙。
她也觉得好，就这么套上了。

可等到坐在出租车里，低头看着身上的连衣裙，她忽然觉得不妥："会不会太粉嫩了，不庄重？"顾平生仔细看着她："不会，很好。顾太太非常好看。"她笑了，过会儿，又觉得奇怪："你怎么不紧张？"
"紧张，我也紧张，"他很好看地笑着，很快补了句，"真的。"
童言歪着嘴巴，做了个不信的表情。
顾平生伸出手，示意她把手递过来："把手伸过来。"童言虽然不解，还是照着他的话，把手放到了他的手掌上。
然后感觉他握住自己的手，手里竟然有些微微发潮。
"现在相信了？"他语气严肃，样子认真。
她点点头，没有抽回手，只是扭过头，对着窗户一个劲笑起来。

在过去二十年的认知里，童言从来不相信，一个人笑的时间可以那么长，这要心情多好，才能笑得和花痴一样不顾形象？可直到自己站在民政局婚姻登记处门口，发现自己还翘着嘴角笑着，终于相信了，人真的可以足够开心到，笑个不停。

初夏的阳光，照得人身上暖暖的、痒痒的。
或许因为是工作日，里边的人并不算很多。看起来有十一二对的样子，有的坐在柜台前填写表格，有的在和工作人员咨询，他们走进去的时候门口的阿姨颇是热情，马上指挥两个人去哪里做婚前体检。

童言怔了怔，下意识看顾平生。

他进来得晚，没看到那个工作人员的话，看她看着自己，才问："怎么了？"

"小姑娘，婚前体检一定要做的，"阿姨看童言不乐意的样子，很耐心规劝，"这个很重要，你们小孩子都不懂。"

"我们不做了，"童言很快拒绝，"下一步是做什么？"

"阿姨还是劝你要做，"工作人员实在热心，好意提醒，"上个月一对小夫妻来领证，没做婚前体检，这个月小姑娘父母就来了，说男的很难生育，小姑娘后悔了，都骂我们不负责。可现在婚前体检都是自愿的了，我们有什么办法？"

她摇头，拉住他的手往里走，索性去找指引流程的牌子看。

那个阿姨的热情的确是好心，可他的身体如何，她最明白。虽然不知道婚前体检做的是什么，但她不想影响今天的心情。

那个阿姨在身后，似乎还在和人感叹现在小姑娘都不现实，这么重要的体检都不做。她装着没听见，仰头细看流程，发现真的很简单，只要去照个合影，就可以直接在柜台登记了。她侧头看他："我们去旁边那个厅照相，然后回来就在柜台登记。"

他说"好"，看上去并没受刚才工作人员的影响。

付了拍照的钱，排队等待照相的时候，童言看着前面一对小情侣，笑得像是中了五百万似的，照相的老伯一直说笑得嘴巴小点儿，再小点儿，全部牙都露出来了……两个人对视互相嘲笑了半天，才调整笑容，有些僵硬紧张地摆出了合照的样子。

等到照片出来的时候，他们走过童言身侧，女孩还特地说不好意思，耽误很久什么的。童言忙摇头："没什么。"

等到被旁观的，变成自己和顾平生。

她终于明白那种僵硬紧张，绝对是照相师傅造成的。

"右边，嘴角再高些，说的是女孩，"老师傅一板一眼指挥着，"嘴巴不要太大……不行，现在笑得太假了……"她显然被指挥得很茫然。

照片递到手里了，看到大红背景下，他笑得不轻不重，完全恰到好处。

自己却是表情诡异……说不出是哭还是笑。

"看看你老公，笑得多自然。"

老师傅趁着没人，还不忘点评了一句。

她装作淡定，拿剪刀把四张照片剪开，两张小心收到了钱包里，另外两张就这么捏在手里，准备稍候贴在结婚证上。

顾平生始终旁观，看她认认真真弄好所有，才揽住她的肩膀说："等你考试回来，我们去认真拍一组结婚照。"她歪着嘴巴，很不满地把照片塞给他："有些人投胎开外挂，真让人嫉妒。"

"外挂？"他学着她的口型，重复这两个字。

"就是游戏里的插件，能够让你打遍天下无敌手。"

"程序 bug？"

"也不是程序 bug。"

于是两个人就在排队登记时，认真讨论起关于外挂和程序漏洞的区别。轮到他们的时候，仍没有一个确切的结论，童言和顾平生坐下来，决定先干正事。

顾平生接过笔和表格，很快填写着自己的信息。童言等到落笔时，莫名地心跳迅猛，一个字一个字写得很慢，很多简单信息，要考虑半天才知道填什么。

她余光里，看到他已经填完，似乎看向了自己。

一紧张，竟然在签名字的地方，签上了自己的生日……

柜台后的中年女人扑哧笑了，说："小姑娘，你还真紧张，完全不是刚才聊游戏的时候了。"童言不好意思笑笑，用笔划掉生日，匆匆签了名字。

"户口本和身份证。"中年女人笑着收回两人的表格。

顾平生把护照和童言的户口本拿出来，童言也递出身份证，那个女人随手翻了翻，很奇怪地问童言："小姑娘，这个户口本上没有你啊。"

童言啊了声，茫然看顾平生。

顾平生也像是不明白情况的样子。

"你是不是把户口迁到哪里了？"

她恍然有些明白："好像当初考大学时，迁到大学了……"

"你还是学生？"女人倒是意外了。

虽然大学生早就可以结婚了，但毕竟还是少数。

"所以，要从大学里把户口拿出来吗？"童言有些摸不到方向，"身份证不行吗？"

"这两年，户口基本不会随着考学走了，"中年女人耐心讲解，"不过前几年的都在学校的集体户口里，比较麻烦，需要学校开证明。你学校是在这里吗？"

"不是，在上海。"

"那就要开了户籍证明,在上海办。"

所有对话结束,她发现自己始终对着工作人员,顾平生看不到完整的对话,想要和他解释的时候,他已经笑着握了握她的手:"慢慢来,一步步解决。"
她点点头,从工作人员手里拿回所有东西。
两个人欢欢喜喜来,却徒劳无获。
她看着大门口的车水马龙,十二万分沮丧地出神,他倒是没什么太大的情绪波澜,问她是想要回家吃饭,还是接奶奶出去吃。
她随口应付着,过了会儿,试探性把话题转了回来:"如果要回学校开证明,会不会很麻烦?"无论如何,他和自己都是在学校认识,又是师生关系。虽然他现在已经决定换一所大学任教,但是学校里私下的流言蜚语,还有班级里同学的态度,多少都会传递到学院里。如果没有这层铺垫,她还可以厚着脸皮去开证明……
"这样做,很可能会影响你的正常毕业。等到你毕业再补手续也可以。"
她点点头,伸出手握住他的右手:"回家吃吧?"
他说"好",拉着她的手,招了辆出租车,沿着来时的路回去。

两个人到家门口,发觉没有买菜,就在小区附近的饭店打包了两样菜。拿回家时,家中赫然摆着一桌子的饭菜,丰盛得让人咋舌,她有些犯傻,显然不知道如何应对奶奶准备的晚饭。好在有他在,总能对一些让人失望的意外,给些冠冕堂皇的理由。
晚上她回到房间里,难得失眠到一点多。
最后实在睡不着,光着脚下地,悄悄拉开房门。家里有两间客房和一个主卧,因为主卧配着独立的洗手间,自然是让给老人家住,所以两个人的房间,实际是相邻的。她拧开门走进去的时候,顾平生还靠在床头看书,竟然戴着一副漂亮的银框眼镜,仍旧穿着白天的衬衫。
他看到童言进来,把书放在旁边,对她伸出两只手臂。童言跳上床,就势钻到他怀里,抱了会儿,仰头笑着说:"你怎么一直不洗澡?"

"没有领到合法证明,还是要失落几天的,"他半调侃着,低下头贴着她的脸问,"这么晚不睡觉,过来做什么?"他脸贴着自己,自然看不到说话的口型。童言又和他腻味了会儿,拉开空调被钻进去,终于看到他的眼睛:"我来和你睡觉啊,你什么时候开始戴眼镜了?"
"有时需要戴,以后可能就离不开了,"他手肘支在枕头上,撑着头看她,"后遗症之一，视力会渐渐退化，不过还好，戴上眼镜就没有什么障碍。"

童言在他开口之前就有了预感。

此时，她只伸出手，放到离自己眼睛很近的距离，示范给他看："我到这里就看不清了，500度大近视，平时戴隐形眼镜，看不出来。你知道近视最大的好处是什么吗？"

顾平生沉默笑着，没说话。

"就是一摘掉眼镜，满大街就都是美女和帅哥了，"她顺手摘下他的眼镜，"有没有看到一个大大大美女，躺在你床上，对着你笑？"

第十五章 温暖的温度

"好像,真的有。"他微微眯起眼。
"我有个问题,一直想问你。"
"问吧。"
"你是真的什么都听不到吗?可以戴助听器吗?"她伸出手,隔着薄薄的一层衬衫,搂住他的腰。
"可以,只是不想,至少到现在为止不想。"
原来不是那么不可挽回啊。
童言心情马上好起来,把腿放到他腿上。他勾住她的腿,直接放在自己侧卧的腰上,简单的动作,却更让人心猿意马。
偏他还在自己裸露的小腿上,无意识地用手指敲击着,在想着什么。

童言被他弄得心里痒痒的,闭上眼,再睁开,他还是一样的姿势,没有任何变化。"你在想什么?"她问。他说:"在想你。"
"想我什么?"
"说不清楚,"他倒是很认真琢磨了下,"你是想在律所实习,还是法院?"
"不知道,"她一直认为自己足够成熟,其实面对实习、择业一类的问题,依旧茫然得很。可能五年后看现在的自己,又觉得这些都不是问题。
但现在,这些还真是问题。
"要不然,我安心做顾太太吧,"她长出口气,"顾先生的如花美眷。"
他重复如花美眷的口型,发音却不太准。
童言听得咯咯直笑:"我终于发现文化差异了,顾老师,你只能教法律,还最好是国际法类的。"

他忽然笑得人畜无害，把手伸到被子里，从她的睡衣下滑进去，温热的掌心摩挲着腰间的皮肤。童言被他弄得嗓子有些干，噘噘嘴，示意他关灯。岂料他仿佛没看见，继续摩挲了会儿，忽然就开始轻捏她最怕痒的地方。

她咬着嘴唇，不敢笑出声。

跑又跑不掉，只好在他手臂下挣扎，可惜他力气太大，如何做都是徒劳无功。最后她笑得脸都通红，满身是汗了，才终于被他放开，滚到了床的另一边："顾平生……"

"嗯。"他应了声。

仍旧是单手撑头，侧躺着，额前的头发软软地滑下来，半遮住了眼睛。

"美人煞？"她忽然觉得，这个词还真是恰到好处。

他不动声色笑着，没答应。

"我有没有和你说过，"她怕他继续痒自己，小心翼翼地挪回去，手脚并用缠住他，一字一字地说，"我爱你。"说完，就把脸贴在了他的胸前。

然后就感觉他的手，环住了自己的腰。

"好像没说过。"声音从头上方而来。

回答得还挺认真。

童言本以为这句话，还挺动人的，却被他的回答搞得哭笑不得，正要抬头抗议的时候，他已经开始不紧不慢地从她额头吻下来。还是很感动的啊，童言满意地仰起头，回应着他，最后两个人都有些收不住了，他却忽然停下来，用被子把她裹了起来："没什么是万无一失的，乖乖回去睡觉，以后我们有的是时间。"

她明白他说的，嗯了声，真就乖乖穿好睡衣，又悄悄回了房间。

好在期末考试只有两门课，沈遥把确切考试时间告诉她的时候，还特地含糊地交代了学院里关于她的传言。"清者自清，"沈遥嘀嘀咕咕抱怨着，"反正一毕业各奔东西，谁也见不到谁，你不要管他们说什么。"

童言拿着话筒，笑着嗯了声。

哪里有什么清者自清，大部分传言根本就是事实。

她大概说了领证未遂的蠢事，岂料，竟换来沈遥一声惊呼："还要户口本才能领证啊？我还说等毕业了，偷偷拿着身份证飞趟北京就搞定了……"童言哭笑不得："原来你偶像剧看得还没我多，不是很多时候都演什么，千方百计偷户口本吗？"

沈遥迅速表达对偶像剧嗤之以鼻的情绪，又哀怨地感叹了会儿，忽然想起了另一个八卦："好像前一阵，周清晨和静静也要领证，被学院压下来了。虽然大政策开放了，可我们学院那个新院长很保守。连学生会主席都没戏，你还是消停消停，反正顾老师跑不掉，我看他也不是能跑掉的人。"

她继续答应着。

挂断电话后，她估算着时间，差不多是该回学校了。

顾平生不需要再回上海，况且，家里也需要有一个人照顾……她想到"家里"这个词，又想到了一个始终存在的心结，就是她从来没有去过他的家里。虽然他母亲已经去世很久，父亲似乎又只是个名词，但还有外公在。

他没有提到过，她也就没有深入问过。

这个问题，奶奶也问过她，她含糊地说他母亲已经不在，父亲又不太常联系。大概是因为自己家庭的特殊，奶奶也没有追问太多，倒是感叹了句："你们两个孩子，都不容易。"

"其实挺容易的。"

她趴在沙发上，轻声嘀咕了句，还是觉得很幸福。

这么容易就再见到了，这么容易就在一起了，这么容易，他就健康地回来了。

她乱七八糟想了会儿，下楼到小区门口的鲜果店，给他挑新鲜的水果。店里的老板早就熟了，很热情地打招呼，告诉她哪些是今天新进的，格外好的。她边应着，边从一排排的果架旁走过，然后就看到了门口几个熟悉的身影。

看到他们的同时，他们也看到了她。

方芸芸撑着遮阳伞，看着她笑了笑，陆北的一双眼睛自从看到她，就再没有移开视线。

"顾太太，这个绝对是今天最新鲜的……"老板还在叭啦叭啦地热情介绍着，完全没注意她的反应。她有些尴尬地摇头，搪塞说："我忘记带钱了，一会儿再下来买。"老板乐呵呵给她挑了个哈密瓜："没关系，你每天都下来，明天再给也没问题。"

老板继续挑着，她让不开，只好走到店门口打招呼："阿姨，叔叔。"

当初两个人在一起的时候，因为父母的溺爱，他一早就坚持把她带到家里吃饭，久而久之，他父母倒真的喜欢上了她。后来发生了那件事，陆北坚持不肯接受方家的帮助，也是他母亲找到童言，让她来劝他。

所以多少，两位长辈总会觉得有所亏欠。

但毕竟是十几岁时的交往，如今过去这么久，都不过年少荒唐事罢了。

陆北父母很快笑起来，问了几句不痛不痒的话，话语中仍透着熟悉和亲近。
"言言搬家了？"方芸芸把遮阳伞收起来，"我们一直在看房子，这里小区环境据说很好？"童言嗯了声："挺安静的。"一旁跟着的中介听到，马上开始长谈阔论，什么经典户型、黄金楼盘的，说得是天花乱坠。

她不知道如何退场时，鲜果店老板递来了一袋挑好的水果。

黄红暖绿的，搭配得恰到好处。

她拎过来的时候，听到方芸芸说这里看起来不错，不如看一看。陆北的父母似乎不太愿意进去看，可挡不住方芸芸的三言两语，几个人倒是比她先进了小区大门。她大概知道方芸芸又开始犯浑了，真怕她脑子发热，就买了这里的房子。

她不喜欢方芸芸，但陆北没有错，她希望陆北能过得很好，非常好。

她刻意慢了几步，避开他们，刚到家就收到了平生的消息：顾先生带你去买衣服。TK。

童言马上回过去：怎么又买衣服？

很快，手机振动回复：满足顾先生的虚荣心。TK。

……

正巧，奶奶是不在家的。自从这场大病后，老人家越来越爱参与社会活动。开始她还有些不放心，但是家里的医生大人说出利大于弊的事实后，她就不敢再阻拦了，渐渐地两个人也有了很多独处的时间。

她到约定的地方时，顾平生已经到了。

因为下午是去他朋友任教的大学讲座，自然是一本正经，黑色的西装外衣搭在手臂上，单手拎着领带。这么热的天气里，竟没有半分燥热浮躁。

可就是这样出色的男人……昨晚却在床上，玩闹一样地痒着自己。

童言眯起眼睛，很享受地，远远看着他。

手机忽然振起来，她低头看：看够了吗？看够了就过来。TK。

她抬头笑笑，收好手机，跑过去。

商场有两层女装店，年轻烂漫的、成熟职业的。她为了配合顾平生的造型，刻意先和他逛了职业装那层，没到五分钟两个人都觉得太不搭调，下楼开始一间间逛。到最后两个人都逛不动了，坐在商场的麦当劳里买了冰可乐。

说笑着，然后再偷偷地，从玻璃里看自己和他的影子。

整整几个月都没有剪头发，最多刘海长了自己拿着剪刀解决下，如今已经过腰了，为了凉快只能绑着马尾，倒显得年纪小了不少。

　　可他并不显得老，起码看不出八九岁的年龄差距。

　　"我下午碰到我以前的男朋友，他和他老婆在看房子，"她看向他，"如果他们和我们一个小区，你会不舒服吗？会吃醋吗？"

　　"估计会。"

　　"估计？"

　　她判断他的表情，猜不透真假。

　　"这样，"他装着样子，看了眼手表，"现在还早，我们也去看房子，明天就换。"

　　童言看他眼底柔软的笑意，明白他在说笑，忍不住在桌下踢了他一脚。两个人对着笑着，继续着毫无营养的对话，浪费着美好的午后。

　　大概知道她的考试时间后，顾平生很快就订了机票。

　　她走之前，坚持陪他去复查了一次。

　　他们到的时候是午饭时间，廖医生刚做完手术，洗完澡出来，头发半湿着就去和他打招呼："终于看见你太太了。"

　　童言腼腆笑笑，还不太习惯当面的这种称呼。

　　他拿着前几天所有的报告，递给他。

　　两个人就在廖医生的办公室里，交流得很快，也很专业。

　　她听不太懂，只是觉得廖医生自始至终态度都很慎重。到最后她紧张得开始攥他的手指，他才笑着警告医生："我太太胆子小，你再这么一本正经的，她一定会胡思乱想。"

　　"不要怕，"廖医生笑着倒了杯水，递给童言，"他这么多年，自己早就有了一套应对方式，况且这次手术这么成功，起码十年内不会有大碍。他真算还好，我这里好几个非典病人，现在这种七月天根本就喘不上气，肺都有大问题，你说这一辈子每个夏天都这样，多难过……"

　　童言接过杯子，觉得这医生真的是，非常不会安慰人。

　　顾平生也被气得笑起来："这些你留下来，有什么问题，直接给我发邮件。"

　　"去吧，我下午还有手术，没有时间认真看，而且你的问题不是我一个骨科医生可以解决的……"顾平生蹙眉看他，他马上住口，对童言解释道："别太介意，做医生的就是这样，什么都先往坏处说。"

　　"我知道，谢谢。"

童言虽然表示理解，但是回去的路上，总觉得不舒服。到晚上快睡觉的时候，终于忍不住趴在他胸口，认真看着他的眼睛说："你如果有任何身体不好的地方，一定不能瞒着我。"顾平生手搭在她腰上，轻拍了拍，声音带笑："想了一整天，就为了说这句话？"

"我说真的，"童言继续强调，"如果有任何不好，都要告诉我。"

"好。"他说。

童言把头低下来，知道他肯定不会完全照办。

就如同他在美国的时候，平凡偷拍的视频里，他已经躺在医院里，隔天他却发来游玩的视频，混淆视听……这么看来，倒像是"只肯同甘，不愿共苦"。

第二天他送她去机场。

七月初，已经完完全全进入了盛夏。

两个人走下出租车的时候，热浪一阵阵席卷而来，来来往往的行人都避开日光，匆匆进出着候机大厅。他替她拿下行李箱，童言很快就握住他的另一只手，对他龇牙笑了笑："热不热？"

"很热，"他反手攥住她的手，"你不热吗？"

"热啊，"这么一会儿，她就已经开始冒汗了，可还是不愿松开，"你勉强忍一忍，等我一上飞机，想要有人拉你的手，都不可能了。"

顾平生很认真地嗯了声："我忍耐力一向很好，勉强坚持坚持，送你上飞机。"

她说不过他，只好狠狠攥住他的手，用力还击。

可惜他稍微一用力，她就吃不消了，龇牙咧嘴地求饶。

到上了飞机，她攥了攥空着的手心，开始安慰自己。其实只有十天而已，考试，收拾寝室，领取大四实习的表格和推荐信，等到十天后，7月10日，就又会回来了。

到学校后，她很认真地拿出奶奶的病历证明，给到学院和海商法的老师。

领到实习表格和推荐信时，学院老师很关心地问了句，要不要学院安排她的实习单位。这些在回来之前，顾平生就已经安排妥当，她不好直说，只说家里需要人照顾，一定会在北京完成全年毕业实习。

大学物理和海商法相隔一天，她考完海商法，被沈遥拉去了图书馆，美其名曰"最后的图书馆复习"。

沈遥很矫情地怀旧着，早起抢了常坐的位子。

位子是靠窗的，阳光照在身上，因为图书馆温度超低的空调，并没有盛夏的燥热。

她趴在桌子上，一遍遍看顾平生给自己写的习题详解。这些都看过了很多次，她对着一沓 A4 纸和纸上的字迹，开始走神。很快，身边人的窃窃私语惊醒了她。

说是窃窃私语，倒不如说是当面指摘。

约莫是师生恋，又因为流产身体变差而休学，学院还始终包庇什么的。她终于明白沈遥闪烁其词的所谓传言，原来是"流产休学"这样的话。

沈遥也听到了，很不善地戳着笔，盯着那几个男女，对她说："早知道就不逼着你陪我自习了，你不知道，顾老师的背景一直被传得神乎其神，这些人都是嫉妒。"

童言嗯了声，自嘲道："嫉妒什么？嫉妒我重修大物四次吗？"

沈遥不厚道地乐了："童言无忌，你还真是……"

她吐着舌头，闷不吭声地笑了笑。

说不介意是不可能的，但总不能拿着奶奶的病历证明，复印出来全年级人手一份吧？

两个人你讽刺我一句，我打压你一句，说得正乐呵，穿着很醒目的王小如竟一副姗姗来迟的模样，把背包扔到长桌上，坐了下来："我这种好学生，考完海商法根本就没有考试了，还要陪你们两个人自习……真是交友不慎。"

沈遥咬着笔，笑道："话题女神来了，童言无忌，你不用怕了。"

王小如不解："怎么了，童无忌怕什么？"

"流言蜚语呗，"沈遥视线绕了半圈，"关于美人的。"

王小如喔了声："这你也听？到大四了，人都浮躁了，什么考研啦，出国啦，找工作啦，你不知道那些寝室里钩心斗角的故事，比你这个精彩多了。我们隔壁寝室，我刚才在收拾东西的时候，还听见她们吵什么，谁拆了谁的国外来信呢，"她很快打开背包，像模像样地拿出本书，"再说，有了顾老师，你总要吃点儿亏。"

沈遥对这个说法很是认同："对啊，balance，懂吗？得到太好的东西，总要付出一些，否则老天都要嫉妒你。"

童言看她俩一个劲安慰自己，实在于心不忍："我还真没计较，这些都是小事情，再小不过的事情。"对于过去那么多年的生活挑战，流言蜚语的确太没有力度了。

"算了吧，"沈遥噘嘴，"在我眼里你就是温室嫩芽，从童家温室移到了顾氏大温室里，还硬要装着历经沧桑……"

她扬眉笑笑，下意识用手指转着笔，低头继续看题。

复习到晚上，她和沈遥都已经头昏脑涨。

却意外地发现，图书馆外的空地上已经搭起了一个很大的舞台，她和沈遥站在路灯下看热闹的时候，几个曾经被童言训练过的阳光剧社成员，很快跑过来，招呼两个人留下来看大四毕业晚会。

"师姐，你每次晚会都是主持，这次就是不上台了，也要看啊，"大二的小姑娘挽住她的手臂，盛情邀约，"这次我们剧社也有节目，都是大四的师兄师姐上，你肯定都认识。"

"艾米也在？"她环顾舞台四周，果真有很多熟悉面孔。

"艾米不在，"师妹遗憾地摇头，"她在电视台的节目，今天刚好是直播的，就顾不上这里了。"

沈遥本就是爱热闹的，听到是大四毕业晚会，马上就来了精神。

于是两个人就站在人群远处，边和来往的熟人招呼，边等着八点晚会的开始。

她看着熟悉的舞台灯光，想起了很久前，和顾平生主持的那场校庆晚会，很是感慨地拿出手机，告诉他：我在看大四毕业晚会，第一次不是主持，而是在台下等他们表演，还是露天的。

这个时间，他应该在看书？

她想象他在北京的一举一动，越发地归心似箭。

快十点的时候，开始淅淅沥沥地落下了雨点。很多大二、大三的学生都没带伞，纷纷挤到图书馆门前，靠着二楼的平台遮雨，那些大四的学生反倒不在意，有些脱下衣服遮在头顶，有些索性就这么淋着雨。

她和沈遥挤在人群里，被气氛感染，莫名有种自己要毕业的伤感。

雨越来越大，挤在外围的人都不断后退，她们已经被挤到毫无退路，两个人后背紧贴着图书馆的玻璃墙，苦笑对视。这种位置除了嘈杂的舞台音响，真是什么都看不到。

她拿起手机看了眼，刚才的混乱中，顾平生已经回复过来——

今晚上海是中到大雨，不要玩得太忘我，忘记避雨。TK。

"哎哟喂，顾老师还随时关心天气预报？"沈遥扫了一眼她的手机，啧啧称叹，"我给你算好了，一整年的实习，刚好够你生个宝宝，天衣无缝……"

童言用手肘狠狠撞了她。

忽然又进来条信息，打开看，还是他：

宵夜煮得很难吃。赚钱养家，却吃不到可口饭菜，顾先生这几天过得十分可怜。TK。

他第一次这么对她说话。

童言莫名有种，他当真在水深火热中受苦的错觉。

算了算时间，原本准备十天后离开学校，如果排得紧凑些，或许七八天就可以了。她晚上回到宿舍，就开始马不停蹄地收拾东西。纸箱是一早就准备好的，装上书和衣服，还有三年积攒下来的零碎东西，满满地装了三箱。

沈遥提了两桶热水，在浴室冲完澡出来，童言正跨在一个纸箱子上，用两腿夹住两侧，努力将纸箱两侧的封口闭合，用胶带封住。

透明的胶带，在黄澄澄的台灯光线下，折出微弱的光。

明明是打包滚蛋这么伤感的事，她却做得像是奔向光明一样……让人嫉妒。

"……快把剪刀递给我。"童言出声叫她帮忙。

"你不是说后天才封箱吗？"沈遥嘟囔了句，"太重色轻友了，马上你就回北京了，等你回来我已经出国了……顾太太，你的顾先生跑不了，可是你最好的朋友，真的会跑。"

童言刺啦一声扯长了胶带："他不会做饭，不能放他一个人在家太久啊。你乖点儿，等到寒暑假可以去北京找我玩，我包吃包住。"

"顾平生最少有29岁了吧？让我算算，"沈遥递给她剪刀，"你们暗度陈仓了一学期，在一起一学期，也不对，这学期说是在一起，其实他大多数时间不在你身边。童言无忌，你觉得他前面28年是怎么活下来的？"

童言没吭声，把胶带粘在封口处，用手掌来回滑动，让接缝贴合得更加牢固些。

等到站直了身子，她才忽然说："前面28年还真挺可怜的。"

"可怜？"沈遥啼笑皆非，"宾夕法尼亚医学院，伦敦大学国王学院，怎么看都是高智商人士，就我做他半年学生来看，他情商也高，然后呢，皮相也好。你男人要是可怜，我们这样的就只能每天抱着马桶哭了……"

童言干笑两声："前面28年，没有我，当然可怜。"

沈遥被噎得哑口无言，瞪着大眼睛猛瞅她："童言无忌，你脸皮终于比我厚了。"

顺利地结束了最后的大物考试。

她提前两天寄出了纸箱。快递非常尽职尽责，人刚登机，顾平生那里就收到了所有东西。

她问他会不会嫌自己东西太多。

他很快回答：女人的东西应该是男人的七到十倍不等，去年我替平凡收行李，足足有二十几箱，还只是她在英国的四年所用。没想到顾太太三年的私藏，只有三箱。TK。

童言笑着关了手机，知道他肯定是即将出门，或者已经在去首都机场的路上。很快很快就能见到了，然后就是一年的实习，毕业，就业。

这么算起来，应该不会有什么机会再分开了。

当初她毅然决然收拾行李，拿着录取通知书南下的时候，从没想过，有一天自己会心甘情愿地回到出生的城市。她甚至想过，等到自己在某个城市落脚后，就把奶奶接到身边，远离北京的所有人和事。

可是短短一年，心境完全不同了。

比起顾平生，自己经历的那些，或许还比他的好过些。如果是她，遇到母亲在自己面前自杀，然后遇到非典，从身体到心理这么大的伤害，可能真不知道怎么熬过来。还有很多隐藏在他过去岁月里的事，他的父亲。

迷迷糊糊就如此睡着了，醒来时，空姐已经开始告知即将到达首都北京、地面温度如何如何……飞机顺利着陆后，她打开手机，第一条进来的就是他的短信。

给她描述等候的具体位置。

三号航站楼太大，好在顾平生的描述能力非常好，她照着他的描述，很快就看到他。黑色的短袖polo衫，及膝的黑色运动短裤，真是青春阳光得一塌糊涂。

她偷偷挪了两步，本想给个惊喜，没想到马上就被顾平生发现了。

最后索性厚着脸皮，跑过去，扑到了他怀里："大庭广众秀恩爱，感觉如何？"所以人都有炫耀的劣根性，而顾平生，自然值得炫耀。

"非常好。"他说完，脸孔就忽然凑近，低下头直接压住了她的嘴唇。

几秒静止后，他微侧过头，含住了她的嘴唇。可就在她伸手，搂住他的脖子时，顾平生却忽然把头偏开，刻意压低声音说："先回家再说。"

戛然而止，明显就是故意调戏。

她根本反应不过来，就如此被他搂住肩，往走廊而去。

"去法院实习好不好？"顾平生边走边问她，"我已经给你安排了实习的法院，这样毕业的时候，或许能直接留下，这种工作比较轻松。"

"你怎么知道我要轻松的？"童言努力辩白，"万一我要做事业型的呢？"

"先熟悉公检法，也会对日后有好处。"

童言听他这么说，再没了意见。

两个人边说着实习的事情，边慢悠悠走着。

不同于旁人的行色匆匆，他们两个都是难得空闲，没有任何事等在前面，等着去处理、去解决。她挽住他的右手臂，靠在他身上，随意看向玻璃窗外冲上云霄的飞机。

或许轻松的工作也不错。

忽然身后有人叫他，很清晰的"TK"发音。她回头看去，一个拉着行李箱的男人，保养得很好，只能猜出年纪在五十岁到六十岁之间。那双眼睛，和顾平生极相似。

她心猛跳着，不敢猜下去。顾平生随着她的动作，回头看向这个人。

很快，他说："你好。"

陌生，却很礼貌的招呼。

"什么时候回国的？准备长期住在北京？"男人问他。

可惜没有任何人回答他，短暂的沉默后，男人的神情忽然柔和下来，看向童言："这是你的女朋友？"

"是我太太。"他很平淡地开口解释。

"你好，"男人对童言伸出手，"我是顾平生的父亲，董长亭。"

童言没想到是这样的偶遇、这样的对白，她握住顾平生父亲的手："我叫童言，童言无忌的童言。"

刚才他父亲从身后叫他的名字，看起来，似乎不知道顾平生失聪的事。从2003年非典到现在，已经快七年了，并不算短的时间，两个人从来就没有见过？她有很多的疑惑，可是这个时间地点，不能问，只能当作什么都不知道。

她单纯地自我介绍着，像个初见家长的小女孩。

董长亭似乎很感激童言的笑容，开始说一些和他们不大相关的话。什么他刚从湖北回来，做了肝移植的手术，没想到下了飞机就看到他们。他说话的时候，偶尔也会问童言些问题，都是非常普通简单的问题，比如她多大了、是哪里的人。

童言从来不是个能对长辈冷脸的人，可怕顾平生不开心，征求性看他。

他微微笑了笑，摸摸她的头发。简单的动作，算是个默许。

童言稍许放宽心，小心翼翼回答着那些问题。

幸好，问题很随便，幸好，很快就有医药代理商匆匆来接机。"董主任，不好意思，实在不好意思，不知道是什么原因，高速封了足足一个小时。"那个代理商边说，边热络地接过箱子，很快和顾平生热情握了握手。

寒暄数句后，这对比陌生人还不如的父子，终于分道扬镳。

市区真的有交通管制，回到家里已经是下午一点。童言在飞机上吃了饭，可他还是饿着肚子的，所以她进门做的第一件事就是冲进厨房，把冰箱里的青菜、鸡蛋和火腿拿出来，蒸了新米饭，再倒进油锅里给他做炒饭。抽油烟机轰隆声中，她把炒菜的锅铲递给他，又用抹布擦干净手，想要去奶奶房间。

"奶奶出去了，"顾平生把她搂回来，"她说去学生家坐坐，晚饭后再回来。"

童言很奇怪："怎么知道我今天回来，反倒出去了？"

顾平生像模像样翻炒着饭，慢条斯理地猜测着："老人家比较有经验，知道'小别胜新婚'的感觉。"她念叨着臭美，和他换过来，把炒饭盛出锅。

看着他吃上了，童言终于腾出工夫，把客厅角落里的三个纸箱分别拆开，计划把所有衣服都清洗一遍，收进衣柜里。三个纸箱里，有个是专门放各种杂物的，顾平生端着白瓷的碗，边吃着饭，边走过来打量那些杂物："这个熊形的玩偶，好像在宜家看到过？是你大学买的？"

"不是，那里的娃娃这么贵。这个熊是沈遥的，她看中了我一套漫画，强迫我和她换的……"童言把那个丑丑的棕熊拿出来，思考着要不要手洗干净。

"漫画？"

"《蜡笔小新》，一整套。"

她简单回答了这个问题。搬过家的人都知道，带什么都不能带书，可是当初她考到上海，行李箱里竟然放了半箱《蜡笔小新》的全集漫画。人家入学第一天，都会像模像样地用各种辅导书和字典把书架填满，而她，却摆上了这样的书。

也因为如此的诡异行为，沈遥对她一见如故，誓死要和她做死党。

后来，沈遥暗恋的男孩，忽然说想要这么套书。沈遥就强取豪夺地拿了个玩具熊，硬要和她换，她想都没想就拒绝了，却在十分钟后，把所有书都丢给了沈遥。

现在想想，好像就是大二的事情，可是怎么觉得过了那么久呢？

她想到棕熊的来历，忍不住感叹了句："那时候真单纯啊，拿到整套的《蜡笔小新》，就像得到巨额财产一样。"在日光下，她的眼睛像有波光流动，隐隐有回忆的怅然。

稍许的幸福，就能满足。从不管幸福背后的那些沟壑多深，是否真能逾越。

这就是童言。

于顾平生而言，病痛之所以可怕，是因为折磨的不仅是自己，还有关心自己、爱自己的家人。他不是没有自暴自弃过，也不是真如所有人所见，真就毫不在意。甚至早已下决定，不会结婚，甚至不给自己机会找个女朋友，陪自己受难。

可惜，世界上偏就有个童言。

……

她继续蹲在纸箱前，把一个个小东西拿出来，默默琢磨该放到哪里。

他低头看着她。不知道是太久没有吃到她做的饭，还是她真的厨艺大增了，明明是简单的东西，竟是无比馨香，色香味俱全。胃暖了，手也渐渐暖和起来。

"你现在也很单纯。"

他微微笑着，靠在她身边的玻璃门上，继续吃剩下的炒饭。

第十六章　我的顾先生

漫长的暑假过后，她开始了真正的实习生活。

并非想象里的样子，不是很忙，但总能看到形形色色的当事人，或是代理人。

顾平生的新学生都很可爱。

她第一次去学校等他下课，就被他们搞到面红耳赤。那个下午，下课铃响后，很快就有一群学生走出来，把他众星捧月地围在当中。

她靠着栏杆，站在不远处看着他，直到他看到自己，马上做了个鬼脸。

"顾老师，那个就是我们师母大人吗？"有女生问他。

他很直接承认后，那些小了她三四岁的学生，就开始起哄。用他听不到的声音，在他看不到的角度，不停说着师母大人好、师母大人真漂亮什么的……她想起当初在学校里，同班同学也是这样，总是在讲台下，用他听不到的声音取笑自己。

时间相隔一年多，地点相隔一千四百多公里。

他依旧是顾老师，那个穿着衬衫、让人着迷的顾老师。

"我记得有人提醒过我，大学老师和医生，是最容易被诱惑的职业。你说，你未来的三十多年，永远要对着十七八岁的学生，回到家看到越来越黄脸婆的我，会不会有那么一点点动摇？"她坐在沙发上，把脚搭在他的腿上，"而且男人不容易老……"

顾平生看完她说的一长串话，扬眉笑笑，继续低头翻书。

竟然没有理她的杞人忧天。

她本来是开玩笑，看他这么不配合，很不满意地继续用脚蹭他的腿。等到他终于又抬头看自己，才放下手里的司法考试卷子，从自己这侧，挪到他那一侧："如果有女生，像我一样喜欢上你了呢？"

　　他的表情似乎变得认真起来，想了会儿，忽然感叹道："的确很有可能。"

　　"很有可能？"童言默默地盯着他。

　　"这个学校法学院比较大，现在看下来，一个学期应该要接触九个班的学生，如果按顾太太的概率来算，的确很危险。"

　　"是啊是啊，只教一个班就拐了个女生……"

　　"不过我给每个班上课前，都会告诉他们我已经'not available'了。"

　　Not available.

　　这是个好说法。她笑得满意："顾先生，你明天想吃什么？请尽管开口，不用客气。"

　　他颔首："让我好好想想，明天中午告诉你。"

　　可惜人算不如天算，童言从法院回到家，准备好晚饭已经近七点半了，他还是没有到家。奶奶的作息一向早，平常都是五六点吃饭，到九点准时休息。她给顾平生发了三个消息，没有任何回应，只好和奶奶说他可能是学校里有事情。

　　可是不知为什么，总有些不安心。

　　到晚上八点多的时候，终究是坐不住，和奶奶胡乱编了个借口出来。开始拿电话不停拨过去，出租车开了十分钟，电话忽然就被接起来："喂，是……嗯，是师母吗？"是个男生的声音，听上去很年轻。

　　"嗯，是我，"童言应了声，深吸口气，"顾老师是不是出事了？"

　　她问完，不等那边回答，很快又追问道："是不是摔倒了？是在学校，还是在医院？"

　　"在医院，"那个男学生怕她着急，很快接了话，"我们几个男生送过来的，顾老师刚醒……"她双耳嗡嗡响着，电话里的声音一会儿远得听不清，一会儿又近得让人想躲。

　　大概明白是在哪里，她很快告诉司机转向，直奔那家医院。

　　童言走进去的时候，真的有三四个男生围着他的床位，紧张地看着他。一个年纪不算轻的医生拿着张片子，神情有些奇怪："你以前有没有什么病史？这个片子……"

　　她全部注意力都在他身上，根本不在意医生看的是什么片子。

　　如果有任何状况，肯定都是那场病遗留下来的。

"Severe Acute Respiratory Syndrome."顾平生说完,看到她走近床边,嘴角上扬地笑了笑。"SARS。"医生下意识简化了这个词,恍然去看手里的片子。

有个男学生,下意识退后一步,很快又意识到自己的行为,低下了头。

那个学生站的位置是床尾,童言看得清清楚楚。

"这就对了,心肌缺氧造成的心绞痛。这一个星期阴雨天比较多,又闷热,你这几年应该都是这样吧?闷热潮湿的天气最要警惕,夏天雨水多、湿度大,要尽量减少活动……"医生知道了病史,很快就明白了病因。

差不多交代完,又追问了句:"你当初是在哪家医院的?SARS的时候。"

"是协和医院。"

"协和的?"医生回忆着,说,"当初,协和算是治疗最成功的,你被送到那里挺幸运的,住在附近?"顾平生似乎还没有完全恢复,控制着自己的呼吸力度,说:"我当时是那里的医生。"表情一如既往地平静。

那个下意识躲开的小个子男生,眼睛忽闪着望过来。

医生有一瞬哑然,很快就调整表情,和他交流起了当年协和的同仁。顾平生在协和的时间很短,恰好就碰到了SARS,那个医生言谈中提到了自己的同学,就是在那时候去世的,说出名字的时候,顾平生很快颔首说,当初和他在一个病房。

那几个学生比童言小了四五岁的样子,当时年纪小,并不太了解那场远去的灾难。只是听到顾平生曾是医生,有些诧异,更多的是和当年沈遥一样的仰慕。

毕竟医学和法律,听起来相差太远。

只有那个男生,很认真在听着,认真得有些过分。

最后因为太晚,顾平生让几个学生都回去了,童言坐在病床边,听两个本不认识的人闲聊着。很小的时候,她总是认为医生都是万能的,只要告诉他们哪里不舒服,就会药到病除,甚至只要听诊器往身上一放,就会不咳嗽,马上退烧。

长大以后才明白,许多病是医疗技术无法解决的,连医生也要在摸索中前进。

然后再遇到他,尤其是他去做手术的那几个月,频频搜索那段时期的新闻,莫名就有些感慨。

天使能治病救人,却最终还是要死于病痛,救不了自己。天使也是普通人。

当晚顾平生没有选择留院,医生亲自把他送到楼下的大堂。

"过去没有经验,真是一个个拿命在赌,"那个医生感慨,"损失了不少好医生。"

他站在比白日安静不少的大厅，不知是笑是叹，回了句："如果不是身体情况不好，我一定会选择回到医院，你那个同学，应该也是这样的回答。"

大厅的灯光里，顾平生说这话的样子，让她恍惚。
好像看到了他的遗憾，还有曾经他选择医科的初心。

两个人走出大门，童言终于露出了非常担心的表情："你真的没问题吗？要不要住院观察观察？"不管是肺部问题引起的心肌缺氧，还是什么，他真的是心绞痛昏倒了。心脏的问题，可大可小……她根本没办法当作小事情。
顾平生还没有回答，就看向她身后。
她顺着他的视线，回过头，没想到那个小男生还在。
"顾老师，"小男生的普通话不是很好，"我从小就听身边人说非典，广东也是重灾区，所以……"顾平生走过去，拍了拍他的后脑勺，说："快回学校，顾老师是有家室的人，如果宿舍关门，是不会负责收留你的。"
小男生欲言又止，离开的时候，仍旧神情歉疚。

到家时已经是夜里十二点多。童言担心他，不肯再分房睡，匆匆洗过澡就进了他的房间。
他是不喜欢穿睡衣的，她每次抱着他睡的时候，都能感觉到他的体温比自己低。童言躺了会儿，发现他根本没有睡着，索性扭开了台灯："这几天都是阴雨天，又热，我只要不在空调房间都会觉得胸闷，你要不要和学校请假，休息几天？"
顾平生眯起眼睛，逆着灯光看她："好。"
她想了想，问他："以前你有时候不去学校，总说家里有什么事情，是不是就是身体不舒服？"她说话的时候，把手放到了他的胸口上，想要试着感觉他的心跳，却找不到方法。慢慢地试着，竟也觉得自己胸口很不舒服，仿佛感同身受。
顾平生左手压在脑后，就这么笑着，看着她。
"你教我怎么把脉吧？"她忽然说。
"等明天你从法院回来，再教你，"他随手拿起床头的表，看着时间，"已经快两点了，要不要先睡觉？"他说完，就要去关灯。

她拉住他的手，终于说出了整晚的愧疚："我不是个好老婆，好像什么都不懂，都不会。除了每天给你做饭吃，什么都要你来做。"
就连他忽然昏倒，入院检查，也是最后一个到。

没有社会阅历，没有过健全的家庭，她甚至不知道如何才是个好的妻子，不知道每天关上大门后，一个正常家庭的细碎点滴，究竟是如何的。

"除了赚钱，我也不知道如何做一个合格的老公，而且，赚得也不算多，"顾平生攥住她的手，放在自己的胸前，很认真地告诉她，"你现在所有的自我否定，和你本身没有太多关系，根源还是我。言言，我其实很自私，知道自己身体非常差，还坚持要和你在一起。"

他的话，在她心里沉淀下来。
只要闲下来，就会想到顾平生的这句话。

按他的逻辑，她明知自己家里有很多问题，却还是把他一起拖下水。如果他身体康健，或许还有力气陪着自己承担这些，可让已如此的他，陪自己面对一切，是不是更自私？

"上午去监狱，感觉如何？"另外一个实习生，把微波炉打开，打开饭盒的盖子，放进去，"我第一次去之前，觉得肯定很恐怖，可是真去了，就还好。"
"和想象里的不一样，"童言叼住勺子，把热好的饭菜放到餐桌上，含糊地说，"我去的是女监……"
想象里的监狱，本来该和电视剧相似，有太过寂静的甬道，还有阴沉的气氛。里边的犯人应该也是形形色色，看着你的眼神，有很多的故事。

或许背后真的有很多故事，可是真看到你的时候，都表现得像是小学学生，拼命邀功示好，争取减刑。这是她以前没听人描述过的，学校里毕业的师兄师姐，大多数去了外资律所做法律咨询，每天最多的事情就是电话会议、邮件和咨询报告。
所以讲起工作也是写字楼、加班之类的，和这里天差地别。

草草吃过午饭，她下楼去拿律师交的资料，大厅里有两个脸庞黝黑的老伯跟在律师身后，其中一个正指着余下那个，不停说着："都是你的错，闹到两家要打官司……"童言走过去，说要拿资料，无论是凶神恶煞，还是憋屈不敢回骂的当事人，都马上对她友善笑着。
好像只要是从楼里走出来的人，都能为他们做主似的。

她不太能适应被人误解身份，想要转身离开，忽然就看到似曾相识的脸。在记忆里搜寻的时候，那个人已经走近她，笑着招呼："童小姐，还记得我吗？上次机场，我是去接董主任的代理商。"

她噢了声："记起来了，你是来……"

"我是来替我朋友送东西，"代理商笑容热络，"你是在这里工作？刚毕业？"

有没有工作过，很容易就能看出端倪，她很快解释："还没毕业，只是在这里实习。"

"好工作，这种地方就适合小女孩，不累，也不用求人，"中年男人很自然把话题转到了董长亭身上，"上次急着接董主任去研讨会，没来得及和你男朋友认识，他也和董主任一样，是医生？"

童言摇头："他是大学老师。"

"噢，不错啊。他和董主任是亲戚？照年纪来看，应该是叔侄关系？"

童言不想说出他们的关系，可又下意识，不愿意否认他们的关系。

有时候就是这么不公平，明明是正正经经的父子，却不能承认。顾平生不愿接触，是他的选择，可那个男人作为父亲，不该不承担如此的义务。

或许做医疗代理的都很会寒暄，她不知不觉就和那个人说了很久。很多闲聊的话拼凑在一起，渐渐勾画出了顾平生父亲的形象，是某个医院肾内科副主任，业内很有些名气，有个同为医生的老婆，是同一个医院心内科的主任。除了没有孩子，任何方面都令人羡慕。

晚上北三环忽然堵了一阵子车，她从公交车站走到小区门口，正好看到顾平生边等她，边在鲜果店门口挑水果。

鲜果店的老板娘非常喜欢他，每次都会给他拣最新鲜的，却并非那些看起来最光鲜唬人的。她走到他身后的时候，看到鲜果店老板娘在有模有样地教他怎么挑火龙果和山竹。

童言拉住他空闲的左手，顾平生知道是她，没回头，继续看老板娘说话。

最后老板娘称好斤两，他终于肯看她了。

"我不爱吃火龙果，每次都感觉没味道……"童言马上说出中心思想，"买芒果吧？"

"芒果会上火，"老板娘乐不可支，"刚才我也说你喜欢吃芒果，你老公不让买。"

"那就买那种小的……"

"这星期你吃过芒果了，"顾平生回答得直截了当，"下个星期给你买。"
她还想垂死挣扎几句，顾平生已经递出钱，拉着她往小区里走，彻底断了她的念想。

后来，那天她听到的那些关于他父亲的事，童言经过再三考虑，也没和他提起。倒是大半个月后，顾平生忽然和她提到了工作的事。
他和平凡都是学法律出身，自然有很多这个领域的朋友。
据他说，当时回国，最好的工作机会就是某个外资所。但因为他选择了大学，自然就拒绝了，而那位对他最有兴趣的合伙人，更是他同校毕业的校友，自他之后，就没找到更合适的人选，职位空缺到现在。

"你不想在大学了吗？"童言拿着电熨斗，不知道他为什么忽然有这个想法。
"应该还会继续留在大学，"顾平生好像已经想好了所有的话，"大学课程并不算太紧张，所以如果有别的机会，还是有时间的。"
童言低头，把衬衫铺好，熨烫着衬衫的折痕。
处理好两只袖子后，她抬头继续说："可是我觉得你的身体，肯定受不了。"
"我清楚自己的身体，会量力而行。"

他身后是落地玻璃窗，二十楼望出去，万家灯火，已汇成海。

童言继续低头，熨烫着他的衬衫。
约莫猜到了他一些想法。
他工作的时间不长，房子和稍许积蓄，都是过世的母亲所留。
如果他身体健康，又是知名的医学院出身，应该会过得轻松惬意。即便如今不能再拿手术刀，若没有自己和未来不可预估的生活，想要过得舒服，也不算太难。
可眼下，这些都是假设。
普通的两个人在一起，都要有觉悟，去应付所有未可知的起伏跌宕。而他们本身，就有太多无法解决的麻烦。对于股骨头坏死，他一定还要手术，而那些后遗症也会陆陆续续地显现，还有奶奶年纪越来越大，这些都需要挨个解决，做好万全准备。

上次事情发生后，她也在认真思考这个问题。
童言余光里看到他始终没动，抬起头，微微皱了下鼻子："好吧，先放你出去闯荡。等我十年，十年后，我负责赚钱养家，你负责种草种花。"

顾平生讶然而笑，抿起一侧嘴角。

童言扬了扬手里的熨斗："小心烫到你。"

他却根本不在乎，脸很快凑近，慢悠悠地凑了过来，倒是把她吓得高举右手，让手里的危险物品避开他，以一种诡异的姿势，很不享受地和他亲吻着。

后来她把七八件衬衫都一一挂起，关上衣柜时，模糊地想起了以前。

陆北总是不好好读书，留级、打架，叛逆得让人无可奈何。她有时候气急了会指着陆北的鼻子说："你现在不学好，迟早有一天会出事。"

每到她说这种话时，陆北总是笑嘻嘻地低头亲她，说："既然这么断定，那你去学法律好了，以后我出事你就替我打官司。"她被他说得啼笑皆非，可认真想想，无论陆北如何，她恐怕都会陪到底的……

那时候的自己，现在的自己，似乎没有什么太大的变化。

如果真是爱了，那就尽自己所能。

顾平生是绝对的行动派。

清晨起来，她站在洗手间刷牙，透过半敞开的卧室门，看到他低头极为专心地系着衬衫左手边的袖扣，看不到脸，却能看到手，如此简单的动作都做得很好看。

衬衫穿完，是西装外套。

最后是口袋巾。他从衣柜的抽屉里，拿出与领带同色的手帕，对角折叠，再错开顶端的尖角，放入外套口袋。

平整妥帖。完美得无懈可击。

所有这些做完，她甚至有些不认识他。

"顾先生，你让我想到一个电影，"童言捧起水，将嘴里的泡沫洗干净，继续道，"《罗马假日》，你让我想起《罗马假日》，只不过那里面混入人间的奥黛丽·赫本是个公主，而你是男人。你在国王学院毕业后，是不是就是这个样子的？"

"如果当时我留在那里，或是回国后没有进学校，的确应该是这个样子。"

他说话的时候，靠在洗手间的门边，伸手，抹去了她嘴角的白色泡沫。

顾平生，顾先生，何曾有过如此美色？

她侧过头，取笑他："我是不是马上就做阔太太了，最好买五六条大狗，天天遛狗养花什么的？"

233

"这种要求，很容易满足，"他若有所思，嘴角压着笑意，"一定程度上，从事这个职业可以生活得很好。举个简单的例子，我有个同学在2008年经济危机时，因为没有项目，被公司强制休了一年带薪长假，休假期间，公司会支付五十万美金的年薪。"

童言听得发愣："没有生意，每年还有五十万美金，如果是正常工作……"她想到自己在法院每月一千六百元的实习工资，默默地觉得，相比外资所的法律咨询，自己还真是廉价工种。

等他离开家，童言也已经装好中午吃的饭菜，出了家门。
外边下着中雨，公交车站的站台挤了很多人。她好不容易找了个空地，收起伞，车就开进了站。加长的公交车上也是人挨着人，很多人看到这情景都放弃这辆车，童言却不敢耽搁，怕堵车迟到，硬着头皮就往车门处跑。
岂料刚挤进去，就被人猛地握住手腕，从人群里扯了出来。
她惊叫一声，吓得回头看时，陆北已经伸出手，用外衣给她挡住了雨："我有话问你。"

她被他拉出去，措手不及。
在很多人拼命前拥的空间里，只有他们两个是反向的。"我还要上班，"童言听着身边人嘟囔抱怨，想要挣脱却不能，"有事晚上说好不好？"
"我开车来的，送你上班，路上说。"
他伸出手臂，挡开身侧两个要上车的男人。

"欸？大早上的碰上神经病了，不上车干什么呢——"其中一个被他挡得火大，回头骂了句，堪堪就被他的目光骇住。童言怕他惹事，很快反手扯住他的胳膊："人家都是上班的，是我们不对。"陆北没吭声，随手抹去了脸上的雨水。

他的车停在车站不远处路边，她走出人流，很快他把衣服从头上拿下来，撑起伞。陆北打开车门，示意她上车，童言摇头："就在这里说吧，有什么要紧事，一定要现在找我？"
陆北料到她的坚持，也没勉强她。
确切说，他从来不知道怎么勉强她。

"那天，我听见鲜果店的人叫你顾太太。你和那个人结婚了？"

童言嗯了声。

"他是你大学的老师，"陆北并不是在问，只是在陈述，"我记得去年圣诞节，我在上海见过他。"

她仍旧嗯了声。

"你就这样和老师在一起，会影响毕业吗？"

"还有一年，实习过后就毕业了。"

"你和他就住在这个小区？和奶奶住在一起？"

"对，是他买的房子。"

陆北问的问题，乱七八糟，毫无章法。

她不管他问的什么，都是认认真真地回答，没有任何敷衍的意思。

最后陆北已经问不下去了，又不肯上车，站在车门边沉默着，她就撑着伞陪着他。很多年前，两个人偶尔吵架的时候，陆北也是别扭地站在大雪里，不肯回家也不肯认错，她也是这么站在他面前，戴着厚厚的毛线帽和手套，沉默赌气。

面前的这个人，是她少年时代，对她最掏心掏肺的人。

不管是在一起，还是之后的分开，他从没做过任何对她不好的事。

所以她早就有决心，倘若有一天陆北问起自己的事，她绝对不会隐瞒，把所有的话都告诉他。只不过没想到是这样一个早晨，有人穿着雨披，在自行车道上穿梭而行，有人开车赶路，却因大雨而堵在路上，而他们两个却和年少时一样，面对面沉默着，和周围所有的一切格格不入。

"差不多了，"她抿唇笑了笑，"我真要迟到了。"

"他是不是听不见？"陆北忽然又开口说，"听不见人说话？任何声音都听不见？"

这个问题倒是出乎意料。

童言没有立刻回答。

然后就听见他说："有天晚上我来签购房合约，看见他在鲜果店挑水果，本来想要和他打招呼，却发现他根本听不到我说话。后来，你就回来了。"

有天晚上。

其实这个夏天，最热的那两个月，恰好是暑假。顾平生几乎多半时间都在家休息，每次她路上堵车，或是下班晚了，他都会溜达到楼下鲜果店等自己。所以陆北所说的"有天晚上"，只是过去两个月最常见的画面："他生过一场病，后来就影响了听力。"

"所以你知道他听不到,还要和他一起?"

"我当然知道他听不见,他第一天来上课我就知道了,"童言语气轻松,"除了这一点,他任何地方都很优秀,对我也很好,非常好。"

陆北没吭声,曾几何时,他在童言眼里也是这个样子。任何缺点都不重要,她只会说陆北很好,对我非常好……

"你真的要住这个小区?"童言反问他,"你觉得这样好吗?"

他沉默了会儿,告诉她:"这是方芸芸买的房子,我不会住在这里,你放心。"

那天她运气很好,想要走时,刚好就有出租车停靠在身边。副驾驶上的乘客刚推开前门,她已经拉开后车门,坐了进去。车开出老远后,连司机都看出了一些端倪,笑着问:"小姑娘是不是和男朋友吵架了,这么狠心,自己打车走了?"

童言笑着说不是,只是老同学。

到法院时,带她实习的书记员姐姐刚结束两个庭审,看她狼狈不堪地擦着裤子上的水,倒是奇怪了,问她怎么忽然这么大雨,裤子全湿了。童言又不好说是因为自己站在雨里太久,基本是被风和溅起的雨水弄湿的,只是含糊嗯了声:"挺大的。"

"秋雨寒气可重,我柜子里有运动裤,你拿去换上吧,"书记员姐姐笑着拍她的肩膀,"反正也迟到了,就脸皮厚到底,请假算了。"

"不行啊,"童言扯了几张餐巾纸擦裤子,"运动裤是不能换的,在办公室太难看了,请假也是不行的,我还要好的实习成绩,方便以后赚钱养家呢。"

童言才是实习的年纪,根本不会让人联想到结婚的事。书记员权当她是说笑,给她从抽屉里拿出吹风机,让她去洗手间吹干,把需要她整理的笔记放到了桌上。

自从开始外资所的工作,顾平生在家里的时间就少了。

她有时候从法院下班早,就坐着公交车去学校,或是在办公楼等他回家。渐渐法院带她的那些人知道了,都忍不住笑着说她真是新时代的好老婆,别人家年轻些的都是男朋友开车来接,年岁长些结了婚的,下了班都是匆匆去接孩子放学。

唯有她,倒成了"奇葩"似的存在。

进入十一月后,所有实习生都在讨论着司法考试的成绩。

她虽然嘴上不说,心里却忐忑得要命。以她的资质,根本就不可能有机会去外资所,那司法考试就是必须过的一道坎。

快到查分数的那个周六，顾平生恰好被邀请参加研讨会，是在京郊的一个度假村。

童言走前反复确认他回来的时间、研讨会的时间安排，大概什么时候他会发言、什么时候他会休息。周六那天早早起来，边研究怎么做牛奶布丁，边计算着时间，揣测他此时在做什么，会不会忽然身体不舒服。

上午试验了几次，成功的、不成功的都被她和奶奶消灭了。

等到吃完晚饭，她算着时间，差不多在他到家一个小时前，童言开始重新做布丁。所有步骤下来，最后淡奶油倒入模具，放入烤箱。

快到家了吗?

她把消息发出去，过了会儿，收到了他的消息。

是度假村详细的地址，甚至详细到房间号，如果不是他的号码发来的，更像是垃圾短信。

她用八九秒的时间，读了两遍短信，没明白他的意思。幸好第二条消息很快就发了过来：刚才是度假村地址，顾太太有三十分钟时间梳妆打扮，带上一日夜的衣服和必需品，来和顾先生度假。TK。

语气倒是轻松。

她问他：那么，家里的老人家怎么办?

平凡需要安静的地方备考，这两天会住在我们家。顾太太，你还有二十九分钟。TK。

看起来是早就安排好的。

认真算起来，自从她考试回来，两个人就没有一起离开过家，尤其没在外过夜，绝对称得上是史上最宅的模范夫妻……顾平生这么突然的一个安排，倒弄得她有些措手不及，好在只是一日夜，她拿出双肩包收拾东西，嘱咐奶奶有人会来照顾她，匆匆自家门而出。

临走时，仍不忘给他做的牛奶布丁。

度假村并不是太近，路上差不多用了五十分钟。

因为都是单独的别墅群，工作人员看到她手机上的地址，马上安排了接驳车送她过去。接驳车上大多是来度假的人，与她一同上车的就是对小情侣，始终嘀嘀咕咕的，男孩拿着各种宣传册找能钓鱼的地方，女孩倒是不停说要看看瑜伽的课程表。最后两个人险些因为几本小册子翻脸，男孩忙作揖赔礼，把各种动物叫声学得惟妙惟肖，足足五六分钟后，女孩终于轻哼声，笑起来。

淡淡的温情，整个车上都是这样的味道。

等到车停在顾平生住的地方，她跳下来，看着灯火点点的小别墅，轻吸了口气。

刚才听工作人员介绍，一幢别墅会有四个单独的套房。

每四十幢配一组客服人员，24小时电话，随时恭候调遣。

顾平生的房间是在一楼，她沿着蜿蜒的碎石路走过去，正对着房间号，看了看手机上的号码，确认没错后，给他发了个消息：今夜月色不错，真适合私奔。

发送出去，房间仍旧是安安静静。

童言凑上前，耳朵贴着房门，听着里边的声响。真的没有任何走动的声音，也没有水声，可是看门下缝隙漏出的灯光，应该是有人才对。只这么想着，所有的兴奋和期待，开始渐渐淡下去，不安悄然蔓延开来，再抑制不住。

她大脑空白了几秒，马上就把双肩包拿下来，翻出七八本折页和宣传册，打开找客服中心的电话。

光线太暗，只能按下手机的解锁，就着屏幕光线拼命找号码。

第一页没有，第二页、第三页、第四页……折页没有，手册也没有。

全是各种各样的活动介绍，繁多得让人抓狂，越想看仔细，越是慌，根本不知道自己漏掉了什么。心跳重得像是坠了铅，砸得胸口生疼生疼的，到最后腿软得站不牢了，就这么无力靠在门上，让自己冷静，然后再手指发抖着，翻回到第一份介绍手册……

她咬着嘴唇，不断告诉自己镇定，童言镇定。

忽然，所有的光都消失了。

她的眼睛被一只手捂住。

"是我。刚才想走出去接你，走错了小路，"顾平生的声音贴在她耳边，仍旧有些喘息，从身后搂住她，说，"我没事，任何事都没有，不要自己吓自己。"

第十七章 当你听我说

童言慢慢地点头，紧绷的心弦松开的一瞬，手仍旧是软的。

他说话的时候，用门卡划开房间大门，一只手仍旧捂住她的眼睛，另一只手拎起她放在地上的双肩包，带着她走了进去。

童言仍旧心有余悸，脱口问他："你真的没事？"

说完，她又察觉他看不到自己说话。

"我昨晚发现这里的露台很漂亮，就想带你来看看，不过，卧室也很吸引人，"顾平生关上门，将双肩包放到沙发上，"不知道顾太太想要先看哪个？"

她抿起嘴唇，笑了。

这个人捂着自己的眼睛，又站在自己身后，问了问题，却似乎并不打算让她回答。

她顺着他的步子，慢慢地往前挪动。

等到他松开手时，看到眼前全封闭的露台，终于明白他所谓的漂亮是什么。露台是悬空的，脚下都是全透明的玻璃，低头可以看到水池和数条锦鲤，而头顶就是不算晴朗的夜空，依稀有星和月。

真的是为度假而设，大得骇人。

为了让人坐下休息，还有很大的转角沙发和茶色玻璃矮几。

"刚才我真的吓坏了，"童言虽然欣赏美景，但是还不忘继续说刚才的事，"下次我给你发消息，无论你在哪里，在做什么，一定要第一时间回给我。"

"上课也是？"

"上课也是。"

239

"开会也是？"

"开会也是，"她毫不犹豫，"工作都不重要，你的安全最重要。"

也许对于一般人，这种要求真的很过分。

可是之前的第一次，今天的第二次，她真的是怕了。尤其是刚才，她翻找电话时，几乎想到了所有的可能性，人的想象力是最可怕的东西，可以摧毁所有的理智和镇定。

最主要的是，这并不真的全是想象，这些都有着可能性。

"是我的错，"他笑着贴近她，"我全答应你。"

他的脸离得很近，呼吸可闻，童言吓了一跳，错开头提醒他："这里可四面都是玻璃……"顾平生嗯了声："玻璃比较特殊，我们能看到别人，别人看不到我们。"

童言懂了，可是仍觉得这种感觉很诡异。

透过玻璃你可以看到夜空，可以看到四周的树丛，还有远远近近的、灯光微弱的照明灯。或许是为了渲染气氛，高的路灯并不多，反倒是深嵌在路面的灯比较多。

她打量露天的灯光。

感觉顾平生的手指轻轻抚摩着自己的脸、眉毛、眼睛，她被他挡住几秒的视线，能感觉到自己的眼睫毛，在摩擦着他的掌心。然后那只手离开，手指一路又从鼻梁，到脸颊，最后停在了嘴唇上。

手难得不凉。

好像自从他手术回来，就再难得有正常的体温。

指腹还是有男人的粗糙感，和嘴唇摩擦着，痒痒热热的，童言咬住嘴唇止痒，笑着避开："我给你做了布丁，牛奶布丁。"她躲得快，把乐扣的保鲜盒拿出来，还是特意在超市买的锡纸，每个都包得如澳门餐厅的蛋挞，仔仔细细的。

顾平生在沙发上坐下来，拍了拍身边的位置，童言马上很狗腿地捧着保鲜盒，两脚互助踢掉运动鞋，跳上沙发，盘膝坐下来："喏，吃吧。"

童言托着锡纸，把布丁送到他嘴边。

他嘴角绽出了一个很深的笑窝，低头吃了口。

"你最近有觉得不舒服吗？"

"过了夏天会好很多，心脏没什么大问题，主要还是这里，"顾平生按了按胸口上侧，"也别想得那么严重，非典是肺炎的一种，肺炎，大部分人在小朋友阶段都有过。"

他神情语气淡淡的,童言把手肘架在沙发的靠背上,撑着头,全神贯注地看着他吃。

顾平生吃东西的习惯真是好,不说话,两口就吃完了一个。

她马上补充粮食,示意他继续吃。顾平生努努嘴,没动,笑窝更深了。好吧,不得不承认,虽然身为人民教师,但他有时候还挺有情趣的。

她很识相地配合着,两只手捏着布丁外的锡纸,喂给他。

顾平生洗澡时,她从双肩包拿出两个人的干净衣服。

听到水声差不多没了,她拿起他的内衣和衬衫,走到洗手间门口,推开一条缝隙,想要把衣服放在大理石台上。

没想到就看到镜子里,他光着身子,在用剃须刀刮着脸。

童言还以为他没察觉,悄悄退了半步,假装什么都没看见地拉上门。可下一秒,又悄悄地推开门,身子倚在木门上,看他。

顾平生从镜子里回看她,脸上还有泡沫,在用手指抚摩着哪里还没处理干净,身上虽被擦干了,可是在灯光下仍旧有着被水晕染过的光泽。

"你说,"童言走到他身边,努力将视线全放在那张脸上,"人是不是挺脆弱的?"

他没回答,拿起湿毛巾,擦干净下颌。

她还在筹谋用什么样的话,表达出自己想说的意思,他已经放下毛巾,把她抱起来,让她坐在了洗手池边缘。坐着的地方很窄,她只能伸手抱住他赤裸的后背,维持平衡。

"想说什么?"

童言觉得喉咙干热,舔了舔嘴唇:"我想你了,如果你以后工作太忙的话,是不是有个孩子可以好些?陪着我一块想你。"

洗过澡的浴室湿气很重,比房间里高了几度。

湿度和温度,还有他此时的形象,都悄然为这句话覆了层桃色意味。

他抿起嘴角:

"听起来不错。"

说完就低下头,却没有吻住她的嘴,反倒是从脸颊一路亲吻着,缓慢地顺着颈窝,停在了她的脖子上。

唇齿蹂躏。

瞬息间，从未有过的酥麻和心悸贯穿了她所有的神经。

温热湿润，呼吸烫人。

她被他紧搂住，根本动弹不得。口舌发干，喉咙就在他的唇齿间，连咽口水都不敢，身子软得坐不住，沿着倾斜的水池滑下去。

好在有他的手，托着自己的后背，终不至于仰面摔倒。

分分秒秒，反反复复。

这种太亲密的折磨，将她弄得几乎窒息。

最后，他终于抬头索吻。童言嘴唇发干，在他深入的动作里，任他紧紧密密地缠吻着……

他单手扶住她，另外那只手开始有条不紊地解她的衣服。

"言言？"他叫她，却没抬头看她的脸，被水汽濡湿的声音，有些沙沙的，在四周未消退的热气中，显得温柔蛊惑。

她嗯了声，权当他听得到。

他的手顺着她的背脊滑下来，缓慢地托起她的整个身子。

童言深吸口气，被一寸寸抽走力气和思维，意乱情迷……漫长的时间后，他陪着她重新洗了次澡，温热的水淋在两个人头发和身上，舒服得一塌糊涂。她爬上床时，浑身都没了力气，头一沾枕头就意识模糊了。

只被迫，应付着他要不要吹干头发的问题。

再醒来已经是上午十一点多，空调里呼呼往外吹着热气，整个房间暖和得让人忘记季节。

厚重的窗帘被完全拉上，如果不是看到表，根本意识不到已经是午饭时间。她从床上坐起来，感觉腰酸得发软，很快就想起他给自己吹头发……除了他嘴唇贴在自己后背的触感，她根本记不清其他细节。

童言穿好衣服，发现顾平生不在这里，倒是留了份早餐。

桌上摊开个度假村的宣传册，黑笔圈的地方，应该是他去的地方。

童言草草解决所有餐点，坐着接驳车去找他。

昨晚是天黑来的，看不仔细沿途的风景，现在正是阳光最好的时候，车一路沿着湖边开，深秋的氛围倒是比城市里浓烈了许多。她跳下车时，远远就看到一排太阳伞尽头，靠着躺椅看书的人。

身前的鱼竿完全像是充个样子。

她沿着河边修葺过的碎石小路走过去，因为特意打扮过，倒是引来了不少视线。只不过她的眼睛，只落在那个看书看得很沉迷的人身上。

她在他身边，蹲下来："你什么时候起来的？"

"七点多，"顾平生把书放到一边，"我以为你要睡到下午。"

童言听出他话里的意思，别过头去看浮在水面的鱼漂，不去搭理他。

度假村会特意圈出一块地方供游客钓鱼，自然会准备充足。身边不停有人喊着咬钩了，基本提起两三次就有鱼上钩，看起来还不小。童言看得兴致勃勃，他忽然拍了拍她的肩："顾太太再不收竿，鱼就跑了。"

她这才恍然回头，看到顾平生这里的鱼漂已经沉下水面，忙跳起来："怎么收怎么收？"顾平生也站起来，笑着教她，等到教会了，鱼也已经跑了。

"你看你多懒，"童言抱怨地看他，"自己收就好了，还指望我这种钓鱼白痴收竿……"

"问题在于，钓鱼对我来说就是打发时间，看你钓鱼才是乐趣。"顾平生把鱼饵上了，继续抛线，好整以暇地坐下来。

童言挨着他，挤在一张躺椅上坐下。

"为什么忽然想要孩子了？"他忽然问她。

"因为世事无常啊，"她看着他的眼睛，告诉他，"我们和别人不一样，肯定不会分开，所以我不想等到任何天灾人祸后，才想到有什么该做的没去做。"

湖边的风有些凉，她穿得不多，手已经有些冷了。

"你让我悟出一个道理，原则在感情面前，真可以变得一文不值，"他拉开防寒服把她圈在怀里，声音在风的穿透下，竟有着致人犯罪的蛊惑，"既然顾太太这么着急，顾先生一定竭尽全力。"

那次短暂的度假后，顾平生的工作就开始越来越忙。虽然他的大部分工作都是助理完成，也不用日日在公司出现，可遇到重要会议，还是逃不掉的。

尤其是服务那些有时差的市场，时间更是难掌控。

平安夜那天,她在他公司附近的商场,无所事事地逛了很久。

到最后他还是发来消息,让她到公司来等他。童言虽然经常来等他下班,但基本都避免去他的公司里,所以在看到消息时,还是有些意外。

幸好为了圣诞节,她还特意用心打扮过。

他公司在大厦的四十八楼,她走进电梯时,进来的还有个衣冠楚楚的男人,身上有很浓郁的烟草味道。她对烟味有些过敏,抽了抽鼻子,想要忍住,却还是忍不住打了个喷嚏。

"不好意思。"那个男人露齿笑笑。

童言强忍着鼻痒,没顾得上理会他。

男人很快又用日语说了句话,听不懂,大概也是道歉的意思。

说完,见童言仍揉着自己的鼻子,倒是有些奇怪了,喃喃道:"到底是哪国的美女?"

"我是中国人……"童言的爱国心发作,很快澄清自己的国籍,"抱歉,鼻子敏感,没来得及和你说话。"

男人莞尔,她隐约觉得,这个人的面容似是相熟。

两人颔首示意时,电梯也适时停在四十八楼,没想到这么巧,竟都是去一个地方。等到两人都走到前台,说出顾平生的名字,更是都有些错愕了。

前台的小姑娘看到童言,竟毫不掩饰好奇地打量:"顾太太,是吗?"

童言嗯了声:"他还在开会吗?"

"还在开,刚才他的助理出来,告诉我如果有个女人来找,肯定就是顾太太,"前台笑得很和善,"我先带你到他的办公室。"说完才去看那个男人,"请问,您贵姓?"

男人只顾错愕,等到那个小女孩问,终于恍然笑道:"罗,罗子浩,我是TK的朋友。"

"罗先生?"前台开始翻着面前的本子,"没有预约过?那我先带您去休息室,等到TK结束会议……"罗子浩哭笑不得,打断道:"我可以和顾太太一起去他办公室等吗?"

前台踌躇不定,罗子浩看童言的眼神,明显已经没了电梯里的成功男人形象,分明是期待她能开金口,让自己不至于落到去休息室的地步。

童言很早就知道他的名字,只是从没机会见面,没想到第一次见就这么特别。

她很快替罗子浩解围,两个人被前台带进顾平生的办公室后,终于再次对视,忍不住都笑起来。"我是 TK 很多年的同学，从教会学校开始，"罗子浩简短、简洁地正式自我介绍，"后来我去了耶鲁，他去了宾法，本来以为终于逃脱了，没想到我从耶鲁退学后，又阴错阳差考了他所在的大学，最后留校。"

"你也是大学老师？"童言煞有介事地打量他。

"如假包换，"罗子浩拿出根烟，想了想，没点，只是在手指间把玩着过瘾，"可惜，他又从宾法退学了，否则肯定要尊称我一声老师。"

童言忍俊不禁："你们流行退学吗？他的表姐也是这样。"

"顾平凡？"罗子浩做了个很奇怪的表情，"她才是纯粹的理想主义，为了学有所用。我当时退学是因为爱国主义，耶鲁的一个中国学生被退学，理由竟然是英文没有美国人好，当时整个学校的留学生都参与了抗议交涉，包括我。"

"后来呢？"

"后来学校让步了，那个学生换了专业。但我爱国心起，实在不想在那个学校继续读下去，就去了宾法。"

罗子浩说着过去，间或穿插些顾平生的往事。很多都是她从未听过的，童言听得津津有味，不停追问细节。顾平生推门而入时，罗子浩正在煞有介事地说着顾先生曾经的荒野求生经历，他看不到罗子浩说话，只看到童言听得乐不可支，不觉也笑起来。

罗子浩听到声音，回头看他："TK，我不得不说，你先下手为强了。刚才我在电梯里见到你太太，发现她简直就和我想象中的女孩一样，你应该知道，我说过我最喜欢的女人。眼睛就要那种黑白不是很分明的，这里，"他用没点着的烟，指了指自己内眼角，"要深勾进去，笑起来整个眼睛弯弯的，妙极。"

顾平生走到童言身边，坐下来："我知道，你从学生时代，就喜欢模仿我的品味。"

侃侃而谈的人，被打击得哑口无言。

罗子浩还想说什么，忽然就记起了去年的圣诞节，顾平生那时候似乎提到自己有女朋友。他恍然看童言："所以去年的圣诞节，你们在一起了？"

童言不太明白，顾平生倒是懂得他的问题："你现在面前坐着的顾太太，就是去年圣诞节，那件礼物的主人。"

罗子浩想了想，又问他："所以你忽然神经错乱，问我喜欢没喜欢过自己的学生，也是因为童言？"

顾平生不置可否。

罗子浩算是彻底懂了，把烟咬在嘴里，伸手握住童言的手，郑重其事道："顾太太，幸会幸会。我前女友曾经暗恋你先生多年，没有任何成效，没想到从你们没开始，一直到你们在一起，我都是见证人，"他因为咬着烟，口齿不清，还不忘重复了句，"没见过面的见证人。"

童言听他这么说，终于明白为什么会有熟悉感。

去年圣诞节在鼎新旺，他似乎就和顾平生坐在一起。

因为会议结束得太晚，大多数能吃饭的地方都打了烊，童言索性建议，不如回家吃饭。罗子浩很是乐意，真就跟着两个人回家蹭了顿家常便饭。

他这个人能言善道，连奶奶都很是喜欢他。

走时还不忘嘱咐童言，一定要空出时间，让自己回请。

"他说，以前你们学校的女孩都很开放，会在窗口只露出大腿，或是……"童言趴在他的书桌上，琢磨不出措辞，索性指了指自己前凸后翘的部位，"让男生凭露出的部分，猜人的名字？"

顾平生哑然而笑，真是不知道罗子浩还说了些什么，能让童言如此好奇，不断求证着各种问题："每个地方都会有些开放的女孩，更何况是在更开放的美国。当然，也有保守的。"

"重点是，你看到过吗？"

"好像有。"

"好像有？"

"有过。"

"有过？"

顾平生终于笑叹一声："顾太太，我是学医的，所以这些在我看来，和标本没什么区别。"

童言想想也觉得不错，可是再想想，又觉得很有问题："所以，你看我的时候，也都是标本吗？"这种词引申到自己身上，莫名就有些不寒而栗……

"你觉得呢？"

她摇头："不知道，所以才问你。"

顾平生靠在床头，轻捏自己的鼻梁，缓解疲累感："顾太太这个问题，很容易会让我理解为，你对夫妻生活不是很满意。"

她被他的话制住，再没了声音。

其实她还有很多的问题，没有问他。

关于他的身体状况，罗子浩叙述的角度不同，自然说了一些她不知道的事情。比如顾平生是如何在失聪后，接受的发声训练。按照罗子浩的说法，其实他大可不必如此，因为他完全可以借助助听器械，做到和常人无异。

关于他能不能用助听器械，她也浅显地问过。

当时顾平生只说，暂时不想。

而罗子浩的解释，却比他口中所说要深入很多："他平时不戴助听器械，我觉得没什么，真的没什么。他受过发声训练，自己也说，一定会定期做发声纠正。可这件事的原因并不好，他妈妈的事，你应该知道，我一直觉得他是没有跨过这个心理障碍。"

她仔仔细细地回忆他说过的点滴，还有曾在医院听到的那些闲言碎语。

他母亲是自杀去世的，而他自己也说过出事的那天，他其实可以更早发现，如果再细心一些，能认真听一听房间里的动静，或许母亲就不会那么早去世……

现在想起来，他仍旧说得很含糊，隐去了太多的细节。

她想得有些乱。

可是对于这种事，她最清楚不过。有些话除非合适的时间，说出来比要了性命还严重。比如对于当年两人初遇，她是因为什么不肯签字给母亲做手术，后来又是因为什么要和他借钱，因为什么要卖房后，坚持把所有治病剩余的钱放在他那里。

这些都是心结，难以启齿的心结。

她翻来覆去睡不着，靠在旁边看书的顾平生察觉了，低头问她："怎么了？"

她犹豫了半秒，仰头看他："没什么。"

说完，就紧贴着他，搂紧了他的腰。

埋头想了几秒，她终于开始手脚并用地，爬到顾平生身上，把他手里的书抽走，扔到床头柜上："你还记得，去年的这个时候，我们在做什么吗？"

"在看电影，"他被逗笑了，反问她，"所以，今年这个时候，你想做什么？"

话刚出口，他已经低下头，开始很仔细地亲吻着她嘴唇的轮廓，反手关上了床头灯。

元旦假期。在学校混迹的人，总逃不开热闹的晚会。

顾平生无论到哪里，都绝对是最受欢迎的老师，系里的学生为了确认他能到，特地让几个认识童言的学生，打来电话邀请她。

她挂了电话，默默算了算，明明还是二十一岁，大四，可怎么被他的学生左一句师母右一句小师娘叫着，都快自己怀疑自己的真实年岁了。

"我明明还在实习啊，"她用深褐色的木梳，慢悠悠地梳通着头发，"顾老师，和你在一起久了，我都变得老成持重了……"

顾平生仰靠在沙发上，看了看表："你该睡午觉了。"

完全漠视她的抗议。

童言光着脚跳到地板上，在顾平生不厌其烦地警告会着凉的声音里，从卧室拿出一堆玻璃瓶和整盒的棉签，扔到沙发上，五颜六色的。

"你觉得哪个颜色好？"她问他。

顾平生对这种不健康的东西，实在没什么好感，可知道女孩子都爱漂亮，有时候偶尔宽容下也是必需的。

"桃红的这个。"他勉为其难地给了意见。

"你会涂指甲油吗？"

"不会，"他匪夷所思看她，"你觉得，我应该会吗？"

童言忍着笑意说："当然不应该，顾先生虽然是美人，可并不是娘娘腔。"她随手拧开那玻璃瓶，很仔细地把刷子上多余的指甲油抹掉，递给他。

顾平生沉默着，看了她一会儿，不苟言笑地接过童言手里的工具，握住她的手，低头研究从哪里开始比较好。

童言忽然伸出食指，勾住他的下巴。

"顾太太还有什么吩咐？"顾平生眼睛弯弯，带着那么些软软的调侃。

童言满意颔首，道："你如果握住整个手，会染得一塌糊涂，要单独托住手指，记得先中间刷一下，然后再两边刷，而且千万千万不要染到旁边去。不过呢，你就是染到了旁边也没关系，我拿了棉签和洗指甲油的水，可以清理。"

他噢了声，继续低头，终于开始动手执行。

本是做了万全的准备，可她低估了顾平生的细心。基本解决小拇指后，就完全进入了正轨。童言气馁地看着他，本来想要刁难着玩，没想到完全是小儿科。

不过想到他练习切土豆丝的典故，很快也就释然了。

有些特质，果然是与生俱来的。

两个人光着脚，盘膝相对坐着。

他太过仔细，于是就给了她充足的时间，看着他。

日光就是最好的装饰，比起那些影棚里的光板、强光，柔和得多。她努力挑他五官的硬伤，如果真有什么遗憾的话，也只有一点，他是单眼皮。

"单眼皮会不会遗传？"她不停晃动着左手，让指甲油尽快挥发。

"双眼皮是显性遗传，单眼皮是隐性遗传，简单些说，单眼皮的概率偏低，"顾平生扫了一眼其余的玻璃瓶，忽然来了兴致，"换种颜色？"

"好，"她乖乖把右手给他，"如果这么说，你肯定是两个隐性，而我可能是一显一隐，或者是双显？如果以后有孩子的话，像你一样是单眼皮，肯定都是你的错了……"

"像我有什么不好吗？"

"像你没什么不好……可如果单眼皮像你，其他像我，质量似乎低了不少。"童言从来自认生得不错，可群众的眼睛是雪亮的，"不错"和"极好"，还是差了很多。

两个人说了很多的话，大多数极没营养，可是她就喜欢和顾平生说这些废话，对这种把精英变得和自己一样无聊的游戏，乐此不疲。

她倚着软软的靠垫，看着两只手各自不同的颜色，感叹说："如果我没有你，肯定不活了，根本就找不到比你更好的。"他把玻璃瓶拧好，放到墨色的矮桌上："你没有我，应该还会活得很好。"声音倦懒，有些玩笑，有些认真。

"是的，你放心，无论任何天灾人祸，我没有你，一定还会很好地活着。因为我还有很多人要照顾。"她咬住下唇，认真回味，为什么话题忽然就严肃了？

顾平生屈指，弹了下她的额头："这才对。"

童言重新拿起那些瓶瓶罐罐，跑出去两步，又转回来盯住他。

"也不对啊，怎么显得我薄情寡义的？"她弯腰，蹙眉说，"谁知道明天会发生什么？虽然你比我大十岁，可并不能说明我要比你活得时间长，对不对？如果你没有我，也肯定会继续生活得很好。"

没等他有什么回答，她就得意笑笑，回到了卧室。

周清晨曾经的那些总结，她记得清清楚楚。

不死的癌症。

可她从不怕他会有什么不测，不是盲目乐观，而是明白生命脆弱，或许你认为最有可能先离开的那个人，却是留到最后的人，谁又说得准？

　　幸好两个人之所以坦然在一起，不怕那么多的未来，就是因为性格中最相似的地方。感情不是一切，不论怎样，人不是个体，不管为了谁都会继续生活下去。
　　可总有不同。比如，这种爱情一生难求，怎会还有第二次？

　　元旦晚会那天，顾平生恰好有课。
　　她按照约定的时间，独自坐车去他的学校。到校门时，天已经将将黑下来，他给自己发来短信说课还没有上完，让她直接去学生活动中心。
　　童言虽然从小在这个校园里游荡，可是毕竟不是这个学校毕业的，茫然了几秒，就开始边问路边前行。碰巧问到个小女孩，就是法学院的学生，两个人一路同行到学生活动中心一楼时，小女孩还以为她是外校来找男朋友的。

　　"到了噢，你男朋友是大三还是大四的？"小女孩很热情地挽住她的手臂，说，"说说看，说不定我认识呢。"
　　童言尴尬着，仍不知如何阐述……
　　直到沿台阶上到二楼，有几个男生坐在走廊沙发上闲聊，看到童言都一股脑地站起来，嘻嘻笑着跑过来叫她小师娘，把小女孩骇得犯傻。
　　最巧合的是，她迈上二楼的平台，他已经出现在了一楼的大厅。
　　于是就在混乱中，他一步步沿着台阶走上来，然后理所当然地英雄救美，在一众学生中把童言搂过来，在不绝于耳的起哄声中，先走进了宴会厅。
　　他听不到，不代表她听不到。

　　童言最后耳根都开始红了，和他坐在前排给教师预留的位置，小声告诉他："我有不好的预感。"他匪夷所思看她："什么不好预感？"
　　"通常太受人瞩目的，在这种不分尊卑的晚会上，都会被人捉弄……"
　　顾平生噢了声，倒显得饶有兴致："会怎么捉弄？"
　　"不知道……"
　　童言默默祈祷。
　　他开始和相继坐下的老师打招呼，一只手从身前而过，搭在腿上，始终握着她的手。理所当然，还真是抓紧所有机会，告诉所有人自己已经"not available"了……

　　她开始还会不好意思，后来被他感染的，就靠在他肩膀上看学生们的各类节目。因为只是学院内部的晚会，装饰基本靠红色横幅和各色气球，服装基本靠自备，虽不精致，却有着浓重的新年气氛。

她正被反串节目弄得乐不可支，笑着和顾平生嘀咕的时候，主持的女学生忽然把话锋转向他们："顾老师？"

她忙扯了扯他的衬衫。

顾平生回头，看主持的两个学生。

"我们想……既然今天你是唯一带太太来的，总该给我们些不一样的惊喜。要不要唱个《夫妻双双把家还》？"

话没说完，整个宴会厅已经沸腾起来。

能逼迫这种完美男人和老婆一起唱这种歌，绝对可载入法学院史册。

其实他们提出这样的条件，有些是为了搞笑，更多仍是顾及了他。这种搞笑戏剧，无论如何都不会唱得太糟。可惜，被捉弄的顾平生并不知道什么是《夫妻双双把家还》，只略微扫了眼四周，大概猜到不是什么有趣的事。

他沉默了几秒，若有所思道："下学期 2010 级有堂我教的课，我和院长商量下来，模拟法庭的成绩应该会占 60%。"

模拟法庭？显然是有意放水啊。

2010 级三个班即刻偃旗息鼓，乖得狂摇尾巴。

男主持嘿嘿笑："我代表 2010 级三个班的女生说句，我爱你，顾老师。"

童言翻着眼睛瞄他，真是……滥用职权。

岂料他清了清喉咙，仍有下文："我在的外资所，最近在推行暑期实习计划，面向范围是各大法学院的大三学生，成绩需要年级排名第一，"说到这里，他刻意放慢了语速，"据说，我负责的业务会比较多，应该会有三到四个机动名额。"

2009 级的一干人等，马上捂住嘴巴，眼睛瞪得老大。

连童言都是各种羡慕嫉妒恨，要是被自己同学知道，恐怕要哭着挠墙了……

如此两个诱惑，大部分人都偃旗息鼓。

偏偏场中的女主持，仍旧一副事不关己的笑容："顾老师，我是 2008 级的，已经确定直博，而且还不是本校——"她眼睛飘向童言，又飘回到顾平生身上，继续道，"不过，既然顾老师已经表现了诚意，我们也就不刁难了，自选节目，如何？"

第十八章 生活的模样

这样的热闹,让她记起自己大一刚进学校时,新年晚会也是这样,将老师们搞到作揖求饶。似乎进了大学才感觉到,老师不再是高高在上的老师,是朋友,是可以和你分享闻所未闻的经历和阅历的朋友。

学院里来的都是年轻老师,倒是不觉得有什么,反倒乐得看着这帮学生折腾。

顾平生也知道不该再拒绝,他偏过头看她。
"怎么办?要不要我英雄救美?"她用口型问他。

漂亮的手,撩起她披在肩上的头发,他凑过来,低声说:"好。"
似乎真的被新年气氛感染,从神情到动作,都变得很随意。好像很久了,从他开始接受另一个工作,始终是忙碌的,稍嫌疲惫。
此时此刻的他,有着久违的安静眼神。

她忽然有些内疚,本来就已经很辛苦的一个人,却要因为增加了她,负担了更多。她站起来,在热烈的气氛中,从一个小男孩手中借来吉他,坐在身边人推给她的椅子上。

"我可以尖叫吗?美女你真的已婚了吗?"女主持艳羡地调侃完她,看向四周,"师妹们,能让顾老师喜欢的女孩,首先要会弹吉他,懂了没?"
底下起哄似的应声,齐齐地答着知道了。

"你们顾老师五音不全,所以表演节目什么的,还是我来代替好了。"童言故意开玩笑。
"嗯……倒也可以,"女主持思考了几秒,"不过也不能完全代替……这样,你和顾老师各自回答一个问题,我们就饶过顾老师。"

回答问题?

她倒真不敢答应,谁知道会问出什么……

"我们绝对不敢问十八禁,"女主持笑着走到顾平生身边,对着话筒说,"顾老师,可以从你先开始吗?"

他轻耸肩:"好。"

"用两个词,描述我们面前的这位顾太太。"问题倒是中规中矩。

他点点头,看着童言,笑容好看到不真实:"Pretty, naughty。"

赞美的,眷恋的,甚至宠溺的,毫不掩饰,完全涵盖在了这两个词内。

"哇噢——"几个角落,有人不约而同地起着哄。

作为和顾平生朝夕相处的人,她竟也因为这两个词心烫起来……主持人回到她身边,仍旧保持着无比艳羡的神色,似乎非常纠结,又非常好奇地问了她一个问题:"那么请问,我们的顾老师,曾说过什么话,最打动你?"

"一句歌词。"

"歌词?"

童言嗯了声,调节着话筒架,将暗银色的麦克风放到脸侧,看着他说:"I am thinking of you in my sleepless solitude tonight。"

数秒的安静后,终于有人公开了这句话的出处,人群后有女生激动地扯着另外一个人的胳膊,说:"《My All》,是《My All》,我最喜欢的歌。"

也是她最喜欢的歌。

因为顾平生。

相对于那首在校庆晚会上,让整个校园沸腾的歌,她更喜欢唱它的感觉。那个从上海到北京火车上的深夜,所有人都迷糊地睡着,她抱着吉他给几个师弟师妹哼唱这首歌,那是两个人在一起后,她初次离开他。

I am thinking of you in my sleepless solitude tonight.

I am... thinking of you... in my sleepless solitude tonight.

初尝思念,她不知如何表达,他却用第一句歌词坦白地告诉了她。

童言开始唱的时候,晚会现场渐渐安静下来。

很喜庆俗气的霓虹灯光,不停变换着角度。

她为了弥补上次他没看到的遗憾，始终是看着他唱的，因为太久不碰吉他，又分神去让每个词咬字清晰可见，不可避免地错了几个音节，好在能用耳朵听到的人，大多震撼于她的唱功，也没太在意那些微妙错误。
　　唱完了，手还没离弦，就有几个无厘头的男生举着笔记本上前，做追捧偶像状。
　　后来过了很多年，她再碰到他当时的学生，他们还都能提起她在新年晚会上唱的《My All》。

　　元旦假期，奶奶刻意早起为两人准备好早饭，就说要出门看看老朋友。
　　童言送奶奶上了车，塞给她一百块钱做来回打车的交通费，等看着出租车开远才回了家。顾平生难得赖床一次，她蹲在床边看他睡着的脸，不忍心叫醒他，一个习惯于每天六点起床的人，能睡到快九点还没有醒的意思，看来真的是累了。

　　她把他的早饭封上保鲜膜，放进冰箱。
　　浴缸里泡了七八件衣服，她用盆接了温水，捞出一件，就坐在小板凳上开始揉搓着，耐心用手洗。
　　差不多洗完了，听着卧室没有动静，倒是奇怪了。
　　照自己磨磨蹭蹭的洗衣速度，怎么也过了三四十分钟，还没起来？
　　她想想不放心，把衣服拧干扔到盆里，想要去卧室看看，转身有些急，忘了脚下是湿漉漉的地面，砰的一声，连人带盆就滑倒了。巨响像是从神经传过来，她只觉得后脑痛得无以复加，眼前白茫茫几秒，终于恢复了正常视线。
　　倒霉的，竟然撞到浴缸了。
　　她用手摸了摸，除了湿漉漉的水，没有磕破。疼是真疼，不过应该没什么要紧的，撑住瓷砖，皱着眉，用了力，才发现最疼的不是脑袋，而是尾椎。
　　绝对不能动的那种，真是要命了。

　　她试着用手指碰着尾椎，钻心刺骨的痛，让她哗啦啦地流眼泪，天底下还有比她更搞笑的吗？在自己家浴室摔了一跤，硬是摔到不能动……
　　脑子里百转千回的，好像自己站不起来，还真就没什么有效的办法。
　　动不得，想要换个不雅姿势爬出去都没戏，她靠着浴缸，继续揉脑袋，索性把手能碰到的衣服都捡起来，丢到盆里。

　　然后就扛着痛，想要缓缓，也许过个几分钟就好了。可惜几分钟几分钟地过去，除了越来越清晰的疼，她依旧只能是老样子。

直到听到有脚步声，慢慢地，倦倦地，像是踩着拖鞋走过来。

于是顾先生起床后，走到洗手间看到的第一个画面，就是童言眼睛红红的，坐在满是水渍的瓷砖地面上，脸发白，看着自己。

她终于绷不住又要哭了："我完了，不小心摔了一跤，根本就站不起来，顾平生，我是不是哪里骨折了？还是磕到小脑，神经摔坏了⋯⋯"

她胡说八道着。

他却在看清她前半句的时候，就已经蹲下来："摔到哪里了？"带着刚睡醒的鼻音，有些涩，有些急。他的眼神并不冷静，却刻意在压制着。

"好像是尾椎骨的地方，"她不敢吓唬他，如实陈述，"我刚才用手碰了碰，非常痛，会不会真的摔坏了？"

他很仔细地用手，慢慢把她的睡裤褪下来，查看她说的地方，很快又抬起头说："搂住我的脖子，我先把你抱出去。"童言伸手，听话地搂住他的脖颈。

离地的一瞬，她倒吸口气，可是下一秒就感觉他有些吃力，走得并不算快。

自从他再次手术回来，从来没有这样抱过她，往常不觉得，现在这短短距离倒是暴露了她最担心的事。无论如何，同一个地方做相同的手术，总会有很大的影响。

她乱七八糟想着，被他小心放下来，以非常不雅的姿势趴在了床上。

难得的休息日，两个人却在医院折腾了几个小时，医生拿着片子看时，笑着说她真是摔得巧，确定她真的就是尾椎骨骨折，需要在家至少静养一个月。

医生笑着说，好像现在小姑娘特别容易摔到这里，比如爱美穿高跟鞋，在楼梯上跌一跤什么的，这一个月就碰到了四五个。

童言不好意思笑，也觉得自己倒霉。

顾平生全程除了对她小心照顾，始终神色凝重，好像是什么天大的事故。两个人回到家，她趴在床上侧头看站在床边的他，尝试逗笑他，均是无果。

"想喝水了。"她眨着眼睛，努力撒娇。

顾平生依言，拿来杯水。

童言努努嘴巴，满意地看着他递过来玻璃杯，喝了两口水，然后扯着他衬衫的袖子，擦干嘴巴，继续趴在床上，头枕着手臂看他："想吃糖了。"

家里有常备的大白兔，各种口味。

顾平生不厌其烦地给她剥了四个后,终于把她腻得发慌了。

为了方便她和自己说话,他是倚靠着床边,坐在地毯上看手提电脑的。
童言吧唧吧唧吃干净了嘴巴里所有的奶糖,头探出床沿,戳了戳他的肩膀。他看她,童言温温柔柔地笑着,说:"想 kiss 了。"
他出乎意料地沉默,看她眼睛亮晶晶地看着自己,终于轻吁口气,笑了,然后伸出两指,把她的头稍稍托起些,很慢地滋润着她的嘴唇,淡化她满口的甜腻。空调嗞嗞地暖着房间,她只觉得热,骨折处仍旧痛得销魂,吻也是无比销魂。

骨折这件事,听起来很严重,可是到最后也只是静养。
完完全全的静养。
唯一的好消息是,她顺利通过了国家司法考试。

童言没想到,自己和沈遥说了骨折的事情后,她首先的反应竟是哈哈大笑:"我终于有借口去北京见未来公婆了!"
然后赶着寒假刚开始,沈遥就马不停蹄地来了北京。
过了十天,沈遥终于赶在过年前,来看了她。
"你稍微有点同情心好不好?"童言趴在沙发上,漫无目的调着电视节目,"我都养了快一个月了,吃饭时坐在椅子上,都要放三四个海绵坐垫,还觉得疼呢。不知道安慰我,就知道拿我做幌子。"
沈遥蹲在沙发边,给她剥橘子:"你小时候到冬天,是不是就是吃橘子、花生和瓜子啊?我和成宇一起,无论去谁家串门,都是这些东西。"
"好像是,"童言想了想,"好像又不是。"

"哦,对,还有苹果,"沈遥笑着说,"总是一大箱一大箱地买过去。我和成宇每次开车到了一家,进门前直接在附近买年货,搬着也方便。"
"这倒是,大家都有这个习惯,"她笑,"每到过年,每个小区门口卖年货的生意都特别好,比超市还要好。"

沈遥剥完橘子皮,放到茶几上,被童言抱怨:"你垫张纸,桌子刚擦过的。"
"谁擦的?不会是你吧?"
"我这样了,当然不会了,"童言吃着橘子说,"最近都是他。"

"那你和顾美人平时怎么分工家务的?你没负伤之前。"沈遥趴在她脸边,好奇看她。

"我做饭啊，我洗衣服啊，"童言回忆了下，"好像大部分都是我来做的。"

"那你做全职太太好了，他现在不是已经出山了吗？过几年混得好了，做了几个大老板之一，还在乎你那么点小工资？"

童言也趴着看她，像是回到了当初在学校时，两个人挤在一张床上，面对面说悄悄话："我的心愿是可以养活他，让他在家看看书，他如果高兴，去学校讲两节课就可以了。"

沈遥瞪起眼睛："你还真把他当美人养了？"

"就怕他不让我养，"童言叹口气，"我和你说句实话，他身体不是非常好，当初做医生的时候为救人，生过病，留下了一些后遗症。所以不适合太累。"

这是她初次和沈遥提及此事。
或许是太久了，她总是需要一个树洞，杂七杂八地讲出来。

沈遥噢了声，沉默了会儿，忽然就直起身，倒是把她吓了一跳。
"你当初追着周清晨，问什么非典后遗症，不会就是因为顾老师吧？"
她嗯了声。

沈遥彻底站起来，绕着客厅来来回回走了半天，又回到沙发边坐下来："言言，你想过分手吗？别告诉我从来没想过。"

"当然没，"童言也坐起来，斜靠着沙发，尽量避免压迫尾椎骨，"沈遥同学，你现在可是在顾平生的房子里，说话要三思，再三思。"

她开玩笑，沈遥却很严肃。

"周清晨说的那些，我可还记得一些。如果顾美人以后真的心力衰竭，五脏六腑都出了问题，你怎么办？天天伺候他？这也就算了，你还要花钱给他治病，而且是源源不绝，卖房卖车，最后没的卖了怎么办？卖身啊？"

"你怎么这么悲观啊？"童言笑着看沈遥。

"是已经这么悲观了啊，"沈遥难以置信地看她，"这几天我跟着成宇去他们家，发现很多生活习惯不和的时候，都有些动摇，是不是能在这家待一辈子。这还是可能……你可已经是事实了，只是状况会慢慢显现，无底洞你懂吗？无底洞你也敢跳？"

她看沈遥说得挺激动，索性等着沈遥彻底发泄完。

沈遥看她不说话，马上进入自我检讨状态："当然，我这个说法很现实，我对不起顾老师，他救死扶伤，我还背后捅刀子。"检讨完，马上又切换回护友状态，"可是你是我好朋友，我必须站在你这边。"

"说完了？"

"说完了。"

"好，换我说了，"童言指了指窗外，"我们每天都有可能遇到各种灾难，车祸、火灾、飞机失事，说句不忌讳的话，谁知道我明天出门会不会就被车撞死？所以明天的任何事，都不会影响我今天的决定。"

沈遥脱口骂了句，扯住她的胳膊："呸呸呸，童言无忌。"

"其实吧，我这个人特别缺爱，只要是能抓住的，你就是打死我，我也不会放手，"她趴在沈遥身上，用脸蹭了蹭她的肩膀，"如果你哪天和他一样，我也不会介意养着你，反正你吃得也不算多，只要不买名牌衣服和包就可以。"

沈遥又骂了句，拍了拍她的后背："就你最擅长煽情，说得我都快哭了。"

"从小的经历影响一生，"童言感叹，"幸好，我遇上的是他，要不然，真要被欺负的。"

"幸好，美人遇上的是你，"沈遥陪着感叹，"好吧，你俩是一对儿'幸好'。"

沈遥本来想等到顾平生回来再走，没想到等到陪童言和奶奶吃完晚饭，又坐到九点也没有看到人。成宇反复来电话催了三四次，沈遥终于起身告辞，走到大门口的时候像是想到什么，低声问童言："你爸妈和奶奶是不是知道顾平生的情况？"

"他们不知道，我也不想让他们知道，"童言做了个挥刀动作，"把一切阻力扼杀在摇篮里。""你就笑吧，笑吧，有你哭的时候，"沈遥说完，又呸呸了两声，"我不咒你了，什么破乌鸦嘴。"

她送走沈遥，继续趴在沙发上，看电视看到睡着了几次，大门终是有了开锁的声音。

顾平生走进门，打开玄关的灯换鞋，头发和外衣在灯光下，都有些水渍。等到他走过来，她拉住他的手，让他坐在自己身边："外边下雪了？大吗？"

"在公司楼下时还不是很大，车开到长安街上就已经是鹅毛大雪了。"顾平生的表情倒是非常享受的样子。"你是不是第一次见到北京的雪啊？"她用手摸他的头发，"挺湿的，快去洗澡。"

"大概五岁的时候，在北京见过一次。"

"五岁？五岁你记得这么清楚？我六岁前做过什么事，根本就没印象。"

他笑："我母亲是在国外生产的，五岁那年的中国新年，是我第一次回国见到真正的家里人。那年外婆还在世，非常爱笑，外公却是个很严肃的人。我记得那年的大年初五，北京开始下雪，外公难得离开书房带我去堆雪人。"

她始终特别怕听他说过去、曾经什么的，每次提起来都是让人感同身受的疼。所以从他说起在国外出生，她的心就被揪了起来，幸好幸好，是很温暖的话题。

她还想听，可惜时间太晚了。

顾平生洗完澡，带着周身的温热上了床，伸出右臂从身后圈住她："睡了吗？"灯是关着的，她懒得打开，小心翼翼避开伤处，翻身面对他。

用行动表示自己还没睡。

他两只手抱她过来，搂在怀里。童言感觉脑后被他掌心覆住，自然地压下来，碰到了他。她亲了下他的嘴唇。

还以为是睡前安吻，没想到却是他有意而为……没有任何语言交流，单单感觉他身体热得烫人。两个人的唇舌，从开始的浓烈纠缠到后来慢慢地分开，或重或轻地，厮磨着。

这样的惬意，不厌其烦。

她沉迷着，吻得半梦半醒，想要换个姿势躺着，却碰到了伤处，"嘶"地倒抽了口冷气。

过了几秒，就听到顾平生像笑又像是叹气地说："你别乱动了……乖乖趴着。"

……

早上她爬起来，实在没有力气做早饭，就偷懒到楼下买了煎饼、包子和豆浆上来。

楼下卖煎饼的认得她，边给她摊，边嘱咐她马上快过年了，所有卖早点的都要回老家过年，让她务必准备好每天的早饭，否则只能饿肚子了。

她答应着："这个不要放香菜。"

"好，好，"卖煎饼的阿姨笑了，"我知道，你老公不吃香菜。"

"也不是不吃，"童言叹气，"他说香菜是最不容易洗干净的东西，所以一般都不吃，除非我亲自洗。以前做过医生，所以比较计较，他以前开车也是，一年四季都不肯开窗，所以我也难得出来买东西吃，都是亲手做。"

说着这些话，竟也是美滋滋的。

进家门的第一件事，就是用粉笔在客厅挂着的小黑板上，记下花费了多少时间。每天卧床时间是固定的，她就这么点自由活动时间，还要严格记下来给顾平生看。

听起来挺麻烦的，其实想想，有个私人医生的感觉，还真不错。

"大年初一在北京，"他悄无声息欺身过来，下巴抵在她耳后，"剩下的时间出去度假？"童言被他呵出的热气痒到，躲避开，回头拒绝："难得十天假期，还是在家睡觉吧，别折腾了。"他嗯了声："我们可以找个最适合睡觉的酒店，每天睡到太阳落山，然后继续到沙滩上晒月亮，什么活动都不参与。"

听起来，似乎不错。

童言还在思考着，顾平生已经做了决定："等到大年初二就走。"童言颔首，继续努力在脑中找有什么不妥的地方。直到他抬起自己的下巴，她条件反射地顺着他的动作仰头。

"顾太太，女人思考太多容易衰老。"

"其实你特别的大男子主义，从来不给人拒绝的机会，"她笑，"不过我很喜欢，非常喜欢。"

两个人正说着，就听到大门被钥匙拧开的声响，应该是奶奶晨练回来了。门被推开，她望过去看到的却是两个人。

是奶奶和爸爸。

她下意识握紧了他的衬衫，顾平生像是猜到了什么，搭在她腰上的手轻拍。

"言言，"奶奶没说话，父亲先开了口，手里拎着两个橘色的大袋子，"爸爸记得你爱吃芦柑，特地给你买了几斤。"

她的母亲是出了名的美女，倒是父亲显得很是苍老。

他边说着，边摘下棉质的帽子，还不到五十岁，头发大半都白了。

"正好过年招待客人，"奶奶笑着把橘色塑料袋接过来，往厨房走，"今天是周五，你留一天，等到晚上小顾下班回来，好好吃顿饭。"

她始终靠在柜子旁，有些呆呆的，不知道如何应对这突如其来的碰面。顾平生从来没有见过自己的父母，也从来没有追问过，她总是想，有一天有了机会，就告诉他所有的事情。

可没想到是这样普通的早晨，让她措手不及。

父亲打开鞋柜，小心弯下腰四处看着，想要找到客人穿的拖鞋，望着码放整齐的皮鞋和运动鞋,却茫然了,小心翼翼起身回头,不好意思地笑着看向他们。

童言身子动了动,不愿吭声。

在犹豫的时候,顾平生已经几步走过去,打开鞋柜的第二层,拿出双簇新的拖鞋,弯腰放到了父亲脚边:"您穿这双,应该大小差不多。"

"小顾,小顾,不麻烦你……"父亲忙不迭说着,托住他的胳膊。

顾平生没有看到他说话,也就没有应声,直起身看他嘴巴刚闭上的模样,马上笑了:"我暂时听力有些问题,您以后如果和我说话,让我看清口型就可以。"

童言走过去,下意识拉住他的胳膊。

"没关系,没关系,你奶奶都和我说了,没关系。"父亲连着说没关系,有些手忙脚乱地换着鞋,最后还不忘把自己的鞋放到门边垫子上,免得蹭脏了地板。

她看着如此局促的父亲,始终冷冷的表情也慢慢化开。可是自从奶奶生病后,父亲仅有的几次出现,还要觊觎卖房子的钱,这些阴影都蒙在心上。她看着独自走到沙发角落坐下来,两只手攥着帽子的半老男人,仍旧不知道如何开口。

顾平生看了看时间,匆匆坐下吃了两口早饭,就从卧室拿出西装外套,准备去公司。童言亦步亦趋地跟着他走到玄关处,小小的一个折角,遮住了两个人的身子。

"你早点回来。"她忐忑地看着他。

他微微笑着,一只手撑在玄关的石壁上,低头无声地吻住她。舌尖上还是豆浆的味道,她背靠着凹凸不平的石壁,手扶着他的腰。

厨房那里忽然有响声。

她反射性偏开了头,竖着耳朵听。

"言言,你听我说。"顾平生的声音滑入耳中,她回头,他已经变成了用口型说话:"对于癌症病人,最重要的就是心情的好坏,为了老人家的身体,今天要开心些。"

她慢慢地颔首,握住他的两根手指晃了晃,重复着叮嘱:"早点回来。"

顾平生笑得酒窝渐深:"好。"

她也笑起来,面前的人和他的肩膀,早已是最值得信任的倚靠。

她看着他打开门,终于轻吸了口气,转身走出了玄关。只是没想到在门被撞上的瞬间,顾平生忽然扬声说了句话:"爸,我先去公司,晚上会早些回来,陪您好好吃次饭。"

沙发上的父亲，猛地站起来，对着大门的方向说："哎，慢点儿走。"

"好了，小顾都说了听不见。"奶奶笑起来。

看着老人脸上由衷开怀的笑意，她也心软下来："我进去看书了，你慢慢坐。"

整个白天她都在自己的卧室趴着，不厌其烦地看司法考试的书，一页页，一行行，每个字读下来，比复习的时候还要认真。隔着一道门，隐约能听到外边的动静，约莫是奶奶带着父亲看这个新家，慢慢地，仔细地介绍着每个角落。

她听到最多的就是"小顾"。

晚上吃饭的时候，她还忍不住提心吊胆，生怕忽然就有什么事情发生。幸好万事平静，等到送走了父亲，她仍旧不敢相信，真会有这样的家庭晚餐，温馨得像是做梦……

"其实我上小学的时候，爸爸还是挺好的，特别老实的一个人，不爱说话，就爱工作，"她趴在床上，看着他的眼睛说，"后来……可能是和我妈妈离婚了，就变了。仍旧不爱说话，却迷上了股票，想尽所有办法借钱炒股票，总是说'如果我有五百万，会让那些瞧不起的人都刮目相看'。"

顾平生坐在地毯上，左手搭在床的边沿，轻描淡写地笑着："只是因为这些，不值得你失去一个父亲。"

童言目光闪烁地看着他。

沉迷此道如同赌博，外债累累，甚至不放过家中任何可取之财。不管子女教养，不尽赡养义务……她本想一一数出来，可是想到那个他名义上的父亲，某知名肾内科副主任，对他来说似乎只是个名字。

漫长的三十年，不曾见过几次，何谈养育？

壁灯的灯光，很柔和，她伸出手摸他的脸，从鼻梁到嘴唇，最后还非常认真地用食指戳了戳那个浅浅的酒窝："我一看到你，就特想照顾你……明明你比我大了十岁啊，真奇怪。"触手的皮肤很滑，好得令人嫉妒。

顾平生轻扬起眉："你说什么？"

"没什么，我在说梦话，"童言笑嘻嘻拉过羽绒被，盖在自己身上，"好不容易过年了，真好……我可以去你家拜年吗？"

她看着壁灯映在他眼睛里，满心期盼，直到听到他说"好"，才用羽绒被蒙住头，悄无声息地笑起来，兴奋得像是当年考上了大学。

过了这么久，终于可以名正言顺地去他外公家了。

临近春节，忽然就连着下了三天两夜的雪，整个北京几乎交通瘫痪，出租车更是难寻。因为合作的都是跨国项目，顾平生的工作并没有因为春节临近而减少，反倒为了空出和她度假的时间，每天都是加班到深夜。

沈遥开始还跟她抱怨北京下雪冷，后来发现每次通话，她都是心不在焉，渐渐也发现自己不识时务，感叹她真是小媳妇心态，天天坐在家里盼郎归……

童言懒得贫嘴，打发了她，随便从他的枕头边拿了本书看。

翻开来，密密麻麻的很多注解，大部分是潦草英文，她看不太懂，但也猜到是他用来讲课的参考资料。

"言言。"

奶奶开门进来。

她放下书："您怎么还没睡？"

奶奶走到床边坐下来："奶奶想和你商量个事情，"说完前半句，莫名就犹豫着，童言隐隐有种不太好的预感，果然奶奶接下来开口说的话，就是为了钱，"当初卖房子看病的钱，奶奶想拿来一次性把你爸的债还上。"

"不行，"她猛地坐起来，被尾椎的刺痛又侧过身子，"这钱要留着。"

果然还是不能抱有任何的希望。

她一步步深想，脑补着父亲游说奶奶的各种话语，沉默地攥紧羽绒被的边沿。

可看到奶奶的神情，她耳边始终有顾平生的话，不能生气，不能影响奶奶的心情。她不断劝说自己，压抑着声音，说："您都这么大年纪了，还是要留些钱养老，万一……我哪天出意外了呢？您能指望谁？"

奶奶语气平静，可态度很坚决。

"你爸爸这次是真心的，你知道那家人也不容易，都是为了赚些利息才借给你爸，可是没想到这么一借，七八年也没有还上……"奶奶絮絮叨叨说着往事，将那些陈年旧事拿出来，重新复述着。

字字陈旧，重复那些被刻意忘记的事实。

到最后，奶奶甚至开始说，自己这辈子最放心不下的，不是懂事的她，而是这个不争气的儿子。如果自己这个妈死了，儿子以后背着债怎么活下去……

说到最后眼泪止不住地流。

她光是看着，已经哭出来，伸手替奶奶擦眼泪："我真的不是不养他，等他老了动不了了，没有力气再搞股票，我一定养他……"

她没见过奶奶如此当面哭过，哪怕是化疗那么痛苦，疼得浑身都被汗浸湿了也没有哭过的老人家，竟然就如此坐在她面前哽咽，泣不成声。她到最后哭得直发抖，不知道说什么，就是哭。

　　门忽然就这么被推开。
　　顾平生低着头，从身前摘下领带，再抬头才看到卧室里的情境。
　　他把领带和西装外套扔到床上，走过来拍了拍童言的肩，转而蹲在奶奶身前先温声安抚起来，不追问缘由，只说什么事都不是大事，童言和自己一定会解决。
　　或许是他做过医生，所说的话总有让人信任、安抚人心的力度。

　　过了会儿，奶奶不再执着劝服她什么，只是默默抹去眼角的泪，顾平生从洗手间拿来被温水冲洗过的毛巾，递给老人家："这么晚了，您先去休息，我来和言言谈。"
　　"你们也不容易……真是不容易。"
　　奶奶念叨着起身，替他们关上了房门。

　　咔嗒的落锁声，莫名清晰。
　　他挨着童言坐下，她低着头，拿羽绒被的边沿擦着眼泪，擦得眼睛红红肿肿了，却还是吧嗒吧嗒地掉眼泪。顾平生终于叹口气，低下头，用额头抵住了她的额头，反倒是笑了："我心脏不是很好，你要是再哭下去，我估计马上就会心脏病发了。"

第十九章　那段时光里

有时候人真的不能劝，顾平生说的本来是句调侃的话，可她听着更是难过。

他听不到她哭，可是看她肩膀抽动的幅度越来越大，倒真有些束手无策了："言言？"他把她拉过来抱住，"到底是什么事情？"

她挤在他两臂之间哭了好一会儿，终于红着眼睛，慢慢地把事情讲给他听。

大意不过是这些年奶奶已经断断续续地为父亲还了不少债，可是最大的债主数额太大，始终无能为力。幸好那家人，曾是父亲过去在工厂的老同事。

头两年还比较宽容，可是这账一欠就是七八年，再好的朋友也都撕破了脸，那家人找过来很多次。起初还去父亲租的房子，后来干脆就一趟趟来找奶奶，那时候陆北碰到了凶神恶煞讨债的夫妇，没问原因，就和那个男人打了一架。

这些年，法院也调解过，原来的老邻居也议论过，给她留下了太多不堪回忆。

父债子还的道理她明白，本想等到毕业之后攒够钱还，没想到奶奶的这场病，倒是让事情更复杂了。奶奶并不知道她看病剩下了多少钱，这也是童言的私心，想要偷偷把钱放到顾平生这里，为奶奶的晚年留下些生活费。

况且，她还要考虑到老人家癌症复发的几率。

顾平生去洗手间又用温水冲洗了条毛巾，拧干，给她擦干净脸。她说话的整个过程，他都是安静地看着她，等到她说完所有的话，他仰面躺在了床上，拍了拍自己的手臂。

童言心领神会，躺下来，靠在他的臂弯里。

"这些事情都需要去解决，只是迟早的问题，"他闭上眼睛休息，语调温和，

"既然是父债子还,老人家的钱就不用了,这个周末我会把三十万给你父亲。"

童言手撑着床,想坐起来。

他却伸出手臂揽过她的身子,贴在了自己身前:"不用和我争,我所有的都是你的,"他的下巴压在她头顶上,会随着说话而摩擦着她的头发,"今天我和助理学会了一个词'金玉其外,败絮其中',我其实就是这样的一个状况。看起来似乎不错,可真正生活在一起就会知道真正的缺点,刚刚我推门进来,看到你哭的时候真的在心疼。"

他停顿了几秒,重复说:"是真的心疼。"

一段话不光曲解了成语的意思,还说得这么让人难过。

她明白,他说的不只是感情上的,还有身体上的感觉。手环过他的腰,隔着薄薄的衣料,她用手指在他的后背写了个"sorry"。

她安静地想了两天,正如顾平生所说,这件事已经存在,只是解决的早晚问题。身病可医,心病难医,如果奶奶因为这件事整日胡思乱想,反倒会影响身体。

最后她还是接受顾平生的建议,替父亲把这笔钱还上。

"如果直接把钱给我爸爸,我怕他又拿去股市……"童言视线有些逃避,这样难堪的话,她从没想过有天会说出来,"不如我亲自去还给他们,把借条拿回来。"

"好,我周六上午有个很重要的会议,等结束后回家接你,陪你一起去。"

"我自己去吧?"

她绝不想让他也面对旁人的冷言冷语。

答案当然是否定的。

幸好情况比她想象得要好很多,不论曾经有多少的纠纷,毕竟有人亲自带着三十万来,补上了几乎成为心病的债务。那个父亲曾经的同事,甚至还非常遗憾地对童言说:"你爸爸以前是个挺好的人,就是一接触股票就变了。"

童言沉默地笑笑,不愿意多说一个字。

银行的大厅里有很多人排队等号,四个人坐在一排,保持着让人尴尬的沉默。不停有礼貌而机械的电子叫号声响起,有人从等候区站起来,也有人等不下去,用手将号码纸捏成一团扔到垃圾桶里,起身离开。

她数着号码,默默祈祷快些轮到自己,快些转账,快些结束这件事。

他安抚性地拍了拍她的手背。

童言笑笑,想问他要不要出去透透气时,忽然就有人从两人身后出声:"顾老师?"声音有些犹豫,甚至是不敢置信。童言回头去看,顾平生也顺着她的动作看过去,意外地认出了他们身后站着的男孩:"董晓峰?"

那个叫董晓峰的男孩子答应了声,紧盯着两个人的脸。

爸爸的同事忽然站起来,笑着说:"晓峰认识啊?"

男孩嗯了声:"……是我大学老师。"

"大学老师啊?"债主也有些不敢相信了,反应了好一会儿,终于笑着对站起来的顾平生和童言说,"真不好意思啊,这是我侄子……老师你不要介意。只是上次我去童言家……串门的时候,碰上了一个浑小子把我打进了医院,这次怕也碰到小流氓,才叫我侄子帮忙,我要知道来的是个大学老师,肯定就不让他来了。"

同事的老婆也站起来,一个劲给男人使眼色,笑着打圆场。

那家人拼命示好,估计是怕顾平生日后在学校为难这个男孩。

她听着爸爸那个同事拼命解释的话,竟然不敢去看顾平生的脸。只听到他寥寥数句应对,没有任何不妥之处。若不是他悄然握了握自己的手,她肯定会落荒而逃。

太残酷的巧合,竟把他置于如此难堪的情境。

最后办完手续,她却已经没有如释重负的感觉,情绪反倒更加低落。

银行离他学校非常近,回去的路上,顾平生忽然说自己要去学校拿些资料,两个人沿着人行道拐进学校大门,步行往院办那条路走。

周末校园里学生并不多,路边花坛的角落,还堆着几处早已凝结成冰坨的积雪。

她两只手插在羽绒服口袋里,亦步亦趋跟着顾平生,低着头只顾走路,等听到篮球拍地的声响,这才恍然发现已经和他走到了篮球场。

六个主场地,都三三两两有人在投篮。最醒目的是右侧那里,有几个正经穿着运动短裤和上衣的大男孩,在寒风中打三对三。场边围着的人不少,有蹦蹦跳跳边捂着脸挡风,边喊加油的人,还有像模像样地搬来块黑板,记着分数的人。

"你们院的比赛?"她认出些熟悉的脸。

"是学校的比赛,这个学校的法学院比你们学校的规模大,每届都有七到八个班级,所以会先组织内部的篮球比赛。"

"我们学校？那也是你以前的学校啊，"童言莫名吃醋，"唉，有些人到了国内一流的法学院之后，就忘本了。"

顾平生打量她会儿，略微沉吟道："你是作为我的学生，在吃醋？"

她说了句"当然"。

已经有几个学生发现他们，兴奋地挥手，顾老师顾老师地叫着，像是都很意外他来看学院的篮球比赛。顾平生走过去，笑着问他们："谁赢了？"

"现在是二班，"负责计分的学生翻着本子，"不过大三的都还没开始比赛，估计最后还是师兄们代表学院比赛。"

"顾老师会打篮球吗？"场边休息的人猛灌了几口矿泉水。

"会，"顾平生随便比了个投篮的手势，"我大学时也经常会打篮球消遣。"很漂亮的动作，连童言这种篮球门外汉，也能看出他的架势不是唬人的。

四周的学生顿时热闹起来，起哄让几个休息的人陪顾老师玩玩。

"顾老师，我们绝对打得彬彬有礼，不需要裁判，只算进球数如何？"

学生知道他听不到，自然想到了行之有效的方式。

顾平生无可无不可，强调自己只能陪他们练手十分钟，就顺手把羽绒服脱下来递给童言，摘眼镜的时候，她有些担心地悄悄拉住他的衣角，无声用口型问他："真的可以？"

"偶尔活动十分钟，不会有问题，"他把眼镜放到她手里，"我听子浩说过，国内的大学女生特别喜欢会打篮球的男孩？"

他说完这话，只把嘴角抿起一点，却难掩好心情。

"好像真的是，"童言被他的笑牵动，煞有介事地回忆，"我也看过很多场篮球赛，都是学校篮球特招生的。可惜啊，那时候如果被我爱上一个，就没有后来的你了。"

"是吗？"他笑得波澜不惊。

恰好有篮球扔过来，他单手接过球直接下了场。

童言站在一堆女学生里迎着阳光看比赛，好像自从认识他起，他不是一本正经的医生，就是大学老师，难得见他这么活泼的时候。依旧是三对三的比赛，他穿着单薄的衬衫，和几个穿无袖运动服的男孩混在一起。

或许是因为天气冷，开始并没有活动开，他持球的感觉有些生涩。可也不过是一两分钟后，他就俨然成了主力，不断投进中距离和三分球。

每个转身，起跳，过人，都是那么引人注目。

逆光去看，似乎他身边始终有阳光在，模糊着他身体的边界，温暖而柔软。

"小师娘，"靠在她身边的女孩忍不住八卦，"是不是当初你就是看到顾老师打篮球，才彻底爱上他的？"童言佯叹口气，低声说："很不幸，这也是我第一次看他打篮球……"

顾平生绝对是个克制的人，看到童言给他比手势提醒时间到了，马上就停住了手中的篮球。

散场后，童言还沉浸在他诸多精彩的投篮影像中，递给他一张湿纸巾后，就微偏过头，像看偶像似的看着他。

"怎么了？"他接过来。

"不得不说，你篮球玩得不但好，还很适合观赏。"

他笑，边用纸巾擦手边说："是不是非常庆幸自己没爱上任何人，而是坚持等到了我？"

"是啊，"童言很认真地掰起手指，给他数时间，"我从生下来，等了十三年才见到你，然后匆匆而别，七年后你才肯赏脸再次出现。这么看来，没有比我等得更辛苦的人了。以后如果有人不幸喜欢你，要破坏我们的感情，你一定要很严肃地告诉她，先攒够二十年，再来和你说这句话。"

童言觉得自己脸皮真是厚比城墙，说完这话，低头乐不可支地笑了会儿。额前的刘海滑下来，从他这个角度看，只有冻得有些发白的嘴唇，抿成个明显弧度。

当她把借条放到奶奶面前时，奶奶忍不住又抹起了眼泪。

对童言来说，父母是债，而对奶奶来说，父亲又何尝不是一辈子的债。虽然早年叛逆时也埋怨过奶奶的放任、不肯断绝母子关系的懦弱，可到懂事后，却越发明白奶奶的感受。所以当老人家提出要父亲回来过年，她也没有拒绝。

大年三十那天，顾平生很难得陪着父亲喝酒。

她默默地给他数着杯数，踢了他四五次，也不管用。幸好啤酒的度数并不高，可就是这么一杯接一杯地喝到十一点多，也挺吓人的。

"喝水好不好？"童言跪坐在床上，拿着杯子凑到他嘴边。

"今晚应该喝不下水了，"他哑然而笑，"没关系，酒精度数并不高，不用喝水稀释。"

或许因为喝了酒,他的声音有些微醺的味道。
低低的,磁得诱人。

她无可奈何,把玻璃杯放到一边,用毛巾给他擦脸:"我听说喝酒后不能洗澡,所以今晚就不要洗澡了,擦擦脸和手就好。"
深蓝的毛巾,沿着他的额头到脸颊,还有下颌。
她擦得仔细,温柔得像是对待个孩子,顾平生也就任由她发挥泛滥的母爱。"把左手给我。"他看到她这么说,就把左手递给了她,童言刚放下他的右手,那只手已经就势抚上她的脸:"顾太太已经二十一岁了。"
手指滑过她的眼睛、鼻梁,停在了她的嘴唇上:"我爱你,言言。"

他听不到,窗外此时正有着越来越热烈的鞭炮声。
年年都禁放,年年都有各家淘气孩子偷买了鞭炮焰火,屡禁不止。
这是他在北京和她一起过的第一个年,这里是他的故乡,可是他这个年却过得这么安静。听不到电视里春节晚会的欢笑,听不到那些来自各国领事馆的贺电,甚至听不到窗外的鞭炮声,安静的春节。
即使有自己在身边,会不会偶尔也觉得被隔绝呢?
太过吵闹刺耳,她听得禁不住皱眉。

顾平生倒是微怔住:"怎么了?"
"是鞭炮,外边的鞭炮声特别大,"童言看到他一瞬的释然,马上就明白了他的误解,"我也爱你,我更爱你,特别爱你,不可能爱上别人的那种爱……"
说到最后,自己都忍不住笑起来。
"肉麻死了。"她继续拿毛巾给他擦手。

他看着她表情丰富的脸,不停动着的嘴唇,恰好窗外猝然闪过了一道焰火。骤然的光亮和面前的她,都在悄然唤醒血液里的酒精成分。
所有的感官触觉,都在放大。
大概是他的眼神太蛊惑,太直白。
童言很快就有了感觉,努嘴示意他该睡觉了:"今天不行,绝对不行噢,明天还要早起去你外公家……"
"我知道,"他微微笑着,手却悄然顺着她的腰滑下去,轻轻揉按着她的尾椎骨,"昨天我拿到你复查的结果,这里已经好了,以后在浴室时需要小心些,再摔就会很麻烦。"

手劲不轻不重，偏偏就是这么个敏感地方，弄得她心猿意马的："会怎么麻烦？"

"如果再摔，即使愈合也会留下很多后遗症。比如阴雨天会疼，"他若有若无地笑着，仿佛在说医嘱，正经得一塌糊涂，"以后在床上活动，也要避免太剧烈的动作。"

……

她好气又好笑，扯开他的手："这句话，你自己知道就可以了，顾医生。"

毛巾拿到浴室冲洗干净，她随便洗了个热水澡，再回到卧室他已经快要睡着的样子，只是走过去的时候，能看到他的眼睛在看着窗外。

震耳欲聋的鞭炮声中，她掀开羽绒被，紧靠着他的身子，陪他坐着看外边越来越醒目的焰火。她不知道他在想什么，从被子里找寻他的手，然后握住，顾平生收回视线看她："还不睡？"

"我还想问你呢，你是不是一喝酒就精神特别好？"童言笑眯眯的，"平时这个时间，如果不是加班的话，你早就睡了。"

她说话间，腿已经搭在他的腿上，舒舒服服地找了个睡姿。

"不要乱动。"他好意提醒她。

她不怀好意，刻意轻蹭着他的腿。

顾平生轻易就捉住她的脚踝，她马上乖乖静下来，转移开话题："你为什么特别喜欢蓝色？"刚才挂毛巾时候，终于发现浴室的所有东西，都是深深浅浅的蓝色，平时不觉得，真要留意起来才发现真是多得不能想象。

"从心理学来看，蓝色一般是忧郁、心情不稳定的表述，"顾平生用简单的语言，做着自我剖析，"所以你可以发现 blue 的复数 blues 就是忧郁的意思。"

童言只是笑，琢磨他的话："太多的 blue 就是 blues，复数的蓝就是单数的忧伤，"这句话还真是说得牙酸，"再说下去，我们都要变身文艺青年了。"

"这只是心理上的简单分析，"顾平生也在笑，"真实的答案是，以前我母亲特别喜欢用这个颜色，从小到大习惯了，就始终没有改。"

她颔首，侧搂住他，闭上眼睛乖乖睡觉。

好像老天真的开始眷顾了，那些未曾想过会解决的问题，都开始慢慢地解开。明天就要去他外公家，大年初一应该会见到很多人……

很多没有见过，但未来都会是家人的人。

顾平生的外公家，她只去过一次，还是在老人家不知道的情况下。这次再去却是郑重其事地见长辈，童言坐在顾平凡的车上，一路上都是紧张兮兮的，不停问平凡各种事情，原因是顾平生真的什么都不知道……

"我问他今天会有谁在，他说不知道，我问他你家亲戚多不多，他说也只见过几个，我问他你外公喜欢什么话题，他也说不知道……"童言说着说着就郁闷了，"平凡姐，你说我能不紧张吗？我都紧张得快跳车了。"

顾平凡听得笑死了："别紧张，他说的都是大实话，我家那些亲戚都是逢年过节才来，可是他又不在国内，当然不知道。我爷爷喜欢什么，我在身边从小到大，到高中毕业才离开，你问我就好了。"

"嗯，那你说，"童言虚心请教，"是喜欢活泼的小孩，还是喜欢文静的？"

"说不好，我甚至觉得他老人家什么孩子都不喜欢，"顾平凡故意逗她，看她怔愣的神情，马上又安抚，"他喜欢善良的孩子，你要相信老人的眼睛，基本这个孩子外表什么样子都不重要，老人一眼就能看出你真正是什么样。"

善良？

还真是虚无缥缈的词……

"他早年在文化局工作，属于比较严肃的那种人，习惯就好，"顾平凡回头看了她一眼，"没关系，还有我和TK呢。TK不是在他身边长大的，我爷爷反倒最疼他，只不过平时嘴上不说罢了。"

她嗯了声。

"不过我爷爷这几年都在病着，精神和心情都不是很好，你要做好心理准备。"

她倒是意外了，看顾平生："你外公生病了？"

他颔首："两年前做的肝移植手术，虽然成功，但肌酐始终很高，没停过透析。"

童言心有些沉下来，虽然不知道没停过"透析"代表什么，可是光是这两个字，就知道肯定是很严重的事情了。可是顾平生始终没有告诉过她。

她想问他，又不想当着顾平凡的面，最后只是悄悄地拉过他的手，在手心问他："Why？"

写完偏过头去看着他。他似乎猜到她一定会问，只是笑了笑，反手握住她的手说："回家再告诉你。"

她颔首，没再追问。

顾平生家里的人看起来都很和气，看到童言后，还有两个阿姨忙不迭笑着说红包少带了，弄得她反倒更不自在了。幸好顾平凡一个劲地替她说话，说小女孩第一次进门，千万别太热情把人吓坏了。

顾平生把她留在一楼客厅里，先一步上楼去看外公，却迟迟没有出来。童言开始不觉得什么，后来觉得时间实在是太长了，求助地看平凡。

虽然他们家人都非常和气，可是她第一次来，还是希望能在顾平生身边才踏实。

"快二十分钟了？"平凡看了看表，心领神会地笑了，"我上去看看。"

她点点头，两只手握着平凡妈妈递来的芦柑，继续去回答那些热情的追问。从父母工作到家庭住址、所学专业，倒真是事无巨细。

忽然，楼上传来一声硬物撞击的闷响，她吓得猛站起来。

平凡刚走到楼梯中间，听到这声音也是吓了一跳，脱口说了句"坏了"，忙往楼上跑。客厅的七八个人也大多站起来，变了脸色，她的两个伯伯也快步上了楼。

她不敢贸然冲上去，只在原地怔怔立着，心莫名跳得飞快……

平凡妈妈拍了拍她的肩膀："没关系，没关系。"

她根本就不知道出了什么事情，又何须安慰？只是冥冥中有些预感，楼上发生了很不好的事情。

这样的猜想很快就得到了应验，当听到有人下楼的脚步声，她和平凡妈妈同时抬起头，顾平生独自沿着楼梯走下来，很明显的，额头上有被人草草贴上的纱布。

白色的纱布，用白色胶带贴着。

白得触目惊心。

她几乎就傻在那里，看着他走下来，走过来，停在自己的面前："言言，我们回家。"

童言看着他的眼睛，忽然有些说不出话。

最后只是点点头，不作任何追问，跟着他往大门的方向走。刚才顾平生从楼梯走下来的时候，灯光突显的苍白冰冷，让她想起了很久前初见他，很年轻的大男孩靠着雪白的墙壁，坐在地板上，一只胳膊搭在膝盖上，拿着单薄的白纸。

那时候就是这样的感觉。

他看着自己的眼神，好像全世界都和他没关系。只有自己和他是同样的。

273

来时坐的是平凡的车，两人到马路上想要拦出租车。北京的出租车本来就很难叫，大年初一的上午更是难，幸好童言很熟悉从这里到家的地铁线路，拉着他的手，笑着说："顾老师，顾医生，顾律师，我们去坐地铁吧？我记得你还没坐过。"

顾平生轻呼口气，笑了笑："好。"

童言温温笑着，就在走下地铁时紧紧攥住了他的手，不知怎的，心就开始加速跳起来，像是把刚才的惊吓释放出来，好几十级台阶走下来，已经发虚。

从家里到工作的地方，只需要坐公交车。所以除了那次深夜她坐着地铁来找他，也有很多年没有认真坐次地铁了。

非工作日，人不算太多。

他们坐的这节车厢甚至还有些空位。

最搞笑的是，有扇门上的玻璃不知道为什么破了，被报纸草草糊上，地铁速度太快，只听得哗啦哗啦的声响，在耳边飘来荡去的。两个人的位子是在这节车厢的最右侧，她靠在车厢壁上，视线时不时地飘向他。

顾平生察觉她的视线："我刚才和外公有了些不愉快，他这两年精神不太好，脾气有些大，"他终于指了指额头，有些无奈地笑着说，"幸好家里有这种常备的东西，也幸好有平凡这种没毕业的医学生。"

他的语气很轻松，轻描淡写的。

和童言猜想的倒是差不多，她沉默地看着他，过了会儿才说："是不是因为我？刚才来的路上平凡说起你外公生病，已经这么久了，你一直没有提到过。你当初在上海教课的时候，经常会说家里有事情，是因为外公吗？"

她算着时间，这些时间都是重合的，自己家的事情，他的事情，还有他家里的事情。根本就是一件接着一件……

"他不喜欢我吗？"童言又问了句。

恰好地铁停下来，是个换乘的车站，很多人大包小包地拥上来。

无论环境有多嘈杂，他只是处在自己的安静中，专注地看着她："言言，这件事和你没有直接联系。是因为我母亲的事情，外公对师生关系的感情，非常排斥，有时候会有些偏激。"所有的答案，都不算太出乎意料。

只是除了他额头的这个伤口。

幸好他们因为要去度假，奶奶早上就一起出门，去了天津。

回到家，不会引起又一次的恐慌。

或许因为他曾经是医生，顾平生竟在家里备了简易医药箱。她照着他教的，一步步给他处理伤口。听着惊心动魄，伤口并不算非常深，可是紫红紫红的血口子，还是让她看着心钝钝地疼，低头问他："要不要去打破伤风针啊？"

"不用了，"他笑，"砸我的东西非常干净，平凡处理得也非常干净。"

她瘪瘪嘴巴，仔细给他贴上白纱布："美人，你破相了，不过相信我，无论美人你成什么样子，我都不会嫌弃你的。"

她说完，凑上去轻轻亲了亲他额头那层纱布。

她换了个姿势坐下来，两个人面对面，盘着膝盖对坐着，你看着我，我看着你。中间是还没有关上的医药箱。

因为今天要去见他的外公，童言特意打扮过的，戴着细巧的蓝色发带，长长的头发散在肩上，显得脸更小。白白瘦瘦的，她从来都吃不胖。

"言言，你今天很漂亮。"他很慢地说着。

她笑弯起眼睛："能做校主持的人，可都是美人坯子。我只是一直在你身边，暂时被遮住了光芒而已。"

他伸出手，屈指弹了下她的额头："所以，我女儿以后应该会很漂亮。"

童言厚颜无耻地猛点头。

可是她马上就有些失落地看着他，说："为什么这么久了，都没有宝宝……"她毕竟年纪不大，说到这件事仍旧觉得很不好意思，马上轻吐了下舌头，说不下去了。

"是我的原因。"他坦然说。

童言啊地张大嘴巴，瞪着眼睛看他："非典后遗症，也不能生小孩吗？"

他怔了怔，忽然就失笑道："不要乱想，我只是不想你承担这种压力，一直在采取措施，"童言还没回过神，头上一重，他伸出手轻拍了拍她的头，"幸好是这样，否则今天要是外公知道你未婚先孕，估计不会再见我们了。"

童言如释重负，话题又回到今天这件不愉快的事上，她把手肘撑在一条腿的膝盖上，托住下巴看他："没关系，这么多事情都过去了，这只是'又一件'事情而已，"她把他说过的话，重复地告诉他，"你说过，这些事情都需要去解决，只是迟早的问题。"

他笑："你的确是个好学生。"

"不仅是好学生，"她关上药箱的盖子，手撑在上边，探身亲亲他的嘴唇，"我刚才替你包伤口的时候，发现自己非常有做护士的潜质。所以，你是顾医生，我就是童护士，你是顾老师，我就是童言同学，有没有发现，这些都是一对一的名词？"

顾平生开始还有些不明白，可看她的表情和动作，渐渐听懂这所谓"一对一的名词"是哪里来的了，从诧异到无奈，继而哑然失笑："看来我要对你重新认识了，顾太太。"

"不是我，是沈遥，她特别喜欢研究岛国的情色小电影……然后讲给我听，"童言本来想要逗他玩，可是看他这么复杂的表情，也发现自己说得过分了些，"我发誓我真的没有看过……"

去塞班度假的机票是夜航。
原计划是初一在顾平生外公家吃晚饭，回到家拿行李赶到机场，时间差不多。现在出了这样的事情，初一整个白天倒是空了下来，童言把家里所有的窗帘和床单都换了新的，开始马不停蹄地洗衣服。
好像这样忙，才能让她停止去想今天早上的事。
站在洗衣机边无所事事，她又把两个人平时不穿的衣服都拿出来，泡在盆里。这么折腾下来，一大瓶洗衣液都用了个干净。

顾平生手机的信息始终没有断过，她大概猜到是平凡在和他谈着家里的事情。就在胡思乱想的时候，顾平生忽然就走到门口，把手机递给她："平凡想要祝你春节快乐。"
童言擦干手，接过来。
"言言？"
"嗯。"
"今天的事情大家都没想到，我爷爷他的确因为小姑姑的事情，被伤得太深了。偏偏就这么巧，你和TK也曾经是师生，难免会接受不了。本来这件事我想让他说个谎话，可你和TK在一起这么久，应该知道他有时候固执得挺让人讨厌的，"顾平凡无奈地笑了声，"不过没关系，这些都不是大问题，我会慢慢给老人家做思想工作。"
"嗯，我知道。"
"言言，我特别喜欢你，真的。我和TK从小就特别亲，你知道我第一次见到他，就是他第一次回国，五岁的时候。那时候他普通话说得很不好，就别说北京话了，长得又那么好看，我们家里的小孩子都不喜欢他。可是偏巧，我在学英文，所以就特别喜欢和他这个假美国人在一起……"

她从来没听平凡说过这些，有些意外。

顾平生靠在门边看着她听电话，也不说话，她听见洗衣机忽然响了，指了指那边。他很快就走过去，顺着她的手势，很不熟练地打开盖子，拿出洗好的窗帘。

"他有时候特别招人讨厌，只要是自己喜欢的东西，就绝不许别人碰，也绝不分享。可是慢慢地接触多了，就发现还能接受，因为他喜欢的东西非常少，比如他喜欢吃西蓝花，整顿饭就只吃米饭和这一样菜。你只要避开这个，大鱼大肉任你去吃，他就吃他的西蓝花，看都不看你。"

童言忍不住笑起来。

从平凡的话里，她能想象出，顾平生小时候肯定是个讨厌到可爱的小孩。

"所以言言，他那么爱你，你就一定会很幸福。"

童言喔了声："像西蓝花一样幸福吗？"

平凡也笑起来："绝对比西蓝花幸福。"

顾平生不知道她为什么会笑，有趣地看着她，童言马上又指了指阳台，示意他去晾窗帘。等到他离开洗手间，才问平凡："他真是因为他母亲，才不肯去戴助听器械吗？"

电话那边意外地沉默下来。

过了好一会儿，平凡终于回答了她："他特别爱他妈妈，所以他可能这一生，都不会原谅自己这件事了。我只在小姑姑的葬礼上，听到他说过这件事，那天是他先和小姑姑吵架，说了些非常伤人的话，我小姑姑才自杀的。"

童言听得愣住。

"我小姑姑有很严重的心理疾病，经常会歇斯底里地说要自杀，其实每次都是虚张声势，只是为了让人关心她。那天 TK 吵完架，就在她卧室的隔壁，听到她房间的动静都没有去看，始终认为是又一次的闹剧，可没想到，就真的成真了。"

所以他不愿意再听到任何声音，任何这人世间的声音……

平凡后来又说了些话，安抚着她。可是童言只想着他母亲自杀的事情，完整的、真实的始末，终于明白为什么他这样的人，会在初遇那天管自己的事情，可以伸手打一个与自己不相干的小女孩……

那时候他何尝不是绝望至极，把自己当作了他。

她把手机放到水池边，有些走神，却还继续把脏床单塞到滚筒里。身前似乎有些明暗变化，回过头看去，顾平生不知已经倚靠在门边多久了，就这么安静地看着她。

　　耳边是轰隆的洗衣声，节奏清晰。

　　她的视线就这么和他纠缠在一起，根本不可能再分开。

第二十章 简单的幸福

"刚才你姐姐说,你以前脾气特别不好,为什么后来忽然就转性了?"童言发现洗衣液已经被自己挥霍完,从水池下的柜子里,拿出瓶新的,撕开塑料纸。

拧开,蓝色的洗衣液倒入小盒子,被推进洗衣机里。

然后就听见他说:"母亲去世后,我又很快经历了一场生死,忽然就想开了很多事情。既然我的人生已经这么糟糕了,唯一能做的,就是善待别人。"

他说话的时候,走近她。

童言设定好时间,听到洗衣机正常运转后,重新转过身,搂住了他的脖子:"刚才打电话的时候,我想到了一句话,是孟子说的,"她揶揄地盯着他,"知道孟子吗?"

他低低地嗯了声。

"那你一定听过这句话,"她板起脸,一字一句说给他看,"天将降童言于平生也,必先苦其心志,劳其筋骨,饿其体肤,空乏其身,行拂乱其所为,所以动心忍性,曾益其所不能。"

顾平生认真看她说的每个字。

等到她说完,他笑着托住她的大腿,像树袋熊一样把她抱在了身前:"这话不错,不过当初听平凡说的时候,似乎有几个字不同?"

童言用手指杵他的酒窝:"你记住我这个版本就可以了,这是家训。"

因为顾平生手里的两个项目,两个人的度假竟意外成了十几个人的组团游。顾平生的秘书不停感慨幸好小老板很有远见,选了免签的海岛,否则这么几天又赶上农历新年,连签证都来不及弄……

童言听在耳中，偷偷瞄着神情坦荡的顾先生，相信他绝对不是远见，而是刚好倒霉，被大老板阴了一道。

飞机是夜航，却热闹得像是市集。

顾平生去洗手间的时候，坐在童言左侧的女人，被吵得摘下眼罩："坐飞机最怕碰上旅行团了……尤其是夜航。"

她说话的时候，是对着童言的。

童言礼貌笑笑，还在适应高空飞行对耳膜的影响。

她几次坐飞机都是和顾平生在一起后，仅是北京和上海之间的短途飞行，所以对遇到旅行团什么的话题，实在没什么经验可分享。

顾平生的这些同事，基本都是人中翘楚了，前前后后地聊着，什么话题都有。有工作，有闲聊，大多数话题听着新鲜，少部分话题是根本听不懂。

他回来时，刚好被前两排的人伸手拦住，意外开始了工作话题。

这还是她第一次看见他和别人谈工作。

单手撑在座椅上，偶尔沉思，大多数时候都是针锋相对的讨论。她把座椅调到仰靠的位置，可以很舒服地观赏他。你知道有时候人真的特容易骄傲，此时此刻的童言，终于体会到拥有一件奢侈品的感觉。

她的视线从他的脸，到搭在座椅上的手臂，最后落在了并不醒目，却始终存在的戒指上，忽然就想起了那个午后。

他拿着这枚戒指，等着自己给他戴上的时候。

看表情，能感觉他们的讨论越来越激烈，几个人的声音却始终是压制的，虽然在热闹的机舱里，这些完全不算什么，可他们还是保持着应有的礼貌。

和那些人相比，他始终看得多，说得少。

童言的专业英文没有这么好，努力听了会儿已经渐渐 lost 了，可还是深信他说出的话绝对字字精辟……周围有几个小女孩，总是眼睛滴溜溜地瞅着他们几个，甚至开始小声笑闹着给几个男人打分数。

她不厚道地听了会儿，满意于顾平生的遥遥领先。

等他回到自己身边坐下，她很快就伸手和他五指交叉地握在一起。骄傲也好，虚荣也好，这个男人完完整整就是自己的。

他们的房间是早订好的，和其他人不在同一楼层。

这个海岛上大部分是来蜜月旅行的人，酒店房间布置都尽显浪漫，家私一律是藤质，她推门而入时，正有风从阳台吹进来，淡蓝的窗帘就这么轻飘飘地飘起来，再落下。

结束几个小时飞行旅途，这样的房间真是最适合的落脚地。

这是她第一次出国，说不兴奋是不可能的，顾平生洗澡的时候，她始终趴在房间的私人阳台上看远处的海。

不知道过了多久，他终于走出来，她回头看他："你下午要出去吗？如果有事就去好了。这么漂亮的房间，你把我锁在房间里睡五天，我也没有异议。"

他随便穿了条沙滩裤，没穿上衣。

青天白日的，幸好是在私人阳台。

童言想起飞机上几个给他打高分的女孩，始终在说他英俊。

"英俊"这个词真是俗气，可已经很少有人用它来形容男人了。标准太高，不只容貌出众，还要有风度，甚至还要才智卓越。

可认真想想，他真的当之无愧。

"今天没有什么重要的事，我已经警告过他们，至少今天要给我留出完整的一天，"他说，"工作狂也要有个限度，起码蜜月旅行第一天要留给太太。"

"蜜月旅行？"她重复，想想就笑了，"的确是特别的蜜月旅行。"

刚才他秘书还偷偷指着两个助理的行李箱，说那里面都是打印出来的资料。她瞄了眼就想起大三时每回国际法课上，厚厚的一沓英文打印资料。

绝对的不寒而栗。

"我以前在你课上，每次翻那三百多张A4纸的资料，就觉得头疼，"她背靠着围栏，忍不住控诉，"你知道看英文资料有多痛苦吗？尤其是用英文分析案例，简直就是噩梦。"

"你分数不算低。"

"因为是你的课啊。有时候找个漂亮的老师，还是能提高教学质量的。"

他笑："虽然想法有些怪异，但能达到效果也算不错。"

"告诉你个秘密，"她说，"我从学校带回的东西里，有本日历，是那个学期的。12月24日之前的日期都是一个个用笔划掉的。"

12月24日，平安夜。

他当然记得这个很特殊的日子，只是不知道为什么和日历有关。

281

"我从再次看见你的第一天,就在计算着日子,算着你哪天会离开学校,"她继续说着那段日子的回忆,"每次去上你的课,心理压力都特别大,好像我的那些不可告人的秘密,只有你一个人知道。所以你对我来说,就像个定时炸弹。"

"后来呢?"

"后来,"童言叹口气,"后来我喜欢你了,就更怕了。顾先生,首先你对我来说是老师,其次,你身上的光环太耀眼。喜欢上你,又知道肯定得不到的感觉,挺让人难过的。"

"所以每天都在希望我离开?"

"在12月24日以前是的,"她握住他戴着戒指的那只手,"可是之后就不想了。"

在不熟悉的异国,听最爱的人,说着最初的那些隐秘心情。
那些远远近近的回忆,比纯粹的表白,更能打动人心。

他用手碰了碰她的额头,眼里有温柔的笑意:"出了不少汗,要不要去洗澡?"

"好,我很快就出来。等我洗完,我们去沙滩晒太阳,"她说完,又刻意补了句,"这是我第一次出国,也是我第一次看到海。"

她从行李箱拿出最暴露的露肩裙子和大大的遮阳帽,满意地扔到床上后,就进了浴室。因为他刚才用过,四周玻璃上都是一层白色水汽,还有沐浴露的味道。

她拧开水,边脱了外边的短袖,边去调试水温,随着手臂动作,肩带滑下来,身后伸出的手放在她的肩膀上,轻轻抚摩着她很薄的肩头。

她听见他的声音,混杂在水声里,不是那么清晰:"这个时间出去很容易晒伤,可以等到下午五点左右再去海滩。"他说完,低头开始亲吻她的肩膀。

她转过来,搂住他的腰,他皮肤是真好,又滑又软。

"刚坐了五个小时的飞机,你不累吗?"她这么说着,已经在他一步步往前的脚步里,退到了水流下,还没有调好的水温,有些冻人。

"不算太累。"

水彻底淋湿了裙子,贴在她的身上,凸显出了所有的曲线。

他的沙滩短裤也已经湿透。

他搭住她手腕,感觉着她的脉搏。

"你心跳很快。"声音低低的,让人无法抗拒。

她觉得手都是软的，可还是尽职尽责地用左手去摸金属开关："很冷，让我调好水温。"边摆弄着，边含混不清地告诉他，却不知道他看清没有。

就在说话的时候，顾平生的手已经沿着她的身体滑下来，将她贴在腿上的裙子脱下来，她的手还没离开金属扶手，整个人就被彻底抱了起来。

两侧都是玻璃，她找不到任何着力点，只能紧紧地搂住他的脖子。自上而下的温热水流，还有他的动作，都在断断续续地销蚀着她的意识。

直到最后，他终于抬起头看她。

她很快低下头把嘴巴递过去，两个人在水流里不断亲吻着，甚至有种要被他亲得断了气，溺水的错觉……

整个蜜月之行，除了安静的大年初二，就真成了他们律所的加班之旅。

顾平生是个很随便的人，因为是蜜月之行，两个人的房间比那些人临时订的房间大了不少。为了方便这么多人工作，最后间接变成了办公间。

起先他的那些同事还很不好意思，等到两三天后混得熟了，发觉童言更是个随意的人，她不光把房间让出来，还免费做了助理。

只不过两个人之间的细微交流，实在是各种惹人嫉妒。

最后连刚毕业不久的秘书都开始眼红，连说受不了，一定要在年内把自己嫁出去……

有时不需要她帮忙，童言就主动闪人，自己跑到酒店的私人沙滩上晒太阳。

蜜月圣地，四处都是情侣。

她坐在太阳伞下，光着的脚去玩细腻的沙子。

忽然就想起那天自己兴奋地跑进海里，还以为能像在游泳池里一样自如，没想到一个不大的海浪拍过来，就被灌了口海水，真是很不好的味道，涩得发苦。

幸好有顾平生在身后把她捞起来，否则还不知道要喝几口才够。可惜好人没好报。她站起来的第一件事就是转过身，把嘴巴里的咸涩都过给了他……

童言轻轻吐出了一口气，仰躺在太阳椅上。

真的好热，不知道他在房间里会不会太难过。

她终归不太放心，悄悄给他发了条消息：心跳多少？

很快，他就回复过来——

97，在正常范围。TK。

她略放了心：你这样夜以继日，不眠不休地工作，我真的很心疼。

如果今天选择安逸的生活，未来顾太太就可能会面临不眠不休的工作，那时候，恐怕我就不只是心疼了。TK。

她想不出如何回复，他又来嘱咐她——

如果救生员不在附近，就不要自己去海里。TK。

她仰面躺到太阳椅上，缓慢地按着键盘：嗯。我躺着看书，不下海。

就这么在沙滩上坐到黄昏，她抱着几本从房间里拿出来的书，慢慢悠悠地往回走。沙滩上今天有酒店办的活动，男男女女都在从大厅往出走，只有零散的几个人逆向而行。

她走到一排电梯的门口，随手拍了拍向上的按钮。

门忽然就开了，仍旧是很多人走出来，没想到顾平生也在人群中。两个人同时看到对方，她退后两步靠在墙边等他。

"我前一秒还在想你是不是结束了，后一秒就看见你，算不算心有灵犀？"

他倒是难得没开玩笑，把她手里的杂志接过来："我改签了机票，今晚夜航回北京。"

"不是还有两天吗？家里有事情？"

她凭直觉问他。

"是我外公的事情。我和你说过他两年前做过肝移植，手术以后肌酐始终很高，没停过透析，我们始终注意他肾脏方面的问题。没想到昨晚忽然就开始便血，今天胃镜确诊是十二指肠降段溃疡出血，现在人已经在ICU了。"

他尽量用她能听懂的话。

"好，我现在就回去收拾东西。"

她不敢耽搁，马上就和他回了房间。

临时改签的机票，自然没有机会去挑选时间。两个人争分夺秒地往机场赶，险些就错过了航班。两个人的位子是最后一排，座椅难以调节，前半程还没觉得不舒服，两个小时后已经从腰酸到了脖子。

他说话很少，吃得也少。

童言从没见过他这样，到后半夜飞机上的人都开始熟睡，他仍旧翻着手里的杂志，用很快的速度翻页，像是在看，又或者只是纯粹为了做一件事。

她把手放在书页上，等到他看自己，终于蹙眉轻声说："这个座椅坐着很不舒服，你这两天都没有睡几个小时，会不会吃不消？"她自行解开他身上的安全带，"趁着空姐没看见，躺在我腿上睡一会儿。"

最后一排只有他们两个人，把所有扶手拿开，横躺着也绝没有问题。

她知道这样做，绝对是非常危险的事情，可也只想到用这样的方式安慰他。

顾平生似乎察觉到她的用意，卷起手里的杂志，敲了敲她的额头："如果遇上飞机忽然失重，没有安全带，很容易脱离座椅撞到机舱顶。"

可他刚说完，又侧过身子，把这一排的扶手挨个抬起来。

然后堂而皇之地，仰面躺在了她的腿上："十分钟后叫醒我。"

她点点头，手放在他的身上，搂住了他。

他没有再说话，合上眼睛。

童言把额头抵在前排座椅靠背上，安静地看着他的睡容。因为做着有时差的项目，那几个国家又没有所谓的春节假期，这几天他真的辛苦了不少。

不过两分钟，他的呼吸已经渐入平缓。

她想起他刚才说的话，悄悄地避开他的脸，解开腰上的安全带，似乎这么做反倒是踏实了。如果遇上飞机失重，怎么也不能让顾先生一个人去撞机舱顶吧？

飞机落地是凌晨五点多。

他们拉着行李钻进出租车，童言马上就报出了医院的名字。顾平生拦住她，反倒是决定先回家："虽然在比较熟的医院，这个时间也不适合探视。"他提醒她。

童言恍然，反倒觉得自己和他比起来，紧张无措得多。

真正到医院已经是下午两点多，两个人穿过长长的走廊，走到ICU外的大厅，这里密密麻麻地坐满了人。平凡正环抱着双臂，和门口的两个医生说话，她背对着所以看不到他们，反倒是两个医生先停下，其中一个对着他招手，反手就按下了门铃。

这个地方她实在太熟悉，当初两个人初遇，他母亲就是在这里离开，而自己的母亲也是在这里被急救的。

童言自觉留在封闭的玻璃门外，没有位子，就站在了电梯旁的角落里。

过了会儿，倒是平凡先出来了，她说自己在外边守了整夜，累得已经站不住，半挽住她的手臂到楼下去找地方休息。

285

说是饿，最后坐下来也只点了两杯热茶。

她两只手握住童言的手，语气慢慢就伤感起来："你知道我为什么学医吗？就是觉得人真的很容易生病。可是没学医之前，觉得医院能治好任何病，学了之后，反倒觉得生命真脆弱，放眼看去，大多数是很难治好的人。"

她没有医学生的感受。

可她同样有对生老病死的无奈，根本找不出什么话来安慰人。

平凡感慨了这么句，也不再说话，漫无目的地吹着杯里的茶水，过了会儿才勉强笑了："你看我比你大了十二岁，有些地方反倒不如你了。当初我在美国陪着TK，听他同学说你奶奶生了那么重的病，都不敢相信，你真的就什么都不说，自己料理了几个月。"

她摇头："我挺脆弱的，可是谁让他也生那么重的病，逼得我要自己去扛。"

"对啊，你还是小孩子，脆弱是应该的，"平凡疲倦地撑着头，缓解一夜未眠的困顿，"我问过 TK，他的身体状况是不可逆转的，肯定会越来越糟糕，如果有一天你真的撑不住了，分手了，怎么办？"

平凡说完，很快觉得自己说得残酷了些，很快自我检讨："不要介意我刚才的话，医生都是口无遮拦，习惯预估最坏结果。"

"我不介意，我也习惯先往最坏的想，然后就什么都豁然开朗了。"

平凡笑起来，继续刚才没说完的话："然后，他就说出了我刚才的话，应该说是我偷了他曾经说的话。他说你还是小孩子，脆弱是应该的，"她有意放轻松语气，"所以言言，如果你哪天脆弱了，撑不住了，没人会怪你。我不会，TK 更不会。"

她大概猜到平凡说的这些话，暗指了他们分手的可能。

她没回答平凡的这个假设。

后来平凡转换了话题，开始说老人家的病情，还有他们走后她曾经做过的一些努力："人老了总是越来越固执，就像孩子一样，你要反复哄着劝着，慢慢就会喜笑颜开接受了，"她看起来很有信心，"这次住院，我爷爷第一句话就是让 TK 回来，所以我相信，马上就会春暖花开了，什么都不再是问题。"

她附和着颔首。

那些病痛灾难、家人排斥，对她来说根本就不是什么问题。

有个秘密，从平凡和她的那通电话起，就留在了她心里。

那天是她的生日。母亲为了和她一起庆祝，从早晨七点多就在校门外，一直守到了中午休息才终于见到她。她却用尽了恶毒刻薄的语言，拒绝了母亲。所以才有后来的事情发生，母亲独自在房里喝了数瓶白酒，被发现后，送到了医院抢救。

她的生日，是两人母亲同时被抢救的日子。

最后，也成为他母亲的忌日。

那天她被迫签字后就离开了医院，后来知道母亲被抢救的真相时，那一瞬的手脚僵硬发麻，渗入心底的恐惧和后怕，没有亲身经历过的人绝无法想象。

所以，她明白他所有的感受。

而于她而言，顾平生究竟重要到什么地步，恐怕连他自己也无法想象。

她始终有些心神不宁地看手机。

虽然知道顾平生只是在ICU里，可总有不安的情绪，挥不去，驱不散。顾平凡守了整夜，除了脸色不是非常好，并没有什么不同。

照她的话说，要做医生的人都要有超人体格，否则动不动就是三十六小时连轴转，怎么可能坚持下来？"TK以前身体非常好，"顾平凡对着手里的账单，抽出卡递给服务生，"他为了能做个合格的外科医生，始终都很注意体能的锻炼，而且还和我学切菜……"

"他说过，"童言低头系好围巾，"他和我一样是左撇子，他说自己以前为了练习右手的灵敏度，每天都会把二十个土豆切成丝，就为了以后手术时，左右手可以同时开工。"

她记得很清楚，第一次看顾平生切出的土豆丝的震撼心情。

那样整齐的刀功，绝对是下了苦功练习。

"是啊，"平凡笑得不无遗憾，"他那么努力，却还是没有机会做个好医生。我以前特别嫉妒他可以在国外生活，那是八几年的时候，还不像现在那么普遍。后来慢慢长大了，了解我小姑姑的那些事后，就觉得他特别可怜。然后那么多事，一个接着一个的，就没停过。"

平凡接过服务生的单子，潦草地签了名，同时也结束了这段对话。

两人回到医院时，顾平生已经从ICU出来，在和几个长辈交流着外公的状况。童言走过去时，他略微停下来，告诉她，自己要在这里守着，让她先回家休息。

她虽有些忧心他的身体，但也没多说什么。

到家后，童言从阳台收下度假前晾晒的床单，把卧室和洗手间从里到外收拾干净。夜航整晚，提心吊胆整个白天，再加上高强度劳动，终于把所有的精力都耗尽，她匆匆洗澡上了床。

卧室的窗帘是特别定做的，只要拉上就看不到任何光源，很适合深度睡眠。
可因为太多事情压在心里，她终归睡不沉。

不知道过了多久，她忽然就从梦里惊醒，因为层层叠叠的梦境，竟分不清自己是在学校，还是在家，或者是仍在度假的海岛……
最后还是羽绒被上特有的家的味道，让她渐渐摆脱了恍惚。

也不知道是几点了，身边仍旧空着。
嗓子有些干，她懒懒地动了动手臂，想要起身倒杯水喝。

可刚伸出胳膊，尚未坐起身，就看到了床边的人影。他回来了？童言伸手去摸床头柜，想要开灯，刚碰到灯的开关，整个人就怔住了。
刚才睁眼时，还未适应房间的黑暗，现在再看过去，却发觉他在以一种近似于蹲跪的姿势，靠在床的边沿，小心翼翼地，缓慢地从口袋里拿什么东西。
似乎很怕吵醒她。
只听着有些发闷的细碎声响，像是药粒滑过塑料瓶。

童言不敢再动，手搭在床头柜的边沿，盯着黑暗里的他。他把手放到嘴上，直接把药吞了下去，然后继续长久地，保持那种让人心疼的姿势靠着床。
过了不知多久。
他终是偏过身子，沿着床侧，坐在了地毯上。

刚才那个姿势，童言还能随时判断他是不是有事，可现在这么悄无声息静坐着，她倒真的慌了，很快开灯，从床上坐了起来。

"怎么忽然醒了？"他很快起身，靠过来，"我吵醒你了？"
声音就在耳边，有些哄慰，还有他自己并不知道的沙哑疲倦。

她揉着眼睛，软软笑着："刚才做噩梦，被吓醒了，"小心翼翼地压住眼泪，放下手时，眼睛已经被彻底揉红了，"你刚回来？"

他嗯了声，摸了摸她的脸。

那晚的事情，她绝口不提，像是未曾看到过。

她只是用很多实习的空闲时间，去搜集各种各样的急救教程、药膳什么的信息，努力一点点学起来。顾平生从未隐瞒过自己的身体状况，每个月定期做检查时，也都会带上她。所以，她并不担心他会怠慢自己的身体，可总要为以后做准备。

有次，被带自己的书记员姐姐看到，对方还觉得奇怪："你家有重症病人吗？"

"也没有，"她缩小网页，随口敷衍，"看看这些，总归会有用到的地方。"

"你这小孩儿，真是够逗的。"

书记员姐姐拍拍她的后脑勺，笑着走了。

以前除了回家，顾平生只需要在公司、学校两头跑。

现在因为外公的事，他每天还要有固定的时间在医院，童言知道自己不适合在这个时候出现，只能在他每次去医院时，帮他做些有营养的东西，让他带过去。

或许是医院去久了，有时他也给她讲些在北京实习的事。

他提到有一次抢救病人，来不及做系统的身体检查就推进手术室，第二天才验出这个病人是艾滋病患者。

他说的时候，她正在给他剥水煮蛋，马上瞪大眼睛："那怎么办？万一你们手术过程中被感染怎么办？"她把鸡蛋递到他嘴边。

他咬了口鸡蛋白，没有吃蛋黄，童言抿抿嘴，把蛋黄吃了下去。

然后剩下的那块蛋白被放到了他的白粥里。

"这种事并不少见，通常每个月都能碰上一些，"顾平生笑了笑，嘴角上扬的弧度并不大，"每种职业都有风险，无法避免。"

童言点点头，再点点头。

她若有所思地看着他吃粥，顾平生握着白瓷汤匙，喝了两口终于察觉到她的视线，抬头笑着看她："在想什么？还是没睡醒？"

"我在想，你小时候肯定特别挑食，"童言笑得神秘，"竟然连鸡蛋黄都不吃。"

顾平生微微笑了笑："我小时候的确很挑食。"

"现在也一样。"

童言补了句，继续给他剥水煮蛋。

他的脸始终是偏清瘦的，显得轮廓鲜明。现在看上去却瘦得有些过分了，童言的视线从他的手指扫到他的手臂，用小拇指杵了杵。他抬起头来看她。

"你瘦了，"童言不无遗憾地说，"对于饲养员来说，这是个令人心碎的现象。"

"真的瘦了？"顾平生扬起一侧嘴角，做了个稍显幼稚的表情，"我想吃栗子烧鸡。"

童言乐不可支地点头："你晚上会回家吃饭吗？我从法院出来就直接去超市买。"

"明晚在家，"他看着时间差不多了，迅速吃完剩下的白粥，"下午我会在医院，外公有个很重要的专家会诊，可能会晚饭后再回来。"

他每逢有八点的课，都比她走得早些。

可到家的时间又比她晚很多。这种事不能多想，也不能深想，她没有一天不在盼着毕业，盼着开始正式工作，分担他的压力，却只能耐心等待。

她怕超市没有栗子，特地去离家远些的菜场买了食材回来。

因为怕看杀鸡，她特地挑好了鸡，跑到很远的地方看着，直到摊主把鸡处理干净才上前付钱，接过血肉淋淋的塑料袋。

"小姑娘怕血啊？"摊主很好笑地问她。

"血倒不是很怕，"童言厚着脸皮坦白，"就是特别怕看到杀活的东西，所以很多时候都在超市买冷冻的……"

"超市的不好，不如现杀的好，"摊主随手从自家蔬菜摊位抓了把葱，递给她，"来，给你压惊的。"

童言被这把葱逗笑了，道谢接过来。

菜场的位置很奇怪，没有可坐的公交车，走路的话又要二十几分钟。纵然还是冬天，她这么徒步走回小区，还是出了身汗。

下午六点多，天已经彻底黑下来。小区里的照明灯都早早打开来，远近匆忙走着的，都是赶着回家的人。因为还没到吃饭时间，她走得倒是不急，慢悠悠地往自家的楼走。可就在绕过楼下的绿地后，她看到了不远处的两个人。

是陆北和方芸芸。

两个人以大幅度的动作，在半开的楼门口相互拉扯着，童言看到他们的时候，他们还没有看到她。一个始终拉着门，想要进去，另外的那个却始终拦着，不愿起正面冲突的样子。防盗门因为长时间不能关闭，在响着刺耳的报警声。

这里是她家的楼门。

她大概猜到发生了什么事，想要躲开，却又怕方芸芸真的冲上楼。

就在犹豫时，方芸芸终于看到站在路灯下的童言，马上甩开陆北，向着她走过来。步子又急又紧，像是怕她逃走似的。

左右都躲不开，倒不如坦然些。

童言看着方芸芸走到自己面前，还没想好怎么开口招呼，方芸芸忽然就扬手，狠狠甩了她一巴掌："这是你欠我的。我欠你的那些，都会还给你……"说话间眼泪已经吧嗒吧嗒地落下来。

声音大得吓人。

在安静而空旷的小区里，显得极刺耳。

她站在那里，大脑有几秒的空白，脸颊的痛感开始慢慢扩大，根本听不清方芸芸在说着什么。

陆北冲上来，扯过方芸芸的手腕："你疯了吗？从昨天闹到今天有完没完？"

"我真的疯了，陆北，你到底有什么不满意，我掏心掏肺对你，你究竟想要怎么样？"方芸芸拼命挣脱他的手，像是不要命一样地哭着，"都四年了，你到底想干什么，想离婚吗？想和她在一起吗？我成全你，全都成全……"

两个人拼命拉扯着，很多人在远处驻足观看着，开始猜测这里的情况。

争吵的声音，所有的对话，都蛮横地冲进耳朵里。

童言闭了下眼睛，又睁开来，堵压在胸口那么多天的情绪，都猝不及防地涌了上来。

"让我和她说。"她忽然开口走近他们，陆北眼睛发红地看着她，犹豫着要不要松开方芸芸的时候，她已经转向了睁着大眼睛、满脸泪痕的方芸芸。

没想到被打的自己，还那么冷静。

方芸芸是气极了，又哭又笑地嘲讽着童言："你说……我知道你想说很多话……"

啪的一声。

童言用同样的方式，甩了她一巴掌："这是你欠我的。我没欠过你什么，以前不会，以后也不会。无论你要不要离婚，都不要来找我，没人有你那么好命，只知道爱得死去活来，不知道生活有多难。"

她收回手的时候，竟然控制不住地微微发抖。

这是她生平第一次伸手打人，放下手的那刻竟想到了顾平生。他当时伸手打自己的时候，是不是也是这样难以克制地发抖，比被打还要难过……

关上楼道的防盗门时，还能听到方芸芸的哭声。
她茫然地往楼梯间走，到爬了三四层楼，才靠着白色墙面，呆站了很久，眼泪终于后知后觉地滚下来。
到最后浑身都没了力气，索性坐在楼梯上，抱着膝盖哭了个痛快。
这世界就是这么不公平，有人一辈子为了爱情死去活来，从来不用考虑生活艰难。有人只是苛求那么一点点的平静生活，却总要面对老天的各种刁难。在遇到顾平生以前，她总觉得自己真是可怜，父母是债，一辈子无法摆脱。
遇到顾平生之后，心疼的却只有他。

那么想要母爱，却间接害死了自己的母亲。那么想做个好医生，却不得不终身放弃。这世上和他有血缘关系的人越来越少，他拼命想要抓住，却终究徒劳……
童言伸出手指，在雪白的墙面上，细细地写着他的名字。
一笔一画，写下了"顾平生"。

他的名字起得很好，只这么看着，就能让人感觉温暖。
童言头枕着自己的手臂，就这么坐在台阶上，侧头看着那三个字，想着他。脸仍旧是火辣辣地疼着，方芸芸刚才真是恨极了自己，用了全身力气，她还给方芸芸的那巴掌却没有用力，或许是因为没有恨，就真的下不去重手。

手机忽然响起来，在空旷无人的楼梯间里，声音很是明显。
她坐直了身子，从裤子口袋摸出手机，在黑暗的楼道里，看着屏幕上的蓝光——
忘了说，顾先生爱吃栗子。TK。
真是……
童言哧地笑起来，牵动了哭肿的眼睛：知道了，给你做栗子鸡腿算了，一锅栗子就放两个鸡腿好不好？
听上去很不错。TK。

她看了看手机上的时间，已经过了七点，再不上去的话肯定会让奶奶担心，可真这么上去估计会更让奶奶忧心……犹豫着活动手臂时，她又去看墙上他的名字。

这样留下来，终归是不好。

她伸手用指甲蹭掉"顾"字后，却又盯着余下的两个字，怔怔出神，过了会儿才擦干净指甲上的墙灰，在他的名字后，认认真真地写了句完整的话。

平生一顾，至此终年。

第二十一章 你的顾太太

　　监护仪、输液泵、呼吸机、微量注射泵……绿光在仪器上闪动着,有身穿隔离服的医生和护士低声交流着,查看仪器上的数据。
　　这些他曾经都很熟悉。

　　这是他和母亲曾经工作过的医院,所以对他出入 ICU 的时间,从没有过限制。
　　等到老人家睡熟后,他才走到 ICU 外的隔离更衣间,换下隔离服。
　　"顾老的病,各科主任都在看着,肾内连 301 的董长亭都请过来了,他可算是移植中心的权威教授,"身边始终和他关系不错的廖医生,在低声说着,"情况虽然不算好,但你做过这行,应该看得淡些。"
　　今天董长亭来的时候,事先约了他晚饭的时间。
　　他爽约了。
　　对于这个人,他可能过了十几岁的年纪就不再记恨。年幼时和母亲回到中国,还会有些期盼,屡屡错失见面的机会后,甚至有些记恨。
　　而那些隐藏在恨背后的,其实是显而易见的自卑。
　　对于十几岁的孩子,"父亲"这个词本身就具有不可压制的力量,再加上他真的足够优秀,优秀到令他这个教会学校的普通学生,产生被厌弃的自卑。

　　可走过那段迷茫、彷徨于未来的年纪。
　　这个词的力量,自然就消失了。

　　他没接话,把隔离服递给小护士,身上竟然有了些潮湿的汗意。
　　"你太太怎么一直不过来?"廖医生也把衣服递出去。
　　"还没正式结婚,不是非常方便。"

"当初我和你一起实习的时候,你也算是我们的院花了,还真没想到被个小姑娘迷住了,"廖医生笑了声,"不过这小姑娘真不错,这种事不是嘴上说想开就想开的。我说你一直不结婚在等什么呢?"

"她还没大学毕业,"他回答的声音,水般的平静,"等到顺利毕业就会结婚。"
廖医生噢了声,按下玻璃门的操控开关。
等到门缓缓打开,廖医生终于琢磨过来,似笑非笑地拍了拍他:"90后?"
这么一说,他还真是有些意外了。

等到走出医院,坐进出租车里,他又想起这个词。
从他开始带童言的班级,就发觉这一代的学生很特别。他不是在国内长大的,可看平凡对生活的态度,和那些学生真是相差甚远。
记得很清楚的一次,他看到有头发染成粉红色,戴着天蓝色蝴蝶结的女孩跑进办公室,央求法律基础课的老师手下留情,忽然就有种想笑的冲动。
还有给童言上课时,收到的那些粉红镂空的情书。
顾平凡看到了,也曾感慨,以前要有这种事,最多是匿名倾诉心意,如今的孩子,还真是唯恐别人不知道自己喜欢老师……

说到底,还是孩子。
他仰靠在副驾驶座,想到她说的那句话,有个孩子陪我一起想你。
一个大孩子,带着一个小孩子?
似乎单单一个还不够,据说外籍在中国不会有生育限制。不过平凡也说过,双方都是独生子女的话,应该可以生两个。
这样加上她,就是三个。三个孩子的吃穿住用,都要自己承担。
似乎,真的还不错。

童言留下了那句话。
因为怕眼睛太肿,还是给奶奶打了个电话,说自己可能要晚些到家。幸好是冬天,肉还不需要马上放进冰箱里,她就这么拎着袋肉淋淋的鸡血,踱步到小区附近的肯德基混晚饭吃。点餐时,不知是因为鸡,还是因为脸被打得肿了,服务生多看了她好几眼。

她在洗手池边,用冷水浸湿了餐巾纸。
然后挑了张角落的长桌,坐在那里边用湿纸巾压着脸,边啃香辣鸡翅。

面前的玻璃墙正对着马路和对面小区的大门。

她啃完了两个鸡翅，正巧看到有出租车在鲜果店前停下，直觉就是他回来了。果然，从低矮的车里出来，很快站直身子的人，是顾平生。

她叼着鸡翅，拿出手机，迅速从自拍的摄像头里看自己的脸。

完全好了，果然是抗打击体格。

远处的人，在低头挑着水果，鲜果店老板娘又举着什么，在和他闲聊着。他因为身高，礼貌地微含着胸，看着老板娘说话。

童言给他发过去个消息：我下班晚了，非常可怜地，在吃垃圾食品。

看到马路的那侧，他从口袋里摸出手机，低头看。

她继续啃鸡翅，眼睛却盯着他。

玻璃虽然有些脏。

却不妨碍观赏美人。

顾平生收好鲜果店老板娘递来的零钱，把钱包和手机都放回裤子口袋，再把买好的水果暂时放在水果摊子上。

然后就这么转过身，穿过了马路上的人行道，走到半路时，碰巧遇到红灯，他站在大片的人群里，耐心等待着红灯转绿。

或许是刚才经历了些很不好的事情，这时候看着他走过来，那么美好的一个人，构成那么完美的画面，她光是这么看着就心怦怦直跳。

他看到她以后，并没有进来，反倒是站在玻璃墙外看着她，微微蹙起眉。

童言用餐巾纸擦干净嘴巴，无声地对着他说：“我错了，以后再也不吃垃圾食品了。”

不知道他在想什么，总之没说话。

童言又把装着鸡肉的袋子拎起来，献宝地笑着：“栗子烧鸡。”

顾平生轻扬眉，笑意蔓延在眼底，仍旧没有说话。

身后正好有辆车开过去，车灯很快从他身侧晃过去。她还想说什么，他忽然就开了口，简短地说了两个字："回家。"

她点点头，迅速把手机收好，跑出了肯德基。

这种兴奋的感觉，倒真像是忘了带钥匙的小朋友，终于等到了家长回家……

晚上她站在浴室的淋浴喷头下，还在想自己什么时候这么豁达了，明明是几个小时以前的事，竟然像是隔了一辈子。似乎任何和顾平生没关系的事情，都不是她想关心的。

她裹着浴巾出来时，顾平生正坐在飘窗上看资料。

当初他带着她来看房子，两个人最喜欢的都是卧室的大飘窗，铺上厚厚的羊毛地毯，放个矮桌和靠垫，就成了看书喝茶的小格间。

顾平生穿着灰色的纯棉运动裤，盘着腿坐在那里，背靠着玻璃窗。脚边和矮桌上散落着各式各样的文件，因为在做阿根廷的项目，所有的影印资料都是西班牙文的。

他这个人很有职业操守，因为所有涉及项目的都是商业机密，带出来的，自然最好都是别人看不懂的。她这段时间看得多了，虽不知道意思，却认得出来文字的模样。

她靠近了，他才终于从众多文件里抬起头。

"母语是英文真占便宜，还有余力再学别的外语，"她学着他的样子，光脚爬上去，笑眯眯地杵了杵他的脚，"先生，需要足底按摩吗？"

她已经拿他研习了好几天，甚至还拿着张打印的纸，像模像样地背着手法和穴位。现在差不多都记熟了，俨然一副中医师傅的架势。

顾平生忍不住地笑："星期五晚上，休息一天好不好？"

"不可荒废，"童言很受伤地劝说，"实践出真知，你没看我已经不拿穴位图了吗？我告诉你，一定要知足，那天我们法院的几个法官还在抱怨，说现在外边的足底按摩都太偷懒了，都是用手指关节按。像我这样老老实实用指腹按摩的，越来越少了，知道吗？"

他缴械投降，任由她这个比学徒还不如的新手，拿自己练习。

"我想去学开车，"她完全按照步骤做完，手指已经有些发酸，也学着他的样子靠着玻璃窗，忽然就想起了这件事，"这样如果家里有什么急事，叫不到出租车，还有个人可以开车。"

"不用刻意去学开车，如果有什么事情，还有平凡。"

还真是不客气……

童言深刻觉得，顾平凡有这么个弟弟，也挺愁人的："平凡如果有天嫁人了呢？或者刚好不在北京呢？怎么可能始终随叫随到？"

他终于妥协："可以等天气暖和一些。"

她却是迫不及待："这周末开始吧？趁着我还在实习，比较清闲。"

顾平生在国内除非重新考驾照，再开车是绝不可能的了。所以她把这件事当作了一个任务，在驾校比任何人都要学得认真，到真的实践了，才发现中国的驾校授课极不科学，如果她想要坦然上路，还要和顾平生每晚找个偏僻的地方练习。
教她的师傅很喜欢闲聊，还问到她男朋友是做什么的。
"是律师，"她笑，"和我是一个专业。"
"那好啊，以后我给他介绍案子做，现在人真喜欢打官司，我好几个邻居就天天找律师打官司，什么房产啊，赡养啊，真是越来越计较了。"
"他没有打官司的资格……是非诉讼律师，"童言想不出多少解释的话，"就是别人投资个项目，帮人看看投资的协议，法律谈判什么的。"

她其实说不清楚他具体每天都在做什么。
只记得有次去等他下班。部门秘书解释说他还有个视频会议，是对冲基金投资的法律谈判。当她到顾平生的办公室门口时，对面会议室的磨砂玻璃门恰好被推开。
会议室里都是资深非诉律师，西服革履，统一的黑色。他背对着自己，背脊笔直，声音是从未听到过的冷静和平稳："此处所标注的修改并不符合市场惯例，我们对这种毫无道理的要求，拒绝接受……"
余下的话，被缓缓闭合的玻璃门隔开。

那晚谈判到很晚，直到她把办公室的饼干都剿灭干净，会议才告一段落。他回到办公室，把领带解下来扔到桌子上，整个人很疲倦地坐下来。
童言看着真是心疼，靠在他身边给他揉捏着肩膀和手臂，看他似乎还沉浸在工作相关的事情里，便顺口找了个很无聊的问题，打断他："我从来没有英文名字，你说，叫什么比较好？"
他考虑了几秒，微笑着回答她："Eve。"
"Eve？童言想了想意思，"黄昏？"
"夏娃。"
她语塞："这种名字，不太适合给别人叫吧……"
"你如果留在法院工作，应该不会有机会用英文名字，"顾平生倒是越发觉得不错，"这个名字在家里用用就可以。"

Eve，夏娃。因为肋骨的故事，成为最美好的名字……

童言打着方向盘，继续听着驾校师傅说的各种民事纠纷，意识却飘忽忽地跑远了。

拿到驾驶证的那天，也是她在法院实习结束的时候。
实习鉴定表上盖上个大红印子，拿在手里真是说不出的轻松。

午后的中心公园阳光很好，甚至有些晒，她陪着奶奶来喂流浪猫，到最后因为下午无事，强迫奶奶回去午休，自己却多留了半个小时。
她拿着大的可乐瓶，往空盘子里倒白开水。
十几只猫早就吃得口渴了，倒是秩序井然地等水喝。童言身边有七八个几岁大的小朋友，都是跟着阿姨或是爷爷奶奶来的，老人家坐在长椅上远远看着，除了一两个家长不放心卫生的，倒是都没拦着，围在童言身后看猫喝水。

身前一圈猫，身后一圈小朋友。
不知道的，还当她是幼教，带着群小朋友体验生活呢。

顾平生断断续续地发来短信，还是因为那个在欧洲市场投资的对冲基金项目，要临时出差，而且是今晚就走。
这个消息有些突然，她拿着手机有些心不在焉，瓶子握在手里，却忘了添水。
小朋友看有猫喝完了，童言却还没有下一步动作，着急地催促她："姐姐，倒水。"
"姐姐把猫猫给你照顾，好不好？"
几个孩子早看得心痒，忙不迭地点头应承。
她把水瓶交给年纪最大的那个女孩，到四五步远的长椅上坐下，开始细细地追问着，商量有什么需要带的东西。顾平生因为要进 ICU，匆匆说了几句就暂时关了机。照他的估算应该最少需要半个月，她默默计算要带多少行李，可又苦于没有经验，怎么都觉得自己会忘了什么……

琢磨得正忘我，身边已经坐了人。
是每隔两周才会过来看望奶奶的父亲。

"我买了些水果放到家里，你奶奶说你在这里喂猫。"父亲努力把话说得亲近，看得出是想了很久的开场白。
她犹豫了几秒，笑了笑。

或许是因为顾平生的影响，对于疏远许久的父亲，她终于开始心软。

父女两个并肩坐着，没什么共同话题，大多是父亲问两句，她嗯一声，或是短短两三个字作答。气氛虽然有些尴尬，却不是无法忍受。过了会儿，那些流浪猫都喝够了水，三三两两地钻进了草丛，小女孩终于小心翼翼地抱着倒空的水瓶，跑过来还给童言。

她双手接过来，郑重其事地说谢谢。

"这是三千块钱……"父亲在小姑娘转身跑远时，忽然把个信封递给她。

童言怔了怔："不用，我们不是很缺钱。"

"上次我来，你不在……小顾真是不错，"父亲含糊其词地说着，"第一次的三十万要等两年，等我股市彻底翻身，就把钱都取出来给你们，这是还上次的，虽然不多，但慢慢地赚着，总能还上。这一段时间所有股票都在涨……"

父亲说到股市前景大好，眼睛里难得有些兴奋的波澜。

她却隐隐听出什么，抬头打断："我不在家的时候，他给过你钱？"

"有两个人催钱催得紧，我是和小顾借来，先还上钱，不是真要你们的，"父亲再次把装着钱的棕色信封递给她，"这次有两只股票涨幅很好……"

"你又借别人钱了？他又帮你还钱了？"

童言不敢置信地看着父亲。

这样的一张脸，不到五十岁的年纪，头发已经花白了大半。小心翼翼的笑容，永远都觉得自己会成功靠这样赌博式的方式赢得金钱，找回所失去的一切亲情。

她不是没有尝试过认真地和父亲谈，甚至以断绝父女关系要挟。

可到最后，父亲总认为家庭破裂、女儿不亲近都是因为自己穷，自己没钱。越偏激越投入。数十年的挫折造成了父亲偏激的想法，不容沟通，所有的想要劝说的语言都是因为瞧不起他。

她甚至想不到有改变的可能。

直到这几个月所发生的事情，真就让她以为看到希望，不再有填不满的债务，不需要再有彷徨不安的未来……

父亲开始陷入了自己的世界里，极富热情地说着自己所持有的几只股票，她只觉得难过。难过着，心渐渐空空落落的。

不知道为什么，刚才喂的两只小猫跳上了长椅，偎在她腿边温顺地趴了下来。

她摸了摸猫，无意识地给它挠着下巴。

这个城市是她出生长大的地方，从小到大读书的学校都有太多背景不可测的同学，如方芸芸那样的也只是过得"尚可"。在十几岁的时候，她并未体会这些差距在哪里，只单纯为父母离婚痛苦，为母亲和自己不符的道德观而自卑。

后来有陆北的事故，她终于理解了家庭和家庭之间的真实差别。

太不坚强，所以不堪重负。

到上海读书成为唯一的逃离方式。

可惜她一直相信生活会变好，却忘记了现实的残酷。

"这世界上，你有权利选择任何东西，唯独父母，你不能选，也不能放弃。"当初顾平生说出这句话时，有多少是因为责任，而又有多少是无可奈何？

猫被挠得很是惬意，软软地喵了声。

父亲将所有话都说完，果不其然，又用很走投无路的声音说："言言，你身边有没有三万块钱，我需要先把利息还上。"他说完，很快又告诉她，"我和你妈一直在抢之前的房子，以后我老了，都是给你留的……"

童言拍拍猫的头，没吭声，起身就离开。

"或者小顾……"

她马上就停住脚步。

"我和他分手了，"她听见自己的声音说，"就是这几天的事情，你不要再找他了。之前借的钱，我会慢慢都还给他，其他的我帮不了你。"

回到家后，她把自己关在卧室里，给他收拾今晚出门要带的衣服。

估算着差不多要半个月的时间，从阳台搬出最大的行李箱，开始把衣柜里的西服、衬衫和领带逐一拿出来，扔到床上。做法律的就是好，公开场合统一是黑色西装，衬衫和领带也不会有出挑的颜色，搭配都不会有什么大问题。

顾平生曾经说过，如果住的是酒店最多带四套就足够了。

她默默地计算着数量，脑子有些迟钝，竟然数了三四遍，衬衫倒是叠得仔细，用手指从反面划下两道折痕，连襟对折，将袖子扯平……中途手机响了几声，她都没有注意到，直到把四件衬衫都叠好，小心放进箱子里，忽然就开始流眼泪。

大颗大颗地掉在衣服上。

她一直用尽心思对他好，舍不得他吃半口不喜欢的东西，每晚困得不行都要替他熨好第二天穿的衣服，她认认真真学药膳，学按摩，就是为了让他可以越来越健康，甚至学开车，都是为了万一他忽然病倒了，可以及时送他去医院。

可就是这么用心疼的人。

却也因为自己在受着比常人更多的压力。纵然高薪又如何，他需要更多的钱来应付以后的病痛，可是如果一直和自己在一起，就要不停赚钱再不停被掏空，甚至还有奶奶的身体，也需要考虑和应付……

就这样想着想着，眼泪就干了。

她继续收拾好余下的东西，到洗手间去冲了个热水澡。等到出来的时候，顾平生忽然就推门进来，她光着身子傻傻看他靠近。

"为什么关着灯洗澡？如果不是奶奶说你在家，我都不知道你在这里。"顾平生的声音贴在她耳边，手贴上她的背脊。

童言伸手，搂住他的腰，用湿漉漉的头发在他胸前蹭了蹭："我真舍不得你。"

"在说我什么坏话？"他的声音带笑，顺手从门后摘下浴巾，给她轻擦着头发。

洗过澡的浴室湿气很重，她既忘了开灯，也忘了开排风扇。可还是耍赖不肯出去，就这么把侧脸靠在他胸口上，用身子紧紧地贴着他的身体。他难得穿了纯黑色的衬衫，可能是刚回到家，还没来得及摘掉领带，竟有着致人犯罪的诱惑。

"我始终和对方强调，我正处于新婚蜜月期，不适合长时间在外，"顾平生始终笑着哄她，"所以应该不会有十五天那么久，大概十天就会回来。"

她微微点了点头。

他的航班是七点半起飞，来不及吃晚饭就要离开。

童言找了个借口没有送他去机场，只帮他把行李拿到电梯间，不知道为什么，等了很久也不见电梯来。顾平生看了看表："走楼梯吧。"话刚说完，就有人推开了楼梯间的木门，看着两个人，不无抱怨地说："别等了，电梯忽然就坏了，好在只有五层，爬楼梯吧。"

楼梯间的灯是声控的。

每下了一层，她就跺跺脚，让下两层的灯都亮起来。

前路亮了，后边的灯却逐层灭掉，走到她曾经偷偷坐着哭的那几级台阶时，她刻意看了眼自己用手指甲写下的字。浅浅的痕迹，除非用心看，并不会注意到。

两个人走到楼下，童言忽然就把手握成个小拳头，伸到他手心里。

"我记得你第一次来上课，穿的是白衬衫和浅棕色的休闲裤，衬衫袖子是挽起来的，能看到刺青，"她抿起嘴角，"特别好看，我肯定从那时候开始就爱上你了。"

顾平生一副好笑的表情，把她攥成拳的手握住："不要撒娇，我很快就回来。"

这次项目意外地棘手。

顾平生临时给所带的班级调课后，只来得及回家拿行李，就匆匆赶赴机场。

当然这一切的匆匆辗转中，他还是去了次医院。老人家这么多年被病痛折磨着，肝移植需要终身抗排，从身体到心理的压力可想而知。

这次他来，老人家却难得给了些笑脸，多自嘲兼疼惜他："我们祖孙两个，真算是家里身体最差的，"老人家看他西服革履，又拿着行李，倒是猜到了他接下来的行程，"出差？"

顾平生把行李箱放到床侧，在椅子上坐下来："临时要去伦敦，大概十天就会回来。"

祖孙两个，似乎都想要说什么，可相对着又笑了笑，都没开口。

他没有时间留太久，临行起身，忽然就说："上次没机会让你们见到，这次我从伦敦回来，会带着她来正式见您。"

或许是因为今天身体状况好，老人家竟然没有太大的排斥。

"你那个学生，是今年毕业？有没有考虑合适的工作单位？"

"刚结束实习，"顾平生说完，很快又玩笑着补了句，"不过成绩平平，比我差太多，如果想找到合适的工作，还需要用心些。"

老人家被逗得笑了："你啊……自负，依旧自负，从来都不谦虚。"

这次在伦敦的项目，意外碰到了曾经的老同学。两个人阵营互不相同，白天在会议室里寸字寸金地争夺，纵然是老朋友，也因为项目的关系并没有太多私底下的应酬。直到真正的法律谈判结束，才发现两个人入住的是同一家酒店。

巧遇发生在酒店的电梯间。

"TK，"老同学身边的金发美女给了他个热情拥抱，用生涩的中文惊喜问他，"你好吗？现在好吗？"

"非常好。"顾平生也用中文答复，示意性地拍了拍她的后背。

两个人的问候，那个老同学听不懂，只在两个人松开对方时，笑着嘲是老情人见面，自己这个新情人毫无地位。在不断的玩笑和调侃中，有人走进电梯，又有人快步而出。直到听到两个人说到孩子后，他才有些后知后觉的惊喜："是什么时候的事情？"

"去年，去年这个时候，"美女做了个美妙的表情，"小孩子真是太可爱了，我甚至都想结婚了，如果再有孩子，我们就结婚。"

顾平生再次给了她一个拥抱，非常真诚的祝福。

303

如果可能，他很想立刻就离开伦敦。

回到家，看看自己的那个小女孩。

接连几天她都心不在焉地联系着，似乎出了什么问题。

十天，一个星期多三天的时间。

等到第七天，童言忽然就给沈遥打了个电话："还在北京吗？我今天想去游乐场，我请你去北京游乐场玩？"电话那边声音嘈杂，略显空旷，沈遥用极大的声音骂了句："我刚到首都机场，一小时之后就走了，你故意的吧你？"

"晚一天再走好不好？"她坐在沙发里，难得地软下声音。

沈遥沉默了几秒，又骂了句："把地址给我，一个小时以后见……不对，在家等我吧，我要先把行李放你家。"

沈遥站在游乐场外，就开始投入角色里，认真研究如何合理运用时间，把想要玩的项目都走一遍。甚至还用笔在地图上认真画下路线，把重点项目都圈了起来……

她有些心不在焉。

"告诉你童言，要不是看在我马上要出国，短时间不会回来，才不会理你这种无理要求。你真把我当男朋友啊？我都到机场了，竟然就这么被你叫回来了……"她咬着笔头，忽然抬头若有所思看她，"出什么天大的事了？"

童言按住遮阳帽，大大的帽檐把脸挡去了大半。

"失恋了？"沈遥叹口气，"女人这种生物最坚强，可一失恋，就是彻底伤筋动骨。"

"说得像是我没失恋过一样。"她慢悠悠地往前走。

沈遥想了想："我告诉你，你别生气。在顾平生以前，我从来没见过你在学校里有男朋友，所以我来之前，和我男人通了个电话，就是想知道你失恋到底是什么样子，好准备对策，"她伸出手臂，揽住童言的肩，"说实话，我男人从来没说过你什么好话，他对你观点实在是偏激，可是单就这一样事，他说你比男人还男人。"

童言依旧没说话。

"一滴眼泪没掉，倒是你前男友哭得跟什么似的……童言无忌，你绝对够狠。"沈遥轻松地嘲着她，可看到她侧头看自己时，就彻底呆住了。

何来的狠心？

她目光涣散地看着她，眼睛明明是红了，却没有流眼泪。

沈遥从没见她这种样子，傻瓜似的只知道抱住她："到底什么事啊？顾老师要不行了？也不会啊，我上次见他的时候还帅得惨绝人寰，气色好得不行呢……"
沈遥说着，还不放心地摸她的眼睛。
干干的，真没哭。
可比哭了还吓人。
童言把她的手甩开："你滚，不许你咒他。"
"……"
"真分了？"沈遥推了推她，"想哭就哭，别憋坏了。也就是难过几天，实在不行，难过几个月，最多几年。忘了就能找个比他好的……不过也难，凭我阅人二十年，真没见过比顾平生更好的人。"
她被逗笑了，没见过像沈遥这么劝人的："我也没想过再找更好的。"

分手了，总能找到另外的一个人。
从此和上段感情说再见，和那个爱过的人老死不相往来。
在这个城市，每个角落，每分每秒都上演着同样的事情。可是她和顾平生不同，她想要离开他，是因为自己的家庭不适合，而不是什么乱七八糟的原因。

原本是为了来陪她。
到最后沈遥却彻底忘记初衷，疯狂沉寂在各大高危的游戏里。
童言不太敢坐的过山车，沈遥竟是坐了趟仍觉不过瘾，又去排在长长的队尾，准备再来一次魔鬼之旅。
她就买了矿泉水，坐在休息区里远远看她。
还没到暑假，树荫下坐着的大多是很年轻的家长，带着小孩子，或者就是大学生一样的情侣。童言坐在那里，坐在背后休息椅上的一对年轻夫妇，在讨论孩子的兴趣班，争执得不亦乐乎，男人主张自由发展，女人却要全能培养……

童言看了眼手机，已经下午两点多了。他应该醒了？
犹豫着，还是给他发了短信：睡醒了吗？
刚醒。TK。
得到了回应，她却不知道如何开始了。

正出神的时候，忽然又进来了消息：我是今晚的航班回北京。TK。

她心猛地收紧了。

行程的缩短，是他送给自己的意外惊喜。

可是童言没有勇气，面对着面和他谈分手。她右手握着手机，想了很久，终于问他：你今天行程紧张吗？

谈判顺利结束，严格来说，今天算休息。TK。

休息？休息就好。

童言紧盯着手机屏幕，很慢地拼写着接下来的话：有一件事情我想了很久，我不敢面对面地说，用短信好不好？

她拿着手机等了很久，他也没有回复。

童言有些心慌，慌得手直发抖。过了会儿，还是没有任何消息，不知道是他没看到，还是真的猜到了什么……她到最后实在熬不住了，又追问了句：看到了吗？

这次，他很快就回了消息：说吧。TK。

短短两个字和一个署名，看不出喜怒。

童言觉得胸口有些发涨，慢慢拼出几个字，却难以为继，抬头深吸了口气，看着远处沈遥兴奋地跳进过山车，等待安全扶手扣在身上，开心得没心没肺。

她平生第一次，真的有些羡慕，甚至是嫉妒。

记得听过一个故事。

白象在泰国被视为国宝，只有皇室可以拥有。曾有国王赏赐给大臣一头白象，大臣起初是受宠若惊，把白象迎回家精心供养，后来却渐渐发现供养这样的宝物，每日耗资巨大，不过十几年就因此而千金散尽，家道中落。

当时讲这个故事的人说，每个人都渴望得到完美的东西，却忘了，这样的完美并非人人都能负担。就如同故事里的大臣，得到了象征皇室荣耀的宝物，却终究难以承担。

她和顾平生的爱情就是如此。

她也固执地相信过，自己值得幸福，却忘记去思考，有没有能力去负担这样的感情。

"无论是疾病还是健康，是贫穷还是富有，我会一直和你在一起。"当初这么告诉顾平生的时候，满满的自信，以为自己可以努力承担他接下来的生活。

可如果她就是那个加重疾病，带来贫穷的人呢？

童言继续低头，写完了所有的话——
我想分开了。觉得太辛苦，永远不知道明天会发生什么，只知道会比今天更糟，对不起，没坚持到最后。

如此的平铺直叙，没有多余废话。
她甚至没印象，自己刚才是怎样拼写出那句话，发送出去的。

漫长的等待。
他始终没有回应。

身后年轻的小夫妻争执得越来越厉害，因为不敢让孩子听到声音，刻意压制着。童言听得入了神，可又记不住自己真正听到了什么。
过了十几分钟，沈遥终于从过山车上下来，晃悠悠地走到她身边，大呼痛快："像你这样，来游乐场不玩过山车真是遗憾。"
她把矿泉水递给沈遥。

再低头，才看到，不知什么时候已经有了一条未读信息。
打开来看，非常的简短——
给我一些时间，让我想想。TK。

他一直就没再回来。
毕业典礼的时候，童言回到学校。

她是前一天到的上海，办了所有的毕业离校手续，当晚住在沈遥家，次日才到校。
班级里二十三个人，十二个直升或保送到外校读研，余下的五六个拿到了各自想要的名校录取通知书，沈遥如愿以偿，真的就去了耶鲁。
周清晨倒是没继续念书，而是拿到新加坡政府的工作，静静意外成了飞上枝头的小凤凰，开始忙碌地陪他办手续，顺便筹备自己跟随出国的事。

毕业是个分岔口，却没有路标。
7月之后，每个人都开始沿着自己的路，走向迥然不同的人生。

早在实习时，宿舍就基本被搬空了。

床铺都是空着的，墨绿色的铁架子，还有木质的床板都裸露着，如同刚入校时的模样。书架也是空的，蒙着层灰，沈遥进来溜达了一圈就崩溃着走了，开始各处寻人道别。

宿舍里又没法坐着，她最后只好提前走到礼堂前，傻等着典礼开始。

前晚和沈遥挤着单人床睡，现在才觉得，腰有些疼。

她在台阶上坐下来，把腿蜷起来，下巴搁在膝盖上，看礼堂大门口的人进进出出的，准备晚上的毕业晚会。还记得上届的晚会就是露天的，她和沈遥还挤在图书馆门口凑热闹，时间哗啦一翻篇，就轮到自己了。

据说这两天本来是阴雨连绵，今天却放晴了，晨风吹过来，带着淡淡的湿气。她两只手臂环住小腿，反复地想着他的名字。

过了这么久，仍旧记得那天天气很好，清晨的日光透过窗子照进来，他整个人都笼在日光里，随手捏着根粉笔写下了自己的名字，顾平生。

礼堂里走出四五个人，都是阳光剧社的学弟学妹。

其中还有已经开始在电视台工作的艾米。

频繁地恭喜毕业后，艾米留下来，靠着她肩并肩坐着："怎么？未来是大律师，还是法官，检察官？""不知道，"童言是真的不知道，"我不想做和法律有关的事，特别不想。"

如果有可能，她真的想任性地舍弃本专业。

因为和他相关。

"你是文科啊，不做本专业的话，出去会很不值钱吧？"

"好像真的是，"她认真思考了会儿，"除了背书，没有什么会的。现在想想还是理工科的好，起码有项专长。""你会唱歌，"艾米笑着说，"而且唱得特别好听，去考个普通话吧，我推荐你去电视台实习。"

她随口应了，继续把下巴抵在膝盖上发呆。

从明天起，再考虑未来的事情。今天是作为学生的最后一天。

毕业典礼持续了两个小时，她穿着学士袍站到最后，上衣都湿透了。等到终于宣布结束，所有的帽子都飞上天时，童言第一个动作就是把袍子脱下来，让自己透气。

汗涔涔的短袖贴在身上，她低头摸纸巾，就猛地被站在身后的沈遥撞了撞手臂。

"顾平生。"

她来不及反应，就已经被沈遥扯到了外侧。

从这个角度能看到所有法学院的老师，还有院长。他真的就站在院长身侧，看着老人家说话，身上是很简单的休闲衬衫，脸孔白皙而轮廓清晰，眼神仍旧是波澜不惊，她那么远远地看着他，每个细微的动作就在她的眼中，被无限地放大着。

沈遥再说什么，她都听不进去了。

很快，广场上的三千多人都解散开来，比火车站还要拥挤混乱，拥抱告别，合影签字，有哭的，有笑的，亦有疯癫闹着的。

曾经最受欢迎的老师，在毕业典礼这天回来，总能牵起很多人的回忆。

除了沈遥和她，几乎所有人都上去，穿着学士服合影留念。

堂堂法学院的老院长，倒是成了陪衬，笑呵呵地站在每个学生的左侧，而顾平生则被提出各种要求，配合着留影。班里同学还以为顾平生是特意来陪她，自然也以为童言远远躲开只是为了避嫌。有几个关系还不错的，在如愿合影后，还走到童言身边表达着临时占用顾美人的"愧疚"。

最后还是她先离开了那里。

无处可去，就走进礼堂看晚会的最后一次排练。

她是历届的主持，自然没人会阻拦她进入。

到阳光剧社的节目时，她就在后台，站在巨大的幕布后，看着台上七八个男女生，拿着夸张的艺术腔调，在演绎着毕业离校的场景。舞台前的观众席大部分都空着，只有演职人员在观摩。

有几个人从后侧的幕布绕过来，忽然就对着她的方向，礼貌叫着："顾老师。"

童言忽然就紧张起来……

有人在身后说："辛苦了。"

并不是他的声音。

她手都有些发软，却庆幸，真的不是他。

身后的那个老师似乎是新的学生会老师，并不认识童言，只和几个学生低声交流着晚会的安排。她继续看着台上认识的人彩排话剧，手机忽然响了。

低头看，是顾平生发过来的短信——

原本是想要和你说几句话，现在却发现，这么做对我来说不是很容易。

童言同学，恭喜你顺利毕业。顾平生。

"后台是谁开手机？不知道彩排的纪律吗？"
因为是话剧彩排，台上有扩音器材，这样的声响足以打扰到每个人。
后台的人都看向她。童言看着手机，恍惚着发现自己犯了错，撩开幕布，抱歉地说："不好意思，杜老师，是我。"
"童言啊，"杜半拍看到是她，很快就笑起来，"我们历届的校晚会主持，今年好像是你的毕业年，怎么样，有没有直研？"
她摇头，和这个常年合作的老师寒暄了几句。

那晚她直接离开了上海，没有去观看属于自己这届的毕业晚会。
她坐的是卧铺，半夜睡不着就跑到过道的休息椅上坐着，不停接到沈遥的短信，告诉她有多少人为了纪念毕业在跳湖，有多少人抱着维纳斯的石膏像合影。这样彻夜不眠地告别学生时代，真的是疯狂而又让人心酸。
火车驶过轨道的声音，机械而有节奏。
她看着看着，竟然就趴在小桌子上睡着了。等到五六点开始天亮时，童言醒过来，走道上已经有早起的人开始走动，她从书包里翻着洗漱用具，平凡的电话就打了进来。依旧是和气的声音，没有多说什么，只说要来接站。
童言猜到她是为了顾平生的事，没有拒绝。

平凡的车停在火车站对面，隔着一条马路。
她做好了万全的心理准备，可见到他姐姐，还是非常尴尬。
平凡看出她的顾虑，等她上车后，很快说："不要太有心理负担，我早就说过，无论你做什么选择我都理解。"说完，就从后座拿出一沓打印好的文件，递过来，"这是 TK 亲自写的，拜托我带给你。"
童言拿过来，是房屋买卖合同。
出售人是顾平生，而购买的自然就是她。

"我拿到的时候还很奇怪，他为什么不选择赠予，而是买卖？"顾平凡语气刻意保持轻松，笑着开他的玩笑，"他说赠予比较复杂，需要他本人出现才能办理，买卖就简单了很多。你只需要签字，剩下的手续我来帮你们操作。"
平凡说着，已经把笔递给了她。
童言没有接。
"言言，他这么做是尊重你，在我们心里，都已经把你当作他的太太。虽然两个人不得已分开，但这也是他必须做的。而且你相信我，如果你不接受，他也一定会坚持换别的方式，把这套房子给你，"平凡把笔放到文件上，笑了笑，"你知道，他真的很固执，挺让人讨厌的。"

"让我想想。"她说。

"还有我会办一个联名户头，把你放在他那里的所有钱，都移到我和你的户头里，大额的取用我会直接授权，所以其实，我只是个挂名保障。"

平凡继续说着，事无巨细。

车里的空调冷气打在身上，冰冰凉凉的，他的每个安排都很妥当，毫无瑕疵。

平凡说完，眼睛已经明显泛红了，张开双臂，紧紧抱住她："好了，我还有很多事情要做，我这个不省心的弟弟，从来就没有让我轻松过。"

童言也抱住她："对不起。"

"不要这么说，"平凡告诉她，"虽然结局并不美好，但毕竟我们曾是一家人。"

一家人。

她曾经那么渴望得到，完整的一家人。

如果他有个健康的身体，那该多好。

她一定会不顾家里的事情，死皮赖脸缠着他，反正顾平生真的很优秀，很能赚钱养家。可他的身体这么差，或许本就只剩二十年的寿命，却会因为拼命工作，再减短五年、十年，甚至更多。

这样的后果，她想都不敢去想。

最好他能离开，去任何地方，不需要太多的存款，也没有那么多负担。

没有爱情，他总会为了这么多爱他的家人，好好对待自己。

平生一顾 至此终年

尾声

这一年的六月,是欧洲杯的疯狂月。

演播室里只坐了她一个人,节目快开始了,另外那个却还没来。

童言撑着头,因为整夜未眠,有些疲倦,随手翻看着手里一沓稿子。耳机里导播边喝着豆浆,边有些没好气地嘱咐她:"还有五分钟就七点了,麦明迟到,你就先播报现场路况。"她举起左手,打了个"OK"的手势。

仅剩两分钟的时候,有人拍她的肩,是迟到的搭档。"好险好险。"搭档按着她的肩膀坐下来,深深地喘了两口气,清了清喉咙。

"你还是申请换到晚间节目吧。"童言把耳机递给他。

"你眼睛怎么也这么红?"对方接过耳机。

"昨天是我奶奶的忌日,睡不着。"她很快说完,比了个噤声的手势。

两个小时的直播节目,不断地播报路况和互相调侃闲聊,麦明特别喜欢足球,是德国队的铁杆粉丝,话题自然而然就往那里扯。童言不太懂,只是随口搭腔,任由他去引导听众的情绪。

一个半小时的直播,他说得口干舌燥,余下的半小时听众来电环节,就扔给了她。

这样的节目,大多是短信互动。每月只有一天是电话互动,由她和特邀的交警一起接听。

"小可,我是交通台老听众了,你的早间直播和晚间节目,我一直在听。"麦明见怪不怪,忍俊不禁地用口型说"老粉丝"。童言龇牙做了个鬼脸,对着那个还在表白的热心听众说:"谢谢你。"

本来是关于新道路政策的话题讨论，没想到那个听众说完"多么喜欢"的心情，就自觉地挂断了电话，这次连特邀来的交警队长都被逗笑了。

差不多还有五分钟就要结束，她用严肃的表情，告诉身边的人自己要喝水。麦明才终于抖擞精神，用纯正而又磁性的声音接过了互动工作："你好。"
"你好。"
声音低沉而又温和，很有质感。
她听到的一瞬，愣在了那里。

这样的声音她不可能忘记。
这么久，她再没听到过，却还是记得清楚。
"你……能听到我说话吗？"童言犹豫着，问他。
"可以。"
是顾平生。
她坐在那里，始终没有说出第二句话。身边搭档因为她的抢白，也有些莫名其妙，可看她也没有准备继续说，马上就专业性地连接对话："今天我们的主题是西城区……"
电话连线忽然发出嘟嘟嘟的声音。

应该是信号不好，断线了。
这样的状况经常出现，搭档只是笑着对听众调侃了句："这位听众听到大众偶像小可的声音，紧张地挂断了。"说完就开始接入下一个电话。

等到节目彻底结束，其他人包括交警队长都摘下耳机，起身活动身体，童言还是坐在原来的位置，丢了魂似的。导播提醒她结束了，回头就去骂那个因为看球差点迟到的家伙，童言这才慢半拍地收好东西，把耳机摘下来扔到一边。
走到门口，握住扶手，推开。
走出去，正碰上有同事迎面走过来，笑着说："今晚——"
那边话刚出口，童言马上转身回去，哐当一声撞上了门。

"李醒，给我刚才那个听众的电话号码。"她拉住一个人，忽然就急得跟什么似的，那个人有些傻："等着啊，我给你查查，你要哪个？"
"就是那个只说了一句，马上断线的。"
翻查的人噢了声，笑着问："谁啊，是不是老熟人啊？这么着急。"边说着边在便笺纸上抄下来，递给她。

还想八卦两句，童言已经拿着纸跑了。

她找了个空着的小玻璃房，把自己反锁在里边，盯着便笺纸上那一串数字，却忽然开始犹豫，要不要去拨这个电话。

在两年前奶奶去世的那个深夜，她难过得快要死掉，终于控制不住去拨他的电话号码，才知道他更换了联系方式。后来，她也换了号码，换了住址，再没试过找他，不管是工作遇到波折，在马路边呆呆地坐上大半夜时，还是父亲在奶奶死后，终于彻悟时，她都没有再试图找顾平生。

总有许多的峰回路转，这一秒绝望时，永远不知道下一秒会发生什么。她不想说太多的如果，父亲的转变是用奶奶的去世换来的，算是残酷的生活中，得到的久违的希望。所以她永远不会认为，如果早知道会有这样的变化，那么当初就不会分离。

但总会想起，或多或少。

在经过的地方，在特殊的日子想起他。

她把玻璃房的百叶窗合上，输入号码，拨出电话。

电话很快接起来："你好。"

"我是童言。"

两端都是良久的沉默。这是两个人真正意义上的第一次通电话，这几年她从实习到播音，接过成百上千个电话，从没有这么紧张，连呼吸都不敢。

"我刚刚听到你的节目。"他终于开口。

"我知道……"她重复着说，"我知道。"

"我只记得你十几岁的声音，变化很大，"他停了停，说，"但能听出是你。"

他说话的语气，真的没变。

好像两个人不是分开了很久，而是昨天才道别，说过再见。

"我有很多话要和你说。"她的声音忽然就哽咽了。

他笑起来："我在听。"

"很多话，非常多……"有温热的眼泪，夺眶而出，她却不知道怎么说下去。

"我现在在机场高速上，如果北京还像过去一样堵车，会需要三十分钟才能到市区，告诉我你的地址，"他仍旧在笑，声音温柔，"我在这里有两天行程，如果不够你讲完所有的话，可以申请休年假，如果你仍旧觉得时间不够，可能就需要申请调回中国办事处，慢慢听你说了。"

他的话，不间断地从电话那边传过来。

她又是哭又是笑，最后没了力气就蹲下来，把手机紧紧贴在自己左脸，努力听他说每个字，这么清晰的声音，而他，也听得到自己说的所有的话。

她问不出任何话。

顾平生你为什么忽然出现，为什么会听到我的节目，为什么会拨打那个热线号码？为什么……终于能听到我说的话，而且是毫无障碍，清清楚楚地听到每个字？她真的说不出，哪怕是一个字。

"言言？"

她哽咽着，嗯了声。

"你听我说，把你的地址发给我，然后，等我来找你。"

她又嗯了声，仍旧在哭着，直到电话彻底断线。

地址发过去了，童言还很不放心地问他：司机是老司机吗？认识这个地方吗？

顾平生的短信很快回过来：司机说，这个地址，在北京开车的人都认识。TK。

熟悉的语气，和熟悉的签名。

在这个并不是十分特殊的上午，突然就回到她的生活里。童言盯着那一行字，看了一遍又一遍。直到听到有人在敲玻璃门，她终于明白，自己占用了很久的会议室，门被推开的瞬间，有人笑着说："马上要开会了——"

声音戛然而止。

站在门口的三四个同事都有些傻，童言此时的形象真不算很好，明显已经哭得掉了妆，可是眼睛里满满的，都是笑。

"抱歉，抱歉，"她不断地作揖道歉，"忘记了，你们要开会。"

然后就在一片惊异的沉默中，飞快跑走了。

顾平生的车从机场开过来，她甚至清楚他可以走的所有路线，却只能在这里等着。因为他告诉她：等我来找你。

她只来得及冲到洗手间，洗干净所有溶掉的彩妆，用餐巾纸，从眼角开始仔仔细细地擦干净，黄色灯光里，镜子里是没有任何装饰的童言。

像是初相识，她的样子。

315

她多一秒也不能等，直接就到了楼下的大厅。

这里有休息用的沙发，坐着等待去各个部门的面试者，或者今天来做节目的明星后援团，她从走出电梯开始，就已经被人认出来。有人在低声交流着，有几个小姑娘已经举起手机，偷偷地记录这个曾经和自己偶像对话的DJ。

这些，童言都已经看不到。
她只是站在靠近旋转门的玻璃前，看着所有可能停车的地方。

他说"我在这里有两天行程，如果不够你讲完所有的话，可以申请休年假"，还说"如果你仍旧觉得时间不够，可能就需要申请调回中国办事处，慢慢听你说"。
所以，你现在仍旧是一个人，对吗？
这么久的时间，她想他离开了自己，应该需要一个照顾他的人在身边。她甚至祈祷过，老天爷，你一定要给顾平生找一个比童言强十倍百倍的人，照顾他，给他做饭，给他洗衣服。在他生病的时候寸步不离，在他需要的时候，出现在任何的地方。
那个人一定要，有很幸福，而且富裕的家庭。
那个人一定要深深地爱着他。

可是，现在，她知道了他可能是一个人。
却忽然庆幸了，庆幸自己的祈祷并没有成真。

很多车停下来，又开走，他始终没有出现。
从机场到这里只有四十分钟的车程，而现在已经过了一个小时四十分钟。她攥着手机，渐渐有些忐忑，身后忽然传来高声的呼喊，她回过头去看，是今天来做栏目活动的明星，因为那个明星的出现，所有的通道都瞬间挤满了人。
手机忽然振动起来，她低头看——
这里人很多，我暂时进不去了。TK。

童言猛地回过头去，隔着两三米高的玻璃墙，看见了面前的他。只有这么一道玻璃，顾平生就站在隔着一面玻璃的位置，白色西服外衣搭在手臂上，穿着柔软考究的白衬衫和米色休闲西裤，衬衫袖口是挽起来的，隐隐可以看到刺青。
没有任何改变。
包括他看着自己，叫自己的名字：言言。

童言隔着玻璃，被大片大片冲出去的人群挤开，只有一个旋转门，她过不去。可是顾平生就在玻璃的那边看着她，她两只手按在玻璃上，忽然很害怕他走开，急切地用口型对他说："你听我说，顾平生，"她停了停，用尽所有的勇气，告诉他，"I need you back."

除了顾平生，没有人能在无声的环境下，看懂她所说的话。

她只是用口型，告诉他：她还想要继续去爱他。

顾平生一只手扶着玻璃，慢慢地靠近玻璃，看着她的眼睛，回答她："I never left."

他怕她看不懂，很安静地，重复了三四遍。

I never left.
我从未离开。

童言终于冲出人群，跑出大厦："我看见了，我看见了，"她明明是拼命笑着，可就是忍不住地眼睛发酸，"顾平生，我爱你。对不起，对不起，可我还是爱你，我不想让你那么辛苦，不想让你一直加班，不想让你被我拖累，不想让你所有的学生，都知道自己老师家里，有个赌徒，不想让你明明那么优秀……"

她再也说不下去，当年她的脆弱，二十岁的脆弱。

她走过去，伸出手，摸着他的脸，早已哭得混乱不堪："可我还是爱你，连做梦，都不敢梦到你。"

她不敢相信，面前的人，真的原谅了自己。没有任何质问、任何冷漠，就这样轻易地忘掉了她曾经说的那么多话，忘记了这么久的分离。

"不哭了，好不好？"顾平生低头看她，额前的头发软软地滑下来，半遮住了眼睛，只是任由她反反复复地，摸着自己的脸。

在她哭得腿发软的时候，他终于伸手把她搂住，就在大厦的转门外，深深地夺走了她所有的呼吸。坚硬的鼻尖擦过她的鼻尖，他侧过头，不断地不断地深入这个吻，两个人的心跳声搅和在一起，纠缠着，谁都不愿意再放过谁。

从懂事开始，他和她，就开始学着顾及太多的东西，控制自己的情绪，压制自己的欲望，放弃所拥有的爱人，接受不公平的命运。

他们学会了成全所有人，却没人，真正成全他们。

顾平生抱着她，用尽所有的力气去支撑她身体的重量，此生第一次，觉得自己真的眼睛开始发酸，甚至开始模糊了视线。

　　这个女孩，他唯一深爱过的女孩，终于不会再走开。

　　纵然回首，荆棘密布，纵然生来，命运苛责。
　　岁月却终究是，善待了他们。

欠你的再见   番外一

和童言分开的那一年冬天，他回到费城。

原本是因为签证问题，出境七天居住，顺路去做手术后的身体检查。没想到检查过后，新项目很快就来了，对冲基金投资，是费城和中国办事处合作的项目。

外公的身体渐有好转，似乎也没有什么必须回去的理由，顾平生最终决定将七天出境无限期延长，留了下来。

到圣诞节，罗子浩和平凡不约而同过来做客。

罗子浩到得早，平凡却因为先去看个朋友，到这里已经是平安夜的傍晚。外边是浓烈而温情的节日氛围，推开门却只有两个大男人相对坐着，不停打字看电脑。

"今天是圣诞节？"平凡都觉得自己错入别的时空了。

罗子浩长吁口气："圣诞快乐，终于能有个活人和我说话了。"

平凡忍俊不禁。

顾平生要是想不搭理一个人，实在太容易了，只要移开视线，他的世界就是属于自己的。完完全全没有人可以打扰。

平凡不管到哪里，都要和教友共度圣诞节，望弥撒。

罗子浩不甘寂寞，同去感受了一次教会的节日，两个人回来的时候已经是次日清晨，顾平生正在厨房煮牛奶。安静的厨房里，除了烧煮的声音，就再没有了别的声响。

忽然一个牛皮纸袋挡住了他的视线，他抬头，看见顾平凡说："我帮你都办好了。"

他打开牛皮纸袋，把所有文件都拿出来，发现还缺了一部分："好像还少了赡养费的部分。"

顾平凡从冰箱里拿出面包，切了两片，塞进嘴巴里："我的大律师，你别忘了我可是你的前辈师姐，怎么可能连这些都办不好？问题是你家顾太太也是法律系出身，真的是一个字一个字去看，唯恐占了你什么便宜……差不多了，大概农历新年以前都给你。我以前从来没代理过这种事，双方离婚，却唯恐对方吃亏。"

他又低头，一张张看了下来。
这厨房实在是干净得过分，平凡本身也不是个会煮饭的人，可这么看着仍觉得有些孤家寡人的凄凉感。她靠在冰箱门上，忽然抿唇打量他。
顾平生察觉她的视线，微侧头，示意她有话直说。
"童言分手时，到底和你说了什么？"她想了想措辞，最后决定直截了当，"我其实暗示过她，我和你都不会介意她先离开你……"
很简短的沉默后，他说："说什么并不重要，都不算是真话。"

顾平凡扬眉，吃完手里余下的面包片，忽然又说："我记得你小时候不是这样的。你喜欢吃什么，从来都不让我碰，如果没有那样菜，你宁可吃白米饭，也不碰其他的。TK，你占有欲不是很强吗？"
玻璃杯里盛着牛奶，他举到嘴边，慢慢喝了两口。
有些烫。
以前在家里喝，都是童言煮好，最后放到他面前，温度刚好。

"你如果试着争取，童言不会这么坚持。"平凡说。
"如果她是你的妹妹，而我和你没有关系，你会不会也说出这些话，劝导你妹妹接受一个不会彻底痊愈的病人？"
顾平凡沉默着，笑了笑："远近亲疏，终究还是有区别，说到底我还是自私了。"
"如果你以后的先生，随时都会离开人世，你会不会每天都焦虑不安？或者说悲观绝望。"
顾平凡笑笑："乌鸦嘴。"
她没有正面回答，却等于默认了这个说法。

他看时间到了，试了试牛奶的温度。

还是不对。

她不知道是以怎样的耐心，才能每天把这种小事情，都做到完美。

还有些话，他没有再说。

童言始终刻意掩饰，不愿让任何人知道自己家庭真实状况，就连平凡，甚至是她最好的朋友沈遥，只知道她的父母离异，却不知道她的家庭究竟是如何地让人失望。

他记得自己二十三岁以前，所难以启齿的，就是这种至亲带来的屈辱感。

虽然深爱着母亲，却也因为母亲对有妇之夫的眷恋，因为自己私生子的身份，他只能生活在太阳的背后。折磨他二十三年的情绪，同样在童言身上重演着，对亲人不能舍弃，却深深自卑的情绪。

二十岁的她，心性还没有完全成熟。

却因为爱着一个叫顾平生的人，所承受的，比当初的他还要多。

最初触动自己的童言，是穿着宝蓝色的晚礼服，站在追光灯下，边对着伴奏者挤眉弄眼，边深情投入唱歌的小女孩。而最后印象里的她，却已经开始无所不学，经常会一本正经给自己把脉测心跳，永远都要知道自己在哪里，是不是平安。

有太多次，她就是这样红着眼睛，还要对着自己笑。

圣诞节过后，很快就是新年。

外公因为今年的重病，特意要求他务必农历新年回国。

大年三十晚上，家里的小孩子都跑出去要看放鞭炮。人一旦过了三十岁，就会觉得时间飞快，他甚至还记得清，去年的这个时候童言是如何趴在自己怀里撒娇，说第二天要来看外公，得到允诺后，又是笑得如何不顾形象。

可是欢欢喜喜来了，却连长辈的面也没见到。

顾平生似乎特别受家里的小孩子欢迎，过了午夜十二点，那些小霸王在外边玩够了，一个两个的顾不上脱掉羽绒服，就挤在他身边问东问西的。

"小舅舅，fingers crossed，"小小的女孩，比了个祈祷的手势，"我做得对吗？"

顾平生忍俊不禁:"小姑姑教你的?"

"不是啊,"小外甥女得意扬扬,"昨天我坐爸爸的车,广播里有个姐姐教的。她说有人教过她,如果怕物理考试不过,就这样来祈祷好运。"

或许是太过相似的情景,他竟想起童言。

小外甥女伸出两只手,交叠在一起,很认真地说:"外公要健康长寿,小舅舅也要健康长寿。"

这样的简短对话,他回到费城,还是会想起。

就在视频会议的最后,所有的律师都在收拾文档时,他忽然用中文对着中国办事处的几个项目助理说:"我需要一份资料。"

视频里,都是曾跟随他奋战过的人,马上领会精神,拿过纸笔记录。

"去年农历新年,确切日期是农历二十九,北京所有广播电台的晚间节目录音,应该是从五点到十一点之间的节目。"

对方记下来,不疑有他,在想到他的特殊后,马上说:"我们会准备好文字格式。"

他说:"好,"停了停又道,"把语音文件也发送给我。"

晚上收到中国办事处发来的东西,他翻看了所有的文档,终于找到那段似曾相识的话。虽然是完全的文字记录,他却在字里行间,确认是童言。

是晚间的交通台节目,名字很平实:有我陪着你。

两个主持人,而童言就是其中之一的"实习主持"。

整个节目她说的话并不是很多,只是在节目快接近尾声的时候,接到个高三考生的电话。理科的考生,却始终焦虑于自己的物理成绩。

本来应该是冠冕堂皇的安慰激励,她却偏偏拿出自己在物理上的失败经历,告诉那个高三的小听众,没有什么考试是值得怕的,如自己这般大学物理重修四次的人,还是顺利找到了工作,坐在这里做电台主持。

顾平生忍不住笑了,她对大学物理的重修经历,还真是记忆深刻。

看着一行行的文字,他甚至能想象出她说话时的神情和动作。做文字录入的人很是负责,连"实习主持在小声笑"都翔实记录。

"Fingers crossed,祝你顺利通过考试。"

最后她说,曾经有一个人在她最后一次物理考试前,教会她做这个手势。

祈祷幸运降临。

他翻看了很久，终于站起来活动身体。

那时她回校期末考试。

在去机场的路上，她始终坐立不安，轻用脸蹭着他的肩膀，等到他终于忍俊不禁低头时，才很纠结地问他："如果我物理再不过，就不能毕业了，怎么办……"

"昨晚做的模拟试卷是 86 分，你现在只是心理问题，"他握住她的手，"考前做个 fingers crossed，肯定会顺利通过。"

童言噢了声，伸出两根手指，交叠在一起，很认真地说——
"Fingers crossed，物理通过，顺利毕业，领证结婚。"

和顾平生分开的那年冬天，奶奶癌症复发。
平凡始终在和她沟通各种协议，她一面要认真避开顾平生给她挖的"陷阱"，一面要掩饰自己长期陪床的精神状态。
幸好，顾平凡很快就要返回美国，正式进入医院实习。
她怕耽误平凡的工作，终于签下赡养费的协议，唯一条件是费用要全部打入和平凡的联名账户里。顾平生当初让平凡办这个联名账户，就是因为怕她被父亲的债务拖垮，为她留些不能被近亲占有的积蓄。
所以这样的条件，很快，他就接受了。

到第二年春天，奶奶的癌细胞终于扩散到身体各处，在医院撑了一个多月，就离开了人世。她记得那天晚上，是凌晨两点四十三分。
因为长时间不能进食，奶奶走的时候已经是瘦骨嶙峋，彻底脱了人形。

最后的十几天，是父亲和她轮流守夜。
几乎每天来，奶奶都是红肿着双眼。她以为是父亲又做了什么事，起先还是避开旁人劝父亲如果想要钱，就等奶奶熬过这场大病。后来有一天，她半夜下了节目赶来，正好碰到病房门口的吵闹场面。

奶奶竟然趁着护工和父亲没留意时，只穿着短衣短裤，跑出了病房。
她从电梯间走出来，正看到几个护士在拦有些神经错乱的奶奶，围观的人不停低声说着，老太太估计是癌细胞扩散到脑子，有些疯了。父亲站在大门口束手无策，不停地掉着眼泪喊妈。这样的画面，让她瞬间就没了理智。

她都不知道自己是怎么冲过去的，紧紧抱住奶奶，低声安抚。

甚至有护士上前，都被她挥手打开了。

那个晚上，她也像是疯了一样，拽着父亲的手臂，硬是把他赶出了医院。

回到病房的时候，所有怜悯的、同情的、感同身受的，或是漠然旁观的目光，都被她拉上的帘子挡开了。硬是拔下来针头，弄肿了本就已经很难扎针的手背，她轻轻给奶奶揉着，始终笑着说："怎么这么不听话啊，您真是的，越老越像小孩儿了。"

怕吵醒同房的人，童言说话的声音始终很小。

她刻意讲了一些节目里的有趣事情，大多是年纪小的观众来电，或是那些痴男怨女不知所云的话。说到最后，自己都忍不住笑起来。

"言言，"奶奶指着自己的头，哑着声音说，"奶奶这里都清楚，不糊涂。"

童言嗯了声。

"我这么做，就是想让你爸爸愧疚，对我们愧疚，"奶奶拍了拍她的手，"我怕我等不到他幡然醒悟，最后受苦的，只剩了你。"

她鼻子瞬间发酸，险些就掉出眼泪。

只能努力笑着说："都十二点了，还不睡？"

"小顾这次的病，是不是很严重？"老人家本已经闭上了眼睛，又想起了他，"上次也是走了小半年，这次，应该快有九个月了？"

"不是很严重，就是需要复健，"她的语气有些心疼，"他的身体也不是很好，走的时候反复叮嘱我不要让您知道，您现在住在这里，我也不敢让他知道，否则他肯定会想办法回国。"

"对对，"老人家急着拍了拍她的手背，"你们还年轻，他身体这么不好，要紧着他自己的治疗来，没关系，奶奶明白。"

童言抿嘴笑笑："所以您要好好养病，否则他回来，肯定饶不了我。我呢，就负责拼命赚钱，让你们两个过得好一些，再好一些，"她停了停，又说，"我们领导问我，要不要去早间交通路况节目代班，原来的主持人刚好要生产了，要休息几个月。这样，我又有机会加工资了，起码奖金肯定会加。"

"早间节目？你现在的是九点开始，又要往医院跑。"

"年轻就要奋斗啊，"童言把奶奶的手放到棉被里，轻声说，"不说了，睡觉睡觉。"

老人家又握住她的手，絮叨地嘱咐："这几天啊，我觉得精神好多了，都说心情好，癌症自然就好了。千万别让小顾回来，要回来，也要健健康康了再回来。"

童言点点头。她知道奶奶不会计较，计较一个生病的人不来看望。
让老人家知道自己和他分开了，恐怕才是致命的打击。幸好奶奶早已对他的病心知肚明，经过上次五个月的分离，这样的八九个月，也好应付。
她根本不知道这样的谎话能拖多久。
只想着，多一天是一天。
后来，就再没有后来了。

那段时间，她请了自工作以来最长的假期，整整一周，料理奶奶的后事。
后来她没再回家住过，反倒是和同事合租了房子。那个家，是顾平生当初急着回国，匆匆买来给她和奶奶住的，也是分手时，他坚持留给自己的。她拒绝了所有，唯独这房子像是帮了她一个忙，给了奶奶一个善意的谎言。
她记挂的孙女会很好，无论如何，仍旧有人当作宝贝来宠。

当谎言的目的结束，她根本就不敢自己去住这么大的房子。因为早间路况直播节目和晚间的节目要同时做，白天又要开策划会议，她把房子全权委托给了中介。本以为北京这两年购房政策严苛，房子不会那么快脱手。
据中介吹嘘，这真的是风水非常好的房子，看童言也不着急脱手，就慢慢地找合适的买家，尽量抬高价钱。可只是一个月，就有人直接付了全款。
她去签协议的那天，天气燥热，偏偏还碰巧得了热伤风，她把那个烂熟于心的银行账号写下来，不愿意再去银行。买房的人倒也好脾气，跟着中介去了银行转账。

她和年纪较小的那个房产中介留在房子里，无所事事，索性绕着屋子慢慢走了一圈。
这里那里的，仔细看着。
小中介不知道，还以为她刚才掉了什么东西："童小姐在找什么？"她不好意思笑笑："什么都没找，就是舍不得。"
"旧的不去，新的不来嘛，"那个小中介笑起来，"这房子据说是因为风水好，卖的价钱真不错，如果再加一些，能买到非常不错的。童小姐如果想要再买，我现在手里就有。"

因为这半年的早晚班，她瘦了很多，本来就小小的身子，更显得单薄。她因为是电台的 DJ，并不需要露脸，穿得也非常随意，仍旧像学生。

　　如此漂亮的女孩，可以独自卖出这样的房子，甚至看上去没有什么家人约束。小中介自然想得多了些，更觉有生意做。

　　她听得哭笑不得，摇头不去解释。

　　那个联名账户取款有上限，存款却完全不受限制，她看着存折上的数字，忽然就有一种暴发户的满足感。

　　顾先生，这些是留给你的，有朝一日一定会到你的手上。

　　是哪一天呢？童言在想着，假设自己意外去世了，是不是要提前准备起来，把部分财产交到他的手上。留给谁呢？沈遥吗？不管了，总会有办法。

　　总之，这个存折是顾太太留给顾先生的。

　　到临近圣诞节的时候，"有我陪着你"俨然已经成了情感专线，甚至根据领导指示，偶尔还可以根据节目需要，为观众点歌，烘托气氛。

　　为了平安夜策划的节目，她特意请来艾米。

　　不过短短三年，艾米已经因为主持话题访谈节目，成了个非常令人看好的地方台主持。甚至到北京的这个交通台来做节目，也有不少观众提早打来电话，表达自己的兴奋。

　　"你让我叫你小可，还真是不习惯，"艾米和她提前进入演播室，坐在转椅上，忍不住笑，"为什么不用真名？我觉得你的名字，特别好记，而且根本就不像普通人能起的名字，你要说它是艺名，绝对不会有人怀疑。"

　　"没你这么高调，"童言把稿子扔给她，"我可不想让老同学听到我主持节目，都能想象出，他们边听节目边爆笑的样子。"

　　"慢慢就好了，"艾米语重心长拍着她的肩膀，"当年我主持节目，我妈还特意存下来网络视频，刻盘给所有亲戚人手一份，别提多窘了。"

　　"知足吧，那是为你骄傲呢。"

　　"两位，"导播打个哈欠，"一看就是大龄剩女啊，平安夜就顾着老同学聊天了，一个电话都没接？节目结束没有约会？"

　　两个人无视导播的挑衅，继续低声聊着天。

　　直到十点整，她们马上就恢复了专业的声音，切入工作状态。

　　今晚是特别开的专场，有知名女主播艾米和小可主持的谈话节目。两个声线极好的女人闲聊着，偶尔会接听来电，大多数是点歌，或是穿插着回忆，曾经度过的平安夜。

"我和小可是老同学，"艾米递过去一个眼神，"当年她在大学谈过一场非常轰动的恋爱，我敢说，每天晚上都会有女生在宿舍扎小人诅咒她，能得到那么好的爱情。告诉我，你有没有和大众情人度过非常浪漫的平安夜？"

"有，那天晚上，是我们第一次接吻，很俗的，是在电影院里。"
"哇噢——"艾米眯起眼睛，羡慕得快疯了。

连导播都乐起来，在耳机里不停说："自曝了，自曝了。"
清淡的背景音乐，都是欧美的老曲子。
她说完这句话，似乎心情也是大好，很自然地把话题转了开。只不过接下来的所有来电，都成了当年如何在平安夜约会，甚至有人会对她很兴奋地说，初吻也是在电影院什么的，她才觉得自己真是惹了麻烦。

请熟人来的坏处，就是无时无刻不想要爆料你的往事。到节目快结束的时候，童言后悔得肠子都青了，艾米仍旧不依不饶，暴露她曾经是校园歌手大赛的第三名，最擅长唱高难度的外文歌。
导播也马上被调动起了情绪，让她以清唱，再渐入原唱来收尾。
她被胁迫得难以招架，忽然就想起了，那段日子，和顾平生最初分开的时候她整夜整夜循环的一首歌。旋律很熟悉，她也知道，这里的录音师肯定备份了这首歌。
杰西卡·辛普森的一首 2001 年的老歌，《When you told me you loved me》。

这首歌的前调出乎意料地忧伤，却总能让她想起，那个晚上，头次见到他竟然也会没有了主意，站在火树银花的新天地里，不知道接下来去做什么，不知道该如何约会。

她轻声哼着旋律，很快录音师就听出了是什么。
开始渐入音乐，缓慢的旋律，越来越清晰的唱腔。
在这首歌的歌词里，有这么一句话，被反复地重复。

"When you told me you loved me,
Did you know it would take me the rest of my life."

当你告诉我,你爱着我,
你可知道,它将占据我余下的所有生命。

还你的幸福

番外二

清晨的光，透过白色的纱帐，落在草地上。

如同所有普通的婚礼现场，总有各种各样的来宾，互不相熟，互相友善打量着对方。衣香鬓影，美酒佳肴，所有人都在小声交谈着，议论着同样的话题。

这样一对新人，身边人竟都不知道两人的恋爱经历。

"我是真不知道，"几天前还在为欧洲杯而迟到的知名DJ，真是被身边众人审问得不知如何是好，"你想她晚上是深夜节目，早上又是路况纪实，白天是选题会议。年节无休，从没车接车送，从没私人电话，怎么可能有男朋友？"

"一个星期。就一个星期，从拿到请柬到今天婚礼，她也太能藏了，"和童言合作晚间节目的女孩也在感叹，"她老公可是最大的外资律所合伙人，年薪不可计。"

关键是，真的是长得好。

让女人都嫉妒的好看。

"童言可是我们的大众偶像，每天办公室的信都看不完，"唯独导播神秘兮兮，似是知道一切，"我听说，这个人是我们台的老听众，说不定真是小可的忠实粉丝。现在知道做DJ的好了吧？名声好，又是大众人物，适合嫁好男人。"

导播说得头头是道。

童言的同事里不乏未婚的女孩子，都在瞄着长桌另外一侧的几个男人，那些中国律师里顶级的存在。这样突如其来的完美婚姻，让人嫉妒的艳遇，如果童言可以遇到，那么，总能让人相信些什么。

只是她们并不知道，这些顾平生的得力助手，也真是如坠云雾。

原本是临时的差旅，途经北京这个城市，却忽然变成了请调回国。最重要的是，请调的原因非常直接：回国结婚、定居。

从总部到中国办事处，没有人知道他有过女朋友。如小老板这般的履历和出色的外貌，在总部就打破了华裔男人不受欢迎的诅咒，引来无数狂蜂浪蝶。而顾平生这个名字，在中国办事处本身就是个传说。

每每视频会议，不知道有多少女律师，因为要对他做一分钟汇报，事先准备详备资料，足以应付他各个角度的追问。

"我妈和我爸都是小可的粉丝，听说我来参加婚礼，还提前追问TK的详细个人资料，真比给自己挑女婿还严谨。可他们追问我爱情经历……我真是答不出。"

这次陪顾平生来中国的助理，也忍不住感叹："'Love is actually.'TK回国第二天就定了婚期，之前全公司，根本就没人知道他有过女朋友。这就是真爱，一见钟情都不必了，一听钟情。"

"新娘是什么样子？"

"……还没机会见过，别急，马上就出来了。"

……

一见钟情吗？

童言被追问了太多这样的话。

她不知道如何解释，或者讲述这样漫长的一个故事。

最后索性默认。是的，故事的开始，根本就是最老套的一见钟情。

很久很久以前，那个夜晚在协和医院的ICU外，她背着双肩包站在大厅里，看到年轻的大男孩靠着雪白的墙壁坐在地板上时，她想，她真的就被触动了。

爱情的最初，真的只是触动。或者是一个画面，或者是一个声音。

化妆师很用心，从六点到现在已经忙碌了三个多小时。

妆容太精致，她不敢吃很多东西，只能咬着吸管，一口口喝牛奶。

"饿了吗？"

有声音从门口那里传来，她从镜子里看着顾平生出现。这许多年，她始终觉得他穿西服是最漂亮的，或许是在英国住过很长时间，他特别喜欢在外衣口袋里放上口袋巾。文质彬彬，谦谦君子，风度翩翩，她恨不得把所有的词语都用来形容他。

可终究不够。

因为这是顾平生，绝无仅有的顾平生。

他似乎察觉到了她的走神，只是随手松了松领带，走过来，坐在了她的身边。

"快好了，顾先生，"化妆师收拾好所有的东西，忽然看到童言的手指甲，竟然仍旧是素白，没有任何装饰，"顾太太昨晚没有涂指甲？"

童言啊了声，莫名红了脸："忘记了。"

化妆师边说没关系，边紧张地在自己的包里翻找，喃喃着应该带了能直接贴上去的假指甲。她更加不好意思了："算了，不会有人注意到这些细节。"

"那可不好，"化妆师笑着摇头，"新娘子在这一天要是最美的，任何细节都要完美。找不到假的，就直接用指甲油涂吧，反正还有十几分钟时间。"

果然，说完这话，化妆师就一字排开了七八瓶指甲油。

"我看她应该有些累了，"顾平生手肘撑在她的椅背上，笑一笑，打断两个人，"不如先让我太太休息十分钟？"

化妆师忙应承着，识趣地出了房间。

"我紧张，"她看着镜子里的他，长吁出一口气，"心跳得特别快，特别像当初我和你一起主持的时候，紧张得手心都出汗了……"

他把下巴搭在她肩膀上，很夸张地嗅着她身上的香气："为什么紧张？"她摇头，也装无辜："当初我也觉得奇怪，明明主持那么多场，为什么偏偏和你合作就紧张了。"

"我始终很奇怪，在你来之前，学生会的负责老师对我说，'配合你的是我校最资深的主持人，非常有经验'。"

她转过身子，看着他："估计是因为你太优秀了，我站在你身边，就会不自信，"她顿了顿，低声说，"不过，我就喜欢这样的不自信。"

无论我成长到什么样子，都会觉得，需要依赖你。

这样的不自信，何尝不是享受。

这个角度看过去，他是在笑着的，酒窝深深地印在脸上。她把下巴放在座椅的靠背上，仔仔细细地看他，怎么都看不够。

她纹丝不动，顾平生也就这么看着她。

过了会儿，童言才用一根手指勾住他衬衫的袖口，轻晃着，软着声音说："拜托，再讲一次。"

他忽然就笑起来："还没有听烦？"

因为要和自己说话，他是偏着身子的。

整个人都浸在窗外照进来的阳光里，模糊了五官的棱角。

所有的嘉宾都已经到齐，他们看上去却并不着急，反倒像是某个周末早晨起床后，无所事事地靠在沙发上闲聊的人。

除了她的白纱曳地，除了他的西服革履。

"这次的行程里并没有北京，但我想要真正地听听你的声音，所以临时改了行程，"顾平生如她所愿，重复讲着那天早晨她并不知道的事情，"原本是算好时间，在七点出机场，能听到你完整的节目，可惜航班延误了。"

她嗯了声，认真得像是第一次听。

"幸好，还来得及听到最后的互动环节。我没想到，你会有那么多拥护者，当时公司派来接我的司机，就是你的忠实听众。"

"我的粉丝很多的。"童言乐不可支，继续勾着他的衬衫，晃得极为得意。

"那个司机说，小可是他最喜欢的女主持，经常会在节目里接到咨询电话，把挺好的一个交通节目，做成了免费法律援助咨询，"顾平生的声音里，明显有笑，"他还说，你特别可爱。"

童言点点头，笑眯眯地看着他。

接下来的才是她最想要听的，重复多少遍也不会腻的对话。

他发觉她晃得开心，也伸出一根手指，勾住了她的手指。

"当时我想，我可能需要明确表个态。于是就告诉他，这个女孩是我太太。那个司机似乎不太相信，于是我就拨通了热线电话，刚才听到你的声音时，信号却断了，"他的视线始终就在童言的身上，没有移开，"后来再拨那个号码，就始终是占线，直到节目结束。"

"如果我不给你打电话呢？"

"言言，"他告诉她，"我们所生活的每一分钟，看起来，似乎都是随机的。可当你回过头去看，会发现无论再重演几次，都是相同的结局。"

"所以，不论多少次重复，司机大叔说他是我忠实听众时，你都会很认真地告诉他，我是顾太太。而你也就一定会打这个电话，证明你是我先生，然后，再让我有机会拿到电话号码，找到你。"

他微微笑着，看着她的眼睛，默认了这个事实。

"所以，"童言把自己的手攥成拳，放到他的手心里，开着他的玩笑，"无论你活过多少次，你都很固执地喜欢吃西蓝花。"

顾平生哑然而笑："是，所以，无论如何，顾先生只能有一个顾太太。"

他的话永远那么不经雕琢，却永远都如此动人。

"我从未想过爱上别人，"她轻声告诉他，"从没有想过。"
"我也是。"他用同样的答案，回答她。

草坪上的音乐声绵延不绝，时间差不多了。
"要出去吗？"他问她。
童言点点头，却紧张地攥着他的手，顾平生笑了笑，靠近了一些。
她脑子里还回想着，自己写的稿子，那些要在婚礼上说的话："如果我一会儿，致词的时候，忽然忘了怎么办……"肯定会被同事们嘲笑至死，不过也无所谓，我的婚礼，我最大……
"忘了就忘了，没关系。"
"完了，"她看着那一排指甲油，"我还没有涂指甲，光秃秃的会很难看……"
"我帮你涂，你教过我。"他说完，脸孔忽然就凑近，低下头直接压住了她的嘴唇。

耳边，是门被打开的声响，随后又悄然被关上。

几秒的静止后，他终于侧过了脸，彻底含住了她的嘴唇。
如同第一次在电影院，他开始得总让人措手不及。这样的时间，这样的地方，已经悄然过了婚礼开始的时间，可是新郎和新娘在化妆间里，不愿走出去。她光是这么想，就已经忍不住笑起来，外边不知道会有如何的议论……

顾平生的手，就握在她的腰上，把她整个人都从椅子上抱了起来。
他给她定做的是数米长的婚纱裙摆，随着两个人的移动，白色的婚纱层层叠叠地，铺满了整个地板。

她搂住他的脖颈，由着他把自己放在化妆台上，两个人紧紧靠着彼此，从头至尾都没有分开过，不管外边有多少宾客，也不管是否过了定好的时间。这是他们的婚礼，很久之前就应该完成的婚礼，其他所有人，都只是这个仪式的陪衬。
所以顾平生理所当然地，忽视着所有人，除了他的新娘。

而童言在他缠绵的吻中，也告诉自己——
从现在起，从今天开始，除了顾平生，她不要再顾及任何人、任何事。顾太太要用一生的时间去照顾，去爱顾先生。

图书在版编目（CIP）数据

至此终年 / 墨宝非宝著. -- 南京：江苏凤凰文艺出版社, 2021.6（2025.6 重印）
ISBN 978-7-5594-5111-8

Ⅰ. ①至… Ⅱ. ①墨… Ⅲ. ①长篇小说 – 中国 – 当代 Ⅳ. ① I247.5

中国版本图书馆 CIP 数据核字 (2020) 第 156876 号

至此终年

墨宝非宝 著

责任编辑	张 倩
特约编辑	王 晶 彤 宇 席 风
出版发行	江苏凤凰文艺出版社
	南京市中央路 165 号，邮编：210009
网　址	http://www.jswenyi.com
印　刷	北京盛通印刷股份有限公司
开　本	700mm × 980mm　1/16
印　张	21.5
字　数	392 千字
版　次	2021 年 6 月第 1 版
印　次	2025 年 6 月第 3 次印刷
书　号	ISBN 978-7-5594-5111-8
定　价	49.80 元

江苏凤凰文艺版图书凡印刷、装订错误，可向出版社调换，联系电话 025-83280257